Rebekka Moser · Unten

Die Handlung und alle handelnden Personen sind frei erfunden. Jegliche Ähnlichkeit mit lebenden oder realen Personen wäre rein zufällig.

Zitate aus:
Friedrich Nietzsche. Digitale Kritische Gesamtausgabe: Werke und Briefe. Auf Grundlage der Nietzsche Werke. Kritische Gesamtausgabe, hg. von Giorgio Colli und Mazzino Montinari, Berlin/New York, Walter de Gruyter, 1967ff. und Nietzsche Briefwechsel. Kritische Gesamtausgabe, hg. von Paolo D'Iorio, Berlin/New York, Walter de Gruyter, 1975ff.

1. Auflage 2022
BUCHER Verlag
Hohenems – Vaduz – München – Zürich
www.bucherverlag.com

Gestaltung: Gorana Guiboud-Ribaud
Coverfoto: Pius Gross
Herstellung: BUCHER Druck, Hohenems
Bindung: Papyrus, Wien

ISBN 978-3-99018-648-0

Printed in Austria

UNTEN

BUCHER

Bodensee-Thriller

REBEKKA MOSER

PROLOG

Juli 1959

Marlene fühlte wieder. Kälte, Nässe und wie sich Blut und Nerven gegen die fortschreitende Taubheit in ihrem Körper wehren wollten.

Wo war sie nur und warum?

Es war dunkel und der Mond beleuchtete schemenhafte Umrisse. Sie lag auf einem Weg unter Bäumen, über ihr bogen sich Äste im Wind und spitze Steine stachen in ihren Rücken. In ihrer Nase sprudelte Luft durch verirrte Regentropfen und der nasse Fetzen in ihrem Mund brachte sie zum Würgen. Er bohrte seine Finger zwischen den nassen Stoff und ihre Wange, zog sie am Knebel hoch, öffnete den Knoten und ließ los. Marlene fiel wie eine Marionette ohne Fäden zurück auf die Kieselsteine und Schmerz schoss jäh durch ihren Hinterkopf. Der Mond über ihr taumelte wie das Pendel eines Hypnotiseurs. Links, rechts, links, und für einen benebelten Augenblick fand sie die Endlosschlaufe schön. Wunderschön.

Es fiel ihr zunehmend schwerer, klare Gedanken zu fassen, und sie wusste, warum. Da waren mehr Tropfen als Luft in ihrer Nase.

Nicht einschlafen, Marlene, du bist stark. Du bist das Kind deiner harten Eltern, Überleben liegt dir in den Genen. Wenn du eines kannst, dann das. Lebe, kämpfe. Gott im Himmel.

Sie wollte sich strecken, den stechenden Steinen entkommen, doch sosehr sie sich auch bemühte, ihr Körper schien Tonnen zu wiegen, schon das Öffnen der Lider kostete sie mehr Kraft, als sie noch hatte.

Was war mit ihr geschehen? Denk nach, Marlene, denk nach. Sie war mit ihrem Fahrrad durch das Wäldchen am See gefahren. Ja, genau, daran konnte sie sich noch erinnern, und dass sie sich beeilt hatte. Sie wollte vor dem Regen zu Hause sein. Denk nach, Marlene, und dann? Dann war da plötzlich ein großer Holzprügel mitten auf dem Weg und sie war gestürzt. Ihr Knie hatte geblutet und der Seidenstrumpf war ruiniert. Schlimmer war aber der seltsam stechende Schmerz an ihrem Hals, daran erinnerte sich Marlene ganz deutlich, und an einen Schatten. Dann war da nur noch Dunkelheit.

Sie war müde, so müde.

Dunkelheit. Länger als zuvor und dann abermals Mondlicht. Marlene war erschöpft vom vielen Denken und noch mehr vom vielen Atmen. Komm, Marlene, komm!

Der Unbekannte musste ihren Kopf etwas zur Seite gedreht haben, der Regen rann über ihre Wange und die Tropfen fanden den Weg nun auch in ihren knebellosen Mund. Das Rinnsal schmeckte nach Eisen, sie musste irgendwo im Gesicht bluten. Angewidert wollte sie die Lippen schließen, doch sosehr sie sich auch bemühte, es gelang ihr nicht und auch das Atmen fiel ihr deutlich schwerer, da waren viele Tropfen. So viele.

Schluck sie, schluck sie, schluck sie.

Ein langer, gequälter, seltsam gurgelnder Atemzug und wieder Finsternis. Für Sekunden war sie an einem warmen, dunklen Ort, dort, wo er nicht hinkonnte. Es war schön dort. Schöner als hier, wo er ihren nassen Rock nach oben schob, nicht fordernd, sondern so, als ob es ihm lästig wäre. Sie hörte ihn seufzen. Weinte er?

Langsam öffneten sich ihre Lider, ohne dass sie etwas dazu getan hätte. Arme und Oberkörper rutschten auf dem Dreck hin und her, als er sie zu sich zog. Die Steine, über die sie rutschte, rissen ihre Haut auf und einer bohrte sich unter ihr Schulterblatt.

Mach die Augen zu, Marlene, mach sie zu. Zu. Du willst nicht als Flittchen sterben. Doch genauso wenig wie der restliche Körper gehorchten die Lider. Es dauerte eine halbe Ewigkeit, bis sie wieder schlucken konnte.

Jetzt war er über ihr und Marlenes Angst wich vollkommener Leere, ihre Gedanken waren so taub wie ihr Körper. Die Steine scheuerten in seinem Takt über ihren Rücken, der Mond taumelte.

»Du kennst mich, Marlene«, flüsterte er, »und ich, ich kenne dich, du Mörderin.«

Wieder kämpften sich ihre Gedanken mühevoll an den Rand der Realität zurück. Er leckte die Regentropfen von ihren Augäpfeln und es gab nichts, was sie dagegen hätte tun können. Was hatte er gesagt? Mörderin? Marlene starrte den Schattenmann an und er flüsterte wieder.

»Du sollst sehen und nichts davon je vergessen. Vergessen hast du nicht verdient, Marlene.«

Oh Gott, er hatte so recht. Schlucken. Atmen. Ein und aus. Ein.

In ihren Augenwinkeln baumelte jetzt ein goldenes Medaillon, das sie noch im selben Augenblick erkannte. Sie hatte es einmal über ihrem Herzen getragen, Simon hatte es ihr geschenkt. Damals hatte sie es ihm heimlich zugesteckt, an dem Tag, als sie ihn holten. Der Schattenmann schluchzte über ihr, er weinte jetzt hemmungslos und er klang wie Simon.

Einatmen, ausatmen. Ein und aus.

Simon. Simon Tänzer, der Mann, den sie im Krieg in einem Viehwaggon in den Osten geschickt hatten. Der Vater ihres toten Kindes. Simon Tänzer, die Liebe ihres Lebens.

Simon.

1

Heute

Am letzten Tag, der für Richard Heinzle noch so war wie alle zuvor, goss er seine Orchideen. Er schnitt die alten Blätter ab und suchte in der Krimskrams-Schublade zwischen Büroklammern und Stiften nach den Düngerkügelchen. Er fand drei Haargummis von Christina, die Festspiel-Karten vom letzten Jahr und ein Kondom. Schnell schloss Heinzle die Schublade wieder. Wann hatte seine Tochter eigentlich aufgehört, für Hannah Montana zu schwärmen?

»Papschi, kannst du mir bitte 10 Euro leihen?«, rief Christina aus der Küche. »In der Münzdose ist gar nichts mehr Großes.«

»An was das wohl liegen könnte«, brummte Heinzle.

»Ich gebe es zu, ich war's.« Christina rutschte in ihren Socken um die Ecke, wenigstens das war noch gleichgeblieben, rosa Frottee. Sie schob ihre Unterlippe nach vorne und probierte den Dackelblick.

»Du hast ja keine Ahnung, wie wenig man beim Babysitten verdient.«

»Sicher mehr als bei der Polizei.« Heinzle lachte. »Gott sei Dank ist deine Mama aus reichem Haus, sonst wären wir schon längst verhungert. Und seit wann liegen bei uns eigentlich Verhütungsmittel herum?«

»Mann, Papschi, chill doch mal ein bisschen. Das ist alles nur harmloses Anschauungsmaterial.«

Sein kleines Mädchen stand ihm gegenüber, drückte ihm einen Kuss auf die Backe, der nach irgendetwas Fruchtigem roch, und warf im nächsten Augenblick die Verandatüre hinter sich zu.

Wieder allein widmete er sich seinen Orchideen, vorsichtig schüttelte er die an den Wurzeln haftende Kieselerde von der weißen Phalaenopsis, steckte sie in einen neuen durchsichtigen Untertopf und achtete darauf, dass keine der Wurzeln abbrach. Alle paar Jahre musste das sein, obwohl Heinzle wusste, dass die Orchideen wie er waren. Veränderungen bekamen ihm nicht gut.

An normalen Tagen besprühten sie die Orchideen gemeinsam mit dem Regenwasser aus dem Garten, bevor die Kaffeemaschine eingeschaltet wurde. Heute hatte es Christina offenbar eilig und sein Chef auch, denn Heinzles Handy hörte auf dem Küchentisch nicht mehr auf zu vibrieren.

Sieben Anrufe in Abwesenheit und das an einem Samstag, vielleicht sollte er zurückrufen, obwohl er keinen Bereitschaftsdienst hatte.

»Schön, dass du auch mal anrufst.« Die schlechte Laune seines Chefs war unüberhörbar. Untypisch, dachte Heinzle, bevor Georg leise weitersprach, er musste Zuhörer haben.

»Es wäre nett, wenn du mal bei den Bulluts auftauchen würdest, es scheint so, als ob die Dame des Hauses doch nicht wegen eines Anderen verschwunden ist.«

Nachdem sein Chef das Gespräch unwirsch beendet hatte, stotterten sich Heinzles Gedanken mühsam zu ersten Fragen. Warum war bei einem Vermisstenfall Georg vor Ort? Der Chef der Landespolizeidirektion hatte doch sicher Besseres zu tun, als dem türkischen Botschafter das Händchen zu halten, weil seine Frau seit vier Tagen nicht mehr nach Hause gekommen war. Alle waren davon ausgegangen, dass Frau Bullut sich selbst eine Auszeit verordnet hatte. Aslan Bullut saß die Hand angeblich sehr locker und es hatte schon mehrere Übergriffe auf seine hübsche junge Frau gegeben. Zumindest war das die Quintessenz aus den Gesprächen mit den Nachbarn, die Heinzle in den letzten Tagen geführt hatte.

Wahrscheinlich wäre ihm jede Frau abhandengekommen, dachte Heinzle, als er vor seinem schwarzen 912er in der dunklen Garage stand. Das Gespräch mit seinem Chef musste ihn beschäftigt haben, ganz unbewusst hatte er den Weg in den Keller genommen. Monatelang war er jetzt nicht mehr mit dem Wagen gefahren, doch offenbar war der Zeitpunkt gekommen, dass auch im Fuhrpark der Heinzles wieder Alltag einkehrte. Er arbeitete wieder, also konnte er auch Auto fahren.

Früher hatten Clara und er jede freie Minute am alten Porsche geschraubt, jetzt war das Auto noch da und Clara nicht.

Das Rolltor fuhr langsam nach oben, Heinzle blieb trotz der aufsteigenden Panik ganz ruhig sitzen, ignorierte den Beifahrersitz so gut es ging und schloss die Augen. Er fokussierte seine Gedanken auf die violette Orchidee im Sonnenlicht, sah die kleinen Blattadern, den lila Schimmer, den die Sonne der Blüte schenkte, das Purpur, das aus dem Gelb und dem dunklen Violett entstand, und langsam konnte er wieder regelmäßig atmen. Heinzle lockerte seine schmerzenden Kiefer, er hatte wieder mit den Zähnen geknirscht, ohne es zu merken. Er trocknete sich die schweißnassen Hände an seiner Jeans ab, drückte das Gaspedal durch und das altgewohnte Prickeln durchströmte ihn. Manche Dinge blieben eben immer gleich.

Eine Angst erledigt, dachte Heinzle und schoss den kleinen Hügel vor seinem Haus hinunter. Noch heute Abend würde er sein Elektrofahrrad wieder in den Schopf räumen, er war nicht fürs Strampeln geboren.

Heinzle fuhr entlang der unterirdischen Pipeline, die dem Uferabschnitt des Sees den Namen gegeben hatte, und dachte daran, dass Christina jetzt sofort ihr Handy gezückt und dutzende Bilder gemacht hätte. Seine 17-Jährige lebte quasi im Netz und musste alle Momente teilen, die ihr gefielen. Sie wäre ein perfektes Beispiel für die Schulungen der Kollegen gewesen. Was mache ich gegen die Internetsucht meines Teenagers? Heinzle wusste es nicht und es war ihm auch egal, denn auf Christina konnte er sich verlassen und ein »bisschen« süchtig war bei ihr nicht so schlimm wie bei Gleichaltrigen. Irgendwie verstand er sie, man konnte manche Dinge einfach besser schreiben als sagen. Eine kleine Chat-App war in den letzten Monaten zum neuen Vater-Tochter-Anknüpfpunkt geworden. Zuerst hatte er nur gelesen, was Christina ihm so alles schrieb, seit ein paar Wochen schaffte er es auch, ihr ein Küsschen-Emoji als Antwort zu senden. Für seine Verhältnisse war es dabei fast schon ein Wunder, dass er überhaupt wusste, wie die kleinen lustigen Bildchen hießen. Sogar zwei Fotos hatte er Christina schon geschickt und jetzt drückte er gerade auf Senden für das dritte Bild, verschwommene Bäume aus einem Auto. Die Antwort dauerte keine zwei Sekunden, wie konnte sie nur so schnell tippen?

»Deinen Job möchte ich haben.«

Links rauschte der See vorbei, Heinzle hörte die Wellen durch das offene Fenster und genoss den Luftzug im Auto, Klimaanlagen waren 1969 noch lange nicht serienmäßig.

Nach der Eisdiele bog er rechts in eine der letzten Seitenstraßen, bevor der felsige Hang und das Seeufer die Straße zum Nadelöhr machten, und landete mitten im Chaos. Hinter den Absperrbändern der Polizei stand eine bunte Mischung vor der Villa des Botschafters. Eine neugierige Truppe von Radlern machte sich gerade wieder auf den Weg, Nachbarn redeten aufgeregt durcheinander und es dauerte etwas, bis er seinen Chef sah.

»Schön, dass du uns auch noch beehrst, ich musste für dich einspringen. Wieso bist du nie erreichbar?«

»Entschuldige, ich hab mich immer noch nicht mit meinem neuen Handy anfreunden können.«

»Wir haben hier ganz andere Sorgen als dein Handy, ich habe gleich gesagt, dass bei der ganzen Sache etwas nicht stimmen kann.«

Ja, klar, manchmal ertrug Heinzle seinen Vorgesetzten nur schwer. Georg war der Allererste, der sie angewiesen hatte, den Vermisstenfall Necimede Bullut möglichst schnell in der Schublade verschwinden zu lassen. Die Polizei sei nicht zuständig für familieninterne türkische Querelen. Es war Heinzles jahrelange Erfahrung, dass man mehr und auch weniger zuständig sein konnte als Polizist. Bei Familien mit Migrationshintergrund, Christina wäre stolz auf ihn gewesen, waren seine Kollegen im Normalfall weniger zuständig. Letzte Woche hatte ein 17-jähriger Tschetschene nach seiner Festnahme wegen Ladendiebstahls klare Worte gesprochen. Lässt du mich laufen, passiert dir nichts. Migrationshintergrund versprach Ärger, alte Polizistenweisheit.

»Ich übergebe dir den Fall, mein Lieber«, meinte Georg gönnerisch, tätschelte Heinzles Schulter, sodass es auch der Fotograf von *Vol.at* sehen konnte, und ließ ihn stehen.

Guter Spruch, war es nicht schon lange seine Akte? »Georg, warte.« Heinzle hielt seinen Chef am Hemdärmel zurück. »Wieso sind wir überhaupt hier?«

»Ich hab keine Zeit, Richard, die Aasgeier von der Presse warten auf mich, es ist mit einem Wort ein riesiger Haufen

Mist und wird uns noch viel mehr davon einbrocken. Mord ist es noch keiner, aber fast so schlimm, da hat sich ein Richter ausgetobt, den Rest siehst du im Schlafzimmer.«

Noch kein Mord. Was für eine seltsame Formulierung, dachte Heinzle. Seine erste Gänsehaut hatte Heinzle im Flur der Villa. Er hörte mehrere Frauen weinen und mit einem kurzen Blick in die Küche sah er, dass dort wahrscheinlich die ganze weibliche Großfamilie Platz genommen hatte. Eines der jüngeren Mädchen, die am Boden zwischen unzähligen Buntstiften saßen und malten, kam zu ihm und zeigte mit dem Finger auf die nächste Tür im Flur. Heinzle bedankte sich bei der Kleinen, die ihn mit großen Augen traurig anschaute. Sie bückte sich, hob eine ihrer Zeichnungen auf und schob sie zusammengerollt in seine Hand.

»Bana annemi geri getirecek misin?«, murmelte sie. Heinzle verstand trotz seiner drei Jahre Türkischunterricht nur ein Wort. Anne. Und irgendetwas mit gehen oder kommen. Das Mädchen trug einen hellgrünen Pyjama mit kleinen pinken Erdbeeren, war etwa fünf Jahre alt und musste das gemeinsame Kind des Botschafters und seiner Frau sein. Ein gelber Blumenschnuller baumelte an einer Kette vom Kragen des Pyjamas und die Kleine zwirbelte gedankenverloren eine Haarsträhne um ihren Zeigefinger. Heinzle kämpfte gegen die aufkommende Atemnot und zählte die Erdbeeren auf dem kleinen Schlafanzug, vorne waren es elf. Das Kind erinnerte ihn an Christina und er war sich plötzlich sicher, dass die Frau des Botschafters das Haus nie freiwillig und für so lange Zeit ohne das Kind verlassen hätte. Er fröstelte, Gänsehaut Nummer zwei.

»Sie möchte, dass Sie ihre Mutter wieder zurückbringen.«

Heinzle drehte sich um. Die Tür, auf die das Mädchen gezeigt hatte, stand offen und der Botschafter winkte ihn ungeduldig zu sich.

Behutsam strich Heinzle dem Mädchen über den Kopf, steckte die Zeichnung ein, vermied es aber, das Kind noch einmal anzusehen. Manche Dinge sollte man nicht versprechen.

Im Wohnzimmer waren mindestens zehn Männer, es war drückend heiß und er hätte am liebsten die große Glasfront zum See hin geöffnet. Aslan Bullut folgte seinen Blicken, ging zu einem Kästchen an der Wand und tippte einen Code ein, einer der Männer öffnete die große Schiebetüre, die mit einer Alarmanlage gesichert sein musste. Bullut wirkte um Jahre älter als bei ihrem letzten Treffen. Sein Gesicht war bleich, er hatte dunkle Augenringe und seine Haare wirkten ungepflegt. Als Heinzle ihn vorgestern in der LPD gesehen hatte, war der Diplomat zuversichtlich und ließ sich überzeugen, dass man noch abwarten sollte. So schlimm schien die Situation auch gar nicht. Neci Bullut war zwar weg, aber auch ihre Handtasche samt Geld und Kreditkarten. Sowohl die Polizei als auch die Familie rechneten damit, dass sie nach ein paar Tagen wieder zu Hause auftauchen würde.

»Herr Bullut«, fing Heinzle behutsam an, »was ist denn nun genau passiert?«

Der Botschafter fuhr sich durch die wirren Haare und sah Heinzle feindselig an.

»Muss ich jetzt jedem Polizisten der Stadt die Geschichte noch einmal erzählen?«

»Nein«, wiegelte Heinzle ab, »aber ich wäre froh, wenn Sie es mir noch einmal schildern könnten, ich kenne die Fakten, aber ich mache mir gerne mein eigenes Bild, ganz unvoreingenommen. Ich sehe vielleicht etwas, das meinem Chef entgangen ist.«

Als ob er ahnen würde, dass Heinzle nichts wusste und schon gar keine Fakten kannte, musterte Aslan Bullut sein Gegenüber mit hochgezogenen Augenbrauen und ließ sich schließlich resignierend in das tiefe Sofa zurückfallen. Er massierte sich mit geschlossenen Augen seinen Nasenrücken, wahrscheinlich hatte er in der letzten Nacht nicht viel geschlafen. Dann gab er einem seiner erwachsenen Söhne, die sich bisher diskret im Hintergrund gehalten hatten, ein Zeichen und alle verließen grußlos den Raum.

»Herr Kommissar, bis heute Morgen hab ich immer gedacht, ich bin hier zu Hause.« Bulluts Deutsch war perfekt. »Aber seit …« Bullut räusperte sich und kämpfte mit den Tränen. Heinzle suchte Erdbeeren zum Zählen, er ahnte, dass er so nicht weiterkommen würde. Das Sofa war aus Schnürlsamt, er hätte Streifen zählen können, doch er riss sich zusammen. Er war definitiv noch nicht bereit für Ehemänner, die ihre Frauen vermissten.

»Herr Bullut, wieso zeigen Sie mir nicht einfach, um was es geht?«

Der Botschafter schien erleichtert, ächzend rappelte sich der Mann hoch, den er noch vor ein paar Tagen als imposante Erscheinung wahrgenommen hatte und der jetzt bestenfalls als ein Häufchen Elend durchgegangen wäre. Stumm machten sich die beiden auf den Weg in den oberen Stock. Im Flur trafen sie auf die Spurensicherung, die gerade das Feld räumte. Heinzle tauschte ein kurzes Nicken mit Wagner aus, der ihm deutete, ihn später anzurufen. Bullut ließ Heinzle keine

Zeit für mehr und schob ihn genervt weiter in das elterliche Schlafzimmer der Villa.

Heinzle sah einiges in dem geschmackvoll eingerichteten Zimmer, das Clara gefallen hätte. Den Biedermeiersekretär, die Lampe aus filigranem Murano-Glas, das große Gemälde, unverkennbar ein Hundertwasser. Als Botschafter nagte man nicht gerade am Hungertuch, aber ein Hundertwasser, das war ein Kaliber in Sachen Gehalt, das Heinzle dem Hausbesitzer nicht zugetraut hätte. Das Bild stand am Boden und noch bevor er sich darüber wundern konnte, war er aus dem Vorraum in das eigentliche Schlafzimmer getreten und sah den Grund dafür. Dort, wo der Hundertwasser vorher gehangen hatte, prangte jetzt ein Hakenkreuz. Dick und ungelenkig hingeschmiert in aufdringlichen Dunkelrotnuancen. Mindestens ein mal einen Meter groß und gerade so, dass es der Hundertwasser hinter sich verstecken konnte. Bitte lass es kein Blut sein, durchfuhr es Heinzle und am liebsten hätte er Wagner noch nachgeschrien, um ihn gleich zu fragen. Wieder fröstelte es ihn. Wer zum Teufel schmiert ein Hakenkreuz über das Bett eines Türken?

Bullut beobachtete ihn von der Seite und Heinzles Schrecksekunden waren ihm sicher nicht entgangen, er musste aufhören, die Schmiererei anzustarren.

Die Spurensicherung hatte das Bett von der Wand weggeschoben. Heinzle gab sich einen Ruck und zwängte sich zwischen Bett und Wand, um das Kreuz aus der Nähe betrachten zu können. Er wusste sofort, dass es mit den Händen gemalt worden war, sogar Fingerabdrücke waren zu sehen. Heinzle hob seine Hand und fuhr die schmalen Linien nach, die andere Finger vor ihm gezogen hatten. Er suchte nach dem

Ende des Musters und legte seine Hand auf einen perfekten Abdruck. Wieder erschrak er, die Hand darunter war deutlich kleiner, es musste die einer Frau oder eines Kindes sein. Obwohl er im ersten Moment seine Hand am liebsten wieder weggezogen hätte, ließ er sie liegen und lehnte sich mit der Wange an die Wand. Von der Seite betrachtet sah er kleine Erhebungen und war sich sofort sicher, dass es kein Blut war. Das Material war zu dickflüssig und zu deckend, der Farbton aber war dem von Blut verblüffend ähnlich. Er atmete tief durch, löste sich langsam von der Wand und drehte sich zum Botschafter um.

»Herr Bullut, wann und wie haben Sie das hier entdeckt?«

»Das hier«, schnauzte Bullut ihn an, »ist ein Hakenkreuz und gefunden habe ich es heute Morgen, als ich aus dem Badezimmer gekommen bin. Ich hatte das Gefühl, dass das Bild etwas schief hängt, ich wollte es zurechtrücken, da hat die Aufhängung nachgegeben. Ich habe es heruntergenommen und das verdammte Hitlerzeug gefunden, ich schwöre, wenn ...« Bulluts Stimme brach und Heinzle fiel ihm schnell ins Wort, er wollte keine Emotionen hochkommen lassen.

»Das heißt, Sie wissen nicht, wann es gemacht wurde?«

»Nein, natürlich nicht.« Bulluts Tonfall wurde aggressiver. »Wissen Sie eigentlich, wie das ist? Meine Frau ist weg, ich weiß nicht, wo sie ist und wie es ihr geht.«

Heinzle schluckte, nur zu gut konnte er genau dieses Gefühl nachempfinden.

Bullut redete sich in Rage. »Irgendein rechtsradikaler Irrer entführt Neci aus meinem einbruchsicheren Haus und die Polizei unternimmt vier Tage rein gar nichts!« Bullut war aufgestanden und hatte sich ihm gegenübergestellt. »Und dann kommen Sie daher und stellen noch dumme Fragen.« Ihre Nasen berührten sich fast, doch Heinzle bewegte sich keinen Zentimeter und wich dem zornigen Blick Bulluts nicht aus.

»Herr Bullut, Sie als Diplomat sind es doch sicher gewohnt, mit vielen dummen Menschen fertig zu werden, oder?«

Bullut war sichtlich um Fassung bemüht, drehte ihm abrupt den Rücken zu und stellte sich zur offenen Terrassentüre.

Heinzle räusperte sich, Herrgott, wieso hatte er sich provozieren lassen, der Mann war im Ausnahmezustand und er selbst war verhörtechnisch eindeutig aus der Übung.

»Herr Bullut, wie war Ihre Ehe?« Bullut drehte sich nicht um, doch es war offensichtlich, dass er lieber die vorige Frage beantwortet hätte.

»So, wie eine Ehe sein sollte.«

»Und wie sollte eine Ehe sein?«

»Herr Kommissar, auch wenn Sie denken, ich sei ein fundamentalistischer Ziegenhirte aus Anatolien, Neci und ich leben in einer modernen Ehe, mir ist es egal, was Sie sich zusammenreimen. Ich liebe meine Frau.«

»Die Nachbarn sagen etwas anderes, da ist die Rede von lautstarken täglichen Auseinandersetzungen.«

»Na, sehen Sie, das ist dann wohl der beste Beweis dafür, dass Neci nicht viel anders ist als eure Frauen, sie darf sogar widersprechen.« Bullut drehte sich wieder zu ihm und grinste Heinzle provokant ins Gesicht.

Heinzle lächelte zurück, 1:0 für die Türkei, dachte er und der nächste Treffer folgte sofort.

»Herr Kommissar, mich erinnert das alles an Ihre deutschen Kollegen. Viele meiner Landsleute mussten vor vier

Jahren sterben, weil man nicht nach den richtigen Bombenlegern gesucht hat. Warten Sie so lange, bis die Verrückten uns auch in die Luft sprengen? Ich will meine Frau zurück, und das hier«, Bullut zeigte mit hassverzerrtem Gesicht auf die Schmiererei an der Wand, »waren sicher keine Türken.«

Vielleicht doch, dachte Heinzle und suchte in dem Gewirr der Fingerlinien nach dem Abdruck der Frauenhand.

Necimede Bullut tauchte auch am nächsten und übernächsten Tag nicht wieder auf. Sie hatte weder Kreditkarte noch Handy verwendet und man fahndete mittlerweile europaweit nach ihr. Es meldeten sich keine Entführer, die Alarmanlage war nicht manipuliert worden und wie der Hakenkreuzmaler ins Haus gekommen war, blieb nach wie vor ein Rätsel. Die Überwachungskameras erwiesen sich als wertlos, Bullut hatte sie mit einer Ausnahme auf Standby schalten lassen. Die Aufnahmen der Kamera bei der Hausauffahrt wurden nicht gespeichert und einige Kameras im Haus waren sogar nur Attrappen.

Heinzle hatte in den letzten beiden Tagen noch einmal ohne Erfolg mit allen Nachbarn, Freunden und der Verwandtschaft gesprochen, alles sei so wie immer gewesen in den Tagen vor Necis Verschwinden, es war niemandem etwas aufgefallen. Polizeiarbeit vom Feinsten, niemand wusste etwas, niemand hatte etwas gesehen und Heinzle fragte sich nicht zum ersten Mal in den vielen Jahren, die er als Polizist bisher gearbeitet hatte, ob sich Menschen auch nur einen Deut um ihre Nachbarn kümmerten. Heute war es besser, nichts zu sehen und zu hören, solange die Ruhezeiten eingehalten wurden, andernfalls holte man die Polizei ziemlich schnell, es musste ja alles mit rechten Dingen zugehen. Dass man bei einem solchen Anruf dann nicht einmal den Namen des Nachbarn drei Häuser weiter wusste, war für Heinzle kaum zu glauben. Er kannte die Namen von allen Nachbarn und allen Kollegen. Die, die er nicht mochte, erst recht. Einen dieser unliebsamen Kollegen musste er jetzt treffen, Heinzle hatte es lange genug hinausgezögert. Voit war der Zuständige in der LPD für radikale Zwischenfälle. Heinzle hatte ihn noch nie leiden können und umgekehrt war es wahrscheinlich nicht viel anders. Der Hüne saß ihm in der Cafeteria gegenüber, gab sich betont lässig und gelassen, lümmelte in seinem Stuhl und stand nicht auf, um ihm die Hand zu geben, Höflichkeit war noch nie Voits Stärke gewesen.

»Also ich kann's dir gleich sagen, ich gebe Entwarnung, das ist alles nicht so schlimm«, meinte er, noch bevor Heinzle sich zu ihm an den Tisch gesetzt hatte.

»Na ja, wie man es nimmt, für Bullut ist es auf jeden Fall schlimmer als für dich.« Heinzle schluckte alles hinunter, was ihm dazu sonst noch eingefallen wäre.

»Ach komm, das ist doch alles übertrieben, seine Frau hatte sicher einen Anderen. Unsere Glatzen entführen doch keine Frauen und brechen irgendwo ein, die erfinden ein paar Songs mit dummen Texten, haben zu viel Flaggen im Keller, schlagen sich mit den Linken, aber so was? Nein, bei aller Liebe, das traue ich denen nicht zu.«

»Und was ist mit den Brandanschlägen auf das Asylheim letzte Woche?«

»Das waren zwei betrunkene Teenager und ich kann dir mit Sicherheit sagen, dass die beiden keinerlei Verbindungen zur Szene hatten.« Voit verschränkte seine Arme vor der Brust.

»Wenigstens gibst du zu, dass es eine Szene gibt.« Heinzle wurde langsam ungeduldig.

»Ja, aber eine Szene von Großmäulern, die einer Zeit nachheulen, die es nicht mehr gibt, das sind bellende Hunde, die nicht beißen. Das hat rein gar nichts mit den aktuellen Vorfällen zu tun.«

»Vorfällen? Ich weiß nur von einer Sache, weißt du mehr?«

»Jetzt mach doch bitte nicht so ein Drama daraus, letzte Woche haben ein paar Kids Kreuze auf die Mauer des Gymnasiums geschmiert.«

»Welches Gymnasium?«

»Das in der Gallusstraße, du kannst dir gerne die Fotos anschauen, die haben es nicht einmal fertiggebracht, die Hakenkreuze in die richtige Richtung zu malen. Das ist Kinderkram, Richard.«

Die Situation war absurd. Er saß dem Experten für Rechtsextremismus gegenüber, der behauptete, dass sein Spezialgebiet vernachlässigbar sei. Bullut schien gar nicht so unrecht zu haben. »Voit, danke für deine Mithilfe, ich will von dir eine Aufstellung aller deiner Vorfälle, ganz egal, ob sie aus deiner Sicht vernachlässigbar sind oder nicht.« Heinzle stand auf. »Wer ist der Chef, wie sind die Rechten organisiert, wie viele sind es überhaupt? Ich will die Unterlagen bis morgen auf meinem Schreibtisch haben.«

Grußlos hatte Heinzle den Kollegen sitzen gelassen und staunte eine Stunde später nicht schlecht, als Cilli, die Assistentin seines Chefs, ihm augenzwinkernd eine dünne Mappe auf den Tisch legte und einen schönen Gruß von Voit ausrichtete.

Der Anführer der rechten Recken hieß Thorsten Kleiner, war Vorsitzender der Division Vorarlberg von *Blood and Honour* und Heinzle hatte augenblicklich ein ungutes Gefühl. Kaum zu glauben, Blut und Ehre, was waren das nur für Idioten.

Die Liste der Vorfälle, die angeblich keine waren, steigerte Heinzles Unwohlsein. Wie konnte es sein, dass er von den Kollegen nichts davon erfahren hatte, und wie hatte Georg es geschafft, das alles vor den Medien zu verheimlichen? Klar, Heinzle erzählte man nicht alles, er hatte sich ein paarmal zu weit links und zu liberal aus dem Fenster gelehnt, war nicht bekennender FPÖ-Wähler und nach dem Tod von Clara vielleicht noch zurückhaltender geworden. Aber dass er davon nur teilweise gehört hatte? Unglaublich.

Ein Schweinskopf gepfählt vor dem Eingang einer Moschee, Massenschlägereien zwischen türkischen und rechten Jugendlichen, Graffiti-Schmierereien bei mehreren Flüchtlingsunterkünften, illegale Böller unter einer Gartenbank vor dem Asylheim in Hard, die die Fensterscheiben im Umkreis von hundert Metern zerbersten ließen. Ein Brandsatz war durch das Fenster eines Gebetshauses geworfen worden, das bei ihm um die Ecke lag. Rechte Rockkonzerte mit tausenden Besuchern aus dem grenznahen Bereich mit Ausschreitungen. Zahlreiche *88*-Schmierereien auf dem jüdischen Friedhof in Hohenems, *Heil Hitler* auf jüdischen Grabsteinen. Ein toter Skinhead bei einer Prügelei in einem Motorradclub 2009 und ein Toter auf einem Rockkonzert, nachdem ein bekannter Neonazi seine selbstgebaute Kalaschnikow ausgepackt hatte. Okay, davon hatte Heinzle gehört, aber der Rest? Prost, Mahlzeit. Ein 14-jähriges syrisches Flüchtlingskind, das an einer Bushaltestelle wegen seines Kopftuches krankenhausreif geschlagen wurde. Der Besitzer des Dönerladens, bei dem Christina und er ab und zu Dürüm aßen, hatte seit mehreren Monaten rechtsradikale Drohbriefe bekommen und sogar tote Ratten wurden vor den Eingang seines Lokals gelegt.

Heinzle war elend zumute. Er fischte sich ein Aspirin aus der obersten Schreibtischschublade und schluckte es ohne Wasser. Wo lebte er eigentlich?

Ohne anzuklopfen, stand er zwei Minuten später im Zimmer von Voit, der ihn herausfordernd angrinste.

»Offenbar hast du meine Unterlagen bekommen.«

»Das sind also alles Bagatelldelikte für dich, ein kleines Mädchen belästigen auch?«

»Ja, was meinst du, wie es unseren Frauen auf den Straßen geht? Die werden jeden Tag belästigt von dem Pack, und zwar mit Messern, Heinzle. Liest du eigentlich Zeitung, wenn schon keine Polizeiakten? Lebst du in einem Paralleluniversum?«

»Lass das, wir reden jetzt von deinen Akten.«

»Okay, dann kommen wir wieder zu deiner Miss Burka. Mit 14 ist man kein Kleinkind mehr, die wusste, was sie tat, und offensichtlich hat sie die Jungs provoziert.«

»Das glaubst du ja selbst nicht, ein Mädchen legt sich allein mit drei Skinheads an?«

»Heinzle, die Kleine hat den Jungs ‚Ihr seid Sünder' nachgerufen und ‚Allah wird euch richten'.«

»Aha«, maulte Heinzle.

»Ja, aha. Es gibt leider nichts, was es nicht gibt, das wissen wir doch als Polizisten.« Jetzt versuchte Voit also, auf Gemeinsamkeiten zu pochen. Die Polizei, das war ein Team und Voits dämliches Grinsen sollte ihn daran erinnern, dass sie auf der gleichen Seite standen.

»Das Mädchen konnte sich nur falsch verhalten, Voit, die hatten es auf sie abgesehen.«

»Die verweigert ganz einfach die Integration in unsere Gesellschaft und nebenbei hat sie ein paar Grenzen überschritten. Die erste, als sie illegal in unser Land gekommen ist. Wir leben in einem Land, in dem wir uns an Gesetze halten sollten, oder gelten die neuerdings nicht mehr für dich? Dann musst du dich vielleicht um eine Anstellung im Schlaraffenland kümmern, der Staatsdienst ist anscheinend nichts mehr für dich. Das Mädchen gehört hier nicht her, basta.«

»Weil sie ein Kopftuch trägt? Ehrlich, du kotzt mich an.«

»Das wird den Jungs ähnlich gegangen sein. Wieso müssen wir hier in unserem Land von den Kopftüchern überschwemmt werden? Wenn sie schon hier sind, sollen sie sich wenigstens an unsere Gepflogenheiten halten und sich ordentlich verhalten und sich unseren Werten anpassen. Ich bin kein Rassist, aber ich will in meinem Land in Ruhe leben, nach meinen Regeln.«

»Gehört zu deinen Regeln, dass man mit 14 Jahren wegen seiner Kopfbedeckung körperlich misshandelt werden darf?«

»Ich will damit sagen, dass man bei uns keine Kopftücher trägt und schon gar nicht die beschimpft, die einem ein angenehmes Leben zahlen. Wenn es so weitergeht mit denen, dann müssen unsere Mädchen auch irgendwann einmal mit einer Burka vors Haus. So viele Kinder, wie die kriegen, die überholen uns locker. Willst du, dass deine Tochter einmal nichts mehr tun darf, für das deine Frau gekämpft hat?«

»Lass Clara aus dem Spiel«, zischte Heinzle.

»Ich kann auch meine Frau als Beispiel nehmen, die hat nämlich Angst, am Abend noch allein aus dem Haus zu gehen. Findest du es normal, dass Mädchen Pfeffersprays in ihren Handtaschen haben? Und an unseren Grenzen stehen tausende von denen. Unter den Flüchtlingen sind dutzende Vergewaltiger und Mörder und das jeden einzelnen Tag. Was die wollen, hat man in Wien gesehen. Ich will am Abend gemütlich auf ein Bier und will keine Angst haben, erschossen zu werden. Die sind nicht gut für unsere Gesellschaft.«

»Wen meinst du eigentlich mit *die?*«

»Das weißt du ganz genau, die Asylanten, die Tschetschenen, die Afghanen, die Türken und so weiter, du kannst dir von mir aus was aussuchen.«

»Bleiben wir bei deinen Türken, die meisten sind nämlich hier geboren und haben den gleichen Pass wie du, Voit.«

»Dass ich nicht lache, die Erdowahns kommen alle zu uns, genießen hier bei uns das freie demokratische Leben, nützen unser Sozialsystem gnadenlos aus und bringen nicht einmal einen einzigen deutschen Satz auf die Reihe.«

»Die Deutschen überm See behaupten sicher das Gleiche von dir.« Heinzle grinste.

»Dir wird das Lachen schon noch vergehen, du linker Träumer. Schau dir bitte auch mal diese Akten an.« Voit drückte Heinzle eine deutlich dickere Mappe als die mit den rechtsradikalen Zwischenfällen in die Hand. »Wir werden überrannt von denen und man darf es nicht einmal zum Thema machen in der Öffentlichkeit. So weit sind wir schon mit unserer Meinungsfreiheit, dass wir einen Maulkorb verpasst kriegen. Ich an deiner Stelle würde deine Tochter abends nicht mehr allein auf die Straße lassen. Nicht alle Flüchtlinge bereichern unsere Kultur. Überleg dir das mal. Das ist eine Zumutung.«

»Da gibts nichts zu überlegen, die einzige Zumutung, die ich momentan erkennen kann, bist du, Voit!«

Heinzle drehte sich um und stieß beinahe mit Ulli zusammen. Sie war das Mädchen für alles in der LPD und offensichtlich gerade in Richtung Cafeteria unterwegs. Zustimmend reckte sie ihren Daumen nach oben. Ob sie wohl auch einen Pfefferspray hatte?

Auf dem Weg zu Voits harmlosem Spinner und Chef der heimischen Rechtsextremen kam Heinzle im Auto ins Grübeln. In der LPD hatte er noch einen kurzen Blick auf das Verzeichnis der Aktenvermerke von Voits zweiter Mappe geworfen. Körperverletzung, Vergewaltigung, sexuelle Belästigung, häusliche Gewalt, gefährliche Drohung, Eigentumsdelikte. Die Familiennamen der Täter klangen fremd, keiner von ihnen war das, was Voit als Österreicher bezeichnet hätte. Das Erschreckende dabei war, dass die Akte nicht nur deutlich umfangreicher war, sondern auch noch von einem einzigen Jahr stammte. Die beigefügte Statistik war eindeutig. 40 Prozent der Kriminalfälle wurden im vergangenen Jahr von Tätern mit nicht österreichischem Herkunftsland begangen. Allen voran Afghanen, gefolgt von Tschetschenen und türkischen Migranten. In Dornbirn war ein Türke auf die Bezirkshauptmannschaft marschiert und hatte den für ihn zuständigen Sachbearbeiter mit dem Messer getötet, weil er keine Sozialhilfe mehr bekam. Dieser Fall war lange Gesprächsthema Nummer eins unter Heinzles Kollegen und hatte auch die toleranteren seiner Freunde zum Umdenken bewegt. Vielleicht hatte Voit doch recht.

Heinzle musste das Fenster öffnen, Verständnis für einen Rassisten war so ziemlich das Letzte, was er sich eingestehen wollte. Wie blind hatte er die letzte Zeit eigentlich gelebt? Er war drei Monate freigestellt und hatte in dieser Zeit und wahrscheinlich schon lange davor nicht viel mitbekommen vom Alltag und dem Leben anderer Menschen in dieser Stadt. Clara und ihre Krankheit standen im Vordergrund. Heinzle hatte sich nur wenig darum gekümmert, was abseits von Familie und Arbeit los war. Er hatte Existenznöte, keine finanziellen, aber emotionale, und in Krisenzeiten wird man offenbar pragmatisch. Da bleibt kein Platz für Politik, für sinnlosen Smalltalk mit Kollegen und fürs Zeitunglesen. Wen interessierte Wahlkampf, wenn es ums Sterben ging?

Das Klima rund um ihn herum war rauer geworden, so viel stand fest. Voit hatte mit einem auf jeden Fall recht, vor den österreichischen Grenzen hatte es sich vor nicht allzu langer Zeit abgespielt, tagtäglich standen dort tausende muslimische Flüchtlinge. War er ein naiver Gutmensch, der Vergewaltigern und Terroristen noch Rosen streute?

Nein. Seine Welt war nicht nur schwarz und weiß, seine Welt bestand aus ganz viel Grau. Seine Wahrheit war eine andere, in seinem Haus waren alle Menschen willkommen. Christina hatte eine vietnamesische Freundin und eine aus Bosnien, er selbst spielte alle paar Wochen Karten mit Mohammed, seinem marokkanischen Arzt und Freund. Ihre Putzfrau kam aus Serbien. Bei den Heinzles hatte man keine Vorurteile und Klischees. Punkt. Und doch, wenn er ehrlich war, blieb eine Frage. Wie viele Berührungspunkte hatte er schon mit den 18 Prozent muslimischen Migranten im Land – die kulinarischen Begegnungen ausgeschlossen? In der Dönerbude unterhielt man sich höchstens über Fußball und ganz bestimmt nicht über Politik. Und über Religion? Nein, noch weniger. In den letzten Jahren waren tausende Kriegsflüchtlinge auf Vorarlbergs Gemeinden verteilt worden, er kannte keinen einzigen persönlich. Konnte es sein, dass in dieser Stadt tausende Muslime lebten und er nur mit einem einzigen näheren Kontakt hatte? Und war Mohi ein typischer Moslem? Wohl eher nicht. Er betete nicht, er fastete nicht, er trank Alkohol, lebte in wilder Ehe mit seiner Freundin und hatte einen rabenschwarzen Humor, der auch nicht vor Göttern Halt machte, ganz egal, welcher Konfession sie waren. Seine arabischen Erfahrungen bestanden also aus einem Moslem, der sich darum bemühte, nicht muslimisch zu sein. Wie konnte sich Heinzle also so sicher sein, dass unter dem Rest der Einwanderer nicht doch Schläfer, Terroristen und Vergewaltiger zu finden waren? Wie konnte man wissen, wer ein guter Mensch war? Und wollte er, Heinzle, der Staatsdiener und Kommissar, wirklich Messerstecher in Asylheimen und Gewalttäter auf den Straßen? Konnte Christina noch sicher leben, wenn immer mehr Muslime in Österreich lebten? Wäre sie ein Opfer aus Voits dicker Mappe, wie weit her wäre es dann noch mit Heinzles Toleranz?

Wütend kurbelte er das Fenster auf der Fahrerseite weiter nach unten, er war kein bisschen besser als Voit, auch bei ihm gab es *uns* und *die anderen*. Mist, in den kühnsten seiner Träume hätte er vor ein paar Jahren nicht gedacht, einmal ernsthaft über solche Probleme nachdenken zu müssen.

Heinzle streckte und schüttelte sich, er musste die düsteren Gedanken loswerden und schrieb Christina, um sie zu bitten, den *Blood-and-Honour-Typen* für ihn zu googeln. Zumindest den Zugang zu schneller Information liebte Heinzle an einem Smartphone. Seine Tochter in Ermittlungen miteinzubeziehen, war vielleicht nicht die beste Idee, aber man musste ja keine Details dazu liefern. Zwar nach Informationen fragen, aber keine hergeben, das war gar keine so schlechte Strategie. So kam er Christina sicher wieder ein bisschen näher, gab ihr das Gefühl, wichtig für ihn zu sein. Von seiner Tochter hätte er sich ein großes Stück abschneiden können, vor allem von ihrem Mut, sich in den letzten Monaten nicht gehen zu lassen, nicht den Sand in den Kopf zu stecken, sich um den Rest der Welt zu kümmern. Christina war die Einwandererproblematik sicher genauso wenig egal wie das Plastik in den Weltmeeren oder das Ozonloch. Klar, sie war unendlich traurig, aber sie hatte Freunde und für Christina war das Leben wieder schön. Heinzle hingegen war noch nicht so weit. Er lebte. Das musste fürs Erste reichen.

Sein Handy klingelte.

»Papschi, was hast du neuerdings für Freunde? Das ist ein wilder Typ. Der spielt in so einer Fascho-Band und liebt echt seltsame Gedichte.«

»Wow, und das alles in ein paar Minuten, habe ich dir eigentlich schon gesagt, dass du unverzichtbar für meine Ermittlungsarbeit bist? Ist Kleiner ein Skinhead, hat er eine Glatze?«

»Im Gegenteil, der hat eher zu viele Haare und das auch noch an der falschen Stelle.«

»Wie meinst du das?«

»Du checkst heute rein gar nichts.« Heinzle hörte Christina übertrieben ausatmen und musste lächeln.

»Er hat einen Hitlerschnauz. Ich mach schnell einen Screenshot und schick ihn dir, okay?«

»Danke, Nini. Du, wenn wir gerade bei den Nazis sind, was war denn das mit den Hakenkreuzen bei euch an der Schule?«

»Keine Ahnung, aber die Idioten haben keine Chance, wir haben schon eine Mahnwache abgehalten und Flugblätter verteilt.«

»Übertreib es nicht, Christina, nicht dass du mir heute Abend noch mit einem Che-Guevara-T-Shirt nach Hause kommst.«

»Hahaha, du bist echt alt geworden Papschi, wer trägt denn das noch? Aber ich verspreche, ich suche extra für dich meinen Snowden-Pulli.«

Er war wirklich alt geworden, und er fühlte sich noch um einiges älter, als er das Bild von Kleiner öffnete. Warum musste gerade er sich mit diesem kranken Mist abgeben? Am liebsten hätte er auf der Stelle Georg angerufen und ihm den Fall wieder zurückgegeben, aber Heinzle musste endlich auch beruflich wieder in den Alltag finden. Aufgeben war keine Option, das musste er Christina zuliebe schaffen, nur herumhängen ging nicht. Er saß wieder in seinem 912er, also konnte er auch wieder arbeiten. Schluss mit dem Selbstmitleid.

Kleiner sah aus wie ein faltiger Hitlerjunge und hatte die blonden, an den Seiten kurz geschnittenen Haare akkurat nach rechts gekämmt, wohin auch sonst. Der Oberlippenbart konnte sich allerdings mit dem des Vorbilds nicht messen. Mit den hellen Haaren sah der Schnauzer eher wie eine lächerliche bleiche Kopie aus und so, als ob dem Träger links und rechts die Haare ausgegangen wären. Sein Hemd mit Metallknöpfen an den Brusttaschen war hellbraun, die Krawatte schwarz und mit einem seltsamen Knoten gebunden.

Gab es eigentlich nicht auch einen Kleidungsstil, der unter Wiederbetätigung fiel?

Wenig später stand Heinzle in der Achsiedlung vor der seltsamsten Türe, die er je gesehen hatte. Er fotografierte das wirre Durcheinander an Graffitis und schickte das Foto Christina. Irgendwann einmal war die Türe weiß gewesen, jetzt wechselten sich Schichten mit Sprüchen und Zeichen ab. Wiederkehrende Motive waren der Halbmond und arabische Schriftzüge, Totenköpfe, Zahlenkombinationen und oben ein grell gesprühter Schriftzug, der Heinzle nichts sagte, *Combat 18*. Die zweite rote Sudelei der letzten Tage. Allerdings nicht in der noblen Villa eines Botschafters, sondern im sozialen Brennpunkt der Stadt. Würde Heinzle hier wohnen, dann müsste er sich über muslimische Freunde wahrscheinlich kein Kopfzerbrechen machen. Hier hatte man viele oder gar keine. Kleiner hatte definitiv keine. Seine Türe war nicht der Eingang zu einer Wohnung, sondern eine ethnische Litfaßsäule. Hier war Kleiner der Außenseiter, warum, konnte man am Namensschild erkennen. Winzig klein war dort statt einem Wohnungsbesitzer eine klare Botschaft zu lesen: *white revolution – the only solution.*

Idiot. Genervt läutete Heinzle Sturm und dachte an seine Dienstwaffe in der untersten Schublade seines Schreibtisches. In der Wohnung tat sich nichts und gerade als er sich umdrehen wollte, nahm er eine Bewegung im Augenwinkel wahr, mit einem leisen Klicken war das Türschloss aufgesprungen. Was sollte das denn? War das eine Einladung? Sachte gab Heinzle der Türe einen Schubs, die Wohnung vor ihm lag vollkommen im Dunkeln. Draußen schien die Sonne und mit den einfachen Rollos, die er bei seinem Rundgang um den Block gesehen hatte, war diese Art von Dunkelheit nicht zu erzeugen, die Fenster mussten abgeklebt sein.

»Herr Kleiner?« Heinzle tastete langsam von außen mit der Hand die Wand entlang, fand den Lichtschalter und betätigte ihn, es blieb dunkel. In Fernsehkrimis wäre das der richtige Zeitpunkt für Verstärkung gewesen, doch Heinzle wollte sich nicht lächerlich machen. Das hier waren die Realität, seine Stadt und sein Metier. In 38 Dienstjahren war er noch nie in eine brenzlige Situation gekommen und das würde auch die Begegnung mit einem lichtscheuen Rechten nicht ändern.

»Herr Kleiner, ich bin von der Poli…« Weiter kam er nicht, er wurde ruckartig in die Wohnung gezogen. Die Türe hinter ihm schlug zu und wenn er vorher noch Umrisse von Möbeln erahnen konnte, sahen seine an die Helligkeit des Treppenhauses gewöhnten Augen jetzt gar nichts mehr. Heinzle drückte sich instinktiv ganz an die Wand.

»Herr Kleiner, ich bin von der Polizei, ich bin Kommissar.« Heinzle hoffte, dass seine Stimme selbstsicher und mutig klang. »Unten stehen meine Kollegen und warten auf meinen Anruf.« Angsthase.

Ein Lufthauch kündigte die Faust in seinem Gesicht an, bevor er sie spürte. In der Dunkelheit explodierten hunderte kleine Sternchen und der Schmerz zog Heinzle die Füße weg, langsam rutschte er die Wand hinunter, verlor aber nicht das Bewusstsein. Der Angreifer durchsuchte seine Taschen, Heinzle ließ ihn, er hatte wenig Lust auf weitere Schläge und war mit seiner blutenden Nase beschäftigt. Kleiner hatte seinen Dienstausweis gefunden, stand auf und im nächsten Augenblick ging in einem Nebenzimmer das Licht an. Heinzle presste die Augen zusammen, was links deutlich mehr wehtat. Gerade als er sein Handy aus der Gesäßtasche ziehen wollte, hörte er den anderen telefonieren.

»Bin ich hier bei der Notrufzentrale? Bei mir ist eingebrochen worden und schicken Sie bitte noch einen Arzt mit, ich musste mich verteidigen.«

»Sehr gut, dann kann ich mir den Anruf ja ersparen«, blaffte Heinzle wütend. Er versuchte aufzustehen, zog sich mit wackeligen Knien an einer Kommode hoch und wischte sich die blutende Nase an seinem Hemdsärmel ab. Der Idiot hatte ihn voll erwischt. Licht durchflutete den Raum, Zimmer für Zimmer öffnete Kleiner die innen montierten Holzläden und Rollos. Das Ganze glich eher einem Bunker als einer Wohnung, was zum Gesamtwerk noch fehlte, waren Schießscharten an den Holzvertäfelungen. Hier wohnen zu müssen, machte ganz bestimmt depressiv. Die Ratte und ihr Bau, dachte Heinzle und setzte sich auf einen Stuhl, ihm war immer noch schwindelig. Kleiner ignorierte ihn.

Der Großteil seiner Kollegen hätte nach dem Angriff wahrscheinlich die Dienstwaffe gezückt und Kleiner in die Mange genommen, Heinzle saß nur zitternd da und ärgerte sich. Über sich, über den Schläger, über den Fall und darüber, dass er unbedingt wieder arbeiten gehen wollte.

»Sagen Sie mal, gehen Sie eigentlich immer so um mit Ihren Besuchern?« Heinzle fiel das Sprechen schwer, seine Kehle war ausgetrocknet und seine Nase angeschwollen.

»Nein, und wenn Sie kein Bulle wären, würde es mir tatsächlich leidtun.«

»Das wird es Ihnen sicher noch.«

Kleiner, dessen Frisur nur halb so adrett wie auf dem Foto war, warf ihm ein nasses Handtuch zu.

»Wenn Sie wüssten, was hier schon alles in die Wohnung wollte, dann würden Sie ähnlich reagieren.«

»Bei Mitmenschen, wie Sie einer sind, würde mich eine kleine Tätlichkeit auch reizen.« Heinzles Lebensgeister kehrten langsam wieder zurück und seine Knie hatten aufgehört zu zittern.

»Die verdienen das, die sind der Abschaum der Gesellschaft.«

»Sie scheinen mir auch nicht gerade die Elite zu sein.«

»Schnauze, Kanakenfreund!«

»Vorsicht, Kleiner.« Heinzle wischte sich behutsam das Gesicht mit dem Handtuch ab.

»Ja klar, spuck nur große Töne, Bulle, du wohnst auch nicht hier. Deine Asylanten-Kollegen kommen gerne, wenn es dunkel ist, und haben immer Mitbringsel dabei, brennende Flaschen mit explosivem Inhalt oder anderen kranken Scheiß, und meine Katze haben sie auch vergiftet.«

»Davon steht aber nichts in den Akten.«

»Pfff, dass ich nicht lache, Akten. Die werden doch nur angelegt, wenn es um Patrioten wie mich geht, die sich wehren. Von den Türken, Arabern und Tschetschenen gibt es sicher keine. Und außerdem kann ich mich ganz gut selbst wehren. Ich bin kein kleines Baby und renne zum Heulen zu den Bullen. Das regeln wir selbst.«

»Wir?«

»Ich und meine Freunde.«

Heinzle verzog das Gesicht zu einem schiefen Grinsen, ließ es aber sofort wieder, morgen würde er ein nettes Veilchen haben.

»Ich sehe schon, Herr Kleiner, Sie setzen Prioritäten, der Esel kommt immer zuerst.«

»Was?«

»Ach nichts, das würden Sie nicht verstehen.«

»Reicht dir eins aufs Maul nicht zum Kuschen?« Kleiner funkelte ihn feindselig an und Heinzle fragte sich, wie lange es eigentlich dauerte, bis die Polizei nach einem Notruf vor Ort war. Für seinen Geschmack eindeutig zu lange. Verbale Ablenkung war gefragt.

»Wer sind denn Ihre Freunde?«

»Das hast du doch sicher schon alles nachgeprüft, sonst wärst du nicht hier.«

Heinzles Handy vibrierte und er war für die Ablenkung froh, umständlich zog er es mit einer Hand aus seinem Hosensack. Christina hatte ihm Infos zu *Combat 18* geschickt, die Heinzle schnell überflog. Immer noch huschten kleine Blitze über sein Blickfeld und er konnte die Bildschirmansicht nicht vergrößern. Britische radikale Rechtsrockband, *Combat* stand für *Kampf* und *18* war ein idiotisches Rechenspiel mit Buchstaben, 1 für A und 8 für H.

»Bei den netten Kritzeleien an Ihrer Türe müssen Sie sich nicht wundern, dass ab und zu mal ein Bulle davorsteht.«

»Hast du auch das andere Zeug gesehen? Das ist mindestens Sachbeschädigung und auf jeden Fall gefährliche Drohung.«

»Damit scheinen Sie sich ja bestens auszukennen.«

»Scheißbulle, das hier ist Kriegsgebiet, ich wohne nicht wie du privilegiert am Pfänderhang.«

Hoppla, von wo wusste er das denn? Heinzles ganzer Kopf schien zu kribbeln, Kleiner hingegen hatte sich langsam warm geredet.

»Ich wohne hier im Ausnahmezustand.«

»Ja klar, das sagen die anderen sicher auch mit Ihnen als Nachbar.«

»Wenn wir es nicht regeln, dann regelt es keiner. Ihr macht euch alle in die Hose vor Ankara und Putin. Die Russen machen das richtig, die verfrachten das Pack in den Knast oder stellen sie gleich an die Wand und in Syrien bombardieren sie das Gesindel. Und was macht man hier mit ihnen? Man pinselt ihnen den Bauch und lässt uns kleine Steuerzahler schön blechen. Ihr wollt politisch korrekt bleiben, integrieren, herunterspielen und immer schön gut sein! Und was bringt deine Bahnhofsklatscherei uns Österreichern? Dass ich mich hier, mitten in meinem Land, verbarrikadieren muss?«

»Warum wohnen Sie denn genau hier in der Siedlung?«

»Weil das meine Heimat ist, Arschloch!«

Die Kollegen, die zum vermeintlichen Einbruch in der Achsiedlung auftauchten, staunten nicht schlecht, als ihnen Heinzle die Türe öffnete. Dass er dann auch noch der Einbrecher sein sollte, war der Garant für Hänseleien in den nächsten Tagen und führte schon vor Ort zu einigem Gelächter. Kleiner musste mit in die LPD und Georg nahm ihn nach Strich und Faden auseinander. Kleiner sah aus wie der perfekte Hakenkreuzschmierer und hörte sich auch so an. Für Georg ein gefundenes Fressen. Hinter der Scheibe des Verhörraumes beobachtete Heinzle, wie sich die Stimmung veränderte, als Necimede Bulluts Name fiel. Heinzle öffnete die Türe und kam gleich zur Sache.

»Hübsch ist sie, die Neci, das muss man dem Botschafter lassen, der hat Geschmack.«

Kleiner wusste sofort, in welche Richtung das Gespräch gehen würde, dumm war er also nicht. »Moment mal, ihr Vollpfosten, wollt ihr mir vielleicht eine Entführung anhängen?« Natürlich hatte auch er vom Verschwinden der Botschafter-Gattin und von den Schmierereien gehört.

»Wir wollen gar nichts, was wollen Sie?«

»Ganz bestimmt keine Kanakenbraut, die könnte man mir auf den Bauch binden und es würde sich rein gar nichts bei mir tun, wenn du verstehst, was ich meine. Nada, null, niente.«

»Können Sie das auch auf Türkisch?«

»Arschloch.«

»Ja, das hatten wir schon mal, und wie schaut's mit Englisch aus? Als Fan von einschlägigen Bands braucht man einige Vokabeln.«

»Für wichtige Botschaften reicht es.« Kleiner sah Heinzle verächtlich an.

»Und für solche wie mich schreibt man die wichtigen Botschaften einfach auf die Türe, oder?«

»Ist das vielleicht verboten? Ihr Linkslinken vermiest uns das Leben schon genug mit eurer Schein-Demokratie und wenn man dann mal seine freie Meinung äußern will, dann sitzt man gleich hier. In Wahrheit ist Österreich eine Diktatur.«

»Sie sitzen hier, weil Sie mich in Ihre Wohnung gezogen und angegriffen haben.«

»Ich habe gedacht, es sei ein Ali.«

»Falsch gedacht, es war ein Richard.«

»Lustig, Bulle.«

»Kennen Sie den Botschafter?«

»Wer kennt den nicht? Aber zu tun will ich mit dem genau gar nichts haben.«

»Das geht ihm wahrscheinlich gleich.«

»Reden wir nicht um den heißen Brei, Sie suchen die kleine Türkenschlampe und ich hab absolut keine Ahnung, wo sie ist. Ich kenne sie nur aus den Zeitungen und ich hatte in der Vergangenheit null Kontakt zu ihr, ihrem Stecher oder zu sonst jemandem von dem Clan. Ich denke, das war es hier für mich.«

»In der Kategorie Denken scheinen Sie mir nicht gerade der Hellste zu sein. Obwohl, da liege ich jetzt falsch, Sie sind eher ein Zahlenmensch, oder?«

»Muss dich ziemlich jucken, dass Zahlen nicht strafbar sind, Bulle.«

Heinzle hatte, was er wollte, er hatte Kleiner ordentlich nervös gemacht, die Körperverletzung landete sicher vor Gericht, die Beamtenbeleidigungen waren ihm egal und für heute war es das. Heinzle kritzelte etwas auf einen Zettel und überreichte ihn Kleiner.

»Damit Ihnen nicht langweilig wird in Ihrem Führerbunker, gebe ich Ihnen was mit zum Knobeln, und die Stadt bitte nicht verlassen.«

Auf dem Blatt standen ein paar Ziffern. 1 – 18 – 19 – 3 – 8 – 12 – 15 – 3 – 8.

Kleiner starrte neugierig auf die Zahlenkombination. Georg schüttelte grinsend den Kopf, zerknüllte den Zettel und warf ihn in den Papiereimer. Es war Zeit, nach Hause zu gehen, sie hatten nichts gegen Kleiner in der Hand. Der Botschafter, der Kleiner vom Nebenraum aus kurz beobachten durfte, erkannte ihn nicht und war sich sicher, dass er ihn noch nie zuvor gesehen hatte. Heinzle war sich auch sicher. Kleiner war nicht ihr Entführer.

2

Die Bosheit hat nicht das Leid des anderen zum Ziel, sondern unseren eigenen Genuss.

Friedrich Nietzsche

Manchmal suchte Melancholie, schwarze Melancholie, ihn heim und die Einsamkeit stach bei jedem Gedanken bis in die letzte seiner Gehirnwindungen. Du bist allein, Blum, *allein*, flüsterte es an solchen Tagen unaufhörlich in seinen fein säuberlich geputzten Ohren.

Das Sich-selbst-überlassen-Sein breitete sich im Laufe des Tages aus, von den dunklen Haarwurzeln bis in die Fingerspitzen, brannte höllisch unter den kurz geschnittenen, manikürten Fingernägeln. Allein.

Die Isolation war wie Frieren von innen, wie eine umgestülpte Gänsehaut. Die hauchzarten Härchen wuchsen im Rückwärtsgang nach unten, bohrten sich durch Haut, Fett und Gewebe, kratzten am Ziel angekommen an seinen Herzkammerwänden. Die stacheligen Eindringlinge in seiner sonst straff organisierten Fühlwelt verursachten Kammerflimmern, bereiteten krampfartige Gemütsschmerzen.

Blum hasste solche Tage. Ein Blum war immer Herr der Lage, ließ sich durch nichts aus der Ruhe bringen, ließ nichts an sich heran. Aber gegen die einsamen Tage war er machtlos. Er musste sie durchstehen, aussitzen.

Meist gegen Abend hatte er sich dann endlich satt empfunden am Verlassen-Sein. Sein Innerstes tat ihm weh, war wund und rot gefühlt.

Am Ende eines pechschwarzen Melancholietages pflegte er auszuschwärmen, sehnsüchtig besuchte er die Geliebten. Seine Schmetterlingsweibchen waren in den verschiedenen Stadien der Blum-Metamorphose. Schuppige kleine Verwandlungskünstler, mit allen Wassern gewaschen und nur für ihn in allen Regenbogenfarben schillernd. Im Kaleidoskop seines Fernglases wohnten zarte Raupen, unschuldig und erst kürzlich für sehenswert befunden. Stattliche Exemplare für den kleinen Hunger zwischendurch ließen sich bei der 8- bis 10-fachen Vergrößerung nieder. Die fetten Vollgefressenen richteten es sich kurz vor der konkaven Linse häuslich ein. Sie hatten den Kontrakt zum Geholt-Werden mit schwingenden Hüftbewegungen, Wimpernaufschlägen und ihren Genen schon lange unterzeichnet. Sie lebten ihr geruhsames Falter-Leben, tranken süßen Alltags-Nektar und ahnten nicht, dass sie nur noch ihr langweiliges Leben lebten, um ihm zu gefallen. Ihm allein.

In seinen lauen Nachtfantasien umkreisten sie ihn, sie umschwärmten ihn, denn sie waren die Motten und er das Licht. Blum war das schwarze Loch in ihren Insekten-Galaxien, allgegenwärtig und doch unsichtbar. Die Motten erkannten seine heißen Fernglas-Finger nicht, die sich ihnen in der Dunkelheit fordernd entgegenstreckten, die durch Linsen liebkosten und erkundeten. Die Falter hatten keine Angst, obwohl sie kurz davor waren, sich ihre zarten Elfenbeinflügel zu verkohlen, abzubrechen, fluguntüchtig zu werden.

Ein Nachtfalter war meistens besonders. Blum wollte die Lebenslustigste ohne Scheu, ohne Respekt vor dem Schwarz der Nacht. Auf dem unbeleuchteten Weg vom Auto zur Haustüre trällerte sie kein Liedchen, musste sich nicht beruhigen. Der Premium-Falter lackierte sich am offenen, hell erleuchteten Fenster die Zehennägel bordeauxrot. Die Königin der Nachtschwärmer ließ ihr Schlafzimmerfenster offen, reckte ihm schlummernd ihre Nacktheit entgegen.

Genau so ein Falter war Leonie. Sie war besonders. Falter durch und durch und so schön wie ihr Name. Seit mehr als elf

Stunden war er schon durstig und hungrig nach ihr. Leckte in der Abenddämmerung den Schweiß durch die geöffneten Fernglas-Poren von ihren Schläfen, blies ihr sanft den nackten Rücken entlang, massierte umrahmt von runden Cinemascope-Rändern ihren Rücken. Sie schnitt ihm mit dem Gummi der Fernglas-Augen ins Gesicht, brandmarkte ihn, machte Abdrücke und Kerben in seine Haut und sein Gedächtnis. Der Leonie-Falter hatte den Schlüssel gleich gefunden und sich in Windeseile breit gemacht in seinem Herzen, in seiner Seelen-Optik.

Er hatte dieses Brennen, den Druck von innen, das Ausgefüllt-Sein mit anderem Leben schon oft erlebt. Blum fand es fantastisch, das fremde Glücklich-Sein, bei dem man sich nicht anstrengen musste. Ohne aktiv zu werden, ohne Bemühen konnte er Leonie genießen, sah das, was die anderen Männer nie sahen. Er kannte sie auswendig. Leonie gehörte ihm, ihm ganz allein. Sie zappelte und flatterte in seinem Schmetterlingsnetz, das er eigens für sie auch digitalisiert hatte, denn sie war schöner als die anderen, vollkommener. Das verdiente erhöhte Aufmerksamkeit.

Vor Tagen war er fertig geworden mit der Installation der Wanzen und Kameras. Nach dem Team des Malers war das Haus Blums Reich gewesen. In dem lächerlich gelben Anzug des örtlichen Stromanbieters hatte er seinen Spanner-Fantasien freien Lauf gelassen, 17 winzig kleine Kameras in die Stuckaturen der 3,40 Meter hohen Altbaudecken eingebaut. Jeden Raum nach den besten Perspektiven durchforstet. Aus luftigen Höhen, gottgleich konnte er nun Leonie beim Schmetterling Sein begleiten. Telefon, Computer und Handy hatte er angezapft und in sein Netzwerk integriert. Das war der Fernglasbonus, das Tüpfelchen auf dem Stalker-i. Leonie war sein mit Haut und Haaren, in Bild und Ton.

Am Anfang saß er stundenlang vor seinen drei Computerbildschirmen, wechselte zwischen verschiedenen Formaten und Perspektiven hin und her, zoomte die einzelnen Leonie-Pixel bis ins Unendliche und konnte sich kaum sattsehen an ihrer so anderen Haut. Seine schweren Finger schliefen ihm auf der Computermaus ein, Leonie trank währenddessen ihren Milchkaffee mit zwei Löffel Zucker in einer lila Tasse mit Osterhasen. Sein Blut strömte träge durch seine angeschwollenen Gliedmaßen, Leonie raspelte Fußsohlen-Hornhaut. Seine Augen konnten spät in der Nacht die Helligkeit der Digitalanzeigen kaum fassen und Leonie verwendete seelenruhig blaurot melierte Zahnseide mit Pfefferminzgeschmack. Er hatte sie auch ausprobiert und wieder aufgewickelt.

Blum aß nicht, trank nicht, sah nichts mehr von der anderen, der Nicht-Leonie-Welt um sich herum. Sie waren sich in die Falle gegangen und gemeinsam stürzten sie immer tiefer und tiefer bis in die letzte, unterste Falte des Schmetterlingsnetzes. Sie war bald an der Reihe, bald war sie reif für ihn. Reif, ihre Flügel zu verlieren, und reif für die Konfrontation mit der darwinistischen Wahrheit. Diese Welt war zu klein für Herren und Untermenschen, auch wenn sie noch so schön waren. Zuerst musste sie aber erkennen und lernen, musste erfassen, was das Gesetz dieser schrecklichen Welt war. Alles drehte sich um die Grausamkeit der Menschen. Alles drehte sich um ihn und seine Mission.

Bald. Noch hatte er die Asiatin, und die Türkin war schon überreif. Sie mussten für den kleinen Appetit reichen, doch bald wollte er sich ein Menü gönnen. Bald, Leonie, bald.

3

Es war schon dunkel, als Heinzle die Verandatüre öffnete, sie war wie immer unversperrt. Er musste dringend ein ernstes Wörtchen mit seiner Tochter wechseln, wobei das auch nicht viel nutzte. Seit dem Kindergarten kam Madame hinten ins Haus, genauso wie Oma und Opa, der Gärtner, die Putzfrau, sein Chef und Mohi. Regeln aufzustellen war in diesem Haus ein sinnloses Unterfangen.

Heinzle schloss die Türe geräuschvoll und sperrte sie ab. Er wollte nicht eines Tages aufwachen und ein Hakenkreuz unter einem seiner Bilder finden, wobei es in seinem Fall ein kleines sein müsste. Heinzle schmunzelte.

»Oje, Papschi.« Christina musterte Heinzles geschwollenes Auge. »Also, falls ich dir heute was anderes gesimst habe, deinen Job möchte ich doch nicht haben.« Seine Tochter bugsierte ihn auf die gepolsterte Fensterbank und band ihm mit einem alten Stirnband von Clara ein Kühlpad auf die Stirn. Es tat weh, aber Christina gluckste jedes Mal vor Vergnügen, wenn sie ihn ansah. Er musste einfach mit ihr lachen, obwohl auch das Lachen schmerzhaft war.

Sie erzählte von ihrem Schulalltag, davon, dass sie heute Blumen über die Hakenkreuze gesprayt hatten und davon, wie schön die Mauer jetzt war. Während Heinzle seine Dinkelbrötchen in dicke scharfe Eintopfsoße tunkte, bemitleidete er sich selbst ein wenig. Wie gerne hätte er doch in der unbekümmerten Welt seiner 17-Jährigen gelebt.

Zwei Stunden unterhielten sich die beiden über Gott und die Welt und später half Heinzle Nini bei ihrer neuesten digitalen Sucht, sie spielten Quizduell. Mit seinem Allgemeinwissen punktete der Papa bei der Tochter, die es gerade unter die fünfzigtausend Besten Deutschlands geschafft hatte.

Heinzle amüsierte die Tatsache immer wieder, mit was man sich so alles beschäftigen konnte, wenn man 17 und der Lebensmittelpunkt ein Handy war. Aber wie auch das Schreiben der digitalen Nachrichten war das Quiz unverfänglich und schenkte ihnen gemeinsame Zeit ohne anstrengende Diskussionen. Es war Heinzle lieber, darüber nachzudenken, was eine *Cacciucco* war, als darüber zu grübeln, wie man als Vater mit einer Pubertierenden ohne Mutter umging. Fischsuppen hatten weniger Tiefgang.

Nach seiner Zigarre wollte Heinzle eigentlich nur schnell ins Bett, doch trotz aller guten Vorsätze, nicht mehr außerhalb des Schlafzimmers einzunicken, musste er eingeschlafen sein. Christina war offenbar schon lange ins Bett gegangen, hatte ihn vom Stirnband erlöst, zugedeckt und ihm seine Schuhe ausgezogen, daran konnte er sich noch dunkel erinnern.

In der Küche brannte nur noch das kleine Licht des Dunstabzuges, die Uhr oberhalb der Mikrowelle zeigte 3 Uhr 41 und sein Rücken tat ihm weh. Er hatte hier zwar schon oft ganze Nächte verbracht, aber selten gut geschlafen.

Du alter Sack, schimpfte er sich selbst, warum findest du nie den Weg ins Bett. Früher war das anders. Heinzle schüttelte sich ärgerlich, früher hatte er auch keinen Grund, in der Küche zu schlafen, dafür aber einen, sich die Zähne zu putzen. Die Zigarre hatte einen schalen Geschmack hinterlassen und bevor er ins Bett kriechen würde, brauchte er unbedingt noch ein Pfefferminz. Die Bedeutung von Zahnpasta wurde eindeutig überbewertet. Er rappelte sich hoch, strampelte sich die Häkeldecke von den Füßen und trottete durch die düstere Küche zu seinem Sakko. Er durchwühlte die Taschen und fand anstatt des Bonbons ein kleines zusammengerolltes Stückchen Papier.

Das hatte er vollkommen vergessen, er hielt die Zeichnung in der Hand, die ihm das Bullut-Mädchen gegeben hatte. Sein Herz krampfte sich zusammen, sie schien vor ihm in der Küche zu stehen mit ihrem Pyjama, dem Schnuller an der Kette und einem großen Fragezeichen in den schwarzen Augen. Wo ist meine *anne*?

Herrgott noch mal, tadelte Heinzle sich selbst, reiß dich zusammen. Seit Claras Tod war er rührselig geworden, wie sollte er seinen Job ordentlich machen, wenn er alles zum Heulen fand?

Er schaltete nur die kleine Stehlampe ein, faltete das Blatt auseinander und betrachtete die Zeichnung im schummrigen Licht. Solche Männchen kannte er, Christina hatte ihm vor vielen Jahren dutzende geschenkt. Den Figuren fehlten die Körper, es waren Köpfe mit Füßen und Armen, man konnte aber erkennen, dass eine Frau und ein Mädchen auf der rechten Seite standen. Sie waren rosa, hatten lange Haare und ihre kleinen Augenpunkte hatten Wimpern. Exakt so hatte Christina kleine Mädchen gezeichnet, als sie selbst noch eins war.

Auf der anderen Seite stand eine seltsame Figur, sie war nicht rund, sondern hatte ein Dreieck als Kopfkörper. Man sah dem seltsamen Gebilde an, dass die geometrische Form die Kleine einige Mühe gekostet haben musste, ihre Ränder waren öfters ausradiert worden. Der Körper war mit einem dicken roten Filzstift ausgemalt, Augen fehlten, dafür hatte der Dreieckkopf am unteren Spitz einen großen schwarzen länglichen Punkt.

So in etwa musste eine fünfjährige Edvard Munchs *Schrei* zeichnen.

Es fröstelte Heinzle, er holte sich die Häkeldecke von der Fensterbank, schaltete die Kaffeemaschine ein und setzte sich wieder an den Küchentisch. Wie er diese schlaflosen Nächte hasste. Heinzle angelte sich die Lesebrille aus der Tischschublade, die er vor Christina erfolgreich unter seinem Sudoku-Heft versteckt hatte, und betrachtete die Zeichnung des Kindes genauer.

Der Dreieckmann war viel größer als die Kopffüßler rechts und die Form hatte etwas Bedrohliches, etwas, das sofort erkennen ließ, dass das Mädchen diese Figur nicht mochte. Doch was stellte sie dar? Rund um den Dreieckmann waren seltsame Blumen angeordnet, alle rot und mit vier kantigen Blütenblättern. Moment mal. Heinzle hielt die Zeichnung in Richtung des Lichtes. Nein, das konnte doch nicht wahr sein, waren das Hakenkreuze?

Er war schlagartig wach, schaltete das große Licht über dem Küchentisch ein und kniff die Augen zusammen. Mit einiger Fantasie hatten die verstreuten Dinger tatsächlich eine Ähnlichkeit mit der Schmiererei über Bulluts Bett. In der Mitte waren schwarze Punkte, weswegen Heinzle zuerst an Blumen gedacht hatte. Die kleinen Kreuze hätten auch als Windräder durchgehen können, wenn er nicht vorgestern im Schlafzimmer des Diplomaten gestanden wäre. Aber so? Nein. Obwohl die Kanten der Blätter nicht so ausgeprägt und eher weich waren, reichte die Ähnlichkeit für Heinzle. Hier hatte eindeutig ein fünfjähriges Mädchen versucht, sich an ein Hakenkreuz zu erinnern. Heinzle trank einen schnellen Schluck von seinem Espresso. Woher wusste die Kleine von der Schmiererei? Gezeigt hatte es ihr bestimmt niemand. Im Gegenteil, so was hielt man doch von seinen Kindern fern. Oder nicht? War sie etwa dabei, als das Kreuz an die Wand gemalt wurde? Und der Dreieckmann, wer war er und wieso sah er ganz anders aus als die anderen Figuren?

Heinzle musste heute unbedingt noch einmal bei den Buluts vorbei. Er suchte sein Handy und verfluchte den Akku, der wieder nur 3 Prozent anzeigte. Er strich die Zeichnung glatt, machte ein Foto und schickte es Christina mit ein paar Zeilen zum Aufwachen.

Morgen Nini Schatz, irgendeine Ahnung zum bösen roten Dreieck? Übertreib es heute nicht in der Schule du gymnasial Robin Hood und keine Schminke!
Bussi Papschi.

Heinzle wusste, dass sich Christina nicht an das Schminkverbot halten würde, und es war ihm auch egal. Es war das Letzte, worüber Clara und Christina gestritten hatten in den Wochen vor ihrem Tod. »Keine Schminke« stand an Claras Lebensende für »pass auf dich auf« oder »ich hab dich lieb«. Wimperntusche und Lidschatten waren keine Rebellion mehr gegen die tote Mutter. Im Gegenteil, mit ihrer letzten Anweisung gaben die beiden Verlassenen Clara noch einen Platz in ihrem Familienleben. In ein paar Monaten konnte viel passieren. Man konnte vergessen, wie Stimmen klangen, man vergaß, wie Haare nach grünem Apfelshampoo dufteten, aber man konnte auch erwachsen werden. Christina war in den letzten Monaten ein Stückchen gewachsen, Heinzle war ein Stückchen gestorben.

Wieder triefte er vor Selbstmitleid, wenn das so weiterging, musste er das Tablettenpäckchen, das er in seinem Wintermantel versteckt hatte, wieder herauskramen. Da halfen Zählen und Atemübungen nicht mehr. Er hasste es, so verletzlich zu sein, aber er hasste es noch mehr, dass Clara nicht mehr da war. Nie vermisste Heinzle sie mehr als in diesen schlaflosen grauen Morgenstunden. Heinzle war gut im Vermissen und schlecht im Vergessen und anscheinend war er auch ganz gut im Ignorieren der Dienstvorschriften. Was trieb ihn nur dazu, die Ermittlungsdetails mit seiner pubertierenden Tochter zu teilen? Blöde Frage, er wusste die Antwort genau. Christina fühlte sich gebraucht, was er aber nicht so einfach sagen konnte. Deswegen verpackte er die Wahrheit ein bisschen und solange er sie nur harmlose Randdetails recherchieren ließ, tat das niemandem weh. Er war auch gut im Ausreden-Suchen.

Mittlerweile war es halb fünf geworden. Er duschte heiß, im Wasserdampf tanzten rote Dreiecke und auch nach einem weiteren Espresso sah er, wenn er kurz die Augen schloss, nichts als rote Dreiecke. Er deckte den Tisch für Christina, rührte ihr Müsli an, goss die Orchideen und als es endlich halb sieben war, fuhr er in die LPD. Eine christliche Zeit, um zu arbeiten und die Nachbarn mit dem Porsche aus dem Schlaf zu holen.

In seinem Büro waren die Rollos schon geöffnet und Heinzle wäre fast die Tüte mit den Croissants aus der Hand gefallen, als er Cilli an seinem Schreibtisch sitzen sah. Sie hatte gerade eine Blumenvase mit gelben Tulpen zwischen die Akten gestellt und sich mindestens genauso erschreckt wie Heinzle.

»Was machen Sie denn schon im Büro?« Eigentlich wollte Heinzle »in meinem Büro« sagen, aber das brachte er nicht übers Herz.

»Hm, ich sorge dafür, dass Ihr Berufsleben ein bisschen freundlicher wird.« Cilli lächelte das breiteste Lächeln, das Heinzle je um diese Tageszeit gesehen hatte. Was sollte er nur gegen diese Frau unternehmen?

»Cilli, mein Job sind Verbrechen, Blumen passen da nicht ganz dazu.«

»Eben darum.«

Heinzle musste Cilli beschäftigen und auf andere Gedanken bringen. War ihr eigentlich schon aufgefallen, dass sie mindestens zehn Jahre älter war als er, oder war er als Witwer jetzt Freiwild für alle alten Jungfern?

»Cilli, würden Sie bitte so freundlich sein und mir die Akten aller Vermisstenfälle der letzten Jahre heraussuchen?«

»In welchen Bezirken?«

»Alle in Vorarlberg bitte, das können ja nicht so viele sein.«

Cilli stand auf und drückte sich zwischen Heinzle und dem Schreibtisch aus dem Zimmer. Verlegen war er zur Seite getreten, die Frau kannte einfach keine persönlichen Grenzen und das Letzte, was er wollte, war Körperkontakt mit Georgs Sekretärin.

Eine Stunde später bewahrheitete sich seine Prognose. Nach der Jahrtausendwende waren drei Männer verschwunden. Der eine hatte sich wahrscheinlich ins Ausland verabschiedet, nachdem seine Firma bankrott war, bis heute suchten ihn Interpol und seine Gläubiger. Der andere hatte einen Liechtensteiner Bankbeamten erschossen und danach wahrscheinlich Selbstmord begangen, seine Leiche wurde nie gefunden, doch Zeugen hatten ihn angeblich in den Rhein springen sehen. Wasser war auch beim letzten vermissten Mann mit im Spiel. Der See wurde dem passionierten Segler zum Verhängnis, der 2012 zu einem Törn auslief und nie mehr in den Hafen zurückkam. Sein Boot wurde gefunden, seine Leiche aber genauso wenig wie der Bargeldkoffer, mit dem er Stunden zuvor seine Bank verlassen hatte. Vernachlässigbar, dachte Heinzle, Wirtschaftskriminalität war nicht sein Metier.

Bei den zwei Frauen wurde die Sache schon interessanter. Viele der Vermissten waren irgendwann einmal wieder aufgetaucht, wirklich verschwunden blieben nur zwei. Die 42-jährige Irmgard Natter war vor zwei Jahren in Feldkirch zum Joggen aufgebrochen und nicht mehr nach Hause gekommen. Trotz intensiver Suche und langer Ermittlungen hatte man bis heute nicht die geringste Spur. Natter hatte viele Freunde und Bekannte, war respektiertes Mitglied des Gemeinderates von Mäder, und der Ehemann konnte bis heute nicht fassen, was seiner Familie widerfahren und wie ahnungslos die Polizei war. Immer wieder schaffte es der Witwer mit seinen Anschuldigungen gegen die Polizei in die *Vorarlberger Nachrichten* und sogar in der TV-Sendung *Aktenzeichen XY* wurde der Fall von Natter behandelt. Heinzle kannte und hasste diesen Fall wie alle seine Kollegen.

Nummer zwei, Suri Nakamura, war 21 Jahre alt und, an diese Geschichte konnte sich Heinzle ebenfalls noch gut erinnern, die Tochter eines japanischen Wirtes in der Nachbargemeinde. Christina und er waren öfters im *Momoya* essen. Seit die junge Frau nach einer Abendveranstaltung im Kulturhaus spurlos verschwunden war, hatte das Restaurant allerdings geschlossen. Der Vater Taro Nakamura hielt die Gerüchte für lächerlich, seine Tochter sei mit einem jungen Chinesen nach Hongkong durchgebrannt. Er zerbrach psychisch daran, dass sie unauffindbar war und das Restaurant nicht übernehmen konnte. Das *Momoya* schloss seine Pforten und Heinzles Sushi-Abende waren Geschichte.

Suri war angeblich den ganzen Abend mit einem gutaussehenden Asiaten gesehen worden. Die später befragten Konzertbesucher, die in der Pause am Nebentisch standen, gaben an, dass sich die Gespräche um Reisepläne drehten. Der zuständige Kollege war bei den Befragungen sehr genau, am nichtvorhandenen Ergebnis änderte das aber wenig. Die Aussagen der Zeugen waren so wie immer. Man konnte sich an den Wortlaut der belauschten Gespräche erinnern, aber wie der angebliche Freund aussah, konnte niemand mehr so genau sagen. Hübsch, okay, aber Fehlanzeige bei Größe, Kleidung und Auffälligkeiten. Ein Asiate eben, wobei zwei der Befragten auch diese Tatsache bestritten. Wahnsinn, an was man sich so alles *nicht* erinnern konnte, wenn man sorglos vor sich hin lebte. Doch auch hier war Kollege Brunner gründlich gewesen, er hatte nicht lockergelassen und sich sogar über der Grenze schlaugemacht. Der junge Chinese war bei den Vorarlberger Landsleuten nicht bekannt und auch nicht bei den Schweizern oder Deutschen im grenznahen Bereich.

Heinzle schaute auf die Uhr, kurz vor neun, also nicht zu früh für einen Anruf bei Brunner, der nach dem ersten Klingeln abhob.

»Guten Morgen, Burkhard.«

»Hallo, Heinzle, hab mir schon gedacht, dass ich was von dir höre.«

»Wieso?«

»Wegen deiner vermissten Türkin.«

»Du meinst, weil dir eine Chinesin abhandengekommen ist?« Sie mussten beide lachen.

»Japanerin, aber langsam kommt mir das schon seltsam vor.«

»Jetzt wollen wir mal den Teufel nicht an die Wand malen.«

»Das erledigen in deinem Fall schon andere, hab schon von deinem Hakenkreuz gehört.«

»Kann ich mir vorstellen. Begleitest du mich, wenn ich Herrn Nakamura besuche? Ich möchte noch einmal mit ihm sprechen.«

»Klar doch, wann?«

»Gleich?«

»Okay, ich komme rüber zu dir.«

Noch bevor Heinzle auflegen konnte, klopfte jemand an seine offene Bürotür, es war Wagner, der Chef der Spurensicherung.

»Guten Morgen, Heinzle, leidest du schon unter seniler Bettflucht?«

»Sagt gerade der Richtige, so schnell, wie ihr arbeitet, leidet sicher die ganze Spusi an Alzheimer.«

»Haha, selten doofer Witz«, Wagner schenkte ihm ein mildes Lächeln.

»Was hast du gefunden?«

»Hab's gerade wieder vergessen.«

»Blödmann.«

»Spaß beiseite, da hat sich ja eine richtige Mal-Orgie an der Wand der Bulluts abgespielt.«

»Wieso?«

»Fingerabdrücke von zwei Personen, von der Größe der Hände her auf jeden Fall ein Mann und eine Frau. Der Mann taucht nicht in unserer Kartei auf und jetzt wird es interessant, die Frau war mit Sicherheit Necimede Bullut.«

»Wie kannst du das sagen, Fingerabdrücke gibt es von einer Diplomatengattin sicher nicht, oder?«

»Nein, aber Frau Bullut hat sich im letzten Jahr ziemlich übel in den Zeigefinger geschnitten, das hat der Mann als Auffälligkeit angegeben. Sie hat sich entlang des Nagelbettes um einen Zentimeter Fleisch erleichtert und jetzt schau dir das mal an.« Wagner suchte eine Aufnahme aus dem mitgebrachten Bilderstapel heraus.

»Kommt sehr gut hin, oder?«

Heinzle betrachtete das Bild der roten Hand genauer und der Abdruck des Zeigefingers sah tatsächlich seltsam spitzig aus. »Das wird dem Botschafter nicht gefallen.«

»Und noch viel weniger, was ich noch rausgefunden habe. An einigen Stellen sind die Handabdrücke seltsam, schau mal.« Wieder zog Wagner ein Bild aus dem Stapel und legte es vor Heinzle auf den Tisch.

»Ja, das ist mir im Haus schon aufgefallen, so als ob die Hand mehrere Finger hätte.«

»Das ist nicht nur eine Hand, Heinzle. Wir haben das nachgestellt, das kann nur so aussehen, wenn zwei Hände übereinanderliegen, und es geschah sicher nicht freiwillig.«

»Wie meinst du das?«

»Um solche Abdrücke zu bekommen, hat die obere Hand mit ziemlicher Kraft auf die untere gedrückt.«

»Du meinst, man hat die Frau gezwungen.«

»Nicht die Frau, das war Necimede, und irgendein irrer Picasso hat ihr die Hand samt Farbe an die Wand gedrückt. Der Typ war so brutal, dass sich Frau Bullut dabei zwei Nägel abgebrochen hat und sie sich aufgeschürft haben muss, wir haben Blut gefunden. Und bevor du fragst, es war eindeutig ihr Blut, wir haben uns ihre Zahnbürste für den DNA-Abgleich besorgt.«

Heinzle seufzte. Dieser Fall würde nicht so schnell wieder zu den Akten wandern.

»Wie schaut's mit der Farbe aus?«

»Nichts Besonderes, die bekommst du in jedem Baumarkt, allerdings aus sage und schreibe sieben Farbtönen zusammengemischt. Hitler Junior hat wohl auch das Gefühl, ein Künstler zu sein.«

»Gib die Infos Cilli, sie soll abklären, wo es die Farben zu kaufen gibt und wie oft sie verkauft worden sind in der letzten Zeit. Sonst noch was?«

»Leider nichts, er muss sich allerdings ziemlich sicher gewesen sein, dass wir seine Fingerabdrücke nicht haben.«

»Apropos, kannst du abklären, ob wir die Abdrücke von Kleiner haben? Ansonsten soll Cilli ihn nochmals vorladen.«

»Wer ist Kleiner?«

Heinzle zeigte auf sein Veilchen, schlagartig hatte ihn die schlechte Laune wieder eingeholt. Er musste sich eingestehen, dass es dringend an der Zeit war, ein Update mit allen Kollegen zu machen.

»Klopf, klopf.« Brunner stand in der Türe und Heinzles Stimmungswechsel blieb ihm nicht verborgen. »Was ist denn hier los? Weltuntergang?«

Zwanzig Minuten später, als Taro Nakamura den beiden Kommissaren mürrisch die Türe öffnete, war die Welt zwar immer noch nicht untergegangen, der Japaner wäre aber die ideale Besetzung für jeden Katastrophenfilm gewesen. Heinzle wurde seit Jahren von Christina dazu gezwungen, alle filmischen Endzeitthriller und Alien-Invasionen anzusehen, die je gedreht worden waren. Taro Nakamura war rein optisch auf der Seite der Außerirdischen, so viel stand fest. Ein kurzer verunsicherter Seitenblick zu seinem Kollegen, der sich unbeeindruckt bei dem Mann im Bademantel vorstellte, sagte ihm, dass er seinen rabenschwarzen Humor mit niemandem teilen konnte. Heinzle musste etwas gegen seine Stimmungsschwankungen unternehmen. Derzeit schaffte er es vom Weinen zum Lachen in weniger als einer Sekunde.

Nakamura schlurfte durch seine vollkommen verdreckte Wohnung voran in die Küche und setzte sich. Der Mann, der in den letzten Tagen offensichtlich einiges zu viel getrunken hatte, bot den beiden keinen Platz, an und wenn Heinzle ehrlich sein sollte, er hätte sich auch auf keinen der Stühle gesetzt. Wie in der ganzen Küche hatte sich auch auf den Hockern eine deutlich sichtbare Schicht aus Öl und Staub angesammelt. Hier hatte sehr lange niemand mehr gesessen. Es roch nach ranzigem Fett und vergammeltem Fleisch und Heinzle kämpfte wieder mit aufkommender Übelkeit. Er überließ Brunner das Reden und wollte sich im Zimmer der Tochter umsehen, während sich sein Kollege mit dem Alkoholiker unterhielt.

»Was ihr wollen? Bis jetzt nicht finden meine Tochter, wieso jetzt kommen?«

»Herr Nakamura, bitte beruhigen Sie sich.«

Nur noch leise war die Diskussion Brunners mit dem Asiaten im Flur der kleinen Wohnung zu hören. Heinzle musste nicht lange suchen, gleich bei der nächsten Türe stand er vor einem Zimmer mit blumiger Tapete. Das Anstupsen der halbgeöffneten Türe hatte tausende kleine Staubkörner aufgewirbelt, die jetzt im Sonnenlicht tanzten, das durch die quergestellte Jalousie nur in Streifen den Weg in den Raum fand. Ja, das war eindeutig die Woche der düsteren Zimmer. In Heinzles Ohren sauste es, sein Kopf tat weh, die Schwellung über seinem Auge pulsierte und der halbdunkle, staubige Raum verursachte ihm zusätzliches Unbehagen. Er wollte sich auf das Bett setzen, doch irgendwie spürte er, dass er hier ein Eindringling war. Heinzle gehörte hier nicht her. Seine Anwesenheit zerstörte die Illusion des Vaters, dass die Tochter gleich nach Hause kommen würde. Das hier war ein Stückchen unberührte Vergangenheit, ein Ort, an dem die Tochter noch zu spüren war. Ein Mausoleum. Suri war seit drei Monaten verschwunden, aber ihr Zimmer sah aus, als ob sie es gerade eben verlassen hätte. Ihre Flipflops lagen vor dem Schreibtisch und auf dem Bett stapelten sich Unmengen von T-Shirts, Pullis und Hosen. Heinzle kannte dieses Muster, das durch stundenlanges Anprobieren entstanden war. Vor ihm auf dem Boden lag eine Haarbürste und das Parfümflakon auf dem Schminktischchen war noch geöffnet. Im Spiegel hinter sich konnte Heinzle viele bunte Papier-Girlanden an der Wand hängen sehen und ein großes Bild von einem gelben Kolibri, das etwas schräg hing. Sehr schräg, wenn man es genau nahm. Heinzles Herzschlag schien einmal auszusetzen. Bitte nicht.

Später wusste er nicht mehr genau, ob seine Knie schon davor gezittert hatten, danach taten sie es auf jeden Fall. Das Pfeifen in seinen Ohren wurde unerträglich, er konnte dem Gespräch in der Küche nicht mehr folgen und sein Herz hämmerte in seiner Brust. Heinzle klammerte sich an den Bilderrahmen in seinen Händen, das Zimmer drehte sich um ihn herum und er übergab sich in den Wäschekorb unter dem roten Hakenkreuz.

»He, Freund, was machst du denn für Sachen?«

Der angeforderte Notarzt war ausgerechnet Mohi, Heinzles Rummy-Partner.

»Kann man dich überhaupt noch allein ins Büro lassen? Gestern ein Veilchen, heute ein kleiner Kollaps, ich glaube, du hast Beamten-Burnout.«

Heinzle schaffte nur ein müdes Grinsen, ihm war immer noch eiskalt und der Schock hatte ihn so erschöpft, dass er noch nicht aufstehen konnte. Auch das noch, man hatte ihn auf den verdreckten Hocker in der Küche gesetzt.

»Und?« Heinzles Chef stand neben den beiden. »Wie geht es ihm?«

Mohi entfernte die Blutdruckmanschette von Heinzles Oberarm.

»Alles im grünen Bereich, er hat wahrscheinlich noch eine leichte Gehirnerschütterung von gestern.«

»Aber dienstfähig ist er, oder?«

»Sicher doch, Unkraut verdirbt nicht und er kann Sie wohl kaum allein lassen.« Mohi zwinkerte Heinzle zu, während sich Georg den zweiten Hocker schnappte.

Sie saßen sich minutenlang schweigend gegenüber. Die Küchenuhr tickte laut, der Kühlschrank surrte und aus dem Nebenraum waren die typischen Geräusche der Spurensicherung zu hören. Jetzt nahmen sie gerade Fingerabdrücke, Heinzle hörte die Sprühstöße des Sprays. Georg seufzte laut.

»Das wird hart, was haben wir uns da nur aufgehalst?«

»Also, wenn du Lust hast, dann kannst du den Fall wieder haben, jetzt ist es nämlich definitiv einer.« Heinzle rieb sich die müden Augen.

»Einer ist gut, so einen hatten wir noch gar nicht.«

»Hast du das Kreuz gesehen? Es schaut anders aus als das bei den Bulluts.« Heinzle reckte sich langsam, er spürte, wie es in seinen Armen und Beinen kribbelte, sein Kreislauf meldete sich zurück.

»Wenn ich raten müsste, dann hat unsere Adolf-Kopie das allein malen müssen, Suri war wahrscheinlich nicht so hilfsbereit wie Neci.«

Heinzle schlug sich mit der Hand an die Stirn. »Das hätte ich beinahe vergessen.« Er legte die Zeichnung des Bullut-Mädchens, die er schon daheim in einen kleinen Beutel der Spurensicherung gesteckt hatte, auf den Tisch und Georgs Reaktion zeigte ihm, dass er mit seinen Vermutungen richtigliegen musste.

»Das darf doch alles nicht wahr sein.« Georg stand auf. »Ganz ehrlich, Heinzle, bist du fit genug für das?«

Obwohl sich Heinzle bei der Antwort dieser Frage alles andere als sicher war, ärgerte ihn das Nachfragen seines Chefs. »Bist du fit genug?«

»Hör auf mit dem Mist, wahrscheinlich sind wir beide nicht auf so einen Fall vorbereitet, aber was du lieferst, ist etwas ganz anderes. Du lässt dich von einem Trottel überrumpeln, du kippst im Dienst aus den Socken, du vergisst, mich und die Kollegen über wichtiges Beweismaterial zu informieren. Das ist …«

Heinzle fiel ihm ins Wort. »Das ist was?«

»Das diskutieren wir, wenn wir wieder im Büro sind«, versuchte Georg ihn zu beschwichtigen, »du musst gleich noch einmal bei den Bulluts vorbei und wegen der Zeichnung des Mädchens nachhaken, ich kümmere mich um ein Treffen mit den Kollegen, damit wir endlich alle auf den letzten Stand bringen können.«

»Gut«, meinte Heinzle immer noch mürrisch.

»Verstärkung aus Wien habe ich gestern auch schon angefragt.«

»Verstärkung?«

»Ja meinst du etwa, wir schaffen das allein? Träum weiter.«

Georg stand auf und Heinzle nickte ihm zum Abschied zu. Bravo, jetzt war es also so weit. Kaum im Dienst zurück, musste er zugeben, dass er nicht mehr für eben diesen taugte. Herrgott noch einmal. Heinzle zählte in Gedanken von fünf rückwärts, bei eins würde er aufstehen. Sicher. Letzte Woche hatte ihm Christina einen Artikel geschickt über Menschen und ihre Selbstgespräche, angeblich ein Zeichen von Genialität, hoffentlich galt das auch fürs Zählen. *Drei.* Als Alleinunterhalter war er schon mal gut. *Zwei.* Bei seinem eigentlichen Beruf schaute die Sache etwas anders aus, er hatte noch nie Hilfe von auswärts benötigt, schon das Wort nervte ihn. Verstärkung. *Eins.* Doch die Fakten sprachen für sich, Georg hatte Angst und er selbst war ein verwitweter Jammerhaufen ohne die geringste Erfahrung mit Serientätern. *Null.* Wie sollte er jetzt weitermachen? Es graute Heinzle vor dem Besuch bei den Bulluts. Ganz zu schweigen von der Familie der zweiten vermissten Frau, auch dort musste er ein bisschen Bilder verrücken, das stand nach dem heutigen Fund fest. *Minus eins*. Du alter Depp, jetzt steh endlich auf.

Für die vier Kilometer lange Fahrt vom Rand der Stadt zu den Bulluts brauchte Heinzle über eine halbe Stunde. Sommerzeit war Stauzeit in der Festspielstadt. Wehmütig dachte Heinzle an sein Fahrrad im Schuppen und daran, wie schön die zehn Minuten entlang des Seeufers gewesen wären. Vielleicht war er doch fürs Strampeln geboren und sein Körper wusste nur noch nichts davon. Vollkommen verschwitzt kam er bei der Bullut-Villa an. Beim Radeln hätte es auch nicht schlimmer sein können, dachte er sich beim Läuten an der Haustüre.

Der Bodyguard, der Heinzle die Tür öffnete, war ein Hüne mit Glatze und jeder Menge Tattoos. Selbstsicher baute er sich vor Heinzle auf, lächelte spöttisch, als er seinen Dienstausweis zückte, und fing an, ihn nach Waffen abzutasten.

»Lassen Sie das, haben Sie sich meinen Ausweis genau angesehen, Rambo?«, maulte Heinzle. Doch bevor er weitersprechen konnte, hatte ihn der Mann in einem unangenehm silberglänzenden Anzug an die Wand gedrückt.

»Alter, du bist hier auf türkischem Staatsgebiet und hast gar nichts zu melden«, verdeutlichte der ihn um mindestens einen Kopf überragende Bodyguard. Heinzle war kurz davor, so richtig wütend zu werden. Innerhalb von 24 Stunden hatte ihm schon zum zweiten Mal jemand gesagt, dass er fehl am Platz sei, und das Schlimmste daran war, dass sein muskelbepacktes Gegenüber das personifizierte Vorurteil der Rechten war. Kleiners Satz klingelte in Heinzles Ohren, »wir sind hier nicht mehr daheim«. Heinzle war hier daheim, egal was andere davon hielten, gerade wollte er zu einer Schimpftirade ansetzen, als Rambo ihn freigab.

»Herr Kommissar.« Der Botschafter tauchte hinter dem Muskelpaket auf. »Entschuldigen Sie meinen Angestellten, wir haben die Sicherheitsmaßnahmen deutlich verschärfen müssen, nachdem Ihre Kollegen bisher äußerst inkompetent waren.«

Heinzle schluckte alle Antworten, die ihm auf der Zunge lagen, nickte dem Silberfischchen lächelnd zu, strich sein Sakko glatt und folgte Bullut ins Wohnzimmer, das ihm heute noch bedrückender vorkam als bei seinem letzten Besuch. Jetzt saß er wieder hier und musste Bullut sagen, dass er mit allem recht hatte. Ein irrer Rechter hatte seine Frau entführt und bei der Polizei hatten sie nicht den geringsten Hauch einer Ahnung.

Eine ältere Frau servierte warmen süßen Tee und Heinzle hätte am liebsten nach Eiswürfeln gefragt, aber er wollte die Gastfreundschaft des offensichtlich gereizten Bulluts nicht noch mehr strapazieren.

»Was wollen Sie schon wieder hier, meine Frau haben Sie ja leider noch nicht gefunden, oder?«

Heinzle zog die Zeichnung der Kleinen aus der Tasche, legte sie wortlos auf den Glastisch und schob sie zu Bullut hin, der den Zettel genervt zu sich zog. Der Botschafter erkannte sofort, für was Heinzle gestern Nacht deutlich länger gebraucht hatte. Er starrte auf die kleinen Hakenkreuzwindräder, in seinen Augen war die Wut auf Heinzle ungläubigem Staunen gewichen.

»Von wem haben Sie die Zeichnung?«

»Von Ihrer Tochter.«

»Von Elif? Wieso hat sie Ihnen das gegeben?«

»Das würde mich auch interessieren und vor allem, wie sie zu den Motiven der Zeichnung gekommen ist. Haben Sie ihr das Hakenkreuz gezeigt?«

»Würden Sie so etwas Ihrer Tochter zeigen?«

»Eher nicht. Haben Sie mit Ihrer Tochter darüber gesprochen, was passiert ist und wann sie ihre Mutter das letzte Mal gesehen hat?«

»Ich wollte es, aber sie redet seit Tagen nicht mehr.«

»Seit dem Verschwinden ihrer Mutter und Sie haben nichts unternommen?«

Bullut sprang wütend vom Sofa auf. »Kommen Sie mir ja nicht so, was haben Sie denn unternommen?«

»Sie haben recht, Herr Bullut«, ruderte Heinzle zurück, »ich habe selbst eine Tochter und weiß, wie schwierig das manchmal sein kann. Ihre Kleine weiß seit Tagen nicht, was mit ihrer Mutter passiert ist. Das muss schwer sein für die ganze Familie. Haben Sie sich professionelle Hilfe genommen?«

»Wir haben einen Arzt hinzugezogen«, Bullut entspannte sich etwas, »er sagt aber, dass es Zeit brauche.«

»Ist sie zu Hause?«

»Ja.« Bullut schaute in Richtung Flur. »Wir konnten sie nicht dazu bringen, in den Kindergarten zu gehen.«

»Wäre es möglich, dass ich mit ihr reden könnte?«

»Meinen Sie etwa, sie sagt Ihnen mehr als mir oder ihren Schwestern und Brüdern?«

Heinzle hatte nicht den Mut, dem verärgerten Vater in die Augen zu sehen. Minutenlang saßen sie sich einfach schweigend gegenüber, bis Bullut schließlich vom Sofa aufstand.

Heinzle hatte gespürt, dass er den Fuß vom Gas nehmen musste und den verängstigten Vater nicht weiter bedrängen durfte, sein Gespür kam also langsam wieder. Jahrzehntelang hatte er sich auf sein Bauchgefühl und die Fähigkeit, sich in andere hineinzuversetzen, verlassen können, er war doch nicht so eingerostet wie angenommen. Heinzle folgte dem Diplomaten schweigend in den oberen Stock der Villa, wo er endlich das Gefühl hatte, wieder besser atmen zu können. Vielleicht war es aber auch nur der grandiose Ausblick auf den See, über dem Gewitterwolken aufgezogen waren. Der gesamte Flur war auf der einen Seite verglast und Heinzle konnte mehrere Männer im Garten ausmachen. Bullut ging beim Personenschutz seiner Familie jetzt wohl wirklich auf Nummer sicher.

Der Botschafter klopfte leise an eine Türe, die er öffnete, und die beiden standen in einem Traum aus Rosa. Hier residierte eine kleine Prinzessin im Reich von Rüschen und Schmetterlingen und mit einem Schlag war Heinzles Beklemmung wieder da. Es hätte auch das Zimmer von Christina sein können, vor ein paar Jahren hatte es bei ihr noch ganz gleich ausgesehen. Damals war sie begeistert von Ponys, pinkem Glitzer und Lillifee-Geschichten. Wenigstens etwas ist gleich, versuchte sich Heinzle abzulenken, Märchenfiguren waren international und wohnten überall, ganz egal ob in türkischen oder einheimischen Kinderzimmern.

Elif saß mit weit aufgerissenen Augen in einem Hängesessel, der von der Decke baumelte, und hielt sich ihre Ohren zu, als sie die beiden auf sich zukommen sah. Heinzle blieb instinktiv stehen, der Kleinen ging es nicht gut und er war der Allerletzte, der ihr helfen konnte. Was auch immer er sich vorgestellt hatte, hier zu erfahren, es würde nicht funktionieren.

Das Mädchen würde kein einziges Wort sagen und er würde wahrscheinlich nicht einmal eine Frage stellen können.

Bullut ging auf das verschüchterte Kind zu und seltsamerweise hatte Heinzle nicht das Gefühl, dass es sich beim Anblick des Vaters entspannte. War vielleicht doch etwas dran an den Gerüchten? Schlug er nicht nur seine Frau, sondern auch seine Tochter?

Doch Bulluts Tonfall klang alles andere als aggressiv, weich und einfühlsam murmelte er auf Türkisch ein paar Worte. Elif sprang aus dem Hängekorb und umschlang den Hals ihres Vaters wie einen Rettungsring, den man einer Ertrinkenden ins eiskalte Wasser geworfen hatte. Dabei ließ sie Heinzle nicht eine Sekunde aus den Augen und fixierte ihn auch noch, als die zwei sich auf den Boden setzten. Sanft wippte Bullut mit dem Kind auf dem Schoß vor und zurück, so wie Heinzle es mit Christina immer gemacht hatte, wenn sie schlecht geträumt hatte. Er musste den obersten Hemdkragen öffnen und schon wieder wurde ihm schlecht, während es in seinen Schläfen heiß pulsierte. Das Sternenmobile drehte sich unter der Deckenlampe, aus dem Barbie-Haus beobachteten ihn zig Miniblondinen, ein riesiger Triceratops auf dem Kasten schien ihm entgegenzufallen und die Kleine hatte ihn immer noch im Blick. Heinzle schloss angewidert von sich selbst die Augen, dieses Mal würde er nicht wieder umkippen. Dieses Mal nicht. Er zählte die flimmernden Sterne, die über seine Netzhaut wanderten, langsam und gemächlich von links nach rechts, um ihren Weg nach einem Zwinkern mit den Augenlidern wieder in die entgegengesetzte Richtung aufzunehmen.

Er musste sich auf das Bett des Mädchens gesetzt haben, denn als er die Augen wieder öffnete, stand Elif genau vor ihm.

»Bist du müde?« Heinzle sah, wie Bullut hinter dem Kind zusammenzuckte. Die Stimme seiner Tochter klang zerbrechlich, sie war mehr wie ein Flüstern.

»Ja, ein wenig«, antwortete Heinzle.

»Wieso?«

Heinzle musste lächeln, die Wieso-Fragen einer Fünfjährigen konnten entwaffnen. »Weil ich in letzter Zeit nicht so gut schlafe.«

»Wieso?«

»Weil, ähm, weil ...« Was sollte er darauf antworten? »Weil ich jemanden verloren habe.«

»Wie verloren?«

»Ja, weißt du, meine Frau ist jetzt im Himmel.«

»Bei Allah?«

»Hoffentlich.«

»Wenn sie keine Muslima war, ist sie nicht im Paradies.«

»Doch, ich glaube schon, für Christen gibt es einen anderen Himmel.« Mein Gott, jetzt diskutierte er mit einer Fünfjährigen über Rassismus nach dem Tod.

»Wieso ist sie tot?«

»Sie war sehr krank und wurde nicht mehr gesund.«

»Bist du ein Baba?«

»Ja, ich habe eine Tochter.«

»War sie traurig?«

Heinzle war wieder einmal zum Heulen zumute. »Ich glaube, sie ist es immer noch.«

»Ich will nicht, dass meine Anne auch tot ist.« Elif biss sich auf ihre Unterlippe.

»Das ist sie auch nicht, Elif, es geht ihr bestimmt gut, sie kann momentan nur nicht zu dir kommen, aber das wird sie ganz sicher, so schnell sie kann. Erzähl mir doch einfach, was passiert ist, als du sie zum letzten Mal gesehen hast. Da war doch ein Mann dabei, oder?«

Elif begann leise zu wimmern und der Botschafter hielt sich erschrocken die Hand vor den Mund. Das Mädchen machte einen Schritt zurück. Unschlüssig, was sie jetzt tun sollte, blieb sie stehen, wich aber seinem Blick aus.

»Hast du eine Pistole?«, fragte sie und wischte sich mit dem Handrücken über ihre tropfende Nase.

»Ja.«

»Wo?«

»Pst«, Heinzle zwinkerte der Kleinen geheimnisvoll zu und legte seinen Zeigefinger auf den Mund, »es darf doch niemand wissen, wo sie ist, das ist mein Geheimnis.« Heinzle lächelte das Mädchen an. »Komm, Elif, erzähl mir doch von dem Tag, als deine Mama gegangen ist.«

Das Mädchen machte einen weiteren Schritt zurück und drehte sich schließlich von Heinzle weg. Langsam ging sie zu ihrem Schreibtisch, auf dem eine kleine glitzernde Schatztruhe mit einer hellblauen Muschel stand.

»Ich habe auch ein Geheimnis«, flüsterte sie kaum hörbar, zog etwas Rotes aus der kleinen Schachtel, kam zurück zu Heinzle und drückte ihm einen Stofffetzen in die Hand. Bevor er nachsehen konnte, was es war, stupste sie ihn an der Schulter und legte ihren Zeigefinger auf den Mund.

»Du darfst aber nichts verraten, sonst macht er meine Anne tot.«

In der LPD war Chaos angesagt. Offensichtlich wollte jeder Beamte der Dienststelle die Neuigkeiten aus erster Hand erfahren. Sie hatten einen Serientäter im Ländle und jeder hatte es darauf abgesehen, beim Informationsaustausch in der ersten Reihe zu stehen. Das Telefon in seinem Büro läutete durchgehend, Cilli zuckte mit den Schultern. »Entschuldigung, das sind die Schreiberlinge von den *Vorarlberger Nachrichten*, die vom Onlinedienst campieren vor dem Haupteingang. Die Schweizer und Deutschen kommen sicher auch bald dazu.« Heinzle hatte die Hyänen ebenfalls gesehen und war in die Tiefgarage gefahren, wo er eine junge Redakteurin gerade noch hatte abwimmeln können. So viel zur Sicherheit in der LPD.

Heinzle wollte nur noch eines, die Türe seines Dienstzimmers hinter sich zumachen, die Espressomaschine einschalten und seine Wunden lecken. Bullut hatte ihm ordentlich eingeschenkt, nachdem Heinzle nicht mehr ganz so deutlich abgestritten hatte, dass es vielleicht doch einen rechtsradikalen Hintergrund für das Verschwinden seiner Frau geben könnte. Das Stückchen Stoff, das Heinzle während der Autofahrt aus seiner Sakkotasche gekramt hatte, hatte ihm den Rest gegeben. Er wusste jetzt, was es mit dem seltsamen Kopffüßler auf Elifs Zeichnung auf sich hatte, die Vorlage war aus rot verblichenem Stoff und sah alt aus. Heinzle hatte die aufkommende Panik der ersten Schrecksekunden nur mühsam unterdrücken können, hatte den Fetzen in einen Sack der Spusi gesteckt und war nach der Seepromenade nicht nach Hause abgebogen. Er war stolz auf sich, dass er es trotz allem in die LPD geschafft hatte. Weglaufen geht nicht, Heinzle, da musst du durch und du wirst dich jetzt sicher nicht von einem Stückchen Stoff aus der Ruhe bringen lassen, beruhigte er sich selbst auf dem Weg in sein Büro.

»Seid doch bitte einmal still, ich kann kein Wort verstehen, wenn ihr alle durcheinanderredet.« Heinzle bahnte sich einen Weg zu seinem Schreibtisch. Sämtliche Kollegen schienen in seinem Zimmer zu stehen und jeder hatte Fragen an ihn. »Gebt mir zwei Minuten, die Jungs von meinem Team treffen sich gleich im Besprechungszimmer, okay? Außerdem möchte ich Brunner und die Spusi dabeihaben. Der Rest bitte wieder in eure Büros, wenn wir mehr wissen, erfahrt ihr es als Erste.«

»Wer's glaubt, wird selig«, zischte Voit beim Gehen gerade noch so laut, dass es Heinzle hören konnte.

»Entschuldigung, Voit, du bist ausgenommen, dein Gebiet wäre zwar relevant, aber da du ja nichts weißt, kannst du uns nicht weiterhelfen. Wir rufen dich an, wenn wir dich brauchen.«

Heinzles Seitenhieb hatte gesessen. Scheint so, als wäre ich doch im Alltag angekommen, dachte er, schloss die Türe hinter dem letzten Kollegen und sah, dass er doch nicht allein war. Auf seinem Stuhl saß ein Mann, den er zum letzten Mal vor einem Jahr beim Treffen der Ehemaligen in Innsbruck gesehen hatte. Das konnte doch nicht wahr sein, endlich einmal eine gute Überraschung.

»Sense, was machst du denn in der Provinz?«

Leandro Senoner stand auf, schlug Heinzle freundschaftlich auf die Schulter und umarmte ihn herzlich.

»Hab gehört, bei euch brennt's.«

»Sag bloß, du bist meine Verstärkung.« Heinzle durchströmte zum ersten Mal seit Tagen unsagbare Erleichterung.

»Ich hab mir gedacht, du willst deinen alten Studienkollegen wieder einmal sehen, war grad auf einem Kongress am Arlberg.«

»Von wegen Kollege, du bist ja zu den Seelenklempnern gegangen«, konterte Heinzle lachend.

»Puh, da hat ja einer immer noch die gleich freche Röhre, sorry, dass mir die Juristerei ein bisschen zu trocken war.«

»Ehrlich, ich bin froh, dass man dich geschickt hat.«

»Ich war gerade näher als alle anderen und Profiler gibt's nicht wie Sand am Meer.«

»Irre Entführer zum Glück auch nicht, ich sag dir, wir haben es hier mit einem Verrückten zu tun.«

»Hab schon ein paar Randinfos bekommen, zwei Opfer sind fix, oder? Und Leiche habt ihr noch keine?«

»Hör auf, davon will ich nichts hören, an Leichen haben wir noch nicht einmal gedacht.«

»Die Japanerin ist nicht wieder aufgetaucht, oder? Und das ist schon ziemlich lange her.«

»Leider.«

»Gibt es sonst noch vermisste Frauen?«

»Ja, eine, aber wir sind noch nicht einmal dazu gekommen, den Fall genauer anzuschauen. Die Geschichte überrollt uns und du weißt, wie viel Leute wir haben.« Heinzle rieb sich die Augen, jetzt merkte er, dass er früh aufgestanden war. »Apropos, ich wollte gerade alle auf den neuesten Stand bringen, bist du dabei?«

»Sicher doch, Richard, immer an deiner Seite!« Sense grinste und die beiden umarmten sich lange.

Auf dem Weg zum Besprechungszimmer musterte Heinzle den alten Freund verstohlen. Während des Studiums hatten sie sich eine Wohnung geteilt, er hatte Jus studiert, Sense Psychologie. Sein Freund hatte seinen Spitznamen, weil sein Humor messerscharf und sein Südtiroler Familienname zu umständlich war, außerdem passte das irgendwie zu seinem Auftreten. Einer, der »Sense« genannt wurde, musste lange Haare, einen Dreitagebart und Marihuana im Nachtkästchen haben. Dass Sense nach nur vier Jahren Studium einen *Summa-cum-laude*-Abschluss in der Tasche hatte, während Heinzle noch ein ganzer Studienabschnitt fehlte, passte weniger zu dem Bild, das man sich damals von einem kiffenden Weltverbesserer machte. Sense war genial und darüber hinaus der beste Freund, den sich ein junger Mann vorstellen konnte. Schade, dass sie sich trotzdem fast aus den Augen verloren hatten und nur noch sehr selten sahen. Sense war mittlerweile forensischer Psychologe und einer der wenigen, die zu einer Profilingausbildung beim FBI zugelassen worden waren. Heute kannte man den Bozner nicht nur in Quantico, wo er als Bester seines Jahrgangs abgeschlossen hatte, er war jedem Polizisten in Europa ein Begriff.

»Wieso hast du denn bei der Unterstützung nicht an mich gedacht?«

»Ich habe gemeint, sie schicken mir einen Bürohengst aus Wien, für den ich dann die Drecksarbeit machen darf und der keine Verantwortung übernimmt.« Sie waren vor dem Besprechungszimmer angekommen.

»Die Verantwortung darfst du bei mir auch behalten.«

»Es soll Schlimmeres geben.« Heinzle wollte gerade die Tür öffnen, als Sense ihn am Arm zurückhielt.

»Richard, das mit Clara tut mir sehr leid, du weißt, dass ich gekommen wäre, wenn ich gekonnt hätte.«

Heinzle wich seinem Blick aus, es fühlte sich an wie ein Schlag in die Magengrube, das Gefühl der Ohnmacht war von einer Sekunde zur anderen wieder da. Er seufzte und wusste nicht, was er sagen sollte. So viel Alltag war also doch noch nicht eingekehrt, Claras Tod gehörte immer noch zu den unsagbaren Dingen. Sense ließ langsam seinen Arm los und Heinzle öffnete die Tür.

»Papschi, heute machst du aber nicht noch früher schlapp als gestern, oder? Du hattest noch nicht mal deine Zigarre.« Christina zwickte ihn spielerisch in den Oberarm. Sie war mit Sense vom oberen Stock zurück und Heinzle musste gerade eine schöpferische Pause am Küchentisch eingelegt haben. Sein Nacken tat ihm weh und er reckte und streckte sich, dass es knackte. Er rieb sich die Augen und wunderte sich, warum Nini sich geschminkt hatte. Seine Tochter schwang sich ihm gegenüber auf einen Stuhl und bot Sense den neben sich an. »Ich habe deinen Freund im Gästezimmer einquartiert und ihm alles gezeigt.«

Es war selbstverständlich, dass Sense bei ihnen wohnte, sie hatten schließlich immer alles miteinander geteilt und Heinzle wollte ihn nicht in ein Hotel schicken, obwohl es ihm eigentlich lieber gewesen wäre. Er war noch nicht bereit für Gäste im Haus. Christina sah das anders, sie war sofort hellauf begeistert, hatte den Koffer von Sense in den oberen Stock geschleppt, sich in der Küche ans Werk gemacht, Gemüse geschnitten und verschiedene Dips serviert. Täuschte er sich oder musterte sie Sense etwas zu intensiv von der Seite, während sie ihre Karotte knabberte?

»Schatz, wir sollten noch etwas am Fall arbeiten, könntest du uns bitte allein lassen?«

»Nur, wenn es sein muss, gestern hast du mir noch etwas erzählt von wegen bester Mitarbeiterin und so.« Christina zog mit Schmollmund und Chips-Packung ab und knallte die Türe für seinen Geschmack etwas zu geräuschvoll zu, die Pubertät klopfte jetzt wohl doch noch an.

Heinzle kramte seine Zigarre aus dem Humidor und machte es sich auf der Fensterbank gemütlich. Sense hatte sich den Stoß Akten geholt, saß am anderen Ende des großen Fensters im Schneidersitz und zog gerade Christinas rosa Kissen im Rücken zurecht. Er schaute immer noch aus wie der Hippie von damals und es hätte Heinzle nicht gewundert, wenn er gleich angefangen hätte, sich einen Joint zu wuzeln. Er passte nicht ganz in die Jugendstilvilla, der verspätete 68er-Revoluzzer. Heinzle hatte sein Geld nicht verdient, sondern erheiratet, Clara kam aus einer der alten Textilfirmen und ihre Mitgift hatte ihnen ein wunderbar leichtes und finanziell vollkommen sorgenfreies Leben ermöglicht. Er war phlegmatisch, zufrieden und spießig geworden. Und Sense? Optisch war er fast der Gleiche geblieben, der Rest würde sich zeigen.

»Mann, das darf doch wohl nicht wahr sein, vor ein paar Jahren sind solche Schnecken noch auf meinem Radar aufgetaucht und jetzt hast du eine als Tochter, wir sind echt alt geworden.«

»Ja, du vielleicht.« Heinzle zog genüsslich an seiner Montecristo. »Sprich nicht so von Nini, 17-jährige Schnecken waren schon lange nicht mehr auf deinem Radar.«

»Was, sie ist erst 17?« Sense verschluckte sich fast an seinem Bier. »Wahnsinn, aber etwas frühreif, die junge Dame.«

»Sei still.« Heinzle boxte Sense mit gespielter Entrüstung in den Oberarm. »Sie ist noch ein Kind meine Kleine.«

»Träum weiter, Christina ist kein Kind, mehr und du steinalt wie ich. Das sind Tatsachen und leider noch die angenehmeren.« Sense klopfte auf den Stapel Akten mit den Ergebnissen der Spusi. Er fing an, das Paket zu zerpflücken. Heinzle störte es insgeheim, dass nicht er als Erster die Akten begutachtete und Sense die Ordnung durcheinanderbrachte, mit der die Unterlagen in der Mappe abgelegt waren. Verrückt, jetzt war er wirklich der Oberspießer. Sense schaute seiner Tochter auf den Hintern und er hatte einen Ordnungswahn entwickelt. Heinzle war auf jeden Fall der weniger attraktive Part dieses Ermittlerduos.

»Du hast deine Leute gut im Griff«, meinte Sense, während er irgendetwas auf seinen Notizblock kritzelte.

»Wie man's nimmt, mich selbst hab ich nicht so gut im Griff.«

»Vielleicht bist du mit deinem Team geduldiger als mit dir.«

»Kann sein«, brummte Heinzle in sich hinein, er wollte sich nicht auf eine Diskussion über sein Dasein als Witwer einlassen. »Was meinst du, haben wir an alles gedacht?«

»Sicher doch, du hast die Spusi noch einmal zu den Bulluts geschickt, Brunner beschäftigt sich eingehend mit den letzten Tagen von Necimede und ich rede gleich morgen mit der Ärztin der Kleinen. Brunner hast du außerdem auf die Familie der dritten Vermissten angesetzt, Georg kümmert sich um die Presse und du knüpfst dir morgen noch einmal den Rechten vor, wie hieß er?«

»Kleiner.«

»Haha, passt irgendwie.«

»Aber mach dir keine zu große Hoffnung, der war es nicht.«

»Immer mit der Ruhe, Herr Kommissar, bevor ich dir zustimme, muss ich mir mal anschauen, was ihr so alles über ihn herausgefunden habt. Und dann widmen wir uns mit vollem Elan dem roten Dreieck.« Sense stand auf, schlurfte zum Kühlschrank und holte sich noch ein Bier, Heinzle schenkte sich seinen zweiten Glenfarclas ein. Warm, samtig und mit einem Hauch von Nuss und Vanille fand der Whiskey seinen Weg.

»Also, was fällt dir dazu ein?« Heinzle legte das Foto vom Stofffetzen zwischen sich und Sense auf die Bank.

»Es ist rot und ziemlich verschlissen.«

»Wow, du Star-Forensiker, das sind ja Aussagen, da wäre ich nie draufgekommen.«

Heinzle holte die Zeichnung der Kleinen und legte sie neben das Foto. »Also mir sagt das, dass sie das rote Dreieck von dem Unbekannten hat.«

»Nicht so voreilig.«

»Doch, da bin ich mir ziemlich sicher, das Dreieck kommt vom Hitler-Verehrer und der hat der Kleinen gesagt, dass sie es niemandem zeigen darf. Das hat sie zwar so nicht gesagt, aber das hab ich im Gefühl.«

»Sagt der Jurist zum Psychologen.«

Die beiden lachten aus vollem Hals und nicht nur sein Veilchen war wieder zu spüren, Heinzle hatte sofort ein schlechtes Gewissen. Grinsen und Schmunzeln hatte es in letzter Zeit öfters gegeben, aber lautes Lachen? Es kam Heinzle vor wie ein Verrat an Clara, wie konnte er lachen, wenn sie tot war? Wie konnte er einen Moment lang einfach vergessen haben, dass sie nicht mehr bei ihm war? Und ansatzlos waren die Tränen da.

4

Nur was nicht aufhört, wehzutun, bleibt im Gedächtnis.

Friedrich Nietzsche

Den ganzen Tag über ärgerte ihn die Hitze, das Hemd pickte auf seiner schweißnassen Haut und die Wärme brannte salzig in Pius Blums schönen rehbraunen Augen. 37 Grad hatten die kleine Provinzhauptstadt fest im Griff. 37 Gründe, den beschissenen Tag in seiner Villa in bester Lage mit Blick auf den See zu verbringen.

Er wollte sich beruhigen, sich in den Griff bekommen, seine Gedanken zähmen, die Erinnerungen überdecken und lästige Schlussfolgerungen zurückpfeifen. Doch die schwüle Hitze drückte sich durch die leicht geöffneten Balkontüren und fand den Weg zu seinen Eingeweiden, bohrte weiter, immer tiefer. Das drückende Wetter wollte gnadenlos zum Kern kommen, zum Ich der Ichs, zum wahren Blum.

Er mochte nicht an ihn denken und schon gar nicht wollte er sich ausführlich erinnern. Seine Vergangenheit sollte bleiben, was sie dem Wort nach versprach. Vergangen, vorbei und vergessen. Damals war er schwach, heute war er stark, das war alles, was zählte.

Doch dann und wann wollte das Vergangene nicht vergangen sein, die Erinnerungen kämpften sich an die trainierte Oberfläche seines Bewusstseins und sämtliche Mechanismen, die er sich mit der Zeit zurechtgelegt hatte, um unliebsame Gedanken am Ausufern zu hindern, stellten sich als wirkungslos heraus.

Gleich kam es über ihn, das krampfartige Hochwürgen, das Wiederkäuen von längst schimmlig zäher Vergangenheit, die ihn so lange bedrückte, bis er kaum noch atmen konnte und schließlich nachgeben musste. Die modrigen erlebten Tage wollten ab und zu gelüftet werden, ein bisschen vom Jetzt schnuppern und neu Erlebtes relativieren, erden und ins richtige Licht rücken.

Wie er es hasste und wie wenig er sich dagegen wehren konnte. Was geschehen war, war geschehen und nichts davon würde man jemals ändern können, er wusste es und trotzdem wollte es sein geschundenes Herz immer wieder fühlen, diesen Abgrund, das schwarze Loch, das ihn beinahe eingesogen und verschwinden lassen hätte.

Gerade erst hatte er seinen neunten Geburtstag gefeiert, schon damals, als noch alles in Ordnung war, hasste er solche Momente. Zutiefst unangenehm war ihm das familiäre Theater, das vorgab, idyllisch und perfekt zu sein. Kollektive gute Laune war ihm übrig gewesen und er hatte sich darüber gewundert, wieso er ganz andere Dinge amüsant und unterhaltsam fand. Den kleinen Jungen von der Köchin, der noch nicht reden konnte, blau zwicken. Die Katze vom Gastwirt im Kohlekeller einsperren, bis sie fast verhungerte. Der Schulkameradin Anna den Zopf abschneiden und die Schere einem anderen in den Rucksack stecken. Das waren Dinge, die ihm gefielen, die ihn noch tagelang grinsen ließen und bei Laune hielten. Trotz allem war Blum damals aber noch der gut erzogene Sohn aus bürgerlichem, wohl situiertem Elternhaus gewesen, den man gerne in ihm sah. Wahrscheinlich hätte sein Leben eine ganz andere Wende genommen, wenn seine Eltern zu Liebe, Treue und Beständigkeit geneigt hätten, aber Vater und Mutter starben kurz nach seiner neunten Geburtstagsfeier, verließen ihn gemeinsam. Der Verlassene wurde in eines der Elite-Internate des Landes abgeschoben. Es gab viele Kreuze dort, viele Täter und noch mehr Opfer an diesem heiligen Ort der christlichen Nächstenliebe. An den Tagen wollte ihn niemand. Keiner konnte etwas anfangen mit dem seltsamen Waisen, dessen Eltern wenigstens dafür gesorgt hatten, dass er finanziell keine Sorgen haben musste. Die Nächte gehörten denen, die noch viel verzweifelter waren als er. Viele Wochen und Monate war er Opfer, litt, weinte, schrie, kotzte, pisste in sein Bett und es gab absolut niemanden auf der ganzen gottverlassenen Welt, den es einen Dreck scherte. Er war ein Niemand. Er existierte nur auf Listen, nicht in Herzen. Sein dementer Großvater erkannte ihn nicht mehr, leugnete, dass er sein Enkel war, und wollte ihn nicht mehr sehen, wenn ihn einer der Erzieher ins Altersheim fuhr. Er war ein Übel, das man vonseiten der Vormundschaft durchs Gymnasium schleusen und in die Volljährigkeit entlassen wollte. Er war ein lästiges, mieses und entbehrliches Freiwild, am Arsch der Welt angekommen mit einem straffen, knackigen kleinen Kinderpopo. Das waren definitiv seine härtesten Jahre.

Blum hieb auf das kleine Beistelltischchen, dass das Glas beinahe umkippte und die Eiswürfel auf der Liege und dem Fußboden landeten. Er lachte laut, wischte sich die Tränen von den Wangen und strich sich die Hose glatt. Hallo? Was war denn das für ein dummer Rückfall? Darüber sind wir doch schon lange hinweg, oder, Herr Doktor? Hatte er sich nicht vollkommen allein aus der elenden Kloake seiner Kindheit gerettet? Ohne dass ihm jemand geholfen hätte außer seinem überragenden Intellekt?

Doch.

Blum hatte den Schatz seiner späten und somit nicht mehr gänzlich sinnlosen Kindheit auf dem Scheißhaus gefunden. Im Garten im Schein einer Kerze kam die Erfüllung. Das Internat war zwar teuer, aber auch hart mit seinen Zöglingen und so war die Privatschule eines der letzten Gebäude der

Stadt, das an die öffentliche Kanalisation angeschlossen wurde. Unter einem Stapel zerrissener Zeitungen nahm sein Lebensweg eine Abzweigung, die aus dem kleinen Blum einen etwas erwachseneren machte. Dort, zwischen dem alten, vergilbten Papier, war ein Schatz entsorgt worden, Friedrich Nietzsches gesammelte Werke in zwei Bänden. Nur wenige seiner Mitschüler hatten vor ihm eine Seite aus den billigen, in rotes Leinen gebundenen Büchern gerissen und sich den Hintern damit gewischt. Die Seiten sechs bis siebzehn fehlten, doch der Rest genügte, um aus ihm einen neuen Menschen zu machen.

Blum räusperte sich, richtete sich kurz auf und verscheuchte eine lästige Obstfliege, die gegen das Glas seiner randlosen Gucci geprallt war. Er blinzelte durch die halb geschlossenen Lider, machte es sich wieder bequem auf seinem Liegestuhl und streifte sich die Slipper von den nackten, gut gebräunten Füßen. Er wollte seine Ruhe. Wenn er schon an damals denken musste, dann wenigstens ungestört. Welche Ironie. Jetzt umkreisten ihn die Fliegen genau wie damals.

In den ersten Wochen waren die seltsamen Bücher eine reine Leseübung gewesen, zugegebenermaßen eine schwierige. Er hatte vom Zorn des alten Mannes auf die Priester gelesen, die Willenlosen, die Frauen und auf die Schwachen. Es gefiel ihm, was der Philosoph aus sich herausspie, und es gefiel ihm mit jeder Lektüre besser. Blum geriet in einen Sog. Endlich begeisterte den Verlassenen etwas und endlich wurde aus ihm etwas Besonderes. Der verbitterte Mann sprach ihm aus der Seele und schien seine dicken Wälzer nur für ihn geschrieben zu haben. Blum verschlang Seite um Seite, die alle seiner Stimmung, seinem Wesen entsprachen. Es war herrlich, das philosophische Klopapier. Missionarisch, begeisternd, schulmeisternd, erhaben und vor allem eindringlich.

Blum hatte geweint, als ihn seine Eltern im Autowrack mitten im Tunnel allein im Leben zurückgelassen hatten. Er war zornig gewesen, der kleine, traurige Junge. Warum war er zu quälender Einsamkeit gezwungen, wenn sogar der größte Trottel in seiner Klasse jemanden hatte, der sich um ihn kümmerte?

Nietzsche war zwar nicht Teil seines Alltags, aber berührte sein naives Jungenherz.

Als er es Monate später bis zur *Genealogie der Moral* geschafft hatte, war das geflieste Internatsklo im Gebäude und er verstand endlich ein wenig von dem, was er las. Blum liebte wieder. Er liebte das Dagegen-Sein aus der Tiefe seines Herzens. Nietzsche war gegen die übertriebene Moral der Schwachen, gegen Christentum, Demokratie, Sozialismus, die Frauen, die Ängstlichen, gegen Gott und die Welt. Er war gegen alles.

Blum lächelte. Heute, viele Jahre später, differenzierte er, las viel von Empathie zwischen den Zeilen des Philosophen, damals jedoch gab ihm nur das Verbitterte Kraft. Er hatte einen Bruder, einen Vater und einen Meister gefunden. Die Schimpftiraden handelten von Gut und Böse, vom Schlecht-Sein, vom Mensch-Sein, vom Verlassen-Werden. Es war tröstend, von den Leidenden zu lesen, von den Opfern, die den Starken ein schlechtes Gewissen einreden und ihnen Schuld zuweisen wollten. Nietzsche hatte es auf Niedrige und Schwache abgesehen und das Schönste daran war, dass sich die Geschundenen nicht wehrten. Nietzsche schlug mit Worten zu, ohne einstecken zu müssen. Austeilen, ohne selbst leiden zu müssen, diese Theorie gefiel Blum besonders, und im Unterschied zu seinem Meister beschränkte er sich schnell nicht mehr nur auf Worte. Im Internat fand er eine ganze Armee von Schwachen und Wehrlosen. Sie waren Opfer, dumm blökende Lämmer, alle. Ab jetzt sollten sie nicht nur unter den brutalen Lehrern, den Mitleid heuchelnden Patres und verzweifeltem Heimweh leiden, jetzt gab es im Schuluniversum noch ihn. Blum. Endlich hatte er mit Nietzsche jemanden gefunden, der guthieß, was er ganz tief in sich verbarg. Er war immer schon anders gewesen.

Er konnte sich noch genau an jenen schrecklichen Tag erinnern, als er in der Stadtbibliothek erkannte, dass Nietzsche schon seit über hundert Jahren tot war. Er hatte es geahnt, kein Mensch schrieb mehr so wie der Schöpfer der roten Leinenbücher, doch der Junge hatte den Gedanken an den Tod des Meisters pathetisch zu Grabe getragen. Wie träumerisch, wie idealistisch und wie einsam er doch war, der kleine Blum. Der tote Nietzsche hatte Wiederauferstehung gefeiert in seinen Träumen, in seinen Wünschen, in seiner Gier nach Leben. Die Mutter erschien ihm in seinen Träumen selten, es war der tote Philosoph, der ihn nächtelang beschäftigte und an seinem Bett über ihn wachte. Seine neue Heimat hatte er zwischen altmodischen, vergilbten Zeilen gefunden und auch heute noch war das für Blum mehr als verständlich. Der Meister war da und die Mutter war weg. Tot, so tot wie der Vater.

Wie die Erinnerung an all die Toten verdrängte er auch die Erinnerung daran, wann er zum ersten Mal das Fernglas genommen hatte, um nicht nur die brütenden Kormorane im Schilf zu beobachten. Immer ein Stückchen weiter war er gegangen, immer forscher geworden auf seinen Entdeckungstouren, bis er schließlich den perfekten Platz gefunden hatte mitten in den Apfelbäumen. Stundenlang hatte er die Erzieherin beim An- und Ausziehen begutachtet, bei der Körperpflege, beim Rasieren ihrer Beine und beim Ganz-mit-sich-allein-Sein. Von weit draußen hatten seine Augen durch das Fernglas nach Nähe gegiert, denn das Beobachten gab ihm das, was er bei Nietzsche nicht fand. Der Frauenhasser beschäftigte seinen Kopf, doch seine Männlichkeit blieb ohne Aufgaben. Wenn man schüchtern und linkisch im Umgang mit anderen und vor allem mit Mädchen war, dann keimten die Träume und Wünsche wie Pickel im Gesicht. Wenn er einmal am Mittwochnachmittag beim Ausgang auf Schülerinnen aus dem Mädcheninternat traf, schienen die wenigen Worte, die es von seinem Hirn in Richtung Zunge schafften, am Zahnbelag hängen zu bleiben. Verkrüppelte *Hallos* und sehr sinnvolle *Ciaos* kamen ihm in den Sinn.

Nietzsche war gut, aber Blum suchte nach Greifbarem, nach Nähe, nach Intimität, nach weicher, warmer Haut, nach etwas Realem, etwas, das nicht nur auf Papier gedruckt war und nur ihm gehörte.

Einen Sommer lang saß er auf dem Apfelbaum vor dem Schlafzimmerfenster der Erzieherin. Mit seinem Zeiss konnte er jedes Schamhaar zählen, das kleine Muttermal in ihrem speckigen Nacken ausmachen, den Schiefstand ihrer Zähne erkennen. Er sichtete sie Zentimeter für Zentimeter, immer wieder. Die nackte Anna war hässlich und doch war es ihm Befriedigung genug, dabei sein zu können, einfach nur Teil von irgendetwas zu sein. Das Miterleben des nicht für ihn gedachten Alltags Annas machte ihn gieriger als die Hefte, die sich seine Sitznachbarn in den Schulstunden unter den Tischen hin- und herschoben.

Seine Klassenkameraden trauten sich nicht, die Köpfe zu heben, wenn er spät in der Nacht mit seinem Fernglas aus einem der Schlafräume schlich. Mit ihm legte man sich nicht mehr an, nicht einmal die Großen. Sie hatten alle Angst vor ihm. Die Zimmergenossen hielten Abstand, mit den zahlreichen Erziehern war es allerdings schwerer. Sie wollten ihn auseinandernehmen und Blum immer wieder Löcher in den Bauch fragen. Wieso er dieses so machte, jenes nicht anders und das Dritte gar nicht. Nur hartnäckiges Schweigen half, dann gaben sie es meistens auf, ihn therapieren zu wollen, ihn, den hochbegabten, schüchternen Jungen ohne Freunde. Er konnte ihre Gedanken förmlich durch die leeren Köpfe rattern hören. Du bist nicht weiter auffällig, du bist nur ein ganz Stiller, ein Introvertierter. Von den Schlägen, Bösartigkeiten und dem Hass, mit denen er die Gleichaltrigen traktierte, wussten sie nichts. Sie ahnten es vielleicht, aber was sind schon Ahnungen? Ohne je ein einziges Wort an einen der blinden Pädagogen vergeudet zu haben, hatte er auch die Erzieher im Griff. So wie alle anderen.

Von jedem der Internatsschüler, auch dem kleinsten, war ein ganz persönliches, jeder Zeit abrufbares Geheimnis als Teil seiner Verfehlungsbibliothek archiviert. Einer hatte heimlich geraucht, das Bett eines anderen war jede Nacht nass und ein dritter vergnügte sich gerne mit seiner Freundin aus dem Mädcheninternat. Diese Informationen waren jederzeit einsetzbar, Momente, in denen Blum mehr lebte als sonst. Die Angst in den Augen seiner Mitschüler bereitete Blum mehr Vergnügen als gemeinsame Unternehmungen. Er herrschte über sie, dirigierte sie mit ihren Ängsten und genoss es schon damals. Was Blum mit seinem Fernglas machte, wollte keiner von den Dummköpfen wissen.

Mit 16 sah er die Welt, wie sie war.

Alles und jeder war zu manipulieren und zu beeinflussen, niemand konnte ihm etwas anhaben, denn er war gescheiter als alle anderen, gewissenloser, kälter und schneller. Und das Wichtigste an seinem Lebenskonstrukt, er war von niemandem abhängig. Vielleicht waren sie *gut* und er *böse*, aber was brachte das Gut-Sein ihnen? War es nicht umgekehrt, war nicht er der Einzige mit einer wahren Moral? Er war Egoist, ein Herr, ein Gebieter über die Feigen. Sie bettelten darum, geführt zu werden. Er konnte ihnen helfen, er war ritterlich und edel. Weil er es ihnen besorgte, konnten sie gut sein. Nur deshalb.

Blum atmete tief durch, streckte sich und es gelang ihm jetzt besser, die schwüle Hitze samt den Gedanken an die Vergangenheit ein wenig abzuschütteln. Langsam kam Wind auf, das Sonnensegel vor dem Balkon flatterte zaghaft und der See schien nicht mehr spiegelglatt. Er wollte heute Abend noch eine kleine Spritztour machen, er war für die neue Herausforderung schon lange bereit. Der Schmetterling, der sich in sein Netz verirrt hatte, wollte gerettet werden. Und nach dem Retten kam das Umsorgen und natürlich das Besorgen, das ganz besonders.

Lächelnd blätterte er um, Nietzsches *Zarathustra* war speckig, abgegriffen und tausendmal gelesen. Seine Bücher waren auch heute noch Blums Begleiter, Freunde hatte er nie gehabt.

An guten Tagen hatte es in der Schule jemanden gegeben, der freiwillig seine Schokolade mit ihm teilte, ihm einen Zug einer Zigarette anbot oder seine Wochenaufgaben mit ihm tauschte. Meistens waren es die, die keine Geheimnisse hatten, die wirklich Guten, und die hasste Blum am meisten. Abgrundtief und mit Inbrunst. Sie hatten kein Recht, grundlos gut zu sein. Gut sein kostete immer etwas und er konnte nicht zulassen, dass ihm jemand dazwischenfunkte. Deswegen war er gerade zu den vermeintlich Guten am schlimmsten. Traktierte sie und überschüttete sie mit Zynismus, wenn er redete, was selten genug vorkam. Ein Kreislauf, der geschlossen bleiben sollte und ihm immer mehr schlechte als gute Tage bescherte. Er war allein in seinem Hamsterrad.

Jeder hatte irgendwo auf der Welt jemanden, der sich kümmerte. Blum nicht. Seine Eltern hatten es fertiggebracht, ihn mit 80 km/h inmitten von Beton-Tonnen zu verlassen. Der Gegenverkehr war an diesem Tag angeblich nicht auf Spur. Am Anfang litt er noch. In den Nächten hörte er seine Mutter flüstern, sie kitzelte ihn mit ihren blonden Haaren, die nach Chanel N°5 rochen, und strich ihm zärtlich über die wirren Augenbrauen. Sie sang ihm das traurige Maikäferlied vor, bis er schlief und sie weinte. Sie weinte immer, jeden Tag, jede Nacht. Geschichten hatte sie ihm nie erzählt, und wenn Blum heute zurückdachte, konnte er sich auch nicht daran erinnern, dass seine Mutter überhaupt viel gesprochen hätte. Seine Mutter war eher ein Gefühl von Geborgenheit, ein Rückzugsort für Blum, der dem strengen Regiment seines Vaters nur allzu gerne entfloh. Der Vater hatte viel gebrüllt, angewiesen, befohlen. Der Vater war eine Respektsperson gewesen, mehr Amt als Mensch und von Pflichtbewusstsein und Ehrgeiz zerfressen. Der Vater war ihm nie das, was ein Vater hätte sein können. Im Gegenteil, immer hatte Blum das Gefühl gehabt, dass der Vater mit ihm, dem Sohn, nichts anfangen konnte, dass er ihm lästig war, dass er ihn am liebsten losgeworden wäre. Und Gefühle betrügen nie. Die Mutter war nur da gewesen, mehr für ihn, weniger für den Vater und schon gar nicht für sich selbst. Aus heutiger Sicht war sie eine Melancholikerin und schwer depressiv, aber immer mit einem warmen Herzen, das nur dem kleinen Blum gehörte. Dann verbrannte ihr Herz im Tunnel mitsamt der schönen Verpackung und dem brutalen Vater, den er trotz allem verehrt hatte.

Nach dem Unfall und Wochen voller Einsamkeit konnte er sich wenigstens noch in seinen Träumen sicher fühlen, geborgen. Untertags jedoch berührten die streichelnden Finger seiner Mutter weder seine Brauen noch sein Herz und übrig blieb nur ein schaler, einsamer Geschmack, den er nicht hinunterschlucken konnte. Seine Mutter war nicht mehr da und das war alles, was zählte. Sie war eine Verräterin. Sie war schwach und hatte sich nie gegen den Vater gewehrt, sie hatte ihr Herz verhökert und war ihm widerstandslos in den Tod gefolgt. Blum war sich sicher, nicht der Gegenverkehr hatte die Spur gewechselt, es war sein Vater. Dass es auch seine Mutter hätte sein können, diesen Gedankengang erlaubte er sich lange nicht. Es war im Bereich des Unmöglichen gelegen. Seine Mutter war ihr ganzes Leben lang dirigiert worden, sie war keine Herrin, sie war ein williges Opfer, das folgen und gehorchen musste. Verräterin. Sie hatte ihn allein gelassen, ob freiwillig oder nicht, was machte das für einen Unterschied für ihn? Keinen, allein bleibt allein und verlassen bleibt verlassen, egal, warum.

Es wäre vielleicht alles besser gewesen, wenn er einen Freund gehabt hätte. Doch Blum wusste nicht, was es heißt,

Freund zu sein oder einen Freund zu haben. Er hatte Angst vor dem Verlassen-Werden, weswegen es besser war, keinen Freund zu haben. Freunde waren gefährlich, weil sie wissen und erkennen konnten. Er sprach nicht mit den anderen seines Alters und schließlich hatte er gelernt, sich selbst genug zu sein. Er war er. Und er war gut, vor allem im Schlecht-Sein.

Seine Gedanken hatten wieder zurück auf den Balkon gefunden, wohlig breitete sich das Gefühl von Zufriedenheit aus, kämpfte von innen gegen Schwüle und Schwäche an. Traurig, bis heute war er diese Gefühlsduseleien nicht losgeworden. Lächerlich. Blum sollte es besser wissen, mit dem Fühlen hätte er schon lange abschließen sollen, nicht fühlen müssen war einfacher, praktischer und effektiver.

Blum führte sie an der Nase herum, er konnte machen, was er wollte. Er hatte sich von allen Zwängen befreit, auch von den finalen. Es gab keine Grenzen mehr für ihn. Wo Schluss war, bestimmte er und das Beste daran war die Tatsache, dass Schluss immer für die anderen war. Zu gut, um wahr zu sein.

Trotz der neun Kirchen, fünf Klöster und vier Kapellen dieser moralischen Stadt hatte Nietzsche auch hier recht, der Mensch war das grausamste Tier.

Blum atmete tief durch, angelte mit der Zunge nach einem Minzeblatt und gestand sich schmunzelnd ein, dass er ein solches Tier war. Einmal Raubtier, einmal Haustier, manchmal sogar Schmusekater, aber immer Tier. Gezähmt und dressiert, aber zum Sprung bereit.

Vor ein paar Wochen hatte Nietzsche ihn seit Langem wieder einmal in seinen Träumen besucht. Der Meister spuckte auf das frisch bezogene Bett und trällerte das Lied vom armseligen Versager, das Blum in den Ohren schmerzte. Es tat weh, aber es war notwendig. Versager, hatte der alte tote Herr geflüstert, Versager.

Nietzsche hielt Blum wie immer den Spiegel vor und machte alles klarer für ihn. Er legte die blutige Marschroute fest und schubste den noch Zögernden in ein neues Abenteuer.

He, Mister Bad Boy, es ist Zeit. Zeit, sich umzuschauen, zu sondieren, zu beobachten. Zeit, sich einzunisten. Zeit, wieder einmal so richtig dabei zu sein. Du hast zwei Zimmer frei.

Ruhig trank Blum den Rest aus, stand von seiner Designerliege auf, strich den Bezug glatt und schaute auf den See. Aus leichtem Kräuseln waren sanfte, dunkelgrün wogende Wellen geworden.

Zeit zum Abschiednehmen.

Langsam tastete er sich mit seinem Cabriolet rückwärts aus der Garage, öffnete das Verdeck, strich sich durch die Haare und rückte seine Gucci zurecht, ein paar verirrte Sonnenstrahlen wollten sich noch einen Weg durch die dunklen Gläser bahnen. Das Etui legte er auf den Beifahrersitz, die Zeitschriften verstaute er im Handschuhfach. Aus dem Kofferraum war nichts zu hören.

Er wusste Bescheid, jahrelang hatte er in schlaflosen Nächten nachgeschlagen in der Literatur, die ihn beschrieb. Dutzende Bücher drehten sich nur um solche wie Blum und ihre kleinen kranken Hobbys. Diese Extravaganz, das Besondere machte ihn stolz, wenn er unsicher wurde. Heute störte es ihn nicht mehr, dass er anders war, es fühlte sich im Gegenteil warm und vertraut an. Er konnte sich alles nehmen. Wen, wann, wie und warum er wollte, alles andere berührte ihn nicht. Er hatte lange Zeit kein Leben, er war tot, leer und kalt. Jetzt lebte er und die anderen lernten und starben.

Er entsprach fast zur Gänze dem statistischen Schema eines Serientäters mit sexueller Prägung. Single, ohne Freundin oder Kinder, männlich. Schon früh auffällig und präpsychotisch. Alles andere als gesellig, verschlossen gegenüber Neuem, schwer zu überzeugen, wenn er sich einmal entschieden hatte. Zwar nicht mehr zwischen 18 und 39, aber knapp daneben. Wenig empathisch und falls er es jemals gewesen sein sollte, hatte das Leben ihn anderes gelehrt. Er war abgestumpft und das Leiden anderer berührte ihn schlicht und einfach nicht. In diesem Punkt hatte er sich vom Meister emanzipiert. Das hier war endlich seine Welt, in der seine Zufriedenheit an oberster Stelle stand. Eine kurze Recherche in der offiziellen Familiengeschichte hatte bestätigt, was ihm die Fakten lieferten, mütterlicherseits schaute es bitter aus in Sachen sozialer Verträglichkeit. Sein Urgroßvater war ein Nazi, sein Großvater hatte den Nationalsozialismus mit der Muttermilch aufgesogen und liebte Hitler bis zu seinem Tod. Seine Familie war mehrmals aktenkundig im Stadtarchiv, allerdings häufiger aufseiten der Mächtigen. Bürgermeister, Stadträte, sogar ein Landammann waren bei Blums Vorfahren dabei, aber auch Landstreicher, Strauchdiebe, Taugenichtse und Betrüger. Eine Lang hatte es sogar auf den Scheiterhaufen geschafft, wobei die Umstände, die sie dahin gebracht hatten, äußerst zweifelhaft und nicht mehr wirklich nachvollziehbar waren.

Ein scharrendes Geräusch aus dem Kofferraum ließ ihn kurz aufhorchen, doch dann drehte Blum die Musik einfach lauter, öffnete sich den obersten Hemdknopf. Der Herr bestimmte, nicht der Sklave.

Väterlicherseits, das Wort allein schmerzte ihn schon, sah die Sache ganz anders aus. Von der Familie seines Vaters hatte er nie viel erfahren. Seine Großeltern hatte er nie kennengelernt, Vater hatte kein einziges Mal mit ihm darüber gesprochen. Apotheker und Lehrerin aus Düsseldorf sollen sie gewesen sein und beide im Krieg gestorben. Er im ehemaligen Jugoslawien erschossen, sie daheim wohl an Keuchhusten. Sein junger Vater hatte nach dem Krieg keinen Grund mehr gehabt, heimzugehen, es gab schlicht und einfach kein Heim mehr und kein einziges Familienmitglied, weswegen er mit einem Kriegskameraden von Russland bis ins Ländle gelaufen und geblieben war. Seine Eltern machten vom ersten Tag ihrer Beziehung an Nägel mit Köpfen. Sich verlieben, heiraten, ein Kind bekommen. Wobei man die tatsächliche Reihenfolge hätte hinterfragen können, aber schicklich war damals etwas anderes. Blums Zeugung war eines ganz sicher nicht, schicklich. Er hatte schon vor dem Tag, als er den Brief erhielt, nachgerechnet, er musste deutlich vor der Hochzeit gezeugt worden sein.

Der Brief. Warum nur musste er gerade jetzt an diesen Brief denken? Heute war doch so ein schöner Tag, so ein verheißungsvoller Abend, die Zeichen standen auf Vorfreude, nicht auf Selbstzerfleischung.

Verdammt, jetzt war dieses Stück Dreck doch noch hochgespült worden aus den Tiefen seines Unterbewusstseins.

Er wollte jetzt nicht über diesen Brief nachdenken. Die Zeilen, die alles verändert hatten. Tief in seinem Innern vergraben hatte Blum eine Erklärung, wusste alles über die Mutter und vor allem den Vater, den wahren. Aber darüber durfte er heute nicht nachdenken. Über Brief und Konsequenzen zu grübeln, war verboten in seiner Fühlwelt. Streng verboten. Verboten.

Er wollte nichts hören von diesem Brief, er sollte nicht erwähnt werden und nicht in seinen Gedanken herumirren. Er sollte vergessen und vergraben werden und verrotten. Ganz weit unten, dort, wo er ihn versteckt hatte.

»Ja, verrotte doch, Vater, und der Brief gleich mit dir!«, schrie er lauthals in die Nacht hinaus und der Wind trug seine Verbitterung wenigstens zum Teil mit sich fort. »Verrotte! Verrotte und lass mich in Ruhe!« Das Schreien war so befreiend wie immer, Blum wunderte sich nicht mehr darüber, es half ihm, sich zu beruhigen, die schlechten Gedanken loszuwerden. Es war ein Teil von ihm, dem er Platz lassen musste, um danach wieder zu sich zu finden.

Heute ist ein schöner Tag, du schaffst das. Du wirst fertig mit allem und ganz besonders mit einem Brief, der deine Welt in Brand stecken will. Lieber an die Mutter denken, die Verräterin, die offenbar für jeden Dahergelaufenen die Beine breitgemacht hatte. Auch für seinen Vater. Vater. Es war ein mieses Wort, dieses *Vater*, und an jedem Buchstaben dieses Wortes pickten hunderte Lügen. Für den kleinen Blum war der Mann, der ihn großgezogen hatte, sein Vater. Und er war ein Held gewesen. Hart, autoritär, unnahbar, aber ein Mann, der tausende Kilometer gelaufen war und kein einziges Mal ein Wort der Trauer oder des Bedauerns von sich gegeben hatte. Hart wie Kruppstahl eben. Blum hatte Angst vor ihm gehabt, seinen glänzend polierten Stiefeln und vor allem vor seinem Gürtel. Trotzdem war Blum überzeugt, jeden Schlag, jede Strafe und jeden Tadel verdient zu haben. Der Herr des Hauses hatte ihm die unabdingbare Vaterliebe eingebläut und er hätte alles dafür gegeben, nur einen Tag, eine Stunde oder wenigstens ein paar Augenblicke zurückgeliebt zu werden. Man widersprach einem Kriegshelden nicht, man zweifelte nicht an dem, was ein Gulag-Überlebender für gut oder schlecht befand. Man war nur stolz, dass er kein Deserteur war, dass er Blut, Schweiß und Tränen für das Vaterland gegeben hatte, dass er als angesehener Landesbeamter in höherem Dienst seiner Familie immer mehr bieten konnte als andere. Er war der Mann, der dem Russen getrotzt und sich nie gebeugt hatte. Er war sein Vater. Sein Vater. Blum war der Spross eines guten Hauses, mehr gab es nicht zu sagen.

Blum erwies ihm und seiner Familie Ehre und Dankbarkeit. Er war besser, als je ein Vater hätte verlangen können. Unmittelbar nach dem Gymnasium war ihm Hochbegabung attestiert worden, er hatte zwei abgeschlossene Hochschulstudien, war reich und schön. Er war kein Schmarotzer, er hatte sich seine Welt allein erschaffen, ohne fremde Hilfe, und er hatte seine Sache hervorragend gemacht. Er konnte jede Frau haben, die er wollte. Wobei er mehr auf die stand, die ihn nicht wollten. Er hatte allen Grund, zufrieden mit sich zu sein. Bei objektiver Betrachtung gab es nur einen einzigen Makel. Doch auch den konnte man verbessern und heute war nicht der Tag, um den Kopf in den Sand zu stecken. Heute war ein guter Tag, an dem man seiner Vergangenheit den Kampf ansagen konnte. Auch den miesesten Genen musste man mit Haltung, Überzeugung und Entschlossenheit trotzen. Er war ein Blum. Und ein Blum rächte sich für alle Missetaten, auch die, die in seinen Adern pulsierten.

Wieder war es das Scharren aus dem Kofferraum, das ihn aus seinen Gedanken riss. Er wollte in Ruhe rekapitulieren, um in richtiger Stimmung zu sein, und sie war offenbar ein zäheres Biest, als er gedacht hatte. Umso besser. Die, die es ihm besonders schwer machten, liebte er am meisten. Sie waren kostbar und brauchten lange, um einzusehen, dass es keinen Ausweg gab. Und lange war bei den Weibern gut, sehr gut.

Nach dem ersten Mal hatte er im wahrsten Sinne des Wortes Blut geleckt, seine anfänglichen Hemmungen, die Angst vor dem Versagen über Bord geworfen und sich schlicht und einfach daran gewöhnt. Der Mensch konnte sich an alles gewöhnen. Zuerst war es schwer, den Schock zu überwinden, dass er wirklich dazu imstande war, dass er, der Herr Doktor, verrecken lassen konnte, ohne mit der Wimper zu zucken. Doch der Meister war immer dabei, er klopfte ihm in der Nacht auf seine Herrenmenschenschultern. Augen zu und mitten hinein in ihr pralles Leben. Genieß es und hol sie dir, sagte der Meister. Doch Blum mahnte sich auch zu Disziplin und Gründlichkeit, denn jeder Verschwundene wird irgendwann einmal vermisst. Blum lebte hier in einem Kuhdorf von einer Stadt, also musste er vorsichtig sein, sehr vorsichtig, und sich zusammenreißen. Es ging bei einer wirklich guten und wichtigen Sache nicht um Quantität, sondern um Qualität.

Eine simple Tatsache, die er sofort nach dem ersten Mord in schmerzlicher Klarheit begriffen hatte. Nur das Töten half bei so viel beobachtetem und banalem Alltag, der nicht seiner war. Irgendwie, das musste Blum sich eingestehen, beneidete er die Falter um ihr sorgloses Leben, genoss es, eine Zeit lang ein Teil davon zu sein, und hörte doch im richtigen Augenblick damit auf. Kurz bevor der Ekel kam, solange er die Last ihrer Gene ertragen konnte, und dann pflückte er sie, denn sie waren nicht für das Leben bestimmt.

Das Töten sah er gleich nach dem zweiten Mal wie Rauchen, Trinken oder eine andere Sucht. Das Begleiten, das Nahe-Sein, das Beenden war für ihn sofort ein prickelndes, aber auch notwendiges Laster, das er nicht mehr loswurde. Er würde nie mehr damit aufhören, das wusste Blum, und irgendwann würde sich sein Versteckspiel nicht mehr ausgehen, das wusste Blum genauso. Doch bis dahin wollte er nur eines, sein Leben leben. Seine Sucht war nicht krebserregend, er behielt alle seine aktiven Hirnzellen, wurde nicht impotent und das Beenden anderer Leben hatte ganz und gar keine Nebenwirkungen, vor denen das Gesundheitsministerium warnen musste. Eigentlich ein perfektes Laster.

Die Ampel schaltete auf Grün, Blum drückte das Gaspedal durch, ließ die abgestandene heiße Luft der Tunnel-Röhre an den Spitzen seiner kastanienbraunen Haare zupfen. Genussvoll lächelte er sich im Rückspiegel zu. *Nespresso, what else?*

Seine Lachfalten wirkten auf Damen aller Altersstufen genauso wie seine leicht angegrauten Schläfen, die er sich in einem Anfall von Perfektionismus vor ein paar Wochen beinahe hätte färben lassen. Doch eine dralle Fernsehfriseurin hatte ihn davon abgehalten. Ein bisschen Grau ist sexy, hatte sie in irgendeiner Castingshow einem Moderator verraten. Okay, dann lassen wir das so.

Blum pfiff zu Udo Jürgens' *Aber bitte mit Sahne* und trommelte mit seinen Fingern zur Melodie auf dem Kalbslederlenkrad. Wenn er seine Ohren spitzte, konnte er noch das panische, von den Tunnelwänden zurückgeworfene, leise Scharren im Kofferraum hören. Falsch, hören konnte er es sicher nicht, aber irgendwie wahrnehmen, vielleicht spüren.

Das war das Stadium der blutig geschundenen und abgebrochenen Fingernägel. Er hasste es, wenn er danach stundenlang saugen, bürsten, bleichen und alle zehn lackierten Fingernägel finden musste.

Ein Knopfdruck auf Volume 30 und Rainhard Fendrich sang einen seiner besten Songs nur für Blum. Er sang von einer nicht-zwischenmenschlichen *Zweierbeziehung*. Kam ihm bekannt vor. Schon die erste Textzeile saß.

Jetzt sitz i wieder do und bin allan.

Nicht von der Liebe des Lebens verlassen, sondern schlicht und einfach ohne Auto. Perfekt. Ein sarkastisches Lächeln huschte über sein sonnengebräuntes Gesicht, der Text könnte von ihm sein.

Du host mir ghört, mir ganz allan.

Der Intellekt des Menschen liegt im Sich-Verstellen, hatte der Meister einmal geschrieben, aber man konnte sich selbst auch leicht verlieren bei dem ewigen Vortäuschen. Deswegen musste man manchmal ganz allein sein, das wusste Blum nach all den Jahren. Alleinsein hatte auch etwas Heilendes, vor allem, wenn man das Ende der Einsamkeit bestimmen konnte. Heute war so ein Tag, heute war Schluss mit dem Alleinsein, heute gehörte ihm wieder jemand, ihm ganz allein.

Der Tunnel lag hinter ihnen und Blum raste am ehemaligen Zollgebäude vorbei, ignorierte die 60-km/h-Begrenzung und nahm die nächste Ausfahrt. Nach Schengen scherte sich niemand mehr um die Grenzgänger, auch dann nicht, wenn sie eine halb tote Frau zwischen Pannendreieck und Verbandskasten gequetscht hatten. Wie ein Flüchtlingsschlepper sah er nicht aus, deswegen machte Blum seine Transporte mittlerweile mit deutlich weniger Unbehagen.

Die Straßenbeleuchtung wurde spärlicher und seine Zuversicht gewann wieder die Oberhand, jetzt überschritt er das Tempolimit deutlich. Wenn sie ihn hier am Ende der Welt anhielten, würde das nur mehr Adrenalin bedeuten. Was sollte schon passieren? Schlimmstenfalls müsste er seine Papiere zeigen, den Alkotest hatte man bisher nur einmal von ihm verlangt und es gab keinen Grund für einen Beamten-Spaziergang rund ums Auto, Verbandskasten, Warnweste und Pannendreieck lagen unterm Beifahrersitz. Der Herr Doktor hatte es eilig, er war heute schließlich der Mediziner reicher Privatpatientinnen. Das dezent platzierte Schild hinter der Windschutzscheibe genügte immer. Arzt im Dienst.

Er genoss die schnelle Fahrt auf der sich schlängelnden Uferstraße, hörte das Kratzen und Winseln, das leise den Fahrtwind untermalte. Er wollte sie nicht vollkommen bewusstlos. Nach einer Autofahrt von etwa zwanzig Minuten wirkte das Medikament. Kratzen und Schaben wichen hilflosem Würgen. Das verzweifelte Erkennen in den Augen der betäubten Schmetterlinge reizte ihn. Er kostete es bis zur Gänsehaut aus, wenn sie beinahe bewegungsunfähig verstanden, was Sache war, wer Blum wirklich war, und das Wichtigste, dass er sie gleich für immer vom Antlitz der Erde verschwinden lassen würde.

Er hielt sich rechts, weg vom See, ohne Licht, die sanften Hügel und Apfelplantagen entlang. Die Straßen wurden Wege und diese enger und holpriger. Wie weit war es noch bis zur kleinen Kreuzung zwischen dem Mischwäldchen und den letzten Baumreihen? War er im düsteren Mondlicht richtig abgebogen?

An einer Kreuzung seines Lebensweges war er auch abgebogen, anders als alle anderen, in eine unendliche Weite ohne Verkehrsschilder und Regeln. Hier konnte man in jede Richtung, solange das Auge reichte. Unendlich viele Wahlmöglichkeiten, und alle waren nur für ihn reserviert. Man musste nur einen Plan haben, ein Drehbuch, und sich genau daran halten, der Anfang war wichtig, alles andere ergab sich dann mit der Zeit, und Geduld hatte er.

Blum sah die Schrebergartensiedlung am Rande des Wäldchens. Er hielt an, stieg aus und lauschte angestrengt in die Nacht hinein. Er wollte sichergehen, hundertprozentig wissen, dass sich niemand in der Nähe des kleinen, schäbigen Häuschens aufhielt, jemand, der ihm den Spaß verderben könnte. Er hatte sich das letzte Grundstück schon vor Jahren auf einer Spritztour ausgesucht. Es lag gleich beim Wald und trotzdem hatte er einen guten Blick auf die unter ihm liegenden Hügel. Besitzer war lange Zeit sein Großvater gewesen, der Vater seiner Mutter, den er zuerst besachwaltet und als einziger Nachfahre schließlich beerbt hatte. Niemand hatte auch nur den blassesten Schimmer, was für ein unterirdisches Refugium sich sein Großvater wahrscheinlich schon im Krieg gebaut hatte. Blum modernisierte es Schritt für Schritt. Offiziell war es der Schrebergarten einer pensionierten alten Dame aus Lindenberg. Er liebte Maskeraden dieser Art, die Lindauer Bezirksverwaltung und die Nachbarn auf dem Hügel unter seinem Kleinod glaubten an den netten Pächter Fink, der so gerne sein eigenes Gemüse zog und an den Wochenenden ab und zu zum Grillen einlud. Die selbst gemachte süßsaure Barbecuesauce des Lehrers war äußerst beliebt. Das fanden auch seine unterirdischen Gäste, die noch ein paar zerriebene Schlaftabletten zusätzlich beigemischt bekamen, wenn oberirdische Gäste geplant waren. Es wurde immer aufgegessen, so üppig waren die Mahlzeiten im Keller nie. Herrlich. Einmal hatten sich in der Nacht ein paar Jugendliche hierher verirrt, waren aber am Vorhängeschloss gescheitert und hatten schließlich vor der blinkenden Überwachungskamera Reißaus genommen. Die Wahrscheinlichkeit, hier mit seinen Mitbewohnerinnen ungewollt überrascht zu werden, war also verschwindend klein. Hier waren sie irgendwo im Nirgendwo und der Herr Lehrer war bekannt unter den paar Leuten, die vorbeikamen. Im Winter war seine Anwesenheit vielleicht auffälliger, aber niemand wunderte sich über den rauchenden Schornstein. Die Nachbarn wussten ja, dass der nette Lehrer immer auf der Suche nach ein bisschen Einsamkeit und Ruhe war.

Sein Adrenalin stieg, sein Herz schlug heftiger und steigerte seine Frequenz. Langsam ging er zur Rückseite seines Cabrios, streichelte sachte den Kofferraumdeckel, von innen war leises Wimmern zu hören. Sicher war sie genauso aufgeregt wie er. Noch einmal atmete er ruhig durch, zog den Hammer aus der Hosentasche und öffnete das Schloss. Der Deckel schwang hoch und ihm schlug verbrauchte heiße Luft entgegen. Das war der Geruch, der ihn erregte. Angstschweiß, Urin und jede Menge Verzweiflung.

Er bückte sich in den schummrig beleuchteten Kofferraum, sah, dass sie die Augen geöffnet hatte, hörte ihre Lungen nach Luft saugen, immer wieder. Kurz, laut und ziehend. Sanft fuhr Blum ihr mit dem aus zwei Spitzen gebogenen Ende des kleinen Hammers die Wangen entlang und stach ein wenig zu. Er wollte ihre Reaktionsfähigkeit testen. Ihre

Wimpern flatterten panisch und ihre Atmung wurde schneller. Ansonsten alles im grünen Bereich, Herr Doktor. Sie hatte brav ausgeharrt die letzten Tage in seinem Versteck in der Stadt, jetzt war sie am Rande der Erschöpfung und bereit für die nächste Stufe der Metamorphose. Schweiß perlte an ihren Schläfen und die schwarzen Haare pickten am nassen Schädel. Er strich sie mit dem Edelstahl-Hammer zur Seite, Strähne für Strähne, und summte Neci zärtlich seine Melodie ins Ohr.

Come on, baby, light my fire.

5

»Papschi, wach auf«, Christina zog an Heinzles Hosenbein, »ich muss dir was zeigen.«

Heinzle schreckte hoch. »Was machst du denn mitten in der Nacht noch wach?«

»Grins, mitten in der Nacht, du bist gut, ich muss gleich in die Schule.« Christina öffnete die schweren Fensterläden, Licht durchströmte die Küche und trieb Heinzle Tränen in die Augen.

»Ihr habt wohl gestern zu tief ins Glas geschaut, was?«

»Nein.«

»Dann hast du neben deiner Montecristo aber sonst noch was geraucht.«

Christina nahm einen tiefen Atemzug und ahmte mit brummender Stimme Claras Yoga-Atmung nach. »Sooooo-oo, Haaaaammmmmm.« Während sie die kühle Morgenluft in die Küche ließ, schnappte sie sich grinsend die Gießkanne.

Heinzle warf ein Zierkissen nach ihr und spielte den Entrüsteten. Er musste ja wenigstens noch den Schein wahren, denn seine Tochter hatte ziemlich genau ins Schwarze getroffen. Während Heinzle gestern Abend sein nicht existentes Gefühlsleben ausgepackt hatte, machte sein Freund dasselbe mit dem illegalen Innenleben seines doppelbödigen Koffers. Sense meinte, Heinzle müsse Gras über alles wachsen lassen, wie wörtlich er diese Devise immer noch lebte, wusste er spätestens seit der vergangenen Nacht.

Linke, Rechte, Rassisten, Radikale, Türken, Einheimische, Migranten, Asylanten, Ausländerfeinde, Muslime und Ewig-Gestrige – nichts hatte mehr eine Rolle gespielt. Die Lagerdenker hatten sich ganz einfach in Rauch aufgelöst und das war auch gut so.

Gras oder nicht, wie in den letzten Tagen kam mit dem ersten Augenaufschlag die bedrückende Realität zurück und rückte die weichgezeichneten Traumbilder zurecht. Heinzle hatte ein Problem, und zwar ein richtig großes. Zudem waren sie gestern Abend bei dem roten Dreieck nicht weitergekommen. Wenn er ehrlich war, ging es eher um den roten Faden seines momentanen Daseins: Dauergejammer. Ach Gott, wie er sich selbst dafür hasste, in den letzten Monaten und Wochen war nur ein Gefühl bestimmend gewesen, Selbstmitleid.

Christina war fertig mit den Orchideen, er hatte sich beim besten Willen nicht zum Helfen aufrappeln können. Seine Kleine stand vor ihm, in der einen Hand einen Espresso, in der anderen ihren Laptop, und setzte sich zu ihm an den Küchentisch. Auf dem Bildschirm prangte ein großes Bild von einem roten Dreieck.

Na bravo, er hatte auf der Fensterbank geschnarcht und sie hatte für ihn ermittelt – so einfach war das und wie es aussah, hatte Christina den richtigen Riecher gehabt. Heinzle wusste es in dem Moment, als er die Überschrift in Frakturschrift entzifferte.

Kennzeichen für Schutzhäftlinge in den Konz.-Lagern.

Die Küchenlampe schien hin und her zu wackeln und in seinen Ohren sirrte es verdächtig. Nicht schon wieder. Heinzle schloss schnell die Augen und schaffte es, nicht ohnmächtig zu werden. Die Bilderkaskade, die gnadenlos im Blitzlicht-Stakkato seine Gedanken überflutete, war ihm aber nicht lieber. Berge von Leichen. Ausgemergelte Körper, übereinandergeschichtet und achtlos hingeworfen wie Müll, den es zu entsorgen galt. Kinder, die ihre eintätowierten Nummern durch Stacheldraht zeigten, mitten unter ihnen die kleine Elif, die nach ihrer Mama schrie. Haufen von abgelegten Brillen. Kübel voller ausgehebelter Goldplomben. Türme aus Haaren. Leere Zyklon-B-Dosen. Verbrannte Skelette in Hochöfen. Ein Lampenschirm aus menschlicher Haut, der gnadenlos das rote Hakenkreuz an der Wand der Bulluts beleuchtete.

Jetzt drehst du ganz durch, Heinzle.

Christina stupste ihn ungeduldig an der Schulter, sie hatte offenbar nichts von seiner Panikattacke bemerkt. Anscheinend wurde er immer besser im Durchhalten. Hastig wischte er sich den Schweiß von der Stirn, atmete tief ein und wandte sich wieder dem Bildschirm zu.

Jetzt war eine vergilbte handgezeichnete Abbildung zu sehen, es handelte sich um eine Auflistung mit verschiedenfarbigen Dreiecken. Fragend schaute er zu Christina hoch, die ihre Nase rümpfte.

»Puh, du brauchst dringend eine Dusche.«

»Ja, und Nachhilfe von meiner Tochter.«

»Da staunst du, was? Sense und ich haben gestern Abend noch ein bisschen recherchiert und sind relativ schnell fündig geworden.«

Sense und ich, oha. Während er geschlafen hatte, war Sense also mit der 17-jährigen Schnecke beschäftigt.

Seine Tochter sah ihm sein Unbehagen sofort an. »Papschi, was ist eigentlich los mit dir? Ich hab ihm doch nur gezeigt, wie er in unser WLAN kommt, und dann hab ich eben ein bisschen mitgeholfen.« Christina kuschelte sich versöhnlich an seinen Arm.

»Schau dir das mal an. Deines ist vielleicht das da.«

Sie zeigte auf eines der Dreiecke, die Grundfarbe war Rot für *Politisch*. Daneben waren die restlichen Kategorien aufgelistet: *Juden*, *Berufsverbrecher*, *Emigranten*, *Bibelforscher*, *Homosexuelle* und *Asoziale*. Perfide, die Nazis hatten sogar bei der Todesmaschinerie alles schön in Schubladen verpackt. *Juden*, *Rassenschänder* und *Fluchtverdächtige* waren sofort auf dem Arm des gestreiften Häftlingsanzugs in Form der Dreiecke erkennbar. Bei der Masse an Häftlingen wusste man mit diesem System gleich, wen man vor sich hatte. Menschen und Namen hatten keine Bedeutung mehr gehabt, nur noch Ziffern und Dreiecke auf Haut und Stoff.

Heinzle vertiefte sich in den Artikel zur Abbildung, Christina tippte auf die Bookmarks in der Browserleiste. »Das solltest du dir auch noch anschauen, ich muss jetzt los, Sense duscht gerade, der kommt sicher auch gleich runter.«

Seine Tochter drückte ihm einen Kuss auf die Backe und verschwand durch die Hintertüre, bevor er fragen konnte, wieso sie wusste, dass Sense im Badezimmer war. Kurz war da wieder Eifersucht in seinen Gedanken, doch er war zu neugierig auf die Infos zum Dreieck und nüchtern betrachtet wusste er selbst, dass er sich kindisch aufführte. Worauf war er denn eifersüchtig?

Er konzentrierte sich wieder auf das Dreieck, das unter den Nazis offensichtlich *Winkel* genannt wurde. Ihre Form hatten die Winkel, die mit der Spitze nach unten getragen wurden, der Tatsache zu verdanken, dass die Gefahrenschilder in Deutschland damals dieselbe Form hatten. Heinzle spülte den üblen Beigeschmack, dass diese Schilder auch heute noch so waren, mit Espresso hinunter. Es war zum Verrücktwerden, wie viel Ignoranz auch Teil seines Alltags war. Er hatte das Gefühl, historisch interessiert zu sein, aber von den Winkeln in den KZs hatte er nicht den blassesten Schimmer.

Auf manchen Winkeln waren Buchstaben angebracht, *P* für *Polen*, *F* für *Frankreich* und so weiter. Ein Punkt unter dem Dreieck zeichnete die Angehörigen der Strafkompanien aus. Heinzle hätte den weiterführenden Link anklicken können, entschied aber, dass ihm das zu viel auf nüchternen Magen war. Stattdessen las er beim roten Winkel weiter, den die politischen Häftlinge tragen mussten: Kommunisten, Sozialdemokraten und Regimegegner, aber auch Juden. Bei Letzteren kam unter dem roten Dreieck noch ein gelbes mit der Spitze nach oben dazu, na wie nett, und schon war der Davidstern perfekt. Die Nazis und ihr Sinn für Formen und Kategorien schrien nach einem weiteren Espresso.

Bullut hatte offensichtlich recht, eine Tatsache, die Heinzle so wenig schmeckte wie der zweite Mocca. Sie hatten es mit einem irren Rechten zu tun. Die eine der verschwundenen Frauen war »politisch«, was die andere war, würde sich noch zeigen, und bei der dritten hoffte er immer noch, dass unter keinem ihrer Bilder ein Kreuz zu finden war, wobei ihm sein Bauchgefühl etwas anderes sagte.

Sense war in der Küche aufgetaucht, hatte sich neben ihn gesetzt und klopfte ihm auf die Schulter. Gemeinsam betrachteten sie die Übersichtsgrafik, die Heinzle für Sense wieder vergrößert hatte.

»Weißt du, was das Schlimmste daran ist?«, fragte er Heinzle.

»Ja, wahrscheinlich müssen wir ein Konzentrationslager samt Aufseher finden.«

Frisch geduscht und mit noch nassen Haaren saß Heinzle eine halbe Stunde später mit Sense im Auto Richtung LPD. Wie nicht anders zu erwarten, mussten sie wieder die Garage benützen, um ins Gebäude zu kommen, die Journalisten belagerten den Eingangsbereich.

Cilli hatte heute einen Strauß mit orangen Tulpen auf seinem Schreibtisch platziert und pfiff einen Song, den Heinzle nur zu gut aus dem Regionalradio kannte. Gott sei Dank nahm sich Sense gleich der trällernden Sekretärin an.

»Guten Morgen, schöne Frau, waren Sie heute Nacht etwa atemlos?«

Heinzle konnte sich ein Grinsen nicht verkneifen, Cilli war sprachlos und lächelte den Tiroler Neuzugang begeistert an.

»Ein Tipp, Frau Cilli, unser Kommissar steht bei seinen Herzensdamen eher auf Orchideen.« Sense legte Cilli seine Hand um die Hüfte und begleitete sie zur Tür. Am liebsten hätte Heinzle beide aus seinem Büro geworfen. Wenn das sein Freund war, wie stand es dann um seine Feinde?

»Hallo?« Heinzle setzte sich, den Beleidigten spielend, an seinen Schreibtisch. »Hat man dir nicht gesagt, dass du mich unterstützen musst?«

»Na klar, und das mache ich auf ganzer Linie, mental und physisch.«

Wieder hatte es Sense geschafft, ihn zum Lachen zu bringen.

Die Stimmung im Besprechungszimmer war hingegen deutlich gedrückter. Heinzle steckte Elifs Zeichnung neben der Grafik mit den KZ-Kennzeichnungen und dem Foto der beiden Winkel an die Pinnwand und schlagartig war es mäuschenstill im Raum. Jeder erkannte die Tragweite und auch Voit, der darum gebeten hatte, wieder dabei sein zu dürfen, hielt sich dieses Mal zurück.

»Oberste Priorität hat, dass wir herausfinden müssen, ob wir auch bei Suri einen solchen Winkel finden. Brunner, du machst das, stell mit der Spusi die ganze Wohnung noch einmal auf den Kopf und nimm dir den Vater vor, vielleicht haben sie das Stückchen Stoff einfach ignoriert oder entsorgt.«

»Mach ich.«

»Die Staatssicherheit ist Chefsache.« Heinzle wandte sich an Georg. »Du hast die besten Verbindungen, vielleicht wird schon lange undercover gegen Kleiner ermittelt und wir wissen es nicht einmal. Die Presse ist immer noch deine Sache, ich bin froh, wenn du mich da raushältst.«

»Langsam sollten wir allerdings mal einen Happen anbieten können«, konterte Georg. »Auf *Vol.at* geht es schon wild zu, die mussten sämtliche Foren schließen.«

Brunner räusperte sich. »Gut so, sonst zerfleischen die sich. Die Türken wollen die Rechten lynchen und demonstrieren angeblich heute Abend vor dem Rathaus. Und PEGIDA Bodensee hat zu einem Protestmarsch aufgerufen, weil wir als Polizisten nichts dagegen unternehmen, dass«, Brunner zeichnete imaginäre Gänsefüßchen in die Luft, »Fremde den österreichischen Behörden sagen wollen, was sie zu tun haben.«

Ein Murren ging durch den Raum und Heinzle wusste, dass einige es nicht offen zugeben wollten, aber in dieser Sache standen viele eher auf Seite der Rechten, so schlimm man die aus Deutschland importierte Bewegung auch fand.

»Schluss jetzt.« Heinzle klopfte energisch auf den Tisch. »Egal, wie fanatisch es da draußen zugeht, wir brauchen einen kühlen Kopf, hört auf zu diskutieren. Wir müssen den Irren finden, der sich als Propagandaminister aufspielt und KZ-Winkel verteilt. Wir haben zwar bisher nur einen, aber mein Gefühl sagt mir, dass wir noch einen weiteren finden werden.«

»Da hast du mit Sicherheit recht.« Sense hatte sich zu Wort gemeldet. Man musste ihn nicht extra vorstellen, jeder im Raum kannte ihn. »Unser Täter will Zeichen setzen, er malt Hakenkreuze, er hinterlässt Winkel. Das ist kein reiner Triebtäter, wobei man eine Kombination jetzt noch nicht ausschließen kann, aber nach dem, was wir bisher wissen, ist der Mann ein Gesinnungstäter. Das heißt, er hat eine Botschaft zu überbringen, er lebt für seine Mission und die möchte er mitteilen. Er hinterlässt uns etwas an dem Ort, an dem er die Frauen verschwinden lässt. Die Tat bringt ihm persönlich vielleicht keinen unmittelbaren Vorteil wie einem Sexualtäter, der seinen Trieb befriedigt. Unser Mann hat eine Ideologie, um die es ihm geht. Dass die nicht links ist, haben wir, glaube ich, alle mitbekommen. Der Winkel steht für eine Gesellschaftsordnung und unser Adolf hält sich offensichtlich für eine Art Herrgott. Er teilt ein, er kann entscheiden, wer welche Kennzeichnung bekommt. Er vergibt Kategorien, seine Opferauswahl ist nicht beliebig.«

»Er hat es auf Ausländerinnen abgesehen.« Heinzle fuhr sich müde durch die Haare.

»Jein, wir haben es mit zwei Frauen aus Einwanderer-Familien zu tun. Was mit Frau Natter ist, wissen wir immer noch nicht. Wieso eigentlich?«

Brunner räusperte sich. »Wir wissen, dass wir nichts wissen. Ich hab mir die Akten noch einmal ganz genau vorgenommen, sie ist spurlos verschwunden. Mit ihrem Mann habe ich telefoniert, er ist derzeit auf dem Weg von Frankreich nach Hause, heute Abend stehe ich bei ihm auf der Matte.«

»Okay«, meinte Sense wenig begeistert und lenkte die Aufmerksamkeit wieder auf die Winkel. »Wir haben mehrere

Kategorien der Winkel.« Sense zeigte auf die Grafik. »Apropos, Georg, zu den Medien absolut keinen Hinweis darauf bitte, sonst pinseln wir unserem Täter am Bauch und machen ihm die Verbreitung seiner Mission noch einfacher.«

Voit meldete sich nun doch zu Wort und sprach das aus, was wahrscheinlich alle dachten. »Die Winkel-Dinger geben doch einen Hinweis auf ihn, warum ist man so doof und macht sich als Täter selbst das Leben schwerer?«

»Du darfst nicht an die TV-Serienmörder denken, die sich mit der Polizei anlegen wollen. Klar gibt es sie, aber hier geht es dem Entführer wohl eher darum, ein für ihn essenzielles Statement zu machen. Es geht ihm nicht um uns Ermittler, er will zeigen, dass diese Frauen nicht seinem Geschmack entsprechen, was gesellschaftliche Normen betrifft. Der Winkel soll nicht heißen, hier bin ich, holt mich, sondern diese Frauen passen nicht in die Ordnung der Gesellschaft, so wie er sie gerne hätte, deswegen müssen sie entfernt werden.«

Sense ging schnell die wichtigsten Fakten zu den Winkeln durch und wandte sich dann an Wagner. »Wie schaut's in der Spurensicherung aus?«

»Auf dem Stoffrest finden sich dutzende menschliche DNA-Fragmente, unter anderem Heinzles.« Gerd Wagner stand auf. »Mit Fragmenten kann man halt nicht wirklich viel anfangen. Deswegen sind wir gerade damit beschäftigt, herauszubekommen, was es für ein Stoff ist, wo man ihn bekommt und wie oft er verkauft wurde. Näheres in Kürze. Also wenn ihr mich nicht braucht, würde ich mich gerne an die Arbeit machen.«

Heinzle nickte ihm zu, überflog schnell seine Notizen und wollte bei der Botschaft des Täters nachhaken. »Sense, war das alles, was du zu seiner Mission sagen kannst?«

»Seltsamerweise ist er davon überzeugt, dass sein Hinweis, der Winkel, allen etwas sagt. Wie schaut es bei euch aus«, Sense blickte fragend in die Runde, »hat davon schon jemand gehört?« Niemand meldete sich zu Wort. »Dachte ich mir. Interessant finde ich auch, dass er sich nicht aktueller Mittel bedient. Rassismus wird gerade wieder salonfähig, warum verwendet er nicht irgendetwas anderes, einen durchgestrichenen EU-Wimpel oder so etwas Ähnliches? Warum dieser sehr deutliche Bezug zur Vergangenheit?«

Heinzle zuckte mit den Achseln, aber von weiter hinten meldete sich einer der jüngeren Kollegen. »Weil er selbst alt ist?«

»Genau daran habe ich auch schon gedacht.« Sense nickte anerkennend. »Allerdings kann er auch nicht zu alt sein, sprich gebrechlich. Seine Opfer sind Frauen, ja, aber eine davon, Suri, ist ziemlich sportlich. Sprich, ein deutlich älterer Mann hätte keine Chance gehabt.«

»Und auf der Zeichnung von Elif schaut der Dreieckmann auch nicht gerade wie ein schmächtiger Mann aus.« Heinzle blickte Sense fragend an.

»Das ist wiederum nicht so einfach, die Kleine ist fünf, da schaut jeder Erwachsene aus wie eine imposante Erscheinung. Aber trotzdem gebe ich dir recht.« Sense nahm den Stift vom Bord und schrieb die Zahl 55 an die Wand. »Ich vermute, dass wir richtigliegen bei einem Mann in mittlerem Alter, gut gebaut und definitiv kein Mann aus dem Arbeiter-Milieu. Unser Entführer hat zumindest Matura, ich tippe aber auf einen noch höheren Ausbildungsgrad, und er ist geschickt, was seine Tarnung betrifft. Irgendwie muss er seine Opfer dorthin bringen, wo sie jetzt sind, und dort fallen sie nicht auf. Unser Täter verfügt über Platz und Raum, der nur ihm gehört.«

Heinzle wandte sich an Brunner. »Bitte teil ein paar von der Streife ein, leer stehende Häuser und Gartenlauben genauer unter die Lupe zu nehmen.«

»Ein Anfang ist es, wird aber wahrscheinlich nicht viel bringen, er ist zu schlau, um sich so einfach auf die Schliche kommen zu lassen«, warf Sense ein. »Außerdem ist er nicht gerade zimperlich, es war ihm zum Beispiel vollkommen egal, dass die keine Elif Bullut die Entführung mitbekommen hat. Er fühlt sich uns deutlich überlegen und agiert ohne Angst, entdeckt zu werden. Der ist eiskalt und tarnt sich wahrscheinlich ziemlich gut in absoluter Normalität. Wenn es ein Keller ist, dann sein eigener. Wenn es eine Gartenlaube ist, dann ist sie unauffällig und immer wieder mal bewohnt.«

Brunner räusperte sich. »Ich frage mich schon die ganze Zeit, wie er es geschafft hat, in das Hochsicherheitshaus der Bulluts zu kommen. Einige Kameras waren offline, okay, aber irgendjemand muss ihn doch gesehen haben?«

»Guter Einwand«, meinte Heinzle, »sprich noch einmal mit den Sicherheitsleuten von Bullut. Warum man die Kameras ausgeschaltet hat, ist mir sowieso ein Rätsel.«

»Egal wie, mit der Kleinen haben wir eine potenzielle Zeugin.« Sense übernahm wieder. »Irgendwann wird sie sprechen. Da wir in beiden Fällen noch keine Forderungen haben, will er die Frauen auch nicht wieder zu ihren Familien lassen. Er hat, was er will. Er ist kein normaler Entführer, er will kein Geld, und was das Schlimmste daran ist, seine Mission ist ziemlich sicher mehr als eine Besserungsanstalt.«

»Will er sie umbringen? Sie sind doch bisher nur verschwunden?« Wieder war es Brunner, der nachfragte.

»Die Nazis haben ihre Opfer auch nicht sofort umgebracht«, warf der junge Kollege von hinten ein.

»Genau, das ist unser Hoffnungsschimmer«, meinte Sense.

Brunner schüttelte genervt den Kopf. »Wir suchen also einen, der unauffällig mehrere Frauen verschwinden lassen kann und sie irgendwo sehr geschickt versteckt? Das kann ja heiter werden.«

»So ist es und da er bisher nicht aufgefallen ist, wird er es auch weiterhin nicht.«

Jetzt mischte sich Heinzle wieder in das Gespräch ein. »Ich weiß nicht, da bin ich skeptisch, das funktioniert hier nicht so einfach, bei uns kennt jeder jeden.«

»Das hat gar nichts zu sagen, Richard, ich kann dir von Serientätern in den Staaten erzählen, die eine Familie, Freunde und einen Job hatten. Sie waren überall beliebt und vollkommen unauffällig. Und weißt du, was sie am Abend gemacht haben, nachdem sie ihren Kindern eine Gute-Nacht-Geschichte vorgelesen und ihnen ein Küsschen gegeben haben? Sie haben die Kinder anderer ermordet, und zwar bestialisch.«

Heinzle fröstelte es, während Sense weiterredete.

»Du musst außerdem nicht einmal so weit gehen, wir können bei uns in Österreich bleiben. Frag mal die Nachbarn vom Fritzl oder von dem, der die Kampusch jahrelang eingesperrt hat.«

»Das waren aber eher kranke Einzelgänger und anders als deine amerikanischen Familienmenschen«, meinte Brunner.

»Da hast du recht, ich glaube in unserem Fall auch, dass wir es mit einem Typen zu tun haben, der gerne sein eigenes Süppchen kocht.«

»Was uns wieder dazu bringt, dass wir unsere Rechten genauer unter die Lupe nehmen müssen.« Heinzle schaute Voit an. »Bist du jetzt bereit, uns zu helfen, oder bist du immer noch der Meinung, dass wir maßlos übertreiben und dass uns nur von den Muslimen Gefahr droht?«

»Ich kann es mir immer noch nicht vorstellen, dass unsere Skins so sind, aber bitte.«

»Wie sie sind, genau darum geht es jetzt, ich will alle noch so kleinen Informationen zu allen haben. Von wie vielen reden wir, was machen sie außer rechte Rockmusik hören, wie organisiert sind sie auch über die Grenzen, wer sind ihre Köpfe? Gibt es Drahtzieher in der zweiten Reihe, die sich vielleicht nicht so gern outen, von denen aber jeder weiß, dass sie dazugehören? Und ich will mehr als die lächerliche Akte, die du mir freundlicherweise schon zur Verfügung gestellt hast.«

»Wie stellst du dir das vor, soll ich das alles allein machen?«

»Na, ich hoffe, du hast in den letzten Jahren schon ein bisschen vorgearbeitet, und für den Rest kannst du auf Brunner und Cilli zurückgreifen.«

»War's das?« Voit schnaubte genervt, Heinzle ignorierte ihn und bedankte sich bei allen anderen.

Georg verabschiedete die Kollegen an der Türe und wartete, bis sie wieder zu dritt waren. »In Zukunft macht ihr alles gemeinsam, Heinzle, keine Alleingänge, okay?«

Sense entschärfte die angespannte Situation mit einem Lachen.

»Zu Befehl, Mama, ab sofort gibt es uns nur noch zu zweit.«

Eine halbe Stunde und zwei Grillwürste später waren die beiden unterwegs zur Siedlung am Stadtrand. Die Wahrscheinlichkeit, noch einmal ein Veilchen zu kassieren, minimierte sich durch Senses Begleitschutz genauso wie die Gelegenheiten, in sinnloses Selbstmitleid zu verfallen. Obwohl Heinzle sich nicht ganz sicher war, ob Sense als Unterstützung oder Überwachung für ihn abgestellt worden war, überwog das gute Gefühl bei dem »zu zweit«.

Kaum aus der Garage, ging es im Schritttempo am Bus-Bahnhof vorbei, es staute sich schon wieder und sofort war klar, wieso. Rechts an der Straße standen Schilder schwenkende Jugendliche und schrien sich die Seele aus dem Leib. Die Transparente und *Refugees-Welcome*-Chöre galten der gegenüberliegenden Straßenseite, wo sich Springerstiefel und Bomberjacken häuften. Rechte Hände mit drei ausgestreckten Fingern schrammten nur haarscharf an der Wiederbetätigung vorbei.

»Da soll mal einer sagen, Bregenz sei ein Kuhdorf«, witzelte Sense und kurbelte sein Fenster herunter, während er einem jungen Mädchen mit einem »Kein Mensch ist illegal«-Schild zuwinkte.

Heinzle ärgerte sich nicht zum ersten Mal an diesem Tag. Wie hatten es so viele Menschen und zum Teil vermummte Gestalten ins Zentrum der Stadt geschafft, ohne von seinen Kollegen bemerkt worden zu sein? Das Chaos sah definitiv nicht nach einer angemeldeten Demo aus und die paar Streifenpolizisten, die gerade von der gegenüberliegenden LPD angerannt kamen, hatten alle Hände voll damit zu tun, die Streithähne auseinander und die Straße für den Verkehr frei zu halten.

»Neoliberaler Porsche-Arsch«, brüllte ein junger Mann durchs Fenster auf Senses Seite und kickte mit voller Wucht gegen die Beifahrertüre. Heinzle zog die Handbremse, war mit einem Satz aus dem Auto, rannte um die Kühlerhaube und packte den verdutzten Kerl am Kapuzenshirt.

»Sag mal, spinnst du?«, entfuhr es ihm unter lautem Jubelgegröle von der anderen Straßenseite. Sofort bildete sich eine Traube von Menschen um Heinzle und den jungen Mann, beide wurden von den aufgebrachten Demonstranten hin und her geschubst. Ein höchstens 12-jähriger sommersprossiger Rothaariger drückte den Holzstiel seines Schildes mit Absicht auf Heinzles Fuß, ein Mädchen brüllte ihm »No borders, no nations!« ins Ohr und irgendjemand goss den Rest seines Biers über Heinzles Kopf. Sense hatte alle Mühe, ihn wieder ins Auto zu bugsieren. Beim Losfahren stießen mehrere Jugendliche mit den Füßen gegen seinen alten 912er und Heinzle war zur Abwechslung wieder einmal zum Heulen zumute. Was war nur über Nacht aus seiner friedlichen Heimatstadt geworden?

Nach einem heftigen Telefonat mit Georg, bei dem Heinzle Dampf abließ und seinen Chef fragte, ob sie gerade schliefen in der LPD oder vielleicht doch etwas Verdächtiges direkt vor ihrer Haustüre wahrgenommen hätten, verbrachten sie die restlichen Minuten zur Siedlung an der Ach schweigend.

Mit 20 km/h Höchstgeschwindigkeit ging es durch den Vorort der Stadt. Bemühte Neubauten wechselten mit Gebäuden aus den 70ern und heruntergekommenen Vorkriegshäusern ab. Das Vorkloster hatte schon einmal bessere Zeiten gesehen, wobei ein Luxus-Strumpfhersteller und eine Beschlägefirma die löblichen Ausnahmen darstellten. Trotz des bisschen Glamours überwog aber das triste Bild eines Viertels, das durch große Industriebauten in der zweiten Reihe und durch hässliche Bausünden direkt an der Straße geprägt war. In jeder größeren Stadt gab es ein Viertel wie das Vorkloster und in jedem Vorort dieser Welt gab es Menschen wie die Achsiedler. Sie waren gelangweilter, trauriger und arbeitsloser als ihre Mitbürger und hatten eindeutig weniger Chancen vom Leben erhalten als der Rest der Stadt.

Beim Aussteigen streckte sich Sense theatralisch und murmelte irgendwas von unbequemer Kapitalistenkarre. Obwohl Heinzle immer noch sauer auf sämtliche politischen Lager dieser Welt war, musste er schmunzeln.

»Wieso sind wir eigentlich nicht mit deinem Wagen gefahren, Sense?«

»Zu auffällig.«

»Wieso?«

Sense kramte im Hosensack seiner Jeans und zog einen Schlüssel mit eindeutig italienischem Logo heraus. Schwarzer Rappe auf gelbem Grund.

»Idiot!« Jetzt wusste Heinzle wenigstens, wem der weiße Ferrari in der Garage der LPD gehörte.

»Ich fasse es nicht, du trägst zerschlissene Jeans, Pferdeschwanz und Turnschuhe, rauchst am Abend Gras aus deinem Koffer und fährst am Morgen einen Ferrari?«

»Nicht ganz, zwischendurch lasse ich mich in einem alten Porsche kutschieren. Irgendwann muss man Prioritäten setzen, Richard, und die Italiener wissen schon, wie's geht oder besser gesagt wie's läuft.«

Heinzle trottete voran. Man konnte gegen die Achsiedlung sagen, was man wollte, baulich war sie abgesehen von den auffälligen Farben jedes einzelnen Blocks ansehnlich. Die ganze Anlage war weitläufig und hatte schon einige Preise für soziales Bauen eingeheimst. Hier trafen sich nicht nur jugendliche Gangs, sondern auch Architekten und Gärtner, und Heinzle hatte Mühe, die Vorurteile seiner Kollegen mit der ansehnlichen Siedlung in Verbindung zu bringen. Der kommunale Bau der 70er war sozial und ökologisch auf dem richtigen Weg. Zwischen den einzelnen niedrigen Wohnblöcken war alles grün, die Stadtgärtner hatten hier einige Tage im Jahr zu tun und die Anzahl der Spielplätze konnte sich ebenfalls sehen lassen.

»Eigentlich ein lauschiges Plätzchen«, meldete sich Sense bei ihrem Weg zu Kleiners Block.

»Ja, am Tag schon.«

Wenn es dunkel wurde, trafen sich hier gelangweilte Jugendliche, was schon zu zig Einsätzen geführt hatte. Die Arbeitslosigkeit der Teenager war doppelt so hoch wie im restlichen Bregenz, viele Familien lebten am Existenzminimum und waren auf die billigen Sozialwohnungen angewiesen. Polizisten wie er waren hier genauso wenig gern gesehen wie Architekturfans, deren Zahl seit letztem Jahr deutlich zugenommen hatte. Bei einem Rundflug war jemandem aus der Luft aufgefallen, dass der siedlungseigene Kindergarten von oben exakt die Form eines Hakenkreuzes hatte. Das war der Skandal des Jahres und laut Christina ein Klick-Hit bei Google Maps. Ein riesiges Naziemblem mitten im linken Sozialbau, Kleiner dürfte das ganz besonders gefreut haben.

Als sie vor seiner Wohnung standen, war schnell klar, dass dieser Besuch anders verlaufen würde. Die Türe war nur angelehnt, es roch penetrant nach Verbranntem und auf dem grauen Schuhabstreifer stachen Heinzle sofort dunkelrote Tropfen ins Auge. Er ging in die Knie, tupfte mit dem Zeigefinger auf einen der Flecke und wusste sofort, dass es Blut war.

Sense stupste ihn an, legte einen Finger an die Lippen, deutete ihm, Verstärkung zu rufen, und hatte plötzlich eine Waffe in der Hand. Während Heinzle ins Handy flüsterte, konnte er den Blick nicht mehr von Senses Glock lösen. Irgendetwas lief da gerade gewaltig schief. Sein ihm zugewiesener Psychologe war nicht nur einsatzbereit, sondern wusste auch, was zu tun war, während er selbst mit zittrigen Knien kämpfte und überlegte, ob seine Glock in der zweiten oder dritten Schublade seines Schreibtisches lag.

Sense hob fragend sein Kinn, die Übersetzung der Geste war einfach, wo ist deine Waffe? Heinzle zuckte entschuldigend mit den Schultern. Sense verdrehte genervt die Augen, stieß mit dem Fuß die Türe auf und verschwand.

Eine Minute später war klar, der Vogel war ausgeflogen, 13 Minuten später war das Spezialeinsatzteam vor Ort und eine Viertelstunde später hatte sich Heinzle wieder gefangen. Er war nicht dienstbereit, dazu brauchte er weder Mohis Einschätzung noch die seines Chefs. Das Zugeben dieser simplen Tatsache war allerdings wesentlich schwerer. Gegenüber den Kollegen hatte sich Heinzle nichts anmerken lassen, bei ihrem Eintreffen durchsuchte er mit Sense bereits die Wohnung und gab Entwarnung an die Cobra-Einheit.

Eines der Fenster zum Garten war von außen eingeschlagen worden, Kleiner hatte offensichtlich vergessen, den Bunker zu sichern. Die Holzklappen waren nicht an den Fenstern und durch das Wohnzimmer zog sich eine Spur der Verwüstung. Die Poster waren zerrissen, die Couch aufgeschlitzt, die Teppiche auseinandergeschnitten und der ganze Unrat lag gemeinsam mit Kleiners DVDs und Büchern zu einem qualmenden Haufen aufgeschichtet in der Mitte des Raumes.

»Die Reichskristallnacht hat wohl nicht ganz so gut funktioniert.« Sense stieß den Haufen verbrannter Bücher an. »Wobei das bei diesem Exemplar ganz besonders schade ist.« Er fischte ein billiges blaues Taschenbuch vom Stapel und zeigte Heinzle das angesengte Cover. Der Titel, *La question des chambres à gaz*, sagte Heinzle genauso wenig wie der Autor, ein gewisser Robert Faurisson.

»Ein bekennender Holocaust-Leugner aus Frankreich, war ein Star in der Szene, stellte sich gerne als Geschichtsforscher dar, ist aber bestenfalls pseudowissenschaftlicher Hass in provokanten Phrasen«, klärte Sense ihn auf.

»Dachte immer, die Franzosen seien besonders gegen Hitler gewesen.«

»Stimmt auch, genauso wie sie heute sehr aktiv an der Rassismus-Front sind.«

»Du meinst den Front National?«

»Genau, für deren intellektuelle Elite haben Menschen wie du und ich geistiges Aids.«

»Nette Formulierung, trifft gleich zwei Phobien. Ich bin nicht so gern bildungsfern und schwulenfeindlich.«

»Im Ernst, Heinzle, die unterrichten an Unis, arbeiten als angesehene Rechtsanwälte und in der Politik. Bei den Franzosen wird ganz rechts langsam salonfähig und trotz der Aussage, dass Flüchtlingshilfe eine mentale Seuche sei, darf man in allen Ämtern bleiben.«

»Die Franzosen haben auch die meisten islamistischen Terroristen importiert und woher bitte weißt du überhaupt solche Sachen?«

»Ich genieße soziale Medien.«

»Aha, dann sollte ich offensichtlich aufhören, so viel Zeitung zu lesen. Und abgesehen von meinem Medienkonsum können wir in Österreich offensichtlich noch froh sein mit Typen wie Kleiner.«

»Stimmt. In Österreich sind wir auf legalem Weg nicht ganz so taub auf dem rechten Ohr, die meisten Herren dieser Art mussten schon sitzen und sind vor dem Gesetz zumindest verurteilte Wiederbetätiger.«

»Etwas übertrieben, nicht?«

»Oh Mann, nimm mal deine rosa Brille ab. Unseren feschen Ex-Vizekanzler kannst du zwar nicht mit Le Pen vergleichen, aber so mächtig zu werden, davon träumen die Rechten aller Nationen. Ibiza lässt grüßen.«

»Sense, bitte, du stempelst ja die halbe österreichische Bevölkerung als Nazis ab. Die meisten Österreicher wählen rechts, deine Brille hat eindeutig einen Braunstich.«

»Aber zwischen rechts und ganz rechts ist schon noch ein feiner Unterschied.«

Heinzle stieß mit dem Fuß verärgert den Haufen vor sich hin glimmenden Unrat an. War denn die ganze Welt verrückt geworden? Rechts, links, schon allein die Einteilung war extrem.

»Mich interessiert eigentlich nur, wo Kleiner geblieben ist.« Heinzle war sauer, doch Sense überging seine miese Laune.

»Gute Frage, und eine weiterführende wäre, ist das sein Blut an der Türe?«

»Das soll die Spusi klären, ich schreibe ihn jetzt auf jeden Fall zur Fahndung aus. In Sachen Neci Bullut haben wir zu wenig in der Hand gegen ihn, aber ich möchte unbedingt mehr über seine Kumpane und seine Kontakte erfahren, und zwar aus erster Hand.«

»Er könnte den Täter kennen, da hast du recht, Richard.«

»Du hast also auch nicht das Gefühl, dass Kleiner unser Mann ist?«

»Mein Bauch sagt nein. Er ist höchstens ein Handlanger, aber nicht der Dr. Mengele.«

Zurück in der LPD hatten sie noch eine halbe Stunde bis zum Termin mit der Psychologin, die sich am Vormittag mit der kleinen Elif Bullut getroffen hatte. In der Mittagspause ließen sie sich zwei Döner kommen. Heinzle kannte den Besitzer der Dönerbude schon seit Jahren, wenn der Kommissar bestellte, lieferte immer der Chef.

»Merhaba, Serkan, wie geht's?«

»Alles gut, und du, Kommissar?«

»War schon besser.«

»Kann ich mir vorstellen, hoffentlich kriegst du das Schwein, das Neci geschnappt hat.«

»Was sagen denn deine Landsleute?«

»Aha, meine Landsleute, krass. Bist du nicht auch mein Landsmann, Kommissar?«

Heinzle war langsam genervt, jeder noch so harmlose Small Talk war seit Kurzem zum interkulturellen Minenfeld geworden.

»Serkan, hör auf damit, du weißt genau, was ich meine.«

»Die Türken sagen, dass ihr euch um alles andere kümmert als um eine verschwundene Türkin.«

»Stimmt nicht.«

»In der Zeitung liest man mehr über die Syrer an der Grenze als über Neci.«

»Sind auch ein bisschen mehr Leute und sie kommen aus einem Kriegsgebiet.«

»Die Kurden sind nichts anderes gewöhnt, Herr Kommissar, das sind Terroristen.«

»Fliehen die nicht eher vor dem Terror?«

»Das sind Verräter, sie kämpfen überall auf der ganzen Welt, wo sie sind, ist Krieg, und hier demonstrieren sie noch gegen Erdoğan, obwohl wir sie in der Türkei aufnehmen.«

»Ihr nehmt sie auf in der Türkei, aha, ist es nicht eher eine türkische Minderheit, seit Jahrhunderten auch in der Türkei geboren?«

»Nein, die sind nicht wie wir, die wollen der Türkei nur schaden. Und hier reißen sie das Maul auf und schimpfen auf unser Präsident, weil sie sich bei uns nicht trauen, das muss Österreich verbieten.«

»Komisch, ich dachte, wir hätten den gleichen Präsidenten.«

»Komm schon, Kommissar, du weißt, wie ich meine.«

»Nein, weiß ich nicht, Serkan, bist du also doch kein Österreicher? Echt krass. Vor allem, weil ihr ja auch für Erdoğan demonstriert, da kann es also nicht verboten sein, gegen ihn zu demonstrieren.«

»Kommissar, du musst vorsichtig sein, was du sagst, unser başkan hat tausend Ohren, er ist ein guter Mann, niemand darf schlecht über ihn reden.«

»Doch, das dürfen wir, weil wir hier nicht in der Türkei sind, hier darf jeder sagen, was er will. Wenn mir mein Kanzler nicht passt, dann sag ich das.«

»Ja, das darfst du sagen, weil dein başkan schwach ist. Ihr braucht harte Hand.«

Die harte Hand beschäftigte Heinzle noch beim Kauen seines extra scharfen Döners, genauso wie die Tatsache, dass er Serkan nicht als Österreicher sah. Irgendwie drehte sich sein momentanes Leben nur noch darum. Wie heute Morgen auf der Straße hatte sich auch in der Gesellschaft ein Graben aufgetan, die einen forderten mehr Menschlichkeit, die anderen waren Hardliner. Man musste sich dauernd entscheiden, war man für oder gegen Flüchtlinge, war man für internationale Militäreinsätze gegen den fundamentalistischen Islam oder nicht, fand man Solidarität mit Kriegsflüchtlingen dringend notwendig oder vergaß man dabei die eigenen Österreicher? Sollte man die Grenzen aufmachen oder abschotten? Heinzle wollte vor allem eines, seinen Fall lösen. Und während er sich vergeblich bemühte, Brücken zu bauen, saß er mitten in diesem Graben, wobei sie von beiden Seiten Steine auf ihn warfen.

Sense war im Sitzen eingeschlafen und gerade als Heinzle seinen Laptop starten wollte, vibrierte sein Handy. Zwei Nachrichten von Christina, die erste enthielt nur einen Link und die zweite lauter Fragezeichen. Was sollte das denn? Heinzle öffnete den Link und verschluckte sich fast am letzten Bissen seines Döners. Es war die Titelseite von *Vorarlberg Online* mit einer Schlagzeile, die ihm den Magen umdrehte.

Hauptkommissar rechter Schläger?

Darunter ein Bild von Heinzle, der wutentbrannt einen jungen Mann am Kragen gepackt hatte, unverkennbar der Hasser seines Porsches. Den dazugehörigen Artikel schenkte sich Heinzle und knallte sein Handy auf den Tisch. Konnte dieser Tag eigentlich noch schlimmer werden?

Er konnte. Christina war nicht erreichbar, die kleine Elif Bullut hatte die Psychologin standhaft angeschwiegen und Brunner war mit einem Stückchen Stoff aus Suri Nakamuras Brillenetui zurück. Der Winkel war schwarz. Die Spusi hatte den Fetzen zuerst für ein simples Brillenputztuch gehalten, seit gestern waren Dreiecke jedoch verdächtig.

Den ganzen Nachmittag recherchierten Sense und Heinzle, was Schwarz auf einem KZ-Häftlingsanzug zu bedeuten hatte. Unter diese Gruppe fielen alle Menschen, die sich dem Nazi-Regime nicht wirklich unterordnen konnten, aber auch nicht kriminell waren. Sie passten einfach nicht in die politischen oder rassistischen Schubladen der Diktatur. Schwarze Winkel trugen Menschen vom Rande der Gesellschaft, die auch nach dem Krieg Schwierigkeiten hatten, sich wieder in den normalen Alltag einzufügen. Vielfach gelang es ihnen nicht, nachzuweisen, dass sie zu Unrecht verfolgt worden waren, und der Touch des Asozialen war auch nach dem Nazi-Regime nur sehr schwer loszuwerden. Landstreicher, Alkoholiker, Prostituierte, Bettler und Arbeitsscheue waren stigmatisiert, egal unter welchem politischen System sie lebten. Heinzle war sich sicher, dass es heute nicht viel anders war, der Winkel fehlte zwar, die Vorurteile waren geblieben.

Aber wie passte Suri in dieses Raster? Sie war ein ganz normales Mädchen, arbeitete von morgens bis abends im Familienbetrieb, war auch sonst eine graue Maus ohne politische Botschaft und lebte ein vollkommen integriertes Leben.

»Seltsam«, murmelte Heinzle vor sich hin und schlurfte müde zur Kaffeemaschine.

»Lass mich raten«, meinte Sense, der sich gehütet hatte, nach dem Lesen des Artikels über Heinzle eine Konversation in Gang zu bringen, »du stolperst auch über das Motiv unseres Führers bei Suri.«

»Sie ist Asiatin und was Kleiner und Co. von sogenannten Reisfressern halten, wissen wir beide. Aber sie sind nicht ganz oben auf der Feindesliste, vor allem nicht seit dem Flüchtlingschaos. Und waren die Nazis nicht ganz dick mit zumindest ein paar Asiaten?«

»Klar, Japan hat der Treue zu Hitler Hiroshima und Nagasaki zu verdanken.«

»Eben, ich habe das Gefühl, dass unser Entführer vielschichtiger ist und eine ausländische Abstammung nicht reicht, um für ihn ins Beuteschema zu fallen. Interessant wäre, was mit Frau Natter passiert ist. Schon Infos von Brunner?«

»Nein, er ist gerade beim Ex-Mann, sicher ist nur, sie ist definitiv keine Ausländerin. Ur-Alemannin seit dutzenden Generationen. Vielleicht können wir sie ja als Opfer ausschließen, aber solange das nicht der Fall ist, müssen wir bei Suri auch noch weiterdenken. Alkoholismus und Prostitution können wir vergessen, mit was hat sich denn die Kleine ihr Dreieck eingehandelt? Woran hat sie sich die Finger verbrannt, was hat sie abgesehen von ihren Mandelaugen falsch gemacht? Vielleicht hat sie sich mit dem Falschen eingelassen?«

Heinzle wurde hellhörig. Irgendwann heute Nachmittag hatte er die Geschichte eines jungen Jazz-Musikers gelesen, der wegen der Liebe zu einem deutschen Mädchen in Auschwitz landete. Er ging den Verlauf seines Internetbrowsers durch und fand die Geschichte des Berliners. Er hatte sich in ein Mädchen mit blütenweißem Ahnenpass verliebt und wäre für das Techtelmechtel fast im KZ gestorben, weil sein Ahnenpass zwar gerade noch akzeptabel, die Herkunft seiner Familie aber zweifelhaft war. Sein Winkel war schwarz.

»Was ist, wenn der geheimnisvolle Chinese noch einen einheimischen Nebenbuhler hatte? Einen strammen Volksdeutschen?«

»Ah, du meinst sie, hat ein bisschen Rassenschande betrieben«, witzelte Sense.

Heinzle fröstelte es. Der Hakenkreuzmaler hatte es innerhalb kürzester Zeit erreicht, dass die beiden Freunde im Nazi-Jargon miteinander redeten.

»So in etwa, vielleicht hat sie das *Gesetz zum Schutze des deutschen Blutes und der deutschen Ehre* nicht ganz so ernst genommen.«

»Könnte hinkommen, habe vorher gerade gelesen, dass es eigene Verordnungen gegen sogenannte Reichsschädlinge gegeben hat«, Sense schüttelte angewidert seine langen Locken, »und dass auch Frauen wegen Rassenschande in den Konzentrationslagern eingesperrt wurden. Am Anfang holten sich die Nazis nur die Männer.«

»Der Abschaum geht mir auf die Nerven.« Heinzle stieß sich mit seinem Rollsessel vom Tisch weg.

»Bin ich irgendwie gewöhnt, ich habe das Gefühl, dass ich mich nur noch mit krankem Mist beschäftige.«

»Ehrlich, Sense, das wäre nicht mein Job.«

»Gut gebrüllt, Löwe, und was machst du gerade?«

»Wir zwei machen jetzt einen Ausflug. Nachdem die Spusi keinen Hinweis auf einen Freund bei den Nakamuras zu Hause gefunden hat, müssen wir den Kreis ein bisschen größer ziehen. Wir besuchen jetzt Suris beste Freundin, wird dir gefallen, sie ist Fitness-Lehrerin.«

Jessica war Mitte zwanzig, solariumgebräunt, durchtrainiert, und das neonpinke Outfit hatte keinen Zentimeter Textil zu viel. Sense war angetan von der Trainerin, die sich gerade auf einer wackelnden Plattform durchschütteln ließ und die beiden von Kopf bis Fuß musterte.

»Was kann ich für die Herren Beamten tun?« Ihre Stimme klang durch die Rüttelei etwas angestrengt.

»Nur einer von uns wird einmal Kommerzienrat, Miss Power Plate«, konterte Sense lachend, klopfte Heinzle freundschaftlich auf die Schulter und schob sich an ihm vorbei. Der Kommissar stand plötzlich in der zweiten Reihe.

»Noch relativ gut erhalten.« Die Trainerin musterte Sense etwas zu intensiv für Heinzles Geschmack und ging gleich in die Offensive. »Ihr seid bei mir genau an der richtigen Adresse, ich stähle auch die schlaffesten Muskeln. Falls ihr wollt, dass ich euch ein paar Fragen beantworte, muss einer von euch ran an meine neueste Power Plate, ich brauche untrainierte Opfer.«

Heinzle zog unwillkürlich seinen Bauch ein, die zweite Reihe war ihm auf einmal gar nicht mehr so unsympathisch. Schadenfroh lächelte er Sense zu, der sich gerade auf die Rüttelplattform stellte und zumindest bei Stufe eins noch keine schlechte Figur machte. Im Gegenteil, der Tiroler versuchte es sogar auf einem Bein, der miese Verräter.

»Fräulein Jessica, während Sie mit meinem Kollegen beschäftigt sind, würde ich mir gerne den Umkleideraum für Damen anschauen.« Heinzle schaute sich suchend um.

»Da sind Sie nicht der Erste«, meinte die Fitness-Lehrerin lachend.

»Kann ich mir vorstellen.« Heinzle gab die flache Bauchatmung auf. Jessica hätte seine Tochter sein können und ihm stand der Sinn sowieso nicht nach Flirten.

»Mir geht es um die Spinde, hat Frau Nakamura ihren noch?«

»Aber sicher, Suri hat ihr Abo noch bis Ende des Jahres und niemand bekommt ihren Spind bis dahin.«

»Dann glauben Sie also, dass Sie wieder auftaucht?«

»Weiß nicht, ich habe ein ungutes Gefühl bei der Sache.«

»Wieso?«

»Weil Suri ein gutes Mädchen war.«

»War?«

»Ist.« Jessica dribbelte nervös von einem Bein auf das andere. »Ach, keine Ahnung, ich kann mir nur schwer vorstellen, dass ihr nichts passiert ist. Das habe ich vor Monaten schon Ihren Kollegen gesagt, was allen egal war.«

»Sie ist erwachsen und kein Teenager mehr, vielleicht hatte sie einfach genug von ihrem Vater?«

»Ja, klar, die andere Tussi ist auch erwachsen. Aber erst, seit die Türkin weg ist, sucht man jetzt wieder nach Suri. Wenn sie einen Diplomaten als Mann gehabt hätte, wäre man bei der Polizei wohl länger drangeblieben.«

»Sie ist also ein gutes Mädchen«, ignorierte Heinzle die Spitzfindigkeiten.

»Ja, sie hätte ihren Vater nie so lange allein gelassen, ohne ihm zu sagen, wo sie ist und was sie macht. Egal wie nervig der Alte sein kann.«

»Hatte sie einen Freund?«

»Weiß nicht, es gab nur das Restaurant und das Training für sie. Sie war ja fast jeden Tag hier. Ich glaub nicht, dass sie einen an der Angel gehabt hat, das hätte ich mitbekommen. Sie hatte außer mir auch wenig Freundinnen, wenn ich überhaupt eine war.«

»Wie meinen Sie das?«

»Suri war halt total verschlossen.«

»Und was war mit dem Chinesen?«

»Keine Ahnung, von einem Chinesen weiß ich nichts.«

»Aber von einem anderen?«

»Mann, sind Sie hartnäckig, ich kann Ihnen nichts Konkretes sagen, manchmal, da hat sie einfach glücklicher gewirkt als sonst.«

Jessica wandte sich wieder Sense zu, der weniger glücklich dreinschaute und ziemlich sicher bei einem höheren Fitness-Level angelangt war. Wieso stand er plötzlich ohne Shirt auf der Rüttelplattform? Fräulein Jessica fragte sich offenbar dasselbe.

»Oh là là, da redet man drei Sekunden und hinter einem werfen die Kerle schon die Kleidung weg.« Heinzle konnte sich ein schadenfrohes Grinsen nicht verkneifen.

Während Sense versuchte, die kecke Trainerin mit seinem Sixpack zu beeindrucken, ging Heinzle mit seinem Bierbauch nach hinten. Im Vergleich zu seinem Studienfreund hatte er deutlich abgebaut. Heinzle war Witwer mit Kind und Übergewicht geworden. Sense fuhr Ferrari und war der durchtrainierte, clevere Sonnyboy geblieben. Trotzdem hätte Heinzle um nichts in der Welt mit ihm getauscht. Die letzten Monate waren bitter, doch er hatte das, was er immer wollte, eine Familie oder zumindest den Rest davon.

Während er sich im muffigen Umkleideraum umschaute, musste er an Mohi denken. Er hatte Claras Tod nie angesprochen, ihm aber nach einem Rummy-Abend beim Gehen ein kleines selbst geschriebenes Kärtchen zugesteckt, dessen Wortlaut Heinzle zuerst ordentlich geärgert hatte. Etwas krakelig zeigten die Buchstaben, dass Mohi die lateinische Schrift nie richtig gelernt hatte, doch der Gehalt des arabischen Sprichwortes berührte Heinzle jeden Tag mehr. Gleich unter dem Schularbeitenplan von Christina hatte er die Karte an den Kühlschrank geklebt. Jetzt war sie jeden Tag das Erste, was er las.

Stetige Sonne macht eine Wüste.

Suris Spind war definitiv keine Ödnis. Nummer 14 war von außen gleich unauffällig wie die tristen Metallkästen links und rechts, innen allerdings ein Bekenntnis zu Dekoration auf kleinstem Raum. Die Wände waren mit goldigem Glitzer-Geschenkpapier ausgekleidet und an der Decke hatte Suri ein Lichterband mit Herzen befestigt. Heinzle fand das Batterieteil und kippte den Schalter. Vor ihm erstrahlte das Innenleben des Kästchens in pulsierenden hundertfachen Reflexionen und Heinzle hatte wie schon in Suris Zimmer das Gefühl, etwas Verbotenes zu machen. Behutsam legte er die angefassten Sachen wieder zurück und stellte ernüchternd fest, dass außer Deos, Cremen, Ersatzunterwäsche, Blasenpflastern, Kämmen und Haarspray nichts Verwertbares zu finden war. Keine Spur von einem Tagebuch oder irgendwelchen Aufzeichnungen oder einem Winkel. Gedankenverloren schnipste er an ein nicht blinkendes Herz der Lichterkette, das vielleicht einen Wackelkontakt hatte. Nachdem auch beherztes Drücken des Plastikteils nichts nützte, zog Heinzle an der Kette, um sich das Lämpchen genauer anzusehen. Mit dem Herz hatte er plötzlich ein dünnes schwarzes Kabel in der Hand, das in einem Loch in der Seitenwand des Spinds verschwand. Was sollte das denn, die Kette brauchte doch gar keinen Strom? Nach zwanzig Zentimetern ließ es sich nicht mehr weiter aus dem Loch ziehen, dafür war ein kratzendes Geräusch von unterhalb des Spinds zu hören. Heinzle legte sich auf den Boden und leuchtete mit der Taschenlampe seines Handys, so gut es ging, unter den Spind. Ein viereckiges Kästchen, so groß wie eine Zigarettenschachtel, war mit dickem Paketklebeband von unten an den Spind geklebt worden.

»Was hast du alles angefasst?«

»So ziemlich alles«, antwortete Heinzle dem Chef der Spurensicherung.

»Danke, nett von dir«, blaffte Wagner.

»Ich kann auch noch netter sein.«

»Wehe, du fragst mich jetzt schon zu der Kamera aus, ich muss mir das Ding zuerst einmal genauer anschauen.« Wagner kroch gerade unter dem Spind hervor. »Es ist auf jeden Fall kein Billigprodukt aus China. Das ist ein winziger kleiner Luxusscheißer mit interessantem Innenleben.«

»Heißt?«

»Heinzle, du nervst.«

»Ist mein Job.«

»Ja, und meiner, mich erst einmal schlauzumachen, aber wenn du Glück hast, dann haben wir sogar noch ein paar Aufzeichnungen.«

»Wie denn das?«

»Die Kamera filmt nicht nur live nach Aktivierung durch den Bewegungssensor, sondern hat auch eine Speicherkarte zum Aufzeichnen.«

»Wirklich?«

»Klar. Da der Akku samt Speicherkarte und WLAN-Transmitter nicht so aussieht, als ob er noch einmal vom Kasten gelöst worden wäre, bin ich voller Hoffnung, dir bald etwas zeigen zu können.«

»Und der Empfänger, kann man den ausfindig machen?«

»Keine Ahnung, ich bin kein IT-Profi.«

Der Profi, der über Skype zur anschließenden Besprechung in der LPD geschaltet wurde, hieß Günther, sah aus wie das Paradebeispiel eines Hackers und nuschelte vor sich hin. Er war bei der Landesregierung angestellt und angeblich das Beste, was das Ländle in Sachen Informatik zu bieten hatte, obwohl man ihm rein optisch nicht viel zugetraut hätte. Höchstens 60 Kilo, ein Akne-geplagtes Gesicht und eine verspiegelte Sonnenbrille. Sense fand den seltsamen Kauz auf der Stelle sympathisch, aber Heinzle wunderte sich, wie es der junge Mann in den Landesdienst geschafft hatte, er hätte ihn höchstens auf 17 geschätzt. Christina hatte ihm beim gemeinsamen Filme-Schauen einmal erklärt, wie solche Typen heute bezeichnet wurden. Günther war ein Musterexemplar eines Nerds und schaffte es in nur zehn Sekunden, mit seinen Ausführungen über Entry Guards, Knotenverteilung und Union-Routing den ganzen Besprechungsraum auf den Kopf zu stellen. Niemand außer Sense schien auch nur ein einziges Wort verstanden zu haben und auch der Südtiroler musste nachfragen.

»Also, was du damit sagen willst, normalerweise kann man die Logfiles, sprich die IP-Nummer eines Gerätes, schnell ausfindig machen, aber unser Stalker arbeitet mit einem Netzwerk, er verwendet ein Tor-Programm, um seine Zugriffe zu vertuschen.«

»Ganz genau. Stark vereinfacht und verkürzt formuliert, verhindert er damit, dass man seine Datenströme analysieren kann. Die Software baut eine zufällige Verbindung zu einem verschlüsselten Tor-Server auf. Dieser verbindet sich mit anderen Computern und verschleiert damit die Ursprungsadresse, indem er in kurzen Zeitabständen den Exit Node und mit ihm die IP-Adresse des Benutzers wechselt. Ziemlich geiles System, denn jeder Computer kennt nur die Adresse seines Vorgängers und Nachfolgers.«

»Es ist also vollkommen unmöglich, ihn ausfindig zu machen?«

»Eher schon, kannst du dich noch an den riesigen Kinderpornografieskandal in Deutschland erinnern?«

»Ja«, mischte sich Heinzle ein, »da war doch die Staatsanwaltschaft Konstanz dran, oder?«

»Exakt, sie hatten einen Täter samt Computer und sogar einen Tor-Knoten eines Providers beschlagnahmt, aber aufgrund der Struktur des Netzwerkes war es vollkommen aussichtslos, die Mittäter zu finden.«

»Wieso?«

»Das ist wie ein Paket, das andauernd weitergeschickt wird und ständig über eine neue Route. Das läuft von einem Knoten zum nächsten und wenn du nicht einen Zufallstreffer landest, dann ist Sendepause für die Rückverfolgung, außer du bist von der NSA, die haben vielleicht genug Zeit, Geld und Leute.«

Sense winkte ab. »Nicht wirklich, auch Quantico kommt da nur selten schnell weiter.«

»Na bravo, der Typ will also gescheiter sein als das FBI und die NSA.« Heinzle sortierte frustriert seine Notizen. »Aber wir haben immerhin die Aufzeichnungen der Speicherkarte, oder?«

»Ja, aber wenn man dich wegschneidet, Heinzle, bleiben magere 23 Sekunden und nicht einmal aussagekräftige.«

Wagner startete den Beamer und verdunkelte das Besprechungszimmer.

Auf der Leinwand war Suris Oberkörper zu sehen, nur mit einem Sport-BH bekleidet kramte sie in ihrem Spind herum. Jetzt griff sie nach hinten, öffnete ihren BH und warf ihn irgendwo nach unten. Ihr dunkles, volles Haar fiel nur in wenigen Strähnen nach vorne und verdeckte nicht einmal ihre Brustwarzen. Im Funkeln der Herzlichterkette verwendete sie ihren Deospray und am liebsten hätte Heinzle sich weggedreht. Die geteilte Intimität war ihm unangenehm peinlich. Mit dieser Empfindung war er aber offensichtlich allein, denn links und rechts neben ihm waren die Kollegen gebannt von den Aufnahmen, die ursprünglich nur für den Spanner gedacht waren. Wir sind alle Voyeure, dachte Heinzle und konnte sich trotz seines Unbehagens dem Sog der Bilder nicht entziehen, die etwas prickelnd Spontanes und Unmittelbares hatten. Jetzt fischte Suri einen Pulli aus dem oberen Fach und mit einem letzten kurzen Blick in den Spind schloss sie ihn. Die Glitzerherzchen erloschen, die Kamera hatte aufgehört zu filmen und Heinzle hatte das unbestimmte Gefühl, dass irgendetwas nicht stimmte mit dieser Szene.

»Brunner, spul zurück und lass die letzten Sekunden, bis sie den Spind zumacht, in Zeitlupe laufen, bitte.«

Mindestens zehnmal ließ Heinzle Brunner vor- und zurückspulen. Im dunklen Raum machte sich genervte Langeweile breit, anscheinend kam diese Szene nur Heinzle irgendwie unpassend vor, und gerade, als er aufgeben wollte, sah er es. In Slow Motion stellte Suri zum x-ten Mal ihr Deo in den Spind, holte ihren Pulli heraus und während sie ihren Körper schon wegdrehte, schaute sie beinahe neckisch für einen kaum wahrnehmbaren Augenblick über ihre Schulter zurück. Direkt in die Kamera.

Sie wusste es, schoss es Heinzle durch den Kopf. Er schaute sich nach Sense um, der hinter ihm Platz genommen hatte und ihm zunickte, auch er hatte es gesehen. Suri wusste, dass sie beobachtet wurde, und nicht nur das, sie hatte sich von ihrer besten Seite gezeigt.

»Was ist euch aufgefallen?«, fragte Heinzle nach dem Öffnen der Rollos in die Runde.

»Dass Asiatinnen doch mehr Oberweite haben, als ich gedacht hätte«, witzelte Voit und erntete zustimmendes Gelächter.

»Ja, danke, Voit, und abseits deiner Spanner-Fantasien?«

Heinzle ging zum Laptop, spulte das Video noch einmal zurück und stoppte genau an der Stelle, an der Suri Blickkontakt mit dem Betrachter aufnahm.

Ein Raunen ging durch den Raum. Zum ersten Mal seit dem Verschwinden der Botschaftergattin war Heinzle zufrieden mit sich. Vielleicht war er doch noch nicht ganz aus der Übung.

Den restlichen Nachmittag teilten sie sich auf. Brunner brachte ihnen sein Gesprächsprotokoll mit dem Ehemann der dritten Vermissten. Das Resultat war beruhigend, kein Dreieck, kein Hakenkreuz und somit vorerst kein drittes Opfer. Heinzle und Sense waren auf dem Weg zu einem Treffen mit einem ehemaligen Mitschüler Heinzles, der ein Buch über Rechtsradikalismus in Vorarlberg nach 1945 geschrieben hatte und als der heimische Fachmann in Sachen Neonazis galt. Heinzle hätte schon viel früher auf ihn kommen können und er ärgerte sich, dass er sich so lange nur auf Voit verlassen hatte.

Touristen schlenderten an den beiden vorbei, als sie unter einem großen Sonnenschirm einen der letzten Plätze ergattert hatten. Ein paar Architekturfans fotografierten die Fassade des Vorarlberg-Museums, Kinder warfen sich einen kleinen gelben Tennisball zu und Heinzles Kardinalschnitte schmeckte so wie immer. Bregenz, wie es eigentlich sein sollte, dachte er, ein kleines Städtchen mit kleinen Sorgen.

Als Vallaster Platz genommen hatte, schmeckte Heinzle sein Cappuccino schon nach zwei Minuten nicht mehr, der Historiker hatte seine gedankliche Idylle jäh beendet. Wieder drehte sich das Gespräch um den politischen Graben und darum, dass man als Normalbürger davon nicht unbedingt etwas mitbekommen musste.

»Seien wir uns ehrlich«, Vallaster schien ähnlich desillusioniert wie Heinzle, »das saubere Ländle hat definitiv ein Problem mit seinen Rechten und keine Sau will es wahrhaben.«

»Haben wir auch etwas wie *Combat 18*?«

»Ja, da staune ich aber, da hat man sich schon ein bisschen eingelesen, was?« Vallaster nickte Heinzle anerkennend zu. »*Combat 18* ist die musikalische Fraktion des *Blood-and-Ho-*

nour-Netzwerkes, das hinter den singenden Idioten steht. Die sind international tätig, wir reden hier aber nicht nur von Bands und Fans im Ausland, Heinzle, wir reden von regionalen Geschichten, gleich bei dir um die Ecke. Vorarlberg hat die einzige bestehende *B&H*-Sektion in Österreich.«

»Und sind die alle so redselig wie Kleiner?«

»Die singen lieber, statt sich direkt politisch zu engagieren, die Botschaften sind aber die gleichen.«

»Menschenverachtung und Kriegsverherrlichung wahrscheinlich«, meinte Sense.

»So in etwa, du kannst dir was aussuchen.« Vallaster nahm einen Schluck seiner Cola. »Antisemitismus, Rassismus, Mord- und Gewaltfantasien, das ganze Programm rauf und runter.«

»Nett.«

»Das trifft es ziemlich genau, die werden auf ganzer Linie unterschätzt, wo sie jetzt proben, weiß kein Mensch. Seit dem Amoklauf in Nenzing ist die Szene natürlich wieder massiv unter Beobachtung und ihr könnt mir glauben, dass es hier noch einiges zu beobachten gibt.«

Heinzle grübelte vor sich hin. Den Amoklauf des 27-jährigen Bikers in einem Motorradclub hatte er zwar als schockierend in Erinnerung, aber den Verrückten mit seiner abgesägten, selbst gebauten Kalaschnikow bis zum Mail von Voit noch nicht wirklich mit den organisierten Rechten in Verbindung gebracht.

Während Vallaster weiterhin auf Sense einredete, war Heinzle mit sich selbst beschäftigt. War er auch ein rassistischer Ignorant? Heinzle fand die Darstellungen des Historikers übertrieben. Die Gruppierungen gab es, daran konnte man nicht rütteln, und als rechtschaffener Mensch musste man sich dafür schämen. Aber solche Typen waren und blieben eine Randerscheinung, das war nicht das Gros der Vorarlberger. So war seine Heimat nicht. Heinzle wollte es sich zwar nicht eingestehen, aber er war in dieser Sache eher der Meinung von Voit als der von Vallaster, der gerade aufgestanden war und sich verabschiedete.

Erstaunt drehte sich Heinzle um, als ihm jemand auf die Schulter tippte. Eine Romafrau stand in zerlumpter Kleidung vor ihm. Sie lächelte breit, ein Schneidezahn fehlte und unten blitzten zwei Goldzähne in der Sonne.

»Bitte, bitte, du geben Geld, Kind krank«, sagte die Frau in hohem Singsang. Sie hielt dem verblüfften Heinzle ihr Baby direkt unter die Nase, das sie bisher in einem Tragetuch versteckt hatte. Die Wimpern des Kindes waren verklebt, eine dicke Rotznase lief dem kleinen Mädchen über das Kinn und seine aufgerissenen Augen zeigten, dass es genauso wenig Freude an dem zu nahen Kontakt hatte wie Heinzle. Genervt verschaffte er sich mit dem Arm Platz und kramte in der Tasche seines Sakkos nach ein paar Münzen.

Ein Mann vom Nebentisch stand auf und kam zu ihnen an den Tisch.

»Entschuldigung, dass ich mich einfach so einmische, aber Sie haben doch nicht wirklich vor, der Frau Geld zu geben?«

Sense war schlagfertiger als Heinzle, der im ersten Moment nicht wusste, was er dem forschen Sitznachbarn entgegnen sollte. »Wieso nicht, die zwei Euro tun uns nicht weh, Ihnen schon?«

Sense hatte offensichtlich ins Schwarze getroffen, denn der Mann, ein bekannter Bregenzer Gastronom, war kaum mehr zu bremsen.

»Ich zahle meine Steuern, ich gehe jeden Tag zwölf Stunden arbeiten und ich will nicht von diesem bettelnden Pack gestört werden, wenn ich einmal frei habe. Wenn Sie dieser Frau etwas geben, bleibt sie in unserer Stadt, weil sie mit Menschen wie Ihnen genügend Geld verdient und uns weiterhin auf der Tasche liegen kann.«

Die Romafrau schnappte sich alle ihre Plastikbeutel, wäre beinahe über Heinzles Fuß gestolpert, das Kind im Tragetuch fing an zu schreien und der Gastwirt hatte sich noch immer nicht abreagiert.

»Ich weiß schon, wieso ich die FPÖ wähle, die räumen auf.«

Sense war amüsiert. »Haben wir neben den Manieren jetzt auch das Wahlgeheimnis über Bord geworfen?«

»Konservativ zu sein, ist keine Schande, ich kann überall meine Meinung sagen, wann und wo ich will.«

»Dürfen Sie, interessieren tut sie uns aber trotzdem nicht.« Jetzt war auch Heinzle aufgestanden, er hatte für heute endgültig genug von politischen Debatten und wollte wieder ins Büro. Er hatte die Nase so was von voll, wo er auch war, überall ging es um das Gleiche. Waren denn alle verrückt geworden?

»Er sagt nur die Wahrheit«, meldete sich die junge Mutter der Ball spielenden Kinder vom Nebentisch. »Die Politiker kümmern sich überhaupt nicht um uns, es geht nur noch um Flüchtlinge und Asylanten, wie ich meine zwei Kinder über die Runden bringe, ist allen egal. Und Sie geben dem Gesindel auch noch Geld, die soll selber arbeiten gehen, mir hilft auch niemand.«

»Genau. Wir haben genügend eigene Menschen, die von der Mindestsicherung leben müssen.« Der Gastwirt freute sich über die Unterstützung und war jetzt in seinem Element. »Unser System verträgt nicht mehr!«

»Ihr System ist auch meines und mein Boot ist noch nicht voll«, meinte Sense, während er langsam nach seiner Geldtasche suchte.

»Richard, übernimmst du die Rechnung? Ich habe die Jacke im Auto gelassen.«

Heinzle wollte den Zwanziger aus der Sakkotasche nehmen, den er heute Morgen zu den Münzen gesteckt hatte, doch da war nichts mehr, weder Münzen noch der Schein. Ungläubig kramte er in der leeren Tasche, versuchte es mit der anderen Seite des Sakkos, wo er genauso erfolglos war, und schaute sogar in der Hosentasche nach.

»Das gibt's doch nicht«, schimpfte Heinzle und drehte sich wütend nach der Bettlerin um, die nirgends mehr zu sehen war.

Der streitbare Gastwirt hatte die Situation schnell begriffen, grinste Heinzle gönnerhaft ins Gesicht und legte 20 Euro auf den Tisch.

»Sehen Sie, so geht es uns mit Gutmenschen wie Ihnen, wir bezahlen dafür, dass ihr das Pack noch an der Grenze abholen wollt.«

Heinzle hatte sich erst beim Auto wieder beruhigt, er war mit Sense noch die Gegend um das Café herum abgelaufen, doch die Romafrau war verschwunden. Dass er sich als Polizist so laienhaft von der Bettlerin hatte austricksen lassen, tat ihm mehr weh als das verlorene Geld. Jetzt wusste er, wieso die junge Mutter dem Baby die Nase nicht geputzt hatte. Naivlinge wie Heinzle sollten sich auf das nicht zu übersehende Rinnsal konzentrieren, während sie ausgeraubt wurden. Beruhigend fand er nur, dass auch Sense die Masche der Frau nicht durchschaut hatte, wobei er sich ja wenigstens noch mit dem Wirt unterhalten hatte. Heinzle hingegen hatte keine Ausrede.

Zur Abwechslung waren sie mit Senses Auto unterwegs. Mühsam hatte sich Heinzle in den niederen, engen Sitz gequetscht und blätterte die Kopien durch, die ihm Vallaster gegeben hatte. Ein bisschen Ablenkung konnte nicht schaden, doch was er las, war eindeutig nicht dazu bestimmt, seine Nerven zu beruhigen.

War der redefreudige Wirt noch von der bürgerlichen und gemäßigten Fraktion der rechts Gesinnten, konnte man bei den Rockern kein bisschen Vernunft mehr erkennen, obwohl das Hassobjekt dasselbe war. Alles, was von außen kam, nicht »reinen Blutes« oder »deutscher Gesinnung« war, wurde thematisiert und an den Pranger gestellt. Fast jedes Lied war Wiederbetätigung oder konnte so gedeutet werden, unverhohlen wurde zu Gewalt und zum harten Durchgreifen aufgerufen. Propagandaminister Goebbels hätte seine wahre Freude an den Singgruppen und Liedtexten gehabt. Die aufgelisteten Bandnamen waren genauso hasserfüllt wie die Parolen, die es in die Refrains der Songs geschafft hatten. Auch das Hakenkreuz, das Heinzle zu verfolgen schien, war oft und prominent vertreten. Angewidert warf er die Kopien vor sich in den engen Fußraum und Sense fand breit grinsend die richtigen Worte: »Staub zu Staub.«

6

Der Gewissensbiss ist wie der Biss des Hundes gegen einen Stein, eine Dummheit.

Friedrich Nietzsche

Blum musterte gedankenverloren das dunkle, faserige Nussholz des Beichtstuhls. Außen hatte es noch glänzend gewachst den bunten Kirchenfenstern entgegengestrahlt, hier mitten in der stickigen Dämmerung zwischen Vergebung und Sühne schien es seine Lebendigkeit verloren zu haben. Doch wenn man den Kopf ein bisschen neigte und sich an das dämmrige Licht gewöhnt hatte, sprang einem die Musterung des Holzes fast entgegen. Neugierig und lüstern schien es der tote zersägte Baum in Grau- und Braunschattierungen auf seine Sünden abgesehen zu haben. Die dunklen Rillen sammelten sich genau auf Höhe seiner Augen zum Rest eines Astes und erinnerten Blum an ein Einschussloch. Er strich über die Vertiefung, die sich viel glatter anfühlte, als er erwartet hatte. Viele verschwitzte, reumütige Finger hatten diesen Weg wahrscheinlich schon vor den seinen genommen. Angeekelt zog Blum seine Hand zurück, bemüht, im engen Beichtstuhl nichts mehr zu berühren, nirgends mehr mit nackter Haut anzustoßen. Blums Geduld war zu Ende. Langsam schmerzten ihn die Knie, wie lange musste er hier eigentlich noch warten?

Warten.

Warten, das konnte er. Im Internat wurden sie durch und durch katholisch erzogen. Jeden Tag hatte man die Eltern- und Willenlosen in die Frühmesse geschleppt, vor jeder Mahlzeit mussten sie beten, jede Woche einmal ihre Sünden vor dem Herrn und dem nach billigem Parfüm riechenden Geistlichen beichten. Knien am Morgen, knien am Mittag, knien am Abend, knien bis zur Ohnmacht. Der Meister hasste die Kirche. Auch Blum hasste die Kirche und trotzdem war er süchtig nach ihr. Die Absolution seiner Sünden hatte wenig

Bedeutung für ihn, aber das Ritual an sich brauchte er. Blum war der Zeremonie seiner Kindheit verfallen sowie der Betroffenheit und Verzweiflung seiner Beichtväter. Er hatte seine Todsünden im Namen der Dreifaltigkeit schon ein paarmal gebeichtet und es war ihm nichts geschehen. Nichts, absolut nichts.

So etwas passierte rund um den Globus jede Sekunde und kein Mensch scherte sich darum. Blum war sich sicher, wo auch immer dieser Gott sein sollte, er kümmerte sich nicht um Diktatoren, Fanatiker, Bombenleger, nicht um verhungernde Kinder, nicht um irgendetwas und schon gar nicht um ihn.

Menschen töteten Menschen, ganz nebenbei. Gründe gab es nicht, warum auch, sie waren jedem egal – Glaube, Moral oder Langeweile, wen interessierte das? Wichtig für Blum war nur, dass man damit durchkommen konnte. Todsünden begehen, ignoriert werden, Pfaffen begaffen, sich köstlich amüsieren, genießen und auf in die nächste Runde. Das war sein ganz persönliches Lebensrad, seine Befriedigung und seine Auferstehung. Dass dabei ein paar Schwache ins Gras beißen mussten, wen kümmerte es? Die Welt nicht und ihn schon gar nicht.

Bis jetzt hielt sich sein Geistlicher an das Beichtgeheimnis und würde dies auch weiterhin tun. Er war froh, alles, was er gehört hatte, unter dem Talar verschwinden lassen zu können. Irgendwo in den Gehirnwindungen des Seelsorgers tickte seine Blum-Bombe. In den Nächten nach der Absolution betete der Geistliche wahrscheinlich inbrünstig zum Märtyrer des Beichtsiegels. Blum ahnte die sinnlosen Litaneien seiner schuldbewussten Träume. Heiliger Johannes von Nepomuk, lass ihn das erfunden haben. Anderenfalls bitte für mich und meine Sünden, jetzt und in der Stunde meines Todes.

Lächerlich.

Als ob dem Zweifler ein Ersoffener aus dem 14. Jahrhundert helfen konnte. Der bemitleidenswerte, aber willensstarke Nepomuk war heilig, aber er war auch dumm und landete am Ende mit einem Stein um den Hals in der Moldau. Er wollte die kleinen Schweinereien der Königin partout nicht ausplaudern. Er war ein todessüchtiger Märtyrer und noch dazu überheblich. Spätestens als ihm die Fische an den Zehen knabberten, hatte der Ignorant wahrscheinlich verstanden, dass Sterben dreckig, erbärmlich und ohne jede Moral war.

Der alte Pfarrer Gallus Giradelli war kein solcher Märtyrer, er wollte nur in Ruhe sein erbärmliches Leben weiterführen. Er wollte Blum für einen Einsamen halten, einen, der gerne über sich redet, einen mit Problemen, eine verirrte Seele, der man ein paar barmherzige Minuten gönnt und hilft, wieder auf den rechten Pfad zu finden. Was er wusste, war eine ganz andere Sache, und was er vergessen wollte, ein anderes Universum. Man erinnerte sich an nichts gerne, was nach Schuld schmeckte. Erinnern. Hm, ein Wort, das so gar nicht hierher passte.

Knarrend öffnete sich die Holztür des Beichtstuhles. Lächelnd ritzte Blum sich mit dem scharfen Daumennagel ein Kreuzzeichen auf die Stirn. Ah, sie fühlte sich so glatt an, so fein, zart und unschuldig.

Giradellis Stimme war wie immer unnahbar. »Im Namen des Vaters und des Sohnes und des Heiligen Geistes. Amen.«

Blum hob den Kopf, wollte durch das Gitter Giradellis Gedanken erahnen, seine geplagten Ausdünstungen riechen, seine Selbstgefälligkeit aus der asketischen Versenkung reißen. »Meine letzte Beichte war vor einem Monat, meine Sünde ist immer noch die gleiche.« Blum lächelte.

»Bekenne sie«, schnaubte es von der anderen Seite des dämmrigen Flechtwerks nervös.

»Herr Pfarrer, Sie kennen meine Sünde, ich habe getötet.«

Blums handgenagelte Schuhspitzen schabten suchend über den rauen Teppichboden. Er überprüfte in der Düsternis seine Maniküre, während Pfarrer Giradelli schwer atmend weitersprach.

»Ich glaube dir nicht. Von deinen angeblichen Verbrechen war nirgendwo zu lesen. Was du mir beichten willst, fällt unter eine blühende Fantasie oder schlimmstenfalls unter falsches Zeugnis ablegen, mein Sohn.« Seine letzten Worte betonte Giradelli überdeutlich, gereizt und müde.

Blum fand es an der Zeit, seinen Joker auszuspielen.

»Meine aktuelle Liebe ist zarte 27. Sie hat schwarzes Haar, ist gar nicht willig und ein Schäfchen aus Allahs großer Herde.«

Blums Zunge befeuchtete die Ränder seiner ausgetrockneten Lippen andächtig, er spürte das Lächeln in seinen Mundwinkeln, genoss es und ließ es über seine Lippen huschen. Er spürte jede Lachfalte, seine Backen schoben sich warm und rosig nach oben. Er bog seinen Rücken durch, holte tief Luft und streckte sein Kinn dem gottlosen Nussholz-Himmel entgegen, schloss andächtig seine Augen und ließ das Dunkel des Beichtstuhls auf seinen Lidern ruhen. Langsam kreiste er den Kopf im Nacken, um dann wieder nach unten zu schauen. Sein kamelbrauner Designer-Schuh hatte genügend gescharrt, er ruhte jetzt entspannt und zufrieden auf dem Teppich.

»Ich bereue aus den Tiefen meines Herzens, Herr Pfarrer, bitte helfen Sie mir. Ich will nicht mehr töten.« Beachtlich, es klang so echt, so authentisch, so, als ob er litt. Sicherlich lachte der Meister im Dunkeln und sah Blum zu, wie er sich ausgiebig und geräuschvoll die Nase putzte. Er war ganz nah bei ihm.

Der Pfarrer schwieg lange. Blum konnte förmlich spüren, wie sich Giradelli von seinem Gewissen verabschiedete. Der Ignorant wusste jetzt, dass irgendwo eine anatolische Schönheit ihrem Ende entgegenfieberte. Er hatte die Zeitungen der letzten Tage mit Sicherheit gelesen, aber wollte er es wahrhaben? So wahr wie seine Gewissheit, dass es einen Gott gab? So wahr wie die Tatsache, dass auch er, der ehrwürdige Pfarrer von St. Gallus, ein erbärmlicher Sünder war?

Blum konnte Giradellis Gedanken gegen die Trennwand des Beichtstuhls drängen hören. Böse Gedanken. Bitterböse. Wenn der Pfarrer seinen Mund nicht aufmachte und sein Beichtgeheimnis nicht brach, war das Mädchen vielleicht bald tot, mausetot, todsündentot. Giradelli war ein Mitwisser, doch wollte er ein Mittäter werden? Der Pfaffe stampfte leise mit einem seiner selbstgerechten Füße und tat genau das, was Blum von ihm verlangte. Sein scheinheiliges Gegenüber wollte taufen, letzte Ölungen verabreichen oder sich an gehauchten Seitensprüngen erregen und alles, was ihn sonst noch reizte. Ihn wollte er beiseiteschieben und vergessen. Im Nicht-Erinnern war der Herr Pfarrer ein Meister. Blum wusste das. Genauso gut, wie er wusste, dass Giradelli jetzt entschlossen war, ihn mit strengen Worten zu ermahnen.

»Im Beichtstuhl treibt man keine Scherze, mein Sohn«, stammelte Giradelli weit weniger selbstbewusst als beabsichtigt. »Zur Buße für deine Lügen betest du zwanzigmal das Ave Maria.«

Blum roch Giradellis Gedanken, wie sie in dicken Schweißperlen auf der Pfaffenhaut verdampften. Er wollte nicht wahrhaben, was nicht wahr sein durfte. Er wollte Blum für eine gequälte Seele und einen geltungssüchtigen Trittbrettfahrer halten, den man nicht ernst zu nehmen hatte. Weder damals noch heute. Zur Bestätigung seiner Gedanken hob Giradelli zuerst noch zaghaft, dann bestimmt und mit Nachdruck seine Stimme.

»Gott, der barmherzige Vater, hat durch den Tod und die Auferstehung seines Sohnes die Welt mit sich versöhnt und den Heiligen Geist gesandt zur Vergebung der Sünden.«

Für Blum klang der Singsang nach Dreck und schmeckte doch wie biblisches Manna, das einst vom Himmel fiel, süß und lecker. Blum sog jedes der ihm bekannten Worte auf, schnalzte leise und genießend mit seiner Zunge, die wieder befriedigt über seine trockenen Lippen strich, und atmete tief aus.

»Durch den Dienst der Kirche schenke er dir Verzeihung und Frieden. So spreche ich dich los von deinen Sünden im Namen des Vaters und des Sohnes und des Heiligen Geistes«, beendete Giradelli seine Litanei.

Blum erahnte die Freude seines Meisters. Die sündigen Geistlichen mit ihrer Scheinmoral hatten sich nicht geändert, er hatte es gewusst und wie immer recht gehabt, jetzt war er rein und blütenweiß. Sauberer ging es gar nicht mehr, unschuldig und mit einer dicken, fetten Absolution als Masche auf dem Ablass-Gesamtpaket.

Auch Blum entschied sich dafür, sein Leben weiterzuleben, und das sogar mit dem Segen der römisch-katholischen

Kirche. Was für eine Farce, was für ein Tag. Seine Lachfalten brannten vom Dauerbeichtstuhlgrinsen.

Blum wartete, bis Giradelli die schweren Türen des Beichtstuhls geschlossen hatte, saß noch ein, zwei Minuten ab, streckte und reckte sich und drückte dann forsch die Türe nach außen auf.

Er musste sich nicht umschauen, Giradelli hatte schon lange das Weite gesucht, sich in die Sakristei geflüchtet, sich des viel zu engen weißen Kragens an seinem schwarzen Hemd entledigt. Giradelli hatte Blums Todsünden gemeinsam mit Talar und Kragen schon zum Rest der Missetaten in einen muffigen Schrank gepackt und ließ das ausgekotzte Seelen-Sammelsurium in der Sakristei verrotten.

Dort, wo der Herr Pfarrer seit Jahrzehnten seine Ministranten an sich drückte und gar nicht züchtig streichelte, hing jetzt ein weiteres Vergehen, das nicht erinnert werden wollte, zwischen fein säuberlich gefalteten und gebügelten Festtagstalaren. Der gebeichtete Mord wurde verstaut, ganz tief im Holzkasten, gleich hinter den eigenen Sünden, die nie das Tageslicht sehen durften. Der Mord hing zwischen Missbrauch und Vergewaltigung, zwischen Kindertränen und schlechtem Gewissen, zwischen Einsicht und Verzweiflung.

Giradelli konnte nicht zur Polizei gehen, Blum wusste das und der Herr Pfarrer wusste es ebenfalls. Manche Sünden konnten nicht verziehen werden, sie faulten vor sich hin und machten sich dann und wann in engen Beichtstühlen ein bisschen Luft.

Jedes Mal, wenn Giradelli Blums Stimme hörte, dachte er sicher zurück. Dachte an den Jungen, der nicht weinte. Der Junge, der stillhielt, wenn der Pfarrer sich an ihm vergriff.

Der Junge, der Giradelli sogar dabei half, die Kordel seiner Ministrantenkutte zu öffnen. Der Junge, der ihm mitten ins Gesicht schaute, wenn der Pfarrer in der Kapelle des Internats voller Scham seine Hose nach oben zog.

Der alte Giradelli hatte Sünden begangen und Blum kam immer wieder, um ihn daran zu erinnern.

Im angenehm schummrigen Licht musterte Blum die feisten Barockengel über sich, noch schnell ein paar Ave-Marias vor dem Altar heruntergeleiert, man musste ja wenigstens den äußeren Schein wahren, und dann gemütlich durch das lange Kirchenschiff zum hinteren Ausgang schlendern. Das Leben war so schön und einfach gestrickt. Man konnte auf Teufel komm raus atmen, genießen und sich nehmen, was man wollte. Einen Schiedsrichter gab es nicht. Moral war nichts anderes als ein Philosophenfurz. Ein ganz übel riechender, nach ein paar Sekunden Geschichte und das, wozu er eigentlich bestimmt war, viel Lärm um nichts.

7

Am späten Nachmittag waren sie wieder in der LPD angekommen und Cilli war immer noch mit dem Sortieren der Post beschäftigt. Seit Necimede Bullut verschwunden war, bekam Heinzle so viel Fanpost wie in den letzten dreißig Dienstjahren zusammen nicht. Die schriftlichen Kommentare reichten von Vaterlandsverräter bis zu islamistischer Speichellecker, am anderen Spektrum der Meinungsfreiheit war er Rassist oder gleich Hitlers Sohn.

Die Beschimpfungen von rechts und links unterschieden sich nur im Vokabular, der Inhalt war auf beiden ideologischen Seiten unterhalb der Gürtellinie. Heinzle konnte es sich aussuchen, entweder war er ein fauler Steuergeldschmarotzer, der von nichts eine Ahnung hatte und sein eigenes Volk verriet, oder ein diskriminierender Menschenfeind ohne Freunde, Ehre und vor allem ohne Potenz. Wenn es nicht zum Heulen gewesen wäre, hätte man beinahe schon wieder darüber lachen müssen. Sense wollte alle Nachrichten durchlesen. Er war der Meinung, dass sich der Entführer vielleicht an das Ermittlerteam wenden würde, ausgeschlossen konnte es zumindest nicht werden. Sie teilten sich die Arbeit auf und Sense hatte auch Cilli mit ins Boot geholt, die ihm wohl ewig dankbar dafür sein würde. »Wissen Sie, Herr Leandro, ich hab immer schon gewusst, dass die Tiroler die charmantesten Österreicher sind.«

Heinzle genoss es, zur Abwechslung einmal unbelästigt in seinem Büro angekommen zu sein, setzte sich an seinen Schreibtisch und überprüfte hastig seine Benachrichtigungen. Immer noch nichts von Christina. Nicht einmal das kleine pulsierende rote Herz, das er ihr geschickt hatte, hatte Wirkung gezeigt. Eigentlich sollte sie doch wissen, dass er missverstanden worden war und dass er unter normalen Umständen kaum aus der Reserve zu locken war. Andererseits ließ das eindeutige Foto keine andere Bewertung des Vorfalls zu. Heinzle mit wutverzerrtem Blick und seine Hand am Kragen des jungen Mannes, was gab es da noch zu interpretieren?

Sinnierend saß Heinzle an seinem Schreibtisch und rieb sich beim Betrachten des Fotos die müden Augen. Ein Auto war ein Auto, eigentlich ganz einfach und nicht gerade normal, sich deswegen so aufzuregen.

Normal.

Vielleicht sollte er sich eingestehen, dass er derzeit nicht unter diese Kategorie fiel. Er hätte in den letzten Tagen einsehen müssen, dass es ihm unendlich schwergefallen war, wieder in den Berufsalltag einzusteigen. Wäre ihm nicht Neci Bullut dazwischengekommen, hätte sich Heinzle einfach damit beschäftigen können, in seine gewohnte Arbeitsroutine zu finden, und schon das wäre wahrscheinlich schwer genug gewesen. Aber so? Ihr Verschwinden hätte vielleicht noch zu seinem bisherigen Alltag gepasst, aber die Winkel taten es nicht und der kranke Täter schon gar nicht. Vielleicht konnte er es sich leisten, ein bisschen abnormal zu sein, sein Gegenüber war es auf jeden Fall. Und was war schon normal? War es normal, seine Frau zu verlieren? Und gab es überhaupt einen Weg, als Verlassener, als Zurückgelassener normal mit dem Tod umzugehen?

Das erste Mal in den letzten Wochen war er gnädiger mit sich selbst, vielleicht ging es ihm doch endlich besser, vielleicht fand er langsam wieder zu seiner inneren Ruhe, die ihn immer ausgezeichnet hatte. An der Zeit wäre es, dachte

Heinzle und schaute zu Sense auf, der ihm gegenüber in die Zusendungen vertieft war.

»Sense, schreibst du bitte Christina eine SMS, warum sie sich nicht meldet? Ich gebe dir schnell mal die Nummer.«

»Schon erledigt.«

»Wie meinst du das, schon erledigt?« Da war sie wieder, die Eifersucht, sinnlos und trotzdem viel intensiver als die Gedanken, die ihn zur Vernunft riefen. Seine Tochter redete nicht mit ihm, aber mit einem Fremden, den sie bis vor Kurzem nur vom Hörensagen kannte?

»Wir schreiben schon die ganze Zeit, sie ist stinksauer auf dich.«

»Auf dich offensichtlich nicht.«

»Lass den Sarkasmus, das bringt doch nichts. Was soll sie denn machen? Dich als rechten Schläger feiern?«

Heinzle stand so ruckartig auf, dass sein Stuhl nach hinten kippte. Am liebsten hätte er Sense durchgeschüttelt, damit er endlich mit seinem dämlichen Grinsen aufhörte.

»Langsam, Richard, langsam, und nur keine Hektik aufkommen lassen, sonst wirst du mit Vorurteilen beschossen.« Sense knüllte einen der Briefe zusammen, warf und traf Heinzle am Kopf.

Der Kommissar starrte Sense verdattert an, die Sekunden verstrichen und seine Wut verflog so schnell, wie sie gekommen war. Langsam drehte er sich um, weg von Sense, weg von den Akten auf seinem Tisch, weg von Cillis Vorzimmer, weg von seinem Handy. Er atmete tief aus und ein, zählte die Aktenordner, die sich in der Fensterscheibe spiegelten, und widerstand dem Impuls, loszuheulen, seine Sachen zu packen und auf der Stelle nach Hause zu fahren. Er bückte sich, stellte seinen Sessel wieder auf, kämpfte gegen die Tränen an und zählte die Stifte in seiner Polizeitasse. Es waren drei rote, vier blaue und ein Bleistift. So viel zur wiedergefundenen inneren Ruhe. Innerhalb kürzester Zeit hatte er die Beherrschung wieder verloren und das Schlimmste daran war, dieses Mal war eine andere Emotion im Spiel. Nicht Traurigkeit hatte ihn übermannt, sondern Wut. Zum Kotzen.

Erschöpft ließ sich Heinzle auf seinen Stuhl fallen. Es hatte keinen Sinn, sobald er zu Hause war, musste er wieder eine der kleinen Tabletten nehmen, die er in seinem Wintermantel versteckt hatte. Er mochte ihre Wirkung nicht, sie hatten ihm wochenlang das Gefühl gegeben, alles sei halbwegs in Ordnung, und ihn in emotionale Watte gepackt. Die Spitzen hatten gefehlt, aber der dumpfe Schmerz war geblieben. Nicht, dass sie ihm die Verzweiflung ganz genommen hätten, aber zumindest die Nächte waren erträglicher und an den Tagen konnte er Christina in die Augen schauen. Keine Tablette der Welt konnte ihr Lächeln ersetzen. Das Gefühl, von ihr gebraucht zu werden, war das Einzige, was ihn in den letzten Monaten am Leben gehalten hatte, und jetzt wollte sie nicht mehr mit ihm reden.

Sense wusste offensichtlich ganz genau, was in Heinzle vorging. Mit ein paar zerknüllten Briefen schlenderte er zu ihm.

»Willst du die restliche Ladung auch noch haben?«

»Hör auf damit, mir ist nicht zum Lachen zumute.«

»Das Leben ist derzeit auch nicht leicht für dich.« Wieder grinste Sense. »Einen Serientäter am Hals und, was noch viel schlimmer ist, eine pubertierende Tochter.«

Heinzle nahm den Papierknäuel vom Boden auf, um Sense nicht gleich eine Antwort geben zu müssen. *Scheis Nasi*, stand da in einem ausgedruckten E-Mail, und auf einem anderen Zettel: *hofendlich DEIN Tochter nix verschwinden!* Heinzle zerknüllte beide Nachrichten und schmiss sie in den Müllkübel. Sich mit seinem Kollegen zu beschäftigen, war im Augenblick wohl das geringere Übel.

»Im Ernst, Sense, warum hast du überhaupt ihre Nummer?«

»Was soll ich dazu schon sagen, die Chicks stehen eben auf mich.«

»Hör auf, du Depp.« So einfach wollte Heinzle es seinem Freund nicht machen, obwohl sein Humor entwaffnend war. Wie Deeskalation funktionierte, wusste Sense definitiv.

»Komm schon, jetzt haben wir uns doch so schön beruhigt, sie hat einen Erwachsenen zum Reden gebraucht.«

»Erwachsen, dass ich nicht lache, ich bin mir nicht sicher, ob sie da bei dir an der richtigen Adresse ist.«

»Danke, lieber jung und knackig als ein alter Sack.«

»Warum hat sie nicht mit mir geredet?«

»Weil du die Arschkarte gezogen hast, der nette Herr Kommissar wurde zum falschen Zeitpunkt abgelichtet.«

»Lügenpresse.«

Sense lachte. »Dafür, dass du deinen Humor verloren hast, bist du aber ganz schön amüsant.«

Heinzle konnte nicht anders, er musste ebenfalls lächeln. »Was sagt sie?«

»Willst du das wirklich so genau wissen, Richard? Es nicht zu erfahren, würde nämlich unter Psychohygiene fallen.« Sense tat so, als ob er wieder mit den zerknüllten Briefen auf ihn werfen wollte.

»Rück raus damit, schlimm genug, dass sie mit dir redet und mit mir nicht.«

»Sie meint, du seist ein materialistischer Idiot, der anderen wegen eines Stückes Altmetall an die Gurgel geht.« Sense schmunzelte immer noch.

»Hör endlich auf, so zu grinsen, ich finde das überhaupt nicht witzig.«

»Christina auch nicht.«

Heinzle ignorierte Senses letzte Bemerkung, setzte sich wieder an seinen Schreibtisch und beschäftigte sich mit dem neuesten Bericht der Spurensicherung. Sense hatte recht, sein Problem war sein aktueller Fall und nicht seine Tochter.

Wenigstens schienen die anderen Rädchen seines Teams ineinanderzugreifen. Wagner, der in der Spusi die Winkel untersuchen sollte, hatte sich mit Textilrestauratoren verschiedener deutscher Museen in Verbindung gesetzt, nachdem analysiert worden war, aus welchen Materialien die Stoffdreiecke ungefähr bestanden. Das Material war alt, so viel hatte Heinzle nach einigen Minuten schon gelesen, aber war es alt genug, um aus der Kriegszeit zu stammen?

Am liebsten hätte er Wagner gleich angerufen, um nachzufragen, aber er wusste, dass der Chef der Spusi gemeinsam mit Brunner noch einmal bei den Bulluts war. Immerhin hatte das Lesen des nüchternen Berichtes auch seine Vorteile. Es half Heinzle, nicht mehr an Christina zu denken und den Impuls zu unterdrücken, dauernd auf sein Handy schauen zu müssen.

Über vierhundert sogenannte Zebraanzüge waren in mehreren deutschen Museen erhalten geblieben, doch unterschieden sich diese Häftlingsanzüge in der Herstellung und auch vom Material von Heinzles Winkeln. Vor 1945 wurden die originalen Sträflingsanzüge aus Flockenbast oder Halbleinen hergestellt, die Fälschungen, mit denen sich nach dem Krieg einiges Geld verdienen ließ, bestanden aus einem ganz anderen Gemisch.

»Sense, hör dir das einmal an.« Heinzle nahm eine der Papierkugeln und warf sie in seine Richtung, denn Sense trug mittlerweile Kopfhörer und war mit den Ausdrucken der Fanpost beschäftigt.

»Was ist?« Sense nahm einen der Ohrstöpsel heraus.

»Wagner ist einfach genial. Unsere Winkel bestehen aus Wolle und einer Viskosespinnfaser, die technische Analyse des Bindungsrapportes und der Kett- und Schussfäden zeigt, dass ...«

»Bitte, gibt es dazu auch eine Kurzfassung?«

»Unsere Winkel sind nicht aus Originalstoffen der KZ-Webereien, sie sind Fälschungen.«

»Ich nehme an, ziemlich gute, oder?«

»Ja, aber wie kommst du darauf?«

»Wenn jemand so akribisch genau recherchiert, welche Winkel getragen wurden, dann will er keine billigen Imitate. Wie alt sind sie denn?«

»Wann sie gemacht worden sind, kann nur grob geschätzt werden. Der Experte, den Wagner aufgetrieben hat, geht davon aus, dass sie in den Sechziger- oder Anfang Siebzigerjahren produziert worden sind.«

»Und wahrscheinlich in Polen.«

»Jetzt wirst du mir unheimlich, wieso weißt du das?« Heinzle kam sich neben Sense vor wie ein ungebildeter Dorfpolizist.

»Ich hab einmal gelesen, dass polnische Unternehmer einen regelrechten Devotionalienhandel mit Nazi-Originalen und Nachbildungen betreiben. Die Sache läuft sehr gut und ist lukrativ ohne Ende.«

»Eigentlich traurig, dass gerade die Polen mit dem Nazi-Zeug handeln.«

»Oder gerecht, wenigstens haben sie so noch finanziell etwas davon, dass das Land und die Menschen von den Nazis ausgeblutet wurden.«

»Ist das nicht illegal?«

»Der Handel? Nein.« Sense zückte sein Handy. »Hab gestern Abend einen Freund im Innenministerium angerufen. Du wirst staunen, nicht einmal in Österreich ist der Besitz solcher Sachen strafbar, die Behörden dürfen nur keine Agitationsabsicht feststellen.«

»Idiotisch.«

»So idiotisch wie alles rund um die Rechten in eurem Land.«

»Aha, du wechselst also die Fronten.« Heinzle war jetzt endlich wieder bereit für ein verbales Geplänkel.

»Wie ein waschechter Italiener, bei Amore, Pasta und Politik schlägt mein Herz für Bella Italia.«

»Volksverräter!«

»Danke.« Sense salutierte und vertiefte sich wieder in die Briefe.

Heinzle kam zum Ende des Spusi-Berichtes. Die Analyse der Fasern auf Vegetationsantragungen wie Pollen oder Samen ergab nichts. Die Winkel waren chemisch behandelt und zudem noch gründlich gewaschen worden, womit nur noch Reste von menschlicher DNA vorhanden waren und kein genetischer Fingerabdruck erstellt werden konnte außer seinem und dem der Bullut-Tochter. Das Waschmittel samt Marke stand allerdings fest, *fewa Wolle* mit Bambusextrakt und »*like new*«-Effekt. Das half ihnen sicher weiter. Heinzle schüttelte den Kopf.

Gerade als er Sense fragen wollte, was denn so in den restlichen Briefen stand, vibrierte sein Handy. Heinzle hoffte auf einen Anruf von Christina, am anderen Ende war aber Wagner und er klang aufgeregt.

»Richard, das wirst du mir jetzt nicht glauben.«

»Mach's nicht so spannend, Wagner!« Heinzle warf mit einer Papierkugel in Richtung Sense und winkte ihn zu sich an den Schreibtisch.

»Brunner und ich haben gerade mit Bulluts Mutter einen Kaffee getrunken.«

Heinzle schaltete auf Lautsprecher, damit auch Sense mithören konnte. »Und?«

»Sie war das letzte Mal vor einem halben Jahr in Bregenz. Bullut war auf einem Treffen der türkischen Diplomaten mit Neci in Ankara und sie habe im Haus nach dem Rechten geschaut.«

»Ja, und weiter, Wagner?«

»Sie hat Bulluts erwachsenen Söhnen erzählt, dass jemand da war, um die Alarmanlage zu warten.«

»Was? Warum wussten wir bisher nichts davon?«

»Weil es der Herr Botschafter auch nicht gewusst hat, und es kommt noch besser.«

»Bei der Firma der Alarmanlage wusste niemand etwas davon«, schaltete sich Sense in das Gespräch ein.

»Bingo, ich habe natürlich gleich bei Securex nachgefragt, die nächste Wartung der Anlage war erst für den Herbst geplant.«

»Endlich, das klingt wenigstens einmal nach einer Spur. Sehr gute Arbeit, Wagner, hast du sie gleich mitgenommen? Damit wir ein Phantombild erstellen können?«

»Nicht nur sie«, murmelte Wagner, »sie kann kein Wort Deutsch, ich habe zwei der Bullut-Söhne im Schlepptau.«

Die beiden angesprochenen Herren waren gleich unterkühlt wie ihr Vater. Sie ließen Heinzle von der ersten Sekunde an spüren, dass sie nichts von seiner bisherigen Ermittlungsarbeit hielten und dass sie ihre Großmutter keine Sekunde aus den Augen lassen würden. Sense und er konnten froh sein, dass man ihnen zur Begrüßung überhaupt die Hand schüttelte. Cilli, die mittlerweile eine türkische Dolmetscherin der LPD organisiert hatte, wurde keines Blickes gewürdigt. Auch bei der Übersetzerin zeigten die beiden jungen Männer nicht mehr Respekt, im Gegenteil. Heinzle verstand zwar nicht, was sie sprachen, dass es keine Nettigkeiten waren, erkannte er aber sofort. Aufmunternd klopfte er der attraktiven Türkin auf die Schultern und setzte sich an den Tisch im Besprechungszimmer.

»Gibt es Probleme, Frau Yüksel?«

»Man hat mir gerade mitgeteilt, dass ich nicht passend gekleidet bin.«

»Wieso?«

»Das Kopftuch fehlt den Herren«, meinte sie genervt und das so laut, dass es niemand am Tisch überhören konnte.

»Sie verstehen das nicht.« Der ältere der Bullut-Söhne wandte sich direkt an Heinzle. »Meine Großmutter ist es nicht gewöhnt, mit einer Muslima zu sprechen, die sich haram kleidet.«

Heinzle überlegte sich noch eine passende, nicht allzu unhöfliche Antwort, als Sense sich räusperte. Er ignorierte den Sohn und wandte sich mit übertriebener Freundlichkeit an die Großmutter, die mehr zu verstehen schien, als sie vorgab.

»Merhaba, Frau Bullut, mein Name ist Dr. Dr. Leandro Senoner. Ich bin extra aus Wien angereist und es ist mir eine große Ehre, Sie hier in der Landespolizeidirektion begrüßen zu dürfen. Was darf ich Ihnen anbieten, *kahve* oder *çay*?«

»Meine Großmutter trinkt Schwarztee mit viel Zucker«, antwortete einer der Söhne.

»Danke, Mehmet, dein Hilfe nicht notwendig«, antwortete die Großmutter in passablem Deutsch, »ich möchten *çay*, Herr Doktor.«

»Ich glaube, das können wir organisieren«, meinte Sense mit einem Blick zu Cilli. »Herr Chef, möchten Sie auch einen Kaffee oder einen Tee?« Sense wandte sich beinahe unterwürfig an Heinzle, der im Stillen den Hut vor der sozialen Kompetenz seines Freundes ziehen musste. Mit Senses Frage war sofort geklärt, wer hier am Tisch das Sagen hatte, auch die Söhne schienen etwas besänftigt. Der jüngere der beiden Bullut-Söhne war sogar so freundlich, Sense einen freien Stuhl anzubieten. Er hatte zuvor sein Handy bearbeitet und Heinzle war sich ziemlich sicher, dass er Sense gegoogelt hatte und mit dem Ergebnis offenbar zufrieden war.

Heinzle verabschiedete die Dolmetscherin, klopfte im Vorübergehen dem etwas irritierten Wagner auf die Schultern und ließ der Großmutter Zeit, ihren Tee zu zuckern.

»Frau Bullut, können Sie sich noch an den Servicetechniker von Securex erinnern, wissen Sie noch, wie er ausgeschaut hat?«

»Ich gut wissen. Er war groß wie Kommissar und hat Brille, gelb Kleid und große Tasche zu Arbeit.«

»Einen Werkzeugkoffer?«

»*Evet*, Herr Kommissar.«

»Und einen Anzug?«

»Ein *tulum*.«

»Eine Arbeitshose, wie einen Blaumann«, half einer der Enkel.

Heinzle ignorierte ihn und wandte sich wieder an Frau Bullut. »Und sein Gesicht, was können Sie uns dazu sagen?«

»Das schwer.«

»Wieso denn das? Sie haben sich doch sonst so viele Details gemerkt.«

»Ich überlegen, er gesprochen mit mir und suchen in Tasche und nicht geschaut meine Augen. Und hat große Brille zu Arbeit und Hut und, wie sagt man Deutsch, *sakal*.«

»Einen Vollbart.« Wieder war der Enkel helfend eingesprungen.

»Und seine Haarfarbe?«

»Dunkel wie Türke und dick Haare und nix graue.«

»Kann es ein Türke gewesen sein?«

»Nein, er sehr gut deutsch reden und klingt wie *baş*, nicht wie Arbeiter.«

»Boss, Chef?«, fragte Heinzle nach.

»*Evet*, Herr Kommissar«, Frau Bullut nickte anerkennend, »und nix verstehen meine Elif, wenn Türke, er verstanden.«

»Elif war auch dabei?«

»Ja, *evet*. Sie wollte schauen in Tasche und immer fragen auf Türkisch. Mann nix verstehen, aber wann Elif Deutsch fragen, er sagen, du klein und das gefährlich.«

»Gut, und wie alt würden Sie ihn schätzen?«

»Wie Kommissar.«

»Wie alt schätzen Sie mich denn?«

»*Elli?*«

Wieder mischte sich der Enkel ein und half mit der deutschen Übersetzung: »Fünfzig?«

»Nicht schlecht.« Heinzle lächelte, somit war Frau Bullut schon einmal keine schlechte Beobachterin. »Okay, ist Ihnen sonst noch etwas aufgefallen, Frau Bullut?«

»Herr Kommissar, ich nix verstehen, wieso nicht schauen Kamera?«

»Das würden wir gerne, Frau Bullut, aber die Kameras rund um das Haus sind bis auf wenige ausgeschaltet.« Wieder kam der Ärger auf den Diplomaten hoch, der die Kameras zwar brav blinken, aber nicht aufnehmen ließ. »Und die Kameras im Haus sind sowieso nur Attrappen.«

»Ich nix verstehen, was Attrappen?«

»Es sind keine richtigen Kameras, sie sollen nur wie Kameras aussehen, damit man Einbrecher abschrecken kann.«

Verwirrt drehte sich Frau Bullut zu ihren Enkeln um, sie wechselten ein paar Worte und Heinzle bereute, dass er die Dolmetscherin wieder nach Hause geschickt hatte.

»Herr Kommissar, meine Großmutter behauptet, dass der Mann die Kameras im Schlafzimmer ausgetauscht hat.«

»Wie bitte?« Heinzle konnte seine Unruhe kaum verbergen. Von einer Kamera im Schlafzimmer wussten sie bisher nichts. Er suchte den Blickkontakt mit Sense, der nachhakte.

»Frau Bullut, der Mann hat also nicht nur die Alarmanlage gewartet, sondern auch die Kameras überprüft?«

»Ja, aber das nix schlimm, Onur sagen, das normal.«

»Wer ist Onur?«

»Das ist der Chef unserer privaten Sicherheitsleute«, antwortete einer der Enkel und Heinzle dachte mit Unbehagen an das herablassende Muskelpaket, das ihn an die Hauswand gedrückt hatte.

»Hat Onur auch mit dem Mann gesprochen?«

»Nein, ich glauben, nur Ausweis schauen.«

»Frau Bullut, wie können Sie das mit den Kameras überhaupt wissen?« Heinzle beugte sich ungeduldig über den Schreibtisch.

»Ich mit Elif in Garten spielen und dann in Kinderzimmer gehen und Mann in Schlafzimmer. Ich nix denken, Onur sagen, okay.«

Innerhalb weniger Tage standen sie jetzt zum dritten Mal mit Blaulicht vor der Villa des Diplomaten. Auf dem Weg entlang der Uferpromenade hatte sich Heinzle so geärgert, dass er fast Magenschmerzen vom Schimpfen bekam. Wieso hatten sie die Überwachungskameras nicht überprüft und einfach angenommen, dass es Attrappen waren, und wo war im Schlafzimmer eine Kamera? Wieso hatten sie Bullut einfach geglaubt?

Senses beschwichtigende Einwände waren gerechtfertigt, damals konnten sie ja noch nicht ahnen, dass sie es mit einem irren Entführer und Stalker zu tun hatten. Aber spätestens nach dem Fund der Kamera unter Suris Spind hätten sie alle Kameras überprüfen müssen.

Der Security-Angestellte Onur Dogan hätte sich an diesem Tag auf jeden Fall einen anderen Ermittler gewünscht. Kleinlaut saß er in der Küche des Hauses und ließ sich von Heinzle den Marsch blasen.

»So, Herr Dogan, noch einmal fürs Protokoll. Zusammenfassend können wir sagen, dass Sie Ihren Job nicht erledigt haben. Mich wollen Sie überprüfen, aber einen dahergelaufenen Mann, der behauptet, er sei von Securex, lassen Sie so einfach mir nichts, dir nichts ins Haus Ihres Chefs. Vielleicht, weil er ausgeschaut hat wie ein Türke?«

»Ja, was soll ich machen, Mann, er hat doch einen Ausweis gehabt.«

»Was Sie nicht sagen, und überprüfen war nicht angesagt?«

»Ich schwöre, Alter, er hat ausgeschaut, wie die Typen immer ausschauen, gelber Overall mit Aufschrift, Werkzeugkoffer und einer Kappe von Securex.«

»Aha, da bin ich ja beruhigt, und wenn einer im Nikolauskostüm vor der Türe steht, glauben Sie an den Weihnachtsmann.«

Onur schenkte Heinzle ein Lächeln und war offensichtlich doch noch nicht bereit, aufzugeben. »Heißt das bei euch nicht Christkind?«

»Vorsichtig, Herr Dogan, Sie bewegen sich auf dünnem Eis, Ihr Chef ist von Ihrer Arbeitseinstellung sicher auch nicht begeistert.«

»Senin problem değil.«

»Wie bitte? Reden Sie Deutsch, das ist die Amtssprache in unserem Land, Herr Dogan.«

»Mein Chef ist nicht dein Problem.«

Heinzle ließ sich nicht provozieren und setzte sich zu dem immer stärker schwitzenden Mann an den Küchentisch. »Sie haben recht, ist mir eigentlich egal, ob Sie morgen auf der Straße stehen.«

»Da bin ich eh nicht allein in deinem Österreich. Klo putzen, das lasst ihr uns tun, und andere Drecksarbeiten.«

»Kommen Sie mir nicht mit Diskriminierung, Dogan, soviel ich weiß, sind Sie doch Österreicher.«

»Ja klar, Mann, sei ehrlich, als du mich zum ersten Mal gesehen hast, hast du da an einen Türken gedacht oder an einen Landsmann?« Heinzle konnte es nicht glauben, jetzt war er schon wieder in diese leidliche Ausländerthematik verwickelt. Diskriminierter Ausländer war man offenbar immer nur dann, wenn es einem nutzen konnte, langsam verstand er seine genervten Kollegen.

»Hören Sie mit dem Jammern auf, Dogan, da kommen einem ja die Tränen. Es geht hier nicht um Völkerverständigung, es geht darum, dass Sie wildfremde Menschen ins Haus lassen, und als Ihre Chefin verschwindet, verschweigen Sie uns ganz einfach, dass da mal einer an der Alarmanlage herumgespielt hat.«

»Deine Kollegen haben mich gefragt, was in den letzten Wochen so passiert ist, der Typ war aber schon vor Monaten hier und war nicht weiter auffällig, er hatte einen Ausweis.«

»Und der Ausweis hat ihm sogar Zutritt ins Schlafzimmer der Bulluts verschafft?«

»Wer sagt das?«

»Die Schwiegermutter, die im Übrigen mehr gesehen hat als Sie. Ist es nicht Ihre Aufgabe, ortsfremde Menschen auf Schritt und Tritt zu bewachen?«

»Er war von einer Sicherheitsfirma, was gibt es da zu überwachen? Außerdem ist es an dem Tag rundgegangen.«

Sense hatte während des Gespräches etwas abseits gestanden und war mit seinem Handy beschäftigt. Jetzt drehte er sich um und zeigte Heinzle, der sich kaum noch zurückhalten konnte, was er im Internet recherchiert hatte.

»Herr Dogan, sind Sie sich absolut sicher, dass der Mann an besagtem Datum hier war?«, wandte sich Heinzle wieder an den Sicherheitsmann.

»Ja.«

»Warum eigentlich?«

»Weil es mein Job ist.«

»Aha, kann es nicht sein, dass es an dem Tag nicht nur rundgegangen ist, sondern dass sich Ihr Tag auch um etwas Rundes gedreht hat und Sie etwas abgelenkt waren?«

Dogan schwitzte jetzt so, dass Heinzle beinahe schon wieder Mitleid mit ihm hatte.

»Da Sie nicht antworten, bin ich mir ziemlich sicher, dass ich richtigliege. Wie spät war es, als der Mann gekommen ist?«

»Ungefähr halb sechs, ich hab mich noch gewundert, aber er meinte, es sei dringend, dass er das noch heute erledige.«

»Und Sie hat das ja nicht weiter gestört, weil Sie Ihre Ruhe haben wollten, so kurz vor dem großen Ereignis.«

Dogan wischte sich mit dem Handrücken den Schweiß von der Stirn. »Herr Kommissar, bitte, ich …«

»Ich weiß schon, ich soll jetzt nichts Ihrem Chef sagen. Fenerbahçe gegen Galatasaray ist eine Nummer für sich. Waren Sie zufrieden mit dem Unentschieden?«

»Herr Kommissar, Sie verstehen das nicht, das war eines der wichtigsten Spiele der Süper Lig in der Saison und ich habe gewettet.«

Heinzle wusste, dass er ihn jetzt am Haken hatte, Dogan war plötzlich wieder zum höflichen Sie gewechselt. »Ich kann Sie gut verstehen, Onur«, Sense setzte sich zu ihnen an den Tisch, »für wen sind Sie?«

»Fenerbahçe natürlich.« Dogan klopfte sich auf die Brust. »Und Sie sind jetzt der gute Bulle?«

»Natürlich.« Auch Sense klopfte sich auf die Brust und lachte Onur aufmunternd an. »In meinem Job bin ich so gut wie van Persie, der euch an dem Tag den Arsch gerettet hat. Also packen Sie endlich aus, Onur.«

»Mann, ja, ich habe Mist gebaut. Sorry. Wir Jungs haben uns auf das Match gefreut, die andern sind schon in unserem Aufenthaltsraum im Keller gesessen und es hat mich tierisch genervt, dass da noch so ein Spast läutet.«

»Und Sie haben es dann mit der Überprüfung auch nicht so genau genommen, das Match fing ja gleich an, oder?«

»Ja, Mann, und sein blöder Ausweis hat auch richtig echt ausgesehen.«

Heinzle übernahm das Gespräch wieder. Er konnte nicht fassen, wie blind manche Menschen durch den Alltag gingen, noch dazu gehörten diese kleinen Details zu Dogans Beruf. Heinzle wollte gar nicht wissen, wie er ausgewählt worden war für diesen Job.

»An den Namen, der auf dem Ausweis stand, können Sie sich natürlich auch nicht mehr erinnern?«

»Nein.«

»Aber ein türkischer war es nicht?«

»Nein, hundertprozentig nicht, eher was Unauffälliges wie Mayer oder so.«

»Max Mustermann vielleicht?«

»Sehr witzig, Herr Kommissar, so dumm bin ich auch wieder nicht.«

»Dumm genug, ihn einfach so durch das ganze Haus spazieren zu lassen, und dumm genug, nicht einmal nach ihm zu sehen.«

»Das stimmt nicht, ich war alle paar Minuten bei ihm, aber an den Kameras oder im oberen Stock war er da nie.«

»Wo dann?«

»Beim Schaltkasten im Keller.«

»Und genau dahin möchte ich jetzt auch.«

Gemeinsam gingen sie in den unteren Stock, wo sie auf den aufgeregten Wagner trafen.

»Das kannst du dir nicht vorstellen, irgendeiner von den Dumpfbacken hat es dem angeblichen Herrn von Securex sehr einfach gemacht und auch noch den Code für das elektronische Sicherheitsschloss am Eingang aufgeschrieben.«

Wagner schloss den Deckel des Schaltkastens, zeigte auf das Poster einer nackten Blondine in freizügiger Pose und knickte die rechte untere Seite um. Heinzle konnte mit der Zahlenkombination 1907 nichts anfangen, Sense schon, es war das Gründungsjahr von Fenerbahçe.

Was eine ganz normale Zeugenbefragung auf der LPD hätte werden sollen, artete jetzt in ein Fiasko aus. Blitzschnell holte Dogan aus, knockte Wagner mit einer sauberen Rechten aus, drehte sich um und rannte in Richtung Kellertreppe. Heinzle griff nach ihm, doch der ohnmächtige Wagner lag ihm im Weg. Er stolperte, ging zu Boden und als er wieder stand, hatte der schwer atmende Dogan vor der Kellertreppe Halt gemacht. Die Dienstwaffe im Anschlag stand Sense vor dem Aufgang zur Treppe und forderte ihn auf, sich auf den Boden zu legen. Heinzle konnte es nicht fassen, wieder hatte der Psychologe seinen Job gemacht. Wütend auf sich selbst legte er Dogan Handschellen an. Gemeinsam zerrten sie ihn die Kellertreppe zum Hauseingang hoch, wo Bullut sich ihnen in den Weg stellte.

Der Diplomat lamentierte auf Türkisch und Deutsch mit hoher, sich überschlagender Stimme etwas von seinem diplomatischen Status und dass er sich das nie und nimmer gefallen lassen werde. Das Gezeter erinnerte Heinzle an den Part eines Countertenors in einer Operette und tat schon fast weh in den Ohren. Bullut schrie ihnen mit hochrotem Kopf hinterher, sie seien rassistische Nazis, die es auf ihn als Erdoğan-Anhänger abgesehen hätten, und dass sie seine diplomatische Immunität verletzen würden.

Auf der Straße vor dem Haus war die Hölle los. Dutzende Schaulustige und zig Journalisten hatten sich bei der Zufahrt eingefunden. Einer der Nachbarn musste ausgeplaudert haben, dass sie mit dem ganzen Team wieder vor Ort waren.

Heinzle schwitzte mittlerweile genauso stark wie Dogan, körperlich hatten sie auch zu zweit Mühe, ihn in den Griff zu bekommen, und Heinzle nahm sich vor, gleich morgen wieder etwas für seine nicht vorhandene Fitness zu tun. Mit seiner freien Hand versuchte Heinzle, den obersten Knopf seines Hemdes zu öffnen, woran er scheiterte, denn Dogan wehrte sich mit Händen und Füßen gegen den Abtransport. Nachbarn und Schaulustige applaudierten vom Gartenzaun aus, als zwei Polizisten in Uniform das Muskelpaket übernahmen, in den Kleinbus zwängten und ihn dort auf dem Boden fixierten, indem sie ihm auf den Rücken knieten. Dogan musste sich Freunde gemacht haben. Als das Tor für den Bus geöffnet wurde, drängten sämtliche Schaulustige auf die Polizisten zu, die gemeinsam mit den Sicherheitsleuten von Bullut keine Chance hatten, die Menge im Zaum zu halten.

Heinzle wurde hin und her geschupst und angerempelt, als er sich umdrehte, streifte ein Mikrofon sein blaues Auge. Er zuckte zusammen und versuchte, das gelbe Ding wegzuschieben, doch wie bei einem Medusenhaupt schienen immer neue Mikrofone aus der Menge nachzuwachsen. Heinzle wollte die drängenden Fragen nicht hören und sich einen Weg zu seinem Auto bahnen. Sein Kopf brummte und sein Hemd klebte vollkommen nass geschwitzt an seiner Haut. Er musste hier weg. Das Blitzlichtgewitter der Journalisten mischte sich mit dem Blaulicht der Einsatzwagen, immer wieder verschwamm das Bild vor Heinzles Augen, man ließ ihm einfach keinen Platz zum Atmen und sein Hemdkragen schnitt ihm die Luft ab. Er suchte in der Menge nach Sense, konnte ihn aber nicht ausmachen und verstand nur noch Fetzen der Fragen, die ihm die Journalisten entgegenschrien. Er konnte fast nichts mehr sehen, sein Gesichtsfeld war deutlich eingeschränkt und das Salz seines Schweißes brannte in den Augen. In seinen Ohren toste ein Orkan und packte die Fragenfragmente in Watte.

»Herr Kommissar, was können Sie u... Hätte man nicht viel frü... Was ist da los in der LPD ... Können wir uns überhaupt noch sicher füh... Wann kann man mit ersten Ergeb... Wann bekommen wir ... Wo ist ... Wieso ... W..«

8

»Qul a'udu bi-rabbi-l-falaq.« Neci saß in der Ecke des kleinem vollkommen dunklen Raumes auf die harte Pritsche gekauert und stammelte schon seit einer halben Stunde die einzige Schutz-Sure, die sie auswendig konnte. Sie war nie religiös gewesen, aber sie brauchte etwas, um sich abzulenken, damit sie nicht durchdrehte. Hier unten war sie ihrem Koranlehrer sehr dankbar, den sie nicht hatte ausstehen können und mit dem sie sich nicht nur einmal angelegt hatte. Doch jetzt und hier, ganz allein, half das monotone Vor-sich-hin-Murmeln der arabischen Sure. »Min sarri ma halaq.« Sie musste jemanden hören, auch wenn es nur ihre eigene Stimme im Dunkeln war, und vielleicht war Allah ja wirklich die Zuflucht.

»Wa-min sarri ghasiqin idha waqab.« Zuflucht vor der Dunkelheit, ja, genau das brauchte sie am dringendsten. Der Arsch hatte ihr das Licht ausgeknipst und wollte sie fertigmachen mit der Dunkelheit. Siktir git, verpiss dich, Alter, verpiss dich.

Ihre Lippen waren spröde und aufgeplatzt, ihre Kehle fühlte sich trocken an, ihre aufgeschürften Arme brannten immer noch höllisch, dort, wo er sie vor ein paar Stunden an die raue Wand gedrückt hatte. Vorsichtig robbte sie sich zu dem linken der beiden Kübel, die in der Mitte des Raumes am Boden standen. Sie musste etwas von dem abgestandenen Wasser trinken, das er ihr heute zusammen mit einer hart gewordenen Semmel dagelassen hatte.

Sie hatte ihn schon lange davor gehört, eine ganz leise vierstellige Tonfolge, dumpfe Schritte weiter oben, das Herabsteigen auf metallenen Sprossen und dann schabende Geräusche von einer Türe weiter vorne. Vielleicht war das ja so etwas wie ein Luftschutzbunker oder ein Keller, sie musste auf jeden Fall unter der Erde sein. Es war kalt und von außen oder oberhalb waren keine Geräusche zu hören. Dann hatte er im Vorraum ein Licht angemacht und die kleine Menge des Lichtes, das seinen Weg durch die Fugen und Ritzen der Türe fand, hatte sie so in den Augen gebrannt, dass Neci sie kaum hatte öffnen können.

Jetzt wünschte sie sich nichts mehr als einen klitzekleinen Lichtstrahl.

Bevor Neci Wasser aus dem Kübel schöpfen konnte, ging das Heulen wieder los. Tränenlos überfiel die Verzweiflung sie in zittrigen Wellen und Krämpfen und drückte sie auf den eiskalten Boden.

Wo war sie nur, wie lange war sie schon hier, was war mit Elif, hatte er sie in Ruhe gelassen, war sie zu Hause bei ihrem Vater? »Elif, bebeğim, deine Anne hat dich nicht verlassen«, murmelte Neci kaum hörbar in die Dunkelheit. Gestern oder vorgestern war sie noch stark genug für ein »Ich komme wieder« gewesen, heute versuchte sie nur noch, im Dunkeln nicht auszuticken.

Sie wollte sich nicht wieder am Wasser verschlucken und beim Husten jede Stelle ihres Unterleibs spüren. Das Wasser roch nach Urin, hatte sie in der Dunkelheit die Kübel verwechselt? Angewidert drehte sie sich zur Seite weg vom Kübel und kroch mit ausgestreckter tastender Hand wieder zurück. Ihre Zelle war klein, gleich musste sie beim Pfosten des grob gezimmerten Bettes ankommen. Als sie es geschafft hatte, zog sie sich hoch, rollte sich zusammen und kroch unter die stinkende Decke. Wo war sie und wie spät war es? Morgens, abends? In der Dunkelheit der letzten Tage hatte sie ihr Zeitgefühl verloren. Sie war fertig.

Wenn sie davon ausging, dass die Semmel und das Wasser heute ein Frühstück gewesen waren, dann musste es jetzt etwa später Nachmittag sein. Irgendwann heute Abend würde er also noch einmal auftauchen.

Neci fröstelte und verfiel wieder in den eintönigen Singsang der Sure, die sie dieses Mal auf Deutsch wiederholte. »Ich nehme meine Zuflucht beim Herrn des Frühlichts, vor dem Übel dessen, was er erschaffen hat, und vor dem Übel der Dunkelheit, wenn sie hereinbricht, und vor dem Übel der Knotenanbläserinnen.«

Jedes Mal war sie beim Wiederholen über genau diese Stelle der Sure gestolpert, jetzt hatte sie genug. So ein absoluter Schwachsinn, wer waren diese Knotenweiber überhaupt und wie sollten sie ihr helfen? Was hatten irgendwelche Knotenblablabla überhaupt in einer Schutz-Sure zu suchen? Nein. Sie war nicht fertig, noch lange nicht, nicht sie.

»Elif, ich komme wieder«, murmelte Neci wütend vor sich hin und versuchte, sich die Bilder des Buches vorzustellen, das sie mit Elif jeden Abend vor dem Schlafengehen gelesen hatte. Prinzessin Lillifee geht auf den großen Ball. Ein kleines Mädchen in rosa Tüll mit ganz vielen Freunden und in einer heilen kleinen Mädchenwelt waren hundertmal besser als Allah und seine Knotenweiber. Ehrlich, wer sollte das eigentlich verstehen? Das Aufsagen hatte sie zwar beruhigt, aber verstanden hatte sie nichts, jetzt war Schluss damit.

Ruckartig setzte sich Neci auf, ignorierte den stechenden Schmerz im Unterbauch und legte die Decke zusammen. Ein bisschen Normalität und Ordnung hier in der Hölle würden ihr helfen. Er war ein Monster, deswegen musste sie noch lange keine Schlampe sein.

Auf allen vieren krabbelte sie wieder zu den Kübeln, den für die Geschäfte fand sie dieses Mal sofort. Sie packte ihn am Henkel, stand auf und streckte ihre Hand beim Gehen in die Dunkelheit vor sich, sie wollte nicht an die Wand stoßen und den Inhalt des Kübels verschütten. Sie stellte ihn in die Ecke, die am weitesten von ihrer Pritsche entfernt war, und den Kübel mit dem Wasser neben das Bett. Dann nahm sie die Decke wieder von der Pritsche, legte sie auf den Boden und machte Liegestützen, bis ihr die Oberarme brannten. So schnell war sie nicht kleinzukriegen. Hier unten konnten ihr weder Allah noch Geheule helfen, sie musste sich zusammenreißen, und egal, wie sehr sie sich in den letzten Stunden hatte gehen lassen, sie war stark.

Zu Hause hatte ihr Onur ein Programm zusammengestellt, wie sie etwas für ihren Körper tun konnte, ohne ins Fitnesscenter zu gehen. Aslan ließ sie viel machen, aber knapp bekleidet in ein Studio zu gehen, wo sie alle »anstarren und begutachten« konnten, war zu viel des Guten für ihren Mann. Und irgendwie hatte Aslan recht. Sie war knapp 1,65, hatte nicht einmal 50 Kilo, war grazil, aber durchtrainiert. Ihre vollen Lippen, die großen Augen und ihre schwarzen, langen, gelockten Haare hatten ihr andauernde Eifersuchtsdramen mit Aslan eingebracht. Sie zog die Blicke auf sich, viele Männer pfiffen ihr hinterher und sogar Aslans Söhne aus erster Ehe glotzten sie daheim fordernd an. Das Kopftuch, das Neci verweigerte, war jeden Tag ein Thema. Sie wollte sich nicht verschleiern, weil die Idioten ihre Gier nicht im Griff hatten, und sie wollte schon gar nicht so enden wie die streng gläubige Mutter Aslans, fett und hässlich und das Eigentum der Familie. Neci war schön, so hatte Allah sie geschaffen und nicht anders. Sie genoss es, sexy und attraktiv zu sein, und dass man ihr nachsah, noch viel mehr. Sie hatte etwas zu zeigen, das man sehen wollte.

Mit Ansehen hatte sich ihr Entführer gestern allerdings nicht lange aufgehalten. Als er die Türe geöffnet hatte, war Neci so vom Licht geblendet, dass sie sich hilflos von ihm mit dem Gesicht nach vorne an die Wand drücken lassen musste. Daheim hatte sie mit der Pistole am Kopf das Hakenkreuz an die Wand schmieren müssen und sie hatte schon damals gespürt, dass seine Hand auf ihrer nicht nur brutal, sondern auch erregt war. Er wollte etwas von ihr und gestern Abend musste sie es ihm geben.

Mit seinem linken Unterarm hatte er ihren Kopf auf Höhe des Halses an der rauen Steinwand fixiert und ihr Gesicht nach rechts gedreht, genau so, dass sie seine Waffe im Blickfeld hatte. Er wollte offensichtlich nicht mehr schießen, sondern schneiden, und Neci tat genau das, womit er wahrscheinlich gerechnet hatte, sie verfiel in Schockstarre. Sie konnte das lange Messer in seiner Hand nicht mehr aus den Augen lassen, es glänzte nicht an allen Stellen, irgendetwas Dunkles pickte in dreckigen Schlieren daran. Neci zitterte und wollte angewidert die Augen schließen, doch ihr Entführer schlug ihr mit der freien Hand auf die Wange.

Sie sah, dass er vollkommen nackt war und dass er ihr mit seiner rechten Hand deutete, sich ebenfalls auszuziehen. Sie reagierte panisch, versuchte, sich aus seinem Griff zu winden und sich gegen seinen Körper zu stemmen, doch er war zu groß und zu schwer, und egal, welche Tricks sie von Onur gelernt hatte, dieser Mann wusste, wie man jemanden einschüchterte und körperlich außer Gefecht setzte. Es hatte keinen Sinn, sich zu wehren. Sie war ihm so was von unterlegen gewesen. Sein Unterarm hatte wie ein Hammer auf ihrem Hals gelegen und jedes Mal, wenn sie versuchte, an seinem Arm zu zerren oder nach hinten zu langen, anstatt sich auszuziehen, drückte er zu, dass ihr die Luft wegblieb.

Als sie nackt war, hatte er mit dem rechten Arm ihre Taille umschlungen und ihr Becken mühelos zu sich hochgehoben. Verzweifelt hatte sie einen letzten Versuch gestartet, sich zu wehren, hatte mit ihren Fäusten nach hinten gegen seinen harten Bauch geboxt, mit den Füßen wild um sich geschlagen und ihn schließlich in den Unterarm gebissen. Sein unterdrückter Schrei und das Gefühl, ersticken zu müssen, waren das Letzte, an das sie sich erinnern konnte. Sie musste längere Zeit ohnmächtig gewesen sein.

Was er mit ihr in der Zwischenzeit gemacht hatte, spürte sie noch jetzt bei jeder Bewegung ihres Körpers.

Das Positive daran, und man musste immer das Positive sehen, war die Tatsache, dass sie noch lebte und dass sie überhaupt noch über Schmerzen jammern konnte. Als er sie in ihrem Haus überfallen hatte, war sie sicher, sterben zu müssen. Wieder kamen die Tränen, sie schloss schluchzend die Augen, wenigstens lebst du noch. Wenigstens etwas. Neci lachte bitter auf, wie froh wäre sie am Tag ihrer Entführung über ihren beschissenen Ehemann gewesen! Neci kannte sich mit Sadisten aus und schon als sie die Augen des Unbekannten zum ersten Mal gesehen hatte, wusste sie Bescheid. Vollkommen emotionslos, kalt und schwarz hatte er sie angestarrt und nicht einmal mit der Wimper gezuckt, während er ihr hart ins Gesicht geschlagen hatte. Und Elif hatte alles mitansehen müssen.

Elif, sie musste sich zusammenreißen, sie wollte hier unten in diesem Drecksloch nicht sterben, sie wollte leben, draußen bei ihrem Kind. Solange es ging, war sie noch ihre eigene Chefin, sie durfte jetzt nicht in Selbstmitleid verfallen. Sie hatte sich lange zusammengerissen, sie hatte nicht geheult, als er sie bei der Hintertüre aus dem Haus schob, keinen Muckser hatte sie gemacht, sie hatte zu viel Angst davor, was er beim Gehen ihrer Kleinen ins Ohr geflüstert hatte. Sei still, sonst hol ich dich auch und du siehst deine Mutter nie mehr wieder. Er hatte den Code für die Alarmanlage gekannt, darüber wunderte sich Neci am meisten, denn nicht einmal sie kannte den Code. Er hatte sie durch die Gartentür in das kleine Wäldchen hinterm Haus gestoßen, wo er einen Lieferanten-Bus irgendeiner Firma geparkt hatte. Sie hatte nicht geweint, als sie zuerst zwei Tage lang in irgendeinem Keller gesessen hatte. Dort glaubte sie noch an eine Entführung und dass sie bald wieder bei ihrer Kleinen sein würde, doch es war ganz anders gekommen, als er mit der Spritze vor ihr gestanden war und sie angelächelt hatte. Sie hatte auch nicht geweint, als sie stundenlang zusammengekrümmt im Kofferraum eines Autos liegen musste. Jeder Knochen, jeder Muskel hatte ihr wehgetan und obwohl sie sich kaum rühren konnte, hatte sie nicht aufgegeben und sich andauernd damit getröstet, dass ihre Chance kommen würde. Sie konnte nicht einmal einen Finger rühren, als er sie eingewickelt in eine Plane in sein unterirdisches Verlies abgeseilt hatte.

Hier unten hatte sie zum ersten Mal geheult, nicht mehr an einen guten Ausgang ihrer Entführung geglaubt. Er hatte sie fast so weit, dass sie nur noch herumlag wie ein Stück Fleisch.

Doch nicht mit ihr, nicht mit ihr, sie wollte zu ihrem Kind. Jetzt war sie sich wieder sicher, ihre Chance würde kommen, ganz egal, was er gestern mit ihr angestellt hatte. Er war stark, aber sie war stärker. Vielleicht nicht in Kilogramm oder Zentimetern gemessen, aber sie war, so lange sie denken konnte, ein Opfer von anderen und sie war immer noch da, atmete, lebte und hasste.

Du abartiger Irrer. Mich kriegst du nicht klein, mich nicht. Die Wut stachelte sie an und sie begann weit weg von daheim und in absoluter Dunkelheit ihr tägliches Übungsprogramm.

Nach den Liegestützen machte sie Crunches, dann folgten Kniebeugen und zum Abschluss noch an die hundert Sit-ups. Sie war in Top-Form und das Arschloch würde nichts daran ändern. Sie wollte zu ihrer Tochter und musste jetzt endlich mit der Heulerei aufhören. Onkel Yildirim stieg zu ihr ins Bett, als sie 12 war, gefolgt von den Jungs in der Hauptschule, die ihr zeigten, wie das Buben-Klo von innen aussah und was man als brave Muslima dort sicher nicht machen durfte. Dann kam ihr Cousin Ibrahim und schließlich ihr angesehener Ehemann, der über ihr nicht mehr vorhandenes Jungfernhäutchen hinwegsah, weil er ganz eigene Pläne mit ihr hatte.

Aslan liebte sie vielleicht wirklich, wie er ihr danach immer wieder beteuerte, aber im Schlafzimmer war er brutaler als alle vor ihm. Mit den Jahren hatte Neci gelernt, dass man es an den Tagen ganz gut aushalten konnte mit Aslan, und in den Nächten hatte sie nur eines zu tun, um halbwegs über die Runden zu kommen. Neci passte sich an, wie sie es immer getan hatte. Aslan stand auf Unterwerfung, also gab sie ihm, was er wollte, wenn es dunkel war. Und jeden Morgen hatte sie ihn beim Frühstück provozierend angegrinst, ließ sie sich ihren Schmerz nicht anmerken und Aslan seine Macht nicht auskosten. Der Herr Konsul musste den Schein wahren, war ein hilfsbereiter und zuvorkommender Ehemann und konnte ihr untertags nicht in die Augen schauen. Er wusste, dass er ihr im Alltag unterlegen war, und in den Nächten musste sie dafür bezahlen.

Neci war eine Kämpferin und genauso wenig wie alle anderen vor ihm würde auch der Irre hier unten nichts daran ändern. Sie wollte zu Elif, das war alles, was zählte. Hier in diesem versifften Kellerloch sah sie in absoluter Dunkelheit ihren Weg viel klarer als in den letzten Jahren ihres Lebens. Sie hatte genug. Wenn sie lebend hier rauskam, dann würde sie mit Elif verschwinden. Irgendwohin, wo es warm war und wo Elif sich einmal den Mann aussuchen konnte, den sie liebte.

Neci zog sich an der Pritsche hoch, drehte sich um und ging mit ausgestreckter Hand entschlossen in Richtung Türe, es waren vier große Schritte zur Holzwand ihres Verschlages. Ihre Hand traf hart auf die Bretter der Türe. Sie ignorierte den Schmerz, ließ sich mit dem ganzen Gewicht ihres Körpers immer wieder gegen die Türe fallen, hämmerte mit den Fäusten auf das grobe Holz und tat alles andere als das, was ihr der Wahnsinnige gesagt hatte. Jetzt war Schluss mit dem Ruhigsein.

»Du blödes Arschloch, lass mich raus, du feiger Mistkerl!«, schrie sie so laut, dass ihr der trockene Hals wehtat. »Ich bin nicht mehr still, das kannst du vergessen, irgendjemand hört mich hier unten! Hilfe, Hilfe!« Mit voller Wucht trat sie gegen die Türe und hämmerte mit den Fäusten so lange dagegen, bis sie kein Gefühl mehr in den Fingern hatte. »Du dummer Sohn eines …« Mitten im Satz hielt Neci inne.

Was war das?

Nach ihrem letzten Schlag meinte sie, etwas gehört zu haben. Eine Stimme, ganz leise. Oder bildete sie sich das schon ein in ihrer Verzweiflung?

»Hallo? Ist da jemand?«

Nichts.

»Hallo?« Wieder nichts. Neci wartete ein paar Minuten vollkommen bewegungslos und schlug dann wieder auf die Türe ein. »Ich hab doch etwas gehört, hallo?«

Neci wollte gerade wieder anfangen zu schreien, als sie ein Flüstern hörte. Da war es wieder und jetzt klang es nach einem leisen »Pst«, dann wieder nichts.

»Hallo, wer ist da?«

Neci war sich sicher, dass es nicht der Wahnsinnige war, er hätte kurzen Prozess mit ihrem Geschrei gemacht. Es musste jemand anderer sein, vielleicht war sie ja nicht allein hier unten. Inschallah, das war endlich einmal eine gute Nachricht.

»Hallo?«

Stille.

»Sag doch bitte etwas. Wer bist du?« Nachdem sie minutenlang nichts mehr hörte, wurde ihr langsam bewusst, wieso das so war. Wenn sie nicht allein war, dann hatte ihr Entführer zu der anderen Person sicher das Gleiche gesagt wie zu ihr. Sei still, sonst gibt es Konsequenzen.

»Weißt du was, wir machen das jetzt einfach so«, sagte Neci trotzig, »entweder sagst du jetzt auf der Stelle etwas oder ich fange wieder an zu schreien.«

Theatralisch und vollkommen übertrieben holte sie tief und laut Luft, und gerade, als sie loslegen wollte, hörte sie das Flüstern wieder.

»Bitte!«

»Was bitte?«

»Bitte, hör auf, er schlägt uns halb tot, wenn du laut bist.«

Neci fiel ein Stein vom Herzen, Allah şükür, sie war nicht allein. Erleichtert und unendlich dankbar ließ sie sich auf den Boden fallen, wischte sich die Tränen von den Wangen und presste ihr Ohr an die Bretter.

»Wie heißt du und wie lange bist du schon hier?«

»Sei still, bitte, bitte, ich flehe dich an«, kam das Flüstern wieder von der anderen Seite des Ganges. Die Unbekannte musste genau gegenüber eingesperrt sein.

»Du kannst machen, was du willst, aber ich will hier raus! Wenn wir uns nicht wehren, dann wird das nichts, ich bin ganz bestimmt nicht still.«

Ihre Mitgefangene war wieder in standhaftes Schweigen verfallen und Neci wurde wütend. »Ich schwöre, ich fange wieder an zu schreien!«

»Bitte nicht, bitte!«

Neci konnte die Angst der Frau beinahe spüren.

»Okay, ich verspreche es dir«, sagte sie wieder sanfter, sie sah ein, dass sie so nicht weiterkommen würde. Sie musste warten, schloss die Augen und lehnte sich mit dem Rücken an die rauen Latten. Geduld war noch nie ihre Stärke gewesen. Es schien Ewigkeiten zu dauern, bis das Flüstern wieder zu hören war.

»Suri.«

»Was?«

»Suri, so heiße ich.«

»Okay Suri, sehr gut, und wie lange bist du schon hier?«

»Lange.«

»Wie lange?«

»Keine Ahnung, aber es sind viele Wochen.«

»Was? Wochen?« Necis Magen verkrampfte sich.

»Viele Wochen, wenn nicht schon Monate.«

»Monate«, wiederholte Neci und das Wort blieb ihr beinahe im Hals stecken. Sie spürte, wie Verzweiflung und Hoffnungslosigkeit sich wieder einen Weg in ihre Gedanken bahnen wollten. Monate. Hilfe. Sie schüttelte sich energisch.

»Hast du versucht, hier rauszukommen?«

»Nein, ich nicht.«

»Was meinst du damit, hat es jemand anderes versucht?«

»Ja.«

»Ja, und wer? Alter, lass dir doch nicht alles so aus der Nase ziehen«, schnaubte Neci ungeduldig und lauter, als sie beabsichtigt hatte. War die Bitch behindert oder was? Sie wussten nicht, wie viel Zeit sie hatten, bis der Wahnsinnige wieder da war, aber die andere sprach seelenruhig im Schneckentempo.

Stille.

»Sorry, Suri, ich bin nicht so die Geduldige, bitte sag doch, wer was gemacht hat.«

»Irmgard hat es versucht und zwei Mädchen vor ihr.«

»Irmgard, okay. Und wo ist sie jetzt? Hat sie es geschafft, rauszukommen? Wann war das überhaupt?«

Stille.

»Alter, Suri, Mann, ich werde noch wahnsinnig.« Neci musste sich beherrschen und eine ganze Flut an türkischen Schimpfwörtern zurückhalten. »Sag mir doch einfach, wo sie ist, ist sie hier? Soll ich sie vielleicht rufen? Irmgard!« Necis Stimme wurde lauter, wieso auch flüstern, sie wollte wissen, ob diese Irmgard noch hier war.

»Irmgard!« Neci schrie mittlerweile und hätte beinahe das Flüstern hinter der Tür überhört.

»Was?«

»Sie kann dich nicht hören.«

»Und wieso nicht?«

»Er hat sie umgebracht.«

9

Heinzle war jetzt seit Tagen dort, wo kein Vorarlberger je sein will, in der Nervenheilanstalt am Berg.

Die Scham darüber war am Anfang seines Aufenthaltes so groß, dass er sich im Park kaum nach links und rechts schauen traute. Jedes Mal zog er die Baseballkappe, die ihm Christina eingepackt hatte, tief in die Stirn. Man kannte ihn im Ländle und das hier war mit Sicherheit nicht der richtige Ort für einen Kriminalhauptkommissar, der gerade seinen größten Fall aufzuklären hatte. Wobei, wenn man es ganz genau nahm, war er derzeit ja außer Dienst gestellt. Beim medizinischen Check hatte man einen Schlaganfall genauso schnell ausgeschlossen wie alle anderen ernsthaften Ursachen für seine dauernden Ohnmachts- und Schwächeanfälle. Heinzle musste sich ganz einfach mit der Tatsache anfreunden, dass er ein Weichei war, das sich bei zu viel Stress in die Bewusstlosigkeit verabschiedete. Und Stress hatte er genügend.

Ob er außerdem auch unter Panikattacken oder einer Angststörung litt und vielleicht kurz vor einem Burn-out stand, war ihm vollkommen egal. Tatsache war, dass er sich für Epilepsie, Herzrhythmusstörungen und einen Hirntumor weniger hätte schämen müssen. Alles bis auf den Tumor wäre ihm lieber gewesen. Er war ein zu bemitleidender Witwer, der nicht einmal auf seine Tochter achtgeben konnte und kläglich an seinem beruflichen Wiedereinstieg scheiterte. Die Woche der Einsichten begann ziemlich ernüchternd auf einer Gartenbank unter Irren.

Heinzles Bank stand bei einer Linde. Wenn man den Horizont nicht suchte, konnte man sich einlullen lassen von der Stille, die einen hier umgab. Vom Knirschen der kleinen Steine, wenn jemand an seiner Bank vorbeiging, vom Lachen der anderen Patienten, das ab und zu von den Gartenbänken zu hören war, und vom Plätschern des kleinen Teiches, in dem riesige Fische ihre Runden zogen. Eigentlich idyllisch. Wenn man den Kopf hob, sah man jedoch, dass rundherum Gebäude standen. Es war ein schöner Hof, aber es war ein abgeschlossener, wie die Abteilung neben seiner Abteilung.

Gott sei Dank war er nicht dort gelandet, es gab also noch Hoffnung für den plötzlich Verrückten.

Er sei nur ein bisschen überfordert und überreizt, hatte Sense gemeint. Er sei es einfach zu schnell angegangen, war Georgs Erklärung dafür, dass sein Chef die Ermittlungen seit ein paar Tagen leitete. Offiziell wurde Heinzles Aufenthalt hier als Hitzeschlag ausgegeben, wobei Neurologisches derzeit abgeklärt wurde.

Der einzige Lichtblick bei dem ganzen Theater war der Umstand, dass Christina ihm um den Hals gefallen war. Verständlich. Die Mutter erst gestorben, der Vater in der Irrenanstalt, wer kümmerte sich da noch um schlechte Presse?

Irrenanstalt war ein hässliches Wort, vor allem, weil ihm alle Menschen, denen er bisher begegnet war, so normal vorkamen. Ein, zwei komische Käuze gab es unter den Parkbesuchern, die er jeden Tag sah, aber sonst überwogen die Gelangweilten, solche wie er. Gestresste, die freiwillig auf Handy, Fernsehen und Laptop verzichteten, die auf Außenweltdiät gesetzt wurden und während des Nichtstuns nicht wirklich etwas mit sich anfangen konnten.

Eine Woche sollte er durchhalten, meinte der Herr Primar, ein netter kleiner Mittfünfziger, bekannt aus den Medien und gefürchtet für seine Gutachten. Eine Woche, das war zu schaffen, dachte sich Heinzle mutig am ersten Tag seiner Klausur, und doch war es ein Desaster. Dutzende Male war er kurz davor gewesen, zu Schwester Erika zu gehen und um sein Handy zu bitten, er wollte wissen, was der Ermittlungsstand war. Wo war Neci und hatten sie wenigstens Kleiner gefunden. War Onur in die Sache verstrickt? Was war bei den Kameras herausgekommen und hatte man die IP-Adresse ausfindig machen können? Was war mit der dritten vermissten Frau, deren Lebensumstände sie noch viel zu wenig überprüft hatten?

Jedes Mal, wenn er daran dachte, was er alles erledigen und kontrollieren müsste, erkannte er, dass er genau deswegen hier in diesem kleinen Park saß. Der Druck, den er sich selbst aufgebaut hatte, war eine schwer zu verdauende Einsicht. Doch es half nichts, sollte er vielleicht in Frühpension gehen? Nein, so mies war seine Verfassung dann doch noch nicht. Er musste durchhalten und wieder in die Ermittlung einsteigen. Das hier, dieser Fall war seine Prüfung und die wollte er meistern, sonst konnte er sich gleich um einen Daueraufenthalt in der Anstalt kümmern.

Einer war mit seinen Einsichten sehr glücklich. Einsicht sei das Beste, was ihm passieren könne, meinte der Primar, und dass er auf einem guten Weg sei, viele würden angeblich schon an dieser ersten Hürde scheitern. Heinzle hasste Sätze wie diesen. *Die erste Hürde* war eine interessante Formulierung, wie viele gab es denn noch?

Jeder neue Tag sei eine weitere, und zwar nicht nur für ihn, sondern für alle Menschen. Die Antwort klang nach einem Spruch auf einem Biomüsliriegel oder einem Yoga-Abreißkalender und nervte Heinzle. Er war nicht auf einem Egotrip, wollte nicht ins Nirwana und seine Energie-Chakren waren ihm ebenso egal wie alle anderen vermeintlichen Weisheiten, ganz egal, ob es sich dabei um fernöstliche, christliche oder atheistische handelte. Er wollte seinen Job erledigen und Neci finden. Suri natürlich auch, aber für Neci fühlte er sich persönlich verantwortlich, da hatte niemand anderer als er zu wenig nachgebohrt bei ihrem Verschwinden. Während er hier im Sitzkreis Nichtigkeiten austauschte, verzweifelte sie wahrscheinlich irgendwo eingesperrt mit einem Irren, der an ihr ein rassistisches Umerziehungsexempel statuieren wollte.

Das einzig Tröstliche an diesem Aufenthalt in der Vorhölle zum Verrückt-Werden war die Tatsache, dass er keine schlimme Diagnose erhalten hatte. Es gab Hoffnung für den nur kurzfristig Durchgeknallten und damit war er beileibe nicht allein. Er hatte schon das eine oder andere bekannte Gesicht ausgemacht und obwohl das Neben-der-Spur-Stehen lieber totgeschwiegen wurde, betraf es offensichtlich deutlich mehr Normale, als sich Heinzle je hätte erträumen lassen. So was passierte auch anderen und diese Einsicht tat so gut wie nichts. Am zweiten Tag hatte sich Heinzle eingelassen auf das Einfach-nur-Dasitzen, was hätte er auch sonst machen können? Er wollte hier raus und dieser Weg führte über das Simulieren von Normalität. Er beobachtete die anderen Patienten, hörte den nervigen Vögeln zu und spielte Schach. Was ihm an Fragen zur Ermittlung einfiel, schrieb er auf Zettel, die er in der Schublade seines Nachtkästchens sammelte und mit einem Haargummi von Christina zu einem Stapel fixierte. Gott sei Dank hatte man ihn nicht fixieren müssen. Wenigstens war ihm das erspart geblieben, die Zwangsjacke wäre eine Steigerungsstufe gewesen, die er nicht einfach so mit einer Partie Schach aus seinen Gedanken hätte verbannen können.

Das Simulieren half, was er sich kaum eingestehen konnte, aber Heinzle spielte offenbar nicht nur dem Herrn Primar etwas vor, auch sein eigener Körper glaubte offensichtlich an die Entspannung. Es schien wieder bergauf mit ihm zu gehen, diese simple Einsicht war die angenehmste. Als Christina ihn endlich besuchen durfte, saßen sie genau auf dieser Bank und hielten sich an den Händen, wie sie es früher immer gemacht hatten. Heinzle wusste, was er sagen musste, damit er wieder möglichst normal klang. Und für manches brauchte es nicht einmal Worte. Egal was kommen würde, meinte er zu Christina, nichts mehr würde sie in Zukunft auseinanderbringen, nicht ein dummer Webreporter, nicht ein wahnsinniger Entführer und schon gar kein Idiot, der es auf sein Auto abgesehen hatte. Das waren nicht die Sachen, die wichtig waren, wichtig war, dass sie es sich mit dem letzten Stückchen Restfamilie nicht verscherzen durften.

Genau so erzählte Heinzle das alles auch dem Herrn Primar und hoffte, dass er dabei nicht allzu dick aufgetragen hatte. Er wollte wieder zurück in seinen Alltag und er wusste, welche Knöpfe er dafür drücken musste.

Sense hingegen zerlegte seinen Sinneswandel innerhalb von Sekunden, nichts sei schwieriger als das Weichklopfen eines Zynikers, hatte er gestern zum Abschied gemeint. Wie immer lag er richtig und wie immer hatte er die Lösung für seine Angespanntheit: Zu wenig Sex, zu wenig Gras und Schwester Erika sei ein flottes Häschen.

Heinzle hätte sich bei Senses knapper Analyse fast an seinem Ingwer-Grüntee verschluckt und sein Freund hatte laut und schallend über sein schuldbewusstes Gesicht gelacht. Sense hatte auch gut reden, schließlich musste er nicht mit den Ärzten über sein auffälliges Drogenscreening sprechen. Gott sei Dank hatte es der Primar bei einer nicht allzu ernst gemeinten Ermahnung belassen und von einem Vermerk in der Dienstakte abgesehen, was Heinzle gerade noch gefehlt hätte. Sense hatte die Geschichte mit dem ernsten Gespräch über Heinzles Drogenmissbrauch köstlich amüsiert, als Heinzle ihm am Stationstelefon davon erzählte, bevor er bei Schwester Erika die Dormicumtropfen für die Nacht abholte. Senses Antwort beruhigte Heinzle irgendwie. Ein zu verkrampfter Kopfmensch sei Heinzle und nicht verrückter als alle anderen rund um ihn herum. Aus einem kleinen Kollaps mache er ein Riesentheater samt der ganzen Belegschaft des Krankenhauses.

Lächelnd saß Heinzle auf seiner Gartenbank. Ein Psychologe diagnostizierte einem Psychiater Hysterie, eigentlich zum Lachen, wenn er nur nicht der Mittelpunkt dieses tragisch-komischen Geschehens gewesen wäre.

»Guten Tag, Sohn.« Einer von Heinzles betagten Schachkollegen nahm ächzend Platz neben ihm auf der Gartenbank. Der Herr war stolze 98 Jahre alt, wusste nicht mehr, was er heute zu Mittag gegessen hatte, aber konnte noch alle Namen seiner Volksschulkollegen samt Eltern aufzählen, was er auch gerne und häufig tat. Seine Diagnose war Demenz, seine Leidenschaft Kommunikation.

Mit seinen Geschichten von Menschen, die allesamt schon lange unter der Erde lagen, und seiner altmodischen Ausdrucksweise war der Kranke den meisten seiner Gesprächspartner lästig und der Großteil der Patienten flüchtete, wenn er im Anmarsch war. Heinzle hingegen hatte Mitleid mit dem alten Mann, der einmal respektabler Rechtsanwalt gewesen war und ihn aus unerfindlichen Gründen für seinen schon lange verstorbenen Sohn hielt.

Heinzle brachte es einfach nicht übers Herz, abweisend zu ihm zu sein, hörte sich seine Geschichten an und fand den verschrobenen alten Mann sogar recht unterhaltsam.

Vorgestern hatte er ihm erzählt, wie er seine Jausenbrote nicht mit den anderen Schülern teilen durfte, weil in der Volksschule Typhus ausgebrochen war. Gestern stand ein Pferd im Mittelpunkt seiner Erzählung, das er mit seinen Kameraden im Zweiten Weltkrieg irgendwo in Jugoslawien schlachten musste, um im Kampf gegen die Partisanen nicht zu verhungern. Um was es heute ging, würde er gleich erfahren.

»Guten Tag, wie geht's dir?«, fragte Heinzle.

»So weit, so gut, Sohn, wenn mich nur die Schwester nicht vergiften wollte.«

Heinzle hatte Mühe, ernst zu bleiben. »Welche ist denn die Giftmörderin?«

Ettenberger beugte sich verschwörerisch zu ihm. »Die mollige Blonde natürlich.«

»Ah, ja, natürlich, aber wieso will sie dich vergiften?«

»Ich glaube, sie hat meinen Ahnenpass gefunden.« Ettenberger machte dabei ein so verzweifeltes Gesicht, dass Heinzle den weiteren Verlauf des heutigen Gespräches schon erahnen konnte. Unterhaltsames würde es wahrscheinlich nicht viel geben.

»Und was ist daran so schlimm?«

»Stell nicht so dumme Fragen, Sohn. Du weißt doch ganz genau, dass wir den Eberhart von der Gemeinde bestochen haben.«

»Entschuldigung, das habe ich vergessen«, antwortete Heinzle beschwichtigend. Schwester Erika hatte ihn vorgewarnt, Widerspruch war bei Ettenberger nicht gut. Immer schön nicken, hatte sie ihm an seinem ersten Tag lachend mit auf den Weg in den Garten gegeben. Heinzle hätte gerne gewusst, ob sie Ahnung davon hatte, als Giftmörderin denunziert zu werden. Er musste sich ein Schmunzeln verkneifen und tätschelte die Hand des alten Mannes beschwichtigend.

»Was habe ich dir schon tausende Male gesagt? Entschuldige dich nicht ständig, wir sind stolz auf unsere Ahnen. Sie haben uns zu dem gemacht, was wir sind.«

»Und was sind wir?«

»Stramme Deutsche natürlich.«

»Natürlich.« Diese Unterhaltung nahm eine Abzweigung, die Heinzle nicht behagte, und trotzdem hatte er das Gefühl, nachfragen zu müssen. Ein strammer Deutscher mit gefälschtem Ariernachweis also. »Warum hast du dann Angst vor Schwester Erika?«

»Komm her, mein Junge.« Der Alte zog Heinzle am Hemdkragen ganz nahe zu sich. Zu nahe für Heinzle, der sich fragte, wann der alte Mann zuletzt seine wenigen verbliebenen Zähne geputzt hatte. »Die haben hier im Reichsgau nie damit aufgehört.«

»Du täuscht dich beim Reichsgau.« Jetzt konnte Heinzle nicht einfach nur mehr nicken. »Du bist in Vorarlberg, und das Ganze ist schon lange vorbei.«

»Red nicht solchen Unsinn«, schnaubte Ettenberger aufgeregt, »was denkst du, wie vielen es hier so gegangen ist?«

»Wem denn?«

»Ja, dem Bartle zum Beispiel, das war ein Taubstummer, der beim Bauer Lutz den ganzen Tag das Wasser beim Brunnen hat hochpumpen müssen. Der war auf einmal nicht mehr da. Derweil war er so ein freundlicher Bursch und hat jedem geholfen, der einen starken Helfer gebraucht hat.«

Es ging also nicht nur um einen gefälschten Ariernachweis, sondern auch noch um Euthanasie. Heute wollte der alte Herr offensichtlich das ganze Programm abspulen und Heinzle wusste noch nicht, wie empfangsbereit er für ein solches Thema war. Zu nah am Dreiecksmann, warnte ihn sein Unterbewusstsein. Ein Gespräch über Ettenbergers Kinderkrankheiten wäre Heinzle in diesem Moment deutlich lieber gewesen und trotzdem fragte er nach.

»Wohin hat man den armen Taubstummen denn gebracht?«

»Nach Hall ins Tirolische und dann haben die Eltern einen Brief bekommen, dass er leider verstorben sei an der Schwindsucht, obwohl er immer kerngesund war, der Bartle, und Muskeln hatte der wie ein Ochs, mehr als jeder in seinem Alter. Ich sag dir, Sohn, wir müssen aufpassen, die holen auch andere. Nicht einmal die ganz kleinen Kinder verschonen sie.«

»Jetzt übertreibst du aber.« Heinzle hatte das erste Mal das Gefühl, dass Ettenberger vielleicht doch mehr hatte als eine harmlose Demenz. Der Alte fuhr sich immer wieder nervös über seine Glatze und blickte sich gehetzt um, er hatte offensichtlich Angst und klammerte sich an Heinzles Arm. Obwohl Heinzle mittlerweile nichts lieber getan hätte, als dem Gespräch ein Ende zu setzen, zwang er sich, zu bleiben. Er war kein Waschlappen, der sich durch die Geschichte eines kranken alten Mannes verrückt machen ließ.

»Sie haben sogar kleine Kinder geholt?«

»Ja, kannst du dich denn nicht mehr an die Tänzers erinnern?«

»Die Tänzers?«

»Deren Junge, der Simon, hatte ein Techtelmechtel mit dem Lang seiner Tochter, da war sie noch ein ganz junges Mädel. Und wie das halt so ist, hat sie einen ledigen Balg bekommen von dem Juden. Das war in Bregenz ein Skandal, sag ich dir, weil der Lang in der SS ein hohes Tier war.«

»Und dann haben sie das Kind geholt?«

»Nein. Geholt haben sie den Tänzer mit der ganzen Familie. Die Alten, den Simon und seinen Bruder, den Gabriel, und alle haben sie weggeschaut.«

»Du auch?« Heinzle konnte nicht anders.

»Ja Kruzifix, was hätte ich denn machen sollen? Ich war doch fast noch ein Kind und ich musste mich doch ruhig verhalten, ich wollte schließlich nicht der Nächste sein und war froh über meinen Ahnenpass.«

»Den gefälschten.«

»Sei still, Sohn, das ist unser Geheimnis. Er war nicht gefälscht, man hat nur da und dort nicht ganz die Wahrheit vermerkt und sich darauf verlassen, was der Dorfschreiber aus Mähren bestätigt hat. Das kannst du deinem Großvater verdanken, das waren sehr angesehene Leute.«

»Okay.« Heinzle gab klein bei.

»Diese englischen Worte sind eine Unsitte«, meinte Ettenberger unwirsch.

»Sehr wohl, Herr Vater.« Der Kommissar wollte die Stimmung etwas auflockern. »Also, wenn man es nicht abgeholt hat, das Kind, dann hat es doch überlebt?«

»Nein.«

»Warum nicht?«

»Die Tänzers sind in den Osten deportiert worden, nach Auschwitz, hat man damals gemunkelt, und lass dir ja nicht einreden, Junge, dass man nicht gewusst hat, was da vonstattenging. Mich hat der Bauer Matt einmal beim Äpfel-Stehlen erwischt, wir hatten ja den ganzen Tag Hunger, wir Jungen. Und weißt du, was er zu mir gesagt hat, der Matt?«

»Nein?«

»Wenn du das noch einmal machst, dann hetz ich dir die SS auf den Hals und dann landest du als Seife in meinem Waschbecken!« Ettenberger blickte sich wieder gehetzt um.

»Wie bitte?«

»Man muss nicht alles wissen, Sohn, und manches nicht zu wissen, ist besser. Wir haben damals niemanden mehr gesehen von denen, die mit der Eisenbahn gen Osten fuhren. Man hat auch nichts mehr gehört von denen. Wenn man umgesiedelt wird, dann kann man doch schreiben, oder? Aber nicht einmal eine Ansichtskarte ist gekommen, wo doch der Osten angeblich die Kornkammer des Reiches war. Da müsste man doch annehmen, dass es sich da gut leben ließe. Oder? Weißt du, mein Sohn, der Himmler, der hat dafür gesorgt, dass die Deutschen wieder Siedlungsraum bekamen. Die hatten allerhand Ideen und Vorstellungen vom neuen Gotenland.«

Heinzle ahnte, dass Ettenberger jetzt vom Hundertsten ins Tausendste kommen würde, und unterbrach ihn so höflich er konnte. »Wenn du bitte so freundlich wärst, was wurde aus dem Kind?«

»Welches Kind?«

»Na, das Judenkind?«

»Ein Judenkind?«, fragte Ettenberger vollkommen verwirrt.

»Das von der Familie Tänzer, das ledige«, versuchte Heinzle, dem alten Mann gedanklich wieder auf die Sprünge zu helfen.

Ettenberger schaute unsicher hin und her, kaute an seinen Nägeln und bohrte ungeniert wie ein kleines Kind in der Nase. Keine Spur von dem gepflegten alten Herrn, der eben noch die Wortwahl des Chefinspektors gerügt hatte, war übrig geblieben. Demenz war eine grausame Diagnose. Gerade als Heinzle es schon fast aufgegeben hatte, heute noch mehr zu erfahren, war Ettenberger wieder er selbst. Plötzlich und von einem Augenblick auf den anderen, als ob man einen Lichtschalter betätigt hätte, war er wieder der Rechtsanwalt in Rente.

»Vater, was war denn mit dem Kind der Tänzers?«, hakte Heinzle noch einmal nach.

»Du meinst, das von Simon?«

»Ja, genau.«

»Weißt du, der Simon hat es dagelassen bei den Langs, als man ihn geholt hat. Jeder hat gewusst, dass es ein lediger Judenbalg war. Und auf einmal ist es tot gewesen, bevor der alte Lang Unannehmlichkeiten hätte bekommen können.«

»Was meinst du mit auf einmal tot?«

»Lungenentzündung, hat es geheißen, aber in der Stadt hat man gemunkelt, dass der alte Lang das Kind nach dem Baden nass und ganz nackig in die Wiege gelegt hat und mitten im Winter das Fenster die ganze Nacht offengelassen hat. Die Marlene soll sich an der Tür die Finger blutig gekratzt haben, aber er hat sie nicht zu dem Kind gelassen. Weißt du, das hat man oft so gemacht mit den Kindern, die niemand wollte. Meistens mit den Mädchen, die hat man oft nicht wollen, aber die Juden, die hat man noch viel weniger wollen.«

»Furchtbar.«

»Das Kind hat irgendwann in der Nacht aufgehört zu schreien und am Morgen lag es blaugefroren in seinem Bettchen, hat die Dienstmagd erzählt. Und dann hat man die Mutter, das junge Mädel, gehört, wie sie nächtelang geschrien hat. Viele, viele Nächte danach noch.«

Heinzle brannte eine wahrscheinlich mehr als naive Frage auf der Zunge, aber er konnte nicht anders. »Wieso hat sie sich nicht gewehrt?«

»Humbug. Da konnte man sich doch nicht wehren. Sie war erst 18 und ihr Vater war Bürgermeister, ja, was meinst du, wie man sich da hat wehren können? Der hat sie windelweich geprügelt jeden Tag.«

Ettenberger, der sich in den letzten Minuten etwas entspannt und Heinzle etwas mehr Platz gelassen hatte, rückte jetzt wieder unangenehm nah an ihn heran, vergrub schließlich seinen Kopf auf Heinzles Brust und schluchzte verzweifelt. Bevor Heinzle überlegen konnte, was er denn um Himmels willen mit dem armen Mann machen sollte, kamen zwei Pfleger zur Bank gelaufen. Sie mussten die Szene schon länger beobachtet haben und zogen den alten weinenden Mann von Heinzle weg.

»Ich will nicht verschwinden«, wiederholte Ettenberger ständig. Der Speichel rann ihm aus dem verzerrten Mund, wieder hatte er den gehetzten Blick und zog ängstlich den Kopf ein, als die beiden Pfleger rechts und links bei ihm einhakten und ihn zu einem der Ausgänge dirigierten. Verzweifelt blickte er sich zu Heinzle um und rief, so laut es ihm seine krächzende Stimme erlaubte: »Hilf mir, Sohn, schau, dass sie mich nicht einfach verschwinden lassen!«

Heinzle fröstelte es in der Sonne, lange schaute er noch in die Richtung der Türe, durch welche die Pfleger den alten Mann gezerrt hatten. Wenn er bisher noch zu wenig Material für seine Albträume gehabt hatte, war er jetzt auf jeden Fall mit reichlich Nachschub ausgestattet.

Als Sense sich lautstark neben ihm auf die Bank fallen ließ, erschrak er so, dass er beinahe aufgesprungen wäre.

»Wir sind also immer noch ein bisschen dünnhäutig«, meinte Sense feinfühlend wie immer.

»Also ehrlich«, Heinzle räusperte sich, »ich kann mir beim besten Willen nicht vorstellen, wie man hier gesund werden soll. Da hörst du Geschichten, die dich wahrscheinlich länger nicht mehr schlafen lassen.«

»Das Wichtigste dabei ist, dass es Geschichten sind, Richard, und die meisten davon sind schon lange vorbei.«

Sense nahm Heinzles Reisetasche und gemeinsam gingen sie zum Ausgang.

Auf seinem Schreibtisch in der LPD hatte sich einiges an Papier angesammelt. Fein säuberlich waren die Akten von Sense sortiert worden, ganz oben auf dem einzelnen Stapel fanden sich gelbe Zettel mit den Infos zu Spusi, der dritten Verschwundenen, Irmgard Natter, dem Sicherheitsmann Onur Dogan, der Kamera und Suri Nakamura.

Sofort schämte sich Heinzle wieder dafür, dass er sein Team so wenig hatte unterstützen können. Dass er sich in den Krankenstand verabschiedet hatte zu dem wohl denkbar ungünstigsten Zeitpunkt seiner sogenannten Karriere, war unverzeihbar. Georg hatte an Brunner abgegeben, der jetzt offiziell der Chefermittler im Fall ihres Entführers war. Zumindest die nächsten zwei Wochen, dann könne man schauen, wie weit man sei mit den Ermittlungen, meinte Georg bei der Begrüßung im Büro. Heinzle war sich nicht sicher, ob er sich darüber freuen sollte, aus der Schusslinie zu sein, denn einen weiteren Zusammenbruch hätte man weder der Presse noch Wien erklären können. Der Druck war weg, die Verantwortung hatte ein anderer, im Team war er aber immer noch. Vielleicht nicht einmal die schlechteste Variante.

Sense ließ ihm nicht genügend Zeit, um seine Versagensängste gedanklich auf Touren kommen zu lassen. In der nächsten Stunde brachte er ihn auf den aktuellen Stand der Ermittlungen.

Dogan hatte mit dem Verschwinden von Neci Bullut nichts zu tun. Sie hatten ihn noch einmal in die Mangel genommen, um möglichst viele Informationen über den mysteriösen Handwerker zu erfahren. Die Mutter des Botschafters hatte ihn allerdings besser beschreiben können als der Sicherheitsmann. Neben Onurs Begeisterung für den türkischen Fußball und der Tatsache, dass er Bullut nicht gerade im besten Licht hatte erscheinen lassen, wohl einer der Gründe, wieso er sich einen neuen Job suchen musste. Der Botschafter war angeblich wenig erfreut, hatte nicht mehr auf seinen diplomatischen Status gepocht und Onur war noch am Tag seiner Entlassung aus der Untersuchungshaft in die Türkei ausgereist.

»Eher magere Ausbeute, ich weiß«, meinte Brunner entschuldigend, als er zu Heinzle ins Büro gekommen war. »Wir machen weiter wie bisher, ich will nur alles wissen, und unternimm nichts alleine, ich habe keine Lust, für dich geradezustehen.«

Heinzle schaute beschämt zu Boden, er hatte sich schon so etwas gedacht, Brunner war ein zutiefst anständiger Mensch und Kollege.

»Burkhard …«

»Lass mal, wir diskutieren jetzt sicher nicht über Hierarchien und Vorgesetzte, wir müssen den kranken Typen finden und da ist es egal, wer von uns im Team die Anweisungen gibt. Jetzt bin es halt offiziell ich, aber wir sind in den letzten Jahrzehnten immer miteinander klargekommen und so bleibt es auch. Kipp halt nicht wieder aus den Socken.«

Bevor Heinzle sich bedanken konnte, war Brunner wieder gegangen. Heinzle hätten auch die richtigen Worte gefehlt und erst jetzt, nach einer Woche Nervenheilanstalt und dem Gefühl, ganz unten gelandet zu sein, wusste er plötzlich, dass er hier genau am richtigen Platz war. Das waren sein Büro, seine Kollegen und sein Job.

»Wie ein paar aufmunternde Worte doch die Lebensgeister wecken können, hm, Richard?« Sense grinste ihn aufmunternd an und schob ihm einen Stoß der Akten über den Tisch.

Kein bisschen weiter waren sie bei Suri Nakamura gekommen. Der Vertriebs- und Verkaufsweg der kleinen Kamera war nur so weit nachzuvollziehen, als dass Kameras dieser Marke im vorigen Jahr von China zu hunderten über die Niederlande in die Europäische Union eingeführt worden waren. Dann verlor sich die Spur des technischen Spions genauso wie die Identität der Käufer. Der Spanner hatte die Seriennummer unkenntlich gemacht und seine digitalen Fingerabdrücke geschickt verwischt. Auch die Kamera im Schlafzimmer der

Bulluts, die in der Deckenlampe versteckt war, brachte sie kein Stückchen weiter. Sie war nur für Liveübertragungen geeignet und hatte keinen Speicherchip. Niemand war darüber glücklicher als der Botschafter, der sich seit dem Auffinden der Kamera, von der er absolut nichts gewusst hatte, von seiner kooperativen Seite gezeigt hatte.

Auch bei den Farben waren sie nicht weitergekommen und würden es wahrscheinlich auch nicht mehr. Kleiner war ebenso unauffindbar und den Informationsgehalt des Berichts vom Verfassungsschutz konnte man bestenfalls als identisch mit dem Vallaster-Gespräch bezeichnen. Momentan schienen sie nur von ermittlungstechnischen Sackgassen umgeben zu sein. Es war nur schwer zu verdauen, dass der vermeintliche Entführer hier mitten unter ihnen machen konnte, was er wollte. Er war ein Chamäleon und seine Tarnung perfekt. Das wussten sie spätestens, als sich Fitness-Lady Jessica an einen Herrn vom Schlüsseldienst erinnern konnte. Das Phantombild war unterirdisch und das herausstechendste Merkmal ein Vollbart.

Frustriert stieß Heinzle seinen Stuhl vom Schreibtisch weg, streckte sich, verschränkte seine Arme über seinem Bauchansatz und schloss für einen kurzen Moment die Augen. Zwanzig Minuten später wurde er von einem aufgeregten Brunner geweckt, der auf seinen Schreibtisch klopfte.

»Richard, das glaubst du nicht.«

»Was denn, immer mit der Ruhe.«

»Wir haben wieder einen Winkel.«

»Was?« Heinzle richtete sich abrupt auf und Sense kam sofort zu den beiden an Heinzles Schreibtisch.

»Wo?«

»Bei Irmgard Natter.«

»Bitte nicht. Da haben wir doch nichts gefunden.«

»Ja, die Sache ist aber etwas komplizierter, das Dreieck wurde ausgeliehen.«

»Hör auf mit dem Herumgerede, was ist los?«

»Also, die Nachbarin hat gestern ein ausgeliehenes Nähkörbchen zurückgebracht und als Natter heute Morgen versucht hat, einen Hemdknopf anzunähen, was glaubst du, was er da unter dem Nadelkissen gefunden hat?« Brunner schwenkte einen Asservatenbeutel vor Heinzle, mit unverkennbarem Inhalt.

Sense schnappte sich den Beutel, hielt ihn gegen das Fenster und pfiff leise. Das Dreieck war lila.

»Das waren die guten Nachrichten.«

»Hm, bin mir nicht sicher, ob ich die schlechten hören will.«

»Ich bin mir ziemlich sicher, dass sie dir nicht gefallen.«

»Raus damit.«

»Wir mussten Natter natürlich sagen, nach was er Ausschau halten soll, so in etwa halt, Stoffreste mit auffälliger Form oder Farbe. Wir haben das Ganze eh ein bisschen umschrieben, aber …«

»Aber?«

»Natter ist damit direkt zu *Vol.at* gegangen.«

»Oh nein.«

»Das kannst du laut sagen.« Brunner hielt ihm sein iPad hin und Heinzle griff widerwillig danach. Nach der Geschichte mit dem asozialen Idioten, der in seinen Porsche gekickt hatte, hatte Heinzle sich die Lektüre des Onlinedienstes erspart. Der Artikel war mit »Die Bestie vom Bodensee« aufgemacht, darunter waren mehrere Winkel aus dem Konzentrationslager angeordnet und ein paar Teaser, die es in sich hatten:

Migrantinnen trauen sich nicht mehr auf die Straße! Irrer Kidnapper tyrannisiert das Land! Wann sind unsere Frauen dran? Kann uns die Polizei noch schützen?

Heinzle schnaubte wütend, dass jetzt jeder von den Winkeln wusste, war mehr als unangenehm. Nun würden die Spekulationen der Hobby-Ermittler losgehen und die Vorwürfe gegenüber den Kommissaren, die der Öffentlichkeit wichtige Informationen vorenthalten hatten. Heinzle scrollte sich durch die Bildergalerie. Mit bunt gemischten Agenturbildern spielte der Onlinedienst mit den Ängsten seiner Leser. Bild 18 war dem Hauptkommissar gewidmet. Geknickt saß er in Morgenmantel und Pyjama auf der Parkbank der Nervenheilanstalt. Die Bildunterschrift machte Heinzle richtig wütend. *Polizei heillos überfordert. Kriminalkommissar Richard H. in der geschlossenen Psychiatrie.*

Christina schickte ihm ein rotes pulsierendes Herzchen ganz ohne weitere Worte, und was hätte man auch viel sagen sollen zu einem Vater, der es andauernd in die Schlagzeilen schaffte? Musste hart sein für seine Teenager-Tochter. Er war sich sicher, dass alle ihre Freunde und deren Eltern sowie die Lehrer diesen Mist gelesen hatten und es gab immer einen, der glaubte, daran könne schon ein Körnchen Wahrheit sein. Zudem war Heinzle in den letzten Wochen und Monaten nicht gerade durch seine psychische Stabilität aufgefallen. Das zweite Herzchen, ein oranges, kam von

Schwester Erika und ohne lange nachzudenken, schickte er ihr eines zurück.

Dann öffnete er wieder den Chat mit Christina. »Alles klar bei dir?«, tippte Heinzle und Christinas Antwort ließ ihm das Herz schwer werden.

»2gether4ever.«

Vier Stunden später saß Heinzle neben Georg, Sense und Brunner im großen Besprechungszimmer der LPD, das jetzt eher einem Gerichtssaal glich. Vorne auf der Anklagebank hatten auch der zuständige Landesrat und der Landeshauptmann höchst persönlich Platz genommen. Vor ihnen ein Wald aus Mikrofonen, neben den regionalen, nationalen und deutschsprachigen waren jetzt auch internationale Medien dazugekommen. Klar, nach dem Aufmacher auf *Vol.at* war der vertrottelte Provinzpolizist mit Burn-out innerhalb von Minuten berühmt geworden. Und wenn es um einen irren Entführer mit rechter Gesinnung ging, war sich das restliche Europa plötzlich sehr schnell einig darüber, dass die wahren Nazis immer noch aus Österreich kamen. Der Landeshauptmann verbreitete gerade seine NLP-Weisheiten zur bisher einwandfreien Polizeiarbeit, als er unhöflich von einem Reporter aus der ersten Reihe unterbrochen wurde. Offensichtlich änderten sich mit der Schwere der Verbrechen auch die Umgangsformen der Journalisten, dachte Heinzle.

»Gratzer mein Name, *Austria7.* Herr Landeshauptmann, reden wir doch Tacheles, was ist eigentlich mit Ihrem Ermittlerteam los? Sind die Kommissare nicht heillos überfordert? Ist das nicht ein Fall für größere Kaliber und schon gar nicht für Polizisten, die ein Problem mit ihrer geistigen Verfassung haben?«

Ohne mit der Wimper zu zucken, gab der Landeshauptmann die Frage weiter an Georg. Er sei nicht ausreichend informiert über die Details der Polizeiarbeit, was ihm einen ziemlich kritischen Blick Georgs einbrachte.

Heinzle bemühte sich, nicht auf seinem Stuhl hin und her zu rutschen, und schaute dem Reporter direkt ins Gesicht, der ihn schamlos angrinste. So schnell ließ sich Heinzle nicht unterkriegen und schon gar nicht von einem sogenannten Reporter eines der miesesten Medien des Landes.

Georg blieb ruhig und unbeeindruckt. »Herr Gratzer, unsere Beamten sind alle sowohl fachlich als auch gesundheitlich in der Lage, diese außergewöhnliche Situation zu meistern. Da solche Situationen auch außergewöhnlichen Einsatz fordern, kommt man auch schneller an seine körperlichen Grenzen, vor allem, wenn es so heiß ist wie momentan.«

»Na geh bitte, das Wetter soll jetzt also schuld sein am totalen Versagen der Polizei?« Gratzer grinste wieder Heinzle an und ein zustimmendes Murmeln ging durch die Menge der Journalisten. »Heiß ist uns allen, es fallen aber nicht alle um an einem Tatort.«

»Wenn Sie auf Herrn Hauptkommissar Heinzle anspielen, der hatte aufgrund der hohen Temperaturen und eines langen Arbeitstages einen Kreislaufkollaps.«

»Aha, und wegen eines Kreislaufkollapses kommt man in Vorarlberg in die Nervenheilanstalt?« Gratzer fixierte jetzt ausschließlich Heinzle, der dem Drang widerstand, peinlich berührt auf die Seite zu schauen. Wo er recht hatte, hatte Gratzer recht. Gott sei Dank gab es einen Ausweg aus dem Irren-

Szenario, die Notaufnahme des nächsten Krankenhauses war wegen eines Unfalls auf der A14 an den Rand ihrer Kapazitäten gekommen und hatte an diesem Tag die Rettungsleitzentrale angewiesen, den Patientenstrom vor allem in kritischen Situationen auf die umliegenden Krankenhäuser umzulenken. Heinzle schämte sich, dass es ihm egal war, dass andere Menschen in Lebensgefahr schwebten, und er nur um seine Reputation besorgt war. Ja, er schämte sich, und trotzdem war er auch unendlich froh.

»Wieso nicht das Krankenhaus in Rankweil?«, fragte sein Chef den Journalisten. »Wird man in Innerösterreich, falls ein neurologisches Problem Ursache eines Kollapses sein könnte, nicht dort eingeliefert, wo man am schnellsten versorgt wird, Herr Gratzer?«

»Ich verstehe, und dann passierte ja praktischerweise noch eine Massenkarambolage auf der Rheintalautobahn.«

»Davon abgesehen, dass Ihre Feststellung sehr pietätlos ist, warum stellen Sie unnötige Fragen, wenn Sie so gut informiert sind?« Georg hatte jetzt offenbar nur noch wenig Lust, sich mit dem lästigen Reporter herumzuschlagen.

»Okay, ist es also schon so weit in Österreich, dass wir Journalisten uns sagen lassen müssen, was wir fragen dürfen und was nicht?« Triumphierend drehte sich Gratzer zu den anderen Journalisten um, einige applaudierten.

Doch Georg ließ sich nicht beirren. »Herr Gratzer, die Pressefreiheit steht hier nicht zur Diskussion, wir können aber gerne über Berufsethik sprechen. Das sollte uns in Ihrem Fall mehr Sorgen machen. Die, um es einmal vorsichtig zu formulieren, deutlich geringer wären, wenn Medien wie Ihr Onlinedienst nicht auch noch dem Täter zuarbeiten würden und ermittlungstechnisch relevante Fakten in die große weite Welt hinausposaunen würden.«

Gratzer hatte Blut geleckt und hakte nach. »Wenn Sie Ihren Beruf ein bisschen gewissenhafter machen würden, dann müsste ich mich nicht so anstrengen.« Wieder wurde Gratzers Wortmeldung vom Applaus von einigen der Journalisten begleitet. »Aber zurück zur Sache, Herr Polizei-Präsident, Sie wollen uns jetzt also ernsthaft weismachen, dass es Hauptkommissar Heinzle vor einer Woche einfach ein bisschen zu heiß geworden ist?«

»Sie können glauben, was Sie wollen, aber wenn Sie hier versuchen, meine kompetentesten Mitarbeiter in ein schlechtes Licht zu rücken, anstatt in der Sache nachzufragen, dann haben Sie nicht wirklich verstanden, um was es hier in der heutigen PK gehen sollte.« Georg blickte in die Runde. »Möchte einer der hier anwesenden Medienvertreter noch eine Frage zu den Ermittlungen stellen? Wenn nicht, können wir die heutige PK beenden.«

»Wir sind hier, weil Sie keine Ahnung haben.« Gratzer gab nicht auf.

»Wir sind hier, weil wir offenbar einen Serienentführer haben, dem Sie mit der Veröffentlichung von Interna noch schön in die Karten spielen. Und eines noch, Herr Gratzer, Ahnungen bringen einen in der Polizeiarbeit nur selten weiter, was bei uns zählt, sind Fakten.«

Jetzt war Georg in Fahrt gekommen und Heinzle hätte sich gerne darüber gefreut, dass sein Chef sich vor ihn stellte. Während dieser Fragen zu den Winkeln und den Schmierereien in Bulluts Haus beantwortete, wurde Heinzle immer elender zumute.

Nie und nimmer hätte er gedacht, dass er je in eine für ihn so unangenehme Situation kommen würde. Der Herr Hauptkommissar war offenbar ganz unten angekommen, am Tiefpunkt seiner Karriere. Nach dem Abstecher in die Psychiatrie hatte er gedacht, es könne nicht schlimmer kommen. Dem war offenbar nicht so. Einen solchen Aufenthalt wurde man also doch nicht so schnell los. Er, der seine Arbeit jahrzehntelang gewissenhaft erledigt hatte, er, der sich nichts vorzuwerfen hatte, war jetzt angerichtet auf dem Buffet der Hyänen. Und Gratzer würde nicht der Einzige bleiben, solche wie ihn gab es wie Sand am Meer. Sie würden alle aus den Löchern kriechen, wenn es jemanden zu zerfleischen gab, und sie zogen die seriösen Berichterstatter mit sich. Wer wollte weniger zu bieten haben als die Konkurrenz in einer Zeit, in der niemand mehr lange und gut recherchierte Artikel mit Hintergrundinfos las? Was zählte, waren die Schlagzeilen und Clicks auf Online-Plattformen. Dafür waren Sponsoren zu finden, denn kaufen wollte niemand mehr Informationen, die es anderswo gratis gab. Wie die in seinem Fall aussehen würden, wusste Heinzle jetzt schon, bevor er auch nur eine der morgigen Zeitungen angesehen hatte. Das Traurige daran war die Loyalität seiner Kollegen. Wenn Heinzle fiel, fiel auch Georg, so einfach war das, und ziemlich sicher würde es dann auch Brunner treffen. Da draußen holte sich einer die Frauen und was machte die Öffentlichkeit? Man konnte den Irren nicht schnappen, deswegen musste ein anderer dran glauben, und so wie es aussah, war dieses Mal Heinzle der eine.

Er war mit Sense sitzen geblieben, bis auch der letzte Journalist den Raum verlassen hatte. Die, die ihn kannten, schauten auf den Boden oder waren beim Hinausgehen bemüht, sich mit einem Kollegen zu unterhalten. Die, die ihn nicht kannten, starrten ihn neugierig an und Heinzle starrte zurück.

»Wow, ich bin beeindruckt, den Irren mit dem unheimlichen Blick gibst du aber sehr überzeugend«, witzelte Sense, der ihm aufmunternd auf die Schultern klopfte.

Heinzle blieb die Antwort im Hals stecken, seine Energie war aufgebraucht, er war wieder beim Waschlappen-Status angekommen. Vor dem Besprechungszimmer sahen sie Georg in eine heftige Diskussion mit dem Landeshauptmann und einem Heinzle unbekannten Anzugträger verwickelt. Man konnte sich denken, was der Inhalt des Gespräches war. Es gab keine Ermittlungserfolge, die Öffentlichkeit wurde unruhig und Heinzle stand auf der Abschussliste.

Während Sense sich noch etwas aus der Cafeteria holte, war Heinzle auf dem schnellsten Weg in sein Büro gegangen, wo es kurze Zeit später hoch herging. Georg war aufgetaucht und Heinzle wand sich zwischen Entschuldigungen und Selbstmitleid.

»Weißt du was, Richard, ich habe das jetzt satt, du schaust, dass du sofort wieder fit bist, ganz egal, was du dafür schlucken musst. Wahrscheinlich hast du eh keine der Medikamente je genommen, die man dir verschrieben hat.«

Heinzle fühlte sich ertappt.

»Zweitens hab ich dich zur Supervision eingeteilt, so geht das nicht mehr weiter. Wenn wir dir nicht helfen können, dann muss das ein Psychologe machen, und komm mir nicht mit Senoner, der ist befangen.«

»Aber …« Heinzle kam nicht zu einer Antwort.

»Jetzt hör mir einmal zu, wir alle haben genug von deinem elenden Selbstmitleid. Ich will, dass du einmal in der Woche bei unserem Psychologen vorbeischaust, und wehe, du gehst nicht hin. Reiß dich zusammen, wir hängen da jetzt alle mit drin. Ja, Clara ist tot. Tragisch, aber das Leben hier auf der Direktion geht weiter, hast du mich verstanden? Du kannst uns nicht alle mit hinunterziehen. Wir brauchen dich als Polizisten und nicht als psychisches Wrack, für das wir alle sinnlos den Kopf hinhalten.« Georg strich sich müde übers Gesicht. »Kann sein, dass wir das alle nicht überleben, aber bis dahin geben wir unser Bestes. Ist das klar?« Er schaute Heinzle grimmig an. »Ob das klar ist?«

Heinzle murmelte etwas Unverständliches.

»Ich will ein lautes und deutliches Ja. Ich will mir sicher sein, dass es sich lohnt, für dich geradezustehen.« Heinzles Antwort wartete Georg nicht mehr ab, wütend warf er die Türe hinter sich zu.

Es war also noch sein Büro, nach allem war es noch seines.

In den nächsten Stunden lasen Sense und er alles, was sie an Informationen zu dem lila Winkel der Natters finden konnten. Lila, das war unter den Nazis die Farbe der sogenannten *Bibelforscher*. Gemeint waren die Zeugen Jehovas, die als einzige Glaubensgemeinschaft geschlossen gegen die Nazis waren. Sie wollten keinen Kriegsdienst leisten, sie wollten keine Bomben zusammenbauen, sie wollten nichts machen, was irgendwie zum Tod eines Mitmenschen hätte führen können, was wohl die konsequenteste Wehrdienstverweigerung war, die man sich vorstellen konnte. Heinzle grübelte länger über die schlichte Tatsache, dass eine damals noch sehr kleine Sekte ein stärkeres christliches Gewissen verspürt hatte als die große, mächtige katholische Kirche, die sich zum Bündnis mit Hitler hatte hinreißen lassen. Ebenfalls beeindruckend war der Widerstand, den sie leisteten und mit Blut bezahlten. Von den 25.000 sogenannten ernsten Bibelforschern wurden über 150 verurteilt und hingerichtet, weil sie sich geweigert hatten, den Dienst an der Waffe zu verrichten. Es gab aber auch geringere Vergehen, wie das Nicht-Verwenden des *Heil-Hitler*-Grußes, was zur Internierung führen konnte. Schon vor dem Krieg kostete es viele der Zeugen Jehovas ihre Freiheit, wenn sie sich weigerten, den deutschen Gruß zu verwenden, weil *Heil* nur von einem einzigen Heiland ausgehen konnte. Auch das Festhalten an den sogenannten Abendmahlfeiern trotz Versammlungsverboten führte zu Inhaftierungen und ganz allgemein waren sich die Historiker darüber einig, dass sich die Zeugen Jehovas auch nicht mit dem Führerprinzip anfreunden konnten. In ihrem Leben sollte es nur einen Führer geben, Jesus Christus. Es war bei der Verfolgung der Bibelforscher also nicht nur um Wehrkraftzersetzung gegangen, sondern um das Prinzip. Das Deutsche Reich konnte keinen zweiten Führer akzeptieren und sah in der zahlenmäßig verschwindend kleinen Gruppe eine offenbar ernsthafte Gefahr, die im Keim erstickt werden musste.

Heinzle schob Sense einen besonders beeindruckenden Artikel über einen Alois Moser aus Braunau in Oberösterreich, dem Geburtsort des Führers, auf die andere Seite des Schreibtischs. Moser war mehrmals die Entlassung aus dem Konzentrationslager Mauthausen angeboten worden, wenn er seinem Heiland abgeschworen hätte, was er bis zum Ende des Krieges und zur Befreiung durch die Amerikaner nicht getan hatte. Sense überflog den Artikel, fragte Heinzle nach der Durchwahl Brunners und griff zum Telefon.

»Burkhard, hier Senoner, hast du beim religiösen Hintergrund Irmgard Natters schon etwas herausfinden können? Nein? Okay, dann Vollgas damit bitte.« Sense legte auf und widmete sich wieder den Akten.

So würde das jetzt wohl immer ablaufen in der nächsten Zeit. Nicht mehr Heinzle gab die Anweisungen. Sense wusste, ohne darüber reden zu müssen, was Heinzle dachte, und warf ihm aufmunternde Blicke zu. Heinzle schwieg beleidigt, bis Sense aufstand und ihn leicht in die Seite boxte.

»Also, Richard, was machen wir als Nächstes?«

»Keine Ahnung, was du machst, ich führe jetzt einmal ein Telefonat.«

Den ganzen Nachmittag hatte sich Heinzle immer wieder die Frage gestellt, was sie wohl im Park der Nervenheilanstalt ohne ihn machten. Jetzt wählte er die Nummer Schwester Erikas. Sie hatte ihm bei seiner Entlassung einen Zettel mit einem kleinen Herzchen in die Hand gedrückt, man wisse ja nie, manchmal brauche man einfach jemanden zum Reden. Wie recht sie hatte.

Sense musterte ihn erstaunt, als Heinzle Erika begrüßte, das Telefon auf Lautsprecher schaltete und im Plauderton versuchte, ein Gespräch in Gang zu bringen.

»Schwester Erika, ich bin es, Richard. Ich wollte eigentlich nur nachfragen, wie es Herrn Ettenberger geht.«

»Das ist aber nett von dir.« Schwester Erika schien sich über Heinzles Anruf zu freuen und Sense verdrehte lächelnd die Augen.

»So weit, so gut«, antwortete sie, »er glaubt felsenfest daran, dass sein Sohn, das wärst dann ja wohl du, Kommissar, eingezogen wurde. Du Armer wirst derzeit gerade in Stalingrad eingekesselt.« Jetzt musste auch Heinzle grinsen, die Dame hatte Humor, so viel stand fest.

»Das tut mir aber leid für mich, ähm, ihn.«

»Nicht so schlimm, immerhin ist er selbst noch nicht ins Tirolische gebracht worden und hat meine Euthanasiebestrebungen bisher alle gut überstanden.«

»Du weißt also, dass er dich für eine heimtückische Giftmörderin hält?«

»Aber klar doch, das ist gar nicht mal so unangenehm, mit mir will er deswegen nicht so viel reden und geht mir aus dem Weg.«

Jetzt lachten sie beide und Sense schlug sich in gespielter Resignation die Hand vors Gesicht.

»Hatte er überhaupt einen Sohn?«

»Darf ich dir das überhaupt sagen, Kommissar?«

»Du musst nicht, aber du kannst, wenn du willst, hat ja nichts mit seiner Krankheitsgeschichte zu tun.«

»Ja, ich glaube schon, und wenn ich mich richtig erinnere, ist er schon lange tot.«

»Oh.« Jetzt waren Heinzle die dummen Witzeleien sehr unangenehm.

»Na, na, Herr Kommissar, nicht so schlimm, ist ja schon ein bisschen her.«

»Stimmt. Wie ernst kann man denn die Geschichten Ettenbergers nehmen?«

»Schwer zu sagen, ich habe immer das Gefühl, dass die alten Sachen, die er erzählt, nahe an der Realität sind, mit den neuen Dingen tut er sich ein bisschen schwerer. Du weißt ja, dass er in Pension ist, streitet er zum Beispiel ständig ab.«

»Wobei seine Pensionierung auch schon eine Zeit her ist«, meinte Heinzle und jetzt lachten sie wieder beide.

»Ja, aber die richtig alten Geschichten, die klingen für mich immer so aus dem Leben, so als ob es Dinge wären, die ihm wirklich passiert sind, die ihn geprägt haben und die er nicht wirklich vergessen kann.«

»Das Gefühl hatte ich auch, danke dir für deine Hilfe. Ich wünsche dir noch einen schönen Tag.«

»Danke, den wünsche ich dir auch! Hast du mal Zeit auf einen Kaffee?«

Heinzle schaltete den Lautsprecher aus und drehte sich von Sense weg, der ihm Kusshändchen zuwarf und grinste.

»Ich melde mich bei dir, es geht derzeit ziemlich rund bei uns im Büro. Mach's gut.«

Nachdem die Krankenschwester aufgelegt hatte, äffte Sense Heinzle nach. »Mach's gut, heiße Erika«, säuselte er grinsend.

»Du Kindskopf, du nervst echt.« Heinzle stand auf. »Da wir sowieso gerade feststecken mit allem, überprüfen wir jetzt eine Nazi-Geschichte, die ich von dem alten Mann in der Anstalt gehört habe.«

»Machen wir das für dich oder für den Fall?«

»Für beide. Unser Irrer bezieht sich auf diese Zeit und wir wissen nichts darüber, wie es damals zugegangen ist in Bregenz.«

Das Aussehen der Stadtarchivarin passte so gar nicht zu ihrem Namen. Frau Kleindinst war beinahe so groß wie Heinzle und schien sich sehr über Besuch in dem kleinen Archiv zu freuen. Lang und breit erklärte sie den beiden, dass man als normalsterblicher Bürger auf die Melderegister dieser Zeit keinen Zugriff habe, aber bei der Polizei sehe das natürlich etwas anders aus. In den Taufbüchern der Pfarre war kein Kind der Familie Lang aus den Kriegsjahren zu finden, die Familie sei aber stadtbekannt gewesen. Sowohl Bürgermeister Karl Lang, ein Nazi durch und durch, als auch seine Frau Rosina und Tochter Marlene waren jedem Bregenzer der damaligen Zeit ein Begriff.

»Und von einem im Krieg ermordeten Enkelkind ist da nirgends die Rede?«, fragte Heinzle.

»Nein, zumindest nicht in den Bregenzer Matrikeln und Akten. Ich habe diese Geschichte selbst aber schon mehrere Male gehört und einer meiner Kollegen ist auf die offenbar tragische Episode aufmerksam geworden, als er die Geschichte der Hohenemser Juden recherchiert hat.« Kleindinst kramte in ihren Unterlagen und reichte Heinzle eine Kopie. »Dort findet sich eine Familie Tänzer und dort ist auch der kleine Leon verzeichnet, allerdings nur mit Geburtsdatum, über den Tod des Babys erfahren wir in den Hohenemser Akten genauso wenig.«

»Was wissen wir über die Tänzers sonst noch?«

»Die Großeltern Esther und Moische stammten aus einer altehrwürdigen Familie, die schon über Jahrhunderte in Hohenems gelebt hatte. Sie hatten zwei Söhne. Simon und Gabriel, der offenbar ein Taugenichts war und vor seiner Deportation schon mehrmals im Gefängnis gesessen war wegen Körperverletzung, Unzucht und ein paar kleineren Delikten.«

»Was unter den Nazis ja nicht unbedingt aussagekräftig war, vielleicht wären wir damals auch mit dem Gesetz in Konflikt gekommen«, meinte Sense.

»Natürlich, es ist nur auffällig, weil er der einzige der Hohenemser Juden war, der auch außerhalb der jüdischen Archive aufscheint, halt eben nicht in bester Art und Weise.«

»Und der zweite Sohn?«, fragte Heinzle.

»Das war der, für den Sie sich interessieren, Simon Tänzer. Zur Zeit seiner Deportation 23, ehemaliger Student der Rechtswissenschaften in Innsbruck. Sein Bruder wurde in Auschwitz am 7. April 1943 ermordet, aber von ihm haben wir keinen Vermerk in den Todeslisten.«

»Und vom Rest der Familie haben wir ein Todesdatum?«

»Ja. Die Eltern wurden gleich bei ihrem Eintreffen im Lager ins Gas geschickt.«

»Und Simons Tod ist nicht vermerkt?«

»Der scheint zwar bei den Deportationsbefehlen auf, ist aber offenbar nie in einem der Lager angekommen.«

»Kann es sein, dass er fliehen konnte und irgendwo auf der Welt weitergelebt hat?«

»Sicher, wir kennen solche Geschichten. Wenn er es geschafft hat und seinen Namen behalten hat, ist die Wahrscheinlichkeit sogar ziemlich groß, dass Sie seinen Lebensweg nachvollziehen können.«

»Wie denn das?«

»Die Amerikaner sind passionierte Hobbyhistoriker und lieben die Ahnenforschung, vor allem die jüdische. Es gibt länderübergreifende Netzwerke und Familienstammbäume, von denen können wir hierzulande nur träumen.«

»Würde mich auch sehr interessieren, wenn der Großteil meiner Verwandtschaft umgebracht worden wäre«, meinte Sense.

»Genau darum geht es den Familien, so können Angehörige gefunden werden, auch wenn sie noch so entfernt verwandt sind.«

»Und der Haken daran?« Heinzle hatte das Gefühl, dass die Archivarin nicht ganz so optimistisch zu sein schien, wie sie klang.

»Die Suche ist sehr zeitaufwendig, aber die Familienstammbäume sind schon in vielen Fällen digitalisiert und öffentlich zugänglich. Das heißt, wenn Sie jemanden ein paar Tage dahinterklemmen können und Simon Tänzer seinen Namen nicht geändert hat, dann bin ich mir ziemlich sicher, dass Sie eine Spur von ihm finden.«

»Klingt gut.«

»Wenn ich mir eine Frage erlauben darf, Herr Kommissar, warum interessiert Sie denn die Familiengeschichte der Tänzers so? Hängt das mit Ihrem aktuellen Fall zusammen, der Bestie vom Bodensee?«

»Nein«, meinte Heinzle ärgerlich, »nicht wirklich, wie kommen Sie denn darauf?«

»Vielleicht, weil die Polizei noch nie bei mir im Archiv war in den letzten zwanzig Jahren?«

»Nein, da liegen Sie vollkommen falsch, wir wollen nur ein Gefühl für die Zeit bekommen.«

»Lustig«, die Archivarin grinste die beiden augenzwinkernd an, »genau die gleiche Ausrede hatte Dr. Blum, als er bei mir im Archiv war.«

»Der Arzt?«

»Genau der.«

»Warum war der denn da?«, fragte Heinzle.

»Weil Marlene Lang seine Mutter und die Geliebte von Simon Tänzer war.«

»Da schau her. Wann war er denn da?«

»Das war schon ein Weilchen her, ich würde sagen, so vor eineinhalb Jahren?«

»Und dann können Sie sich noch genau daran erinnern, was er zu Ihnen gesagt hat?«

»Aufs Wort genau. Das könnte daran liegen, dass zwischen Ihnen und dem Herrn Doktor außer mir nur die Putzfrauen im Archiv waren.« Wieder lachte die Archivarin ansteckend. »Er wollte aber unbedingt noch die Fotografien mitnehmen.«

»Und haben Sie ihm die Bilder gegeben?«

»Natürlich nicht, offiziell sind sie Eigentum der Stadt Bregenz, wir müssen rechtlich erst abklären, ob wir sie einfach so in Privatbesitz zurückgeben können.«

»Dann fangen wir doch auch mit diesen Fotografien an«, meinte Sense und lehnte sich neugierig über die große Kiste, die Frau Kleindinst auf den Tisch vor ihnen gestellt hatte.

Ein Gefühl für die Zeit bekamen Sense und er in den nächsten zwanzig Minuten definitiv, und zwar ein ganz mieses. Kleindinst zeigte ihnen die alten Aufnahmen der Langs und auch die anderer Familien sowie die Akten der Gestapo. Die wenigen jüdischen Bürger von Bregenz waren am helllichten Tag abgeholt worden, kleine Randgeschichten blieben Heinzle dabei besonders in Erinnerung. Dort, wo nach dem »Anschluss« Österreichs an das Deutsche Reich eine jüdische Familie gewohnt hatte, quartierte sich just die kleine Abordnung der hiesigen Gestapo ein. Der neue Wohnungsbesitzer ließ gleich am ersten Tag sämtliche Türschnallen und Fenstergriffe austauschen, weil er nicht unmittelbar dort hingreifen wollte, wo »das Judenpack« über Jahre hingegriffen hatte. Der Ekel ging natürlich nicht so weit, auf die Firma, die Wohnung, sämtliche Antiquitäten und Wertgegenstände der ehemaligen Besitzer zu verzichten. Das war schlicht und einfach eine geschäftliche Angelegenheit und hatte nichts mit Ideologien zu tun. Heinzle konnte es nicht fassen, wie schnell sich Bregenz damals verwandelt hatte.

In Kleindinsts Erzählungen war über Nacht der Terror eingezogen vor mehr als achtzig Jahren und das, was ihnen heute unvorstellbar erschien, war von vielen Bregenzern schon sehnlichst erwartet worden. Die Sicherheitskräfte wurden überflutet von einer ganzen Welle an Denunziationen. Vater gegen Sohn, Neffe gegen Tante, Nachbar gegen Freund, Ministrant gegen Pfarrer, Mitarbeiter gegen Chef, Schüler gegen Lehrer. Man war nirgends mehr sicher und schon die kleinste Bemerkung brachte einen in Teufels Küche. Ein Gespräch über ein möglichst baldiges Kriegsende endete für eine Bregenzerin unter dem Schafott in Wien. Das Hören eines Feindsenders, seit Jahren Realität für die grenznahen Vorarlberger Bauern, die sich auf die Schweizer Wettervorhersagen verlassen konnten, war plötzlich Hochverrat. Harmlose, über 80-jährige Hausfrauen, die Kartoffelschalen nicht weit genug vom Zaun des benachbarten Gefangenenlagers für Russen entsorgt hatten, wurden zigmal zum Gestapo-Verhör abgeholt. Kleinen Mädchen, die bei der Kleidersammelstelle ihre alten Schuhe abgegeben hatten und lieber rote als graue Schuhe eingetauscht hätten, wurde als undankbaren Gören mit dem KZ gedroht. Heinzle konnte es nicht fassen, doch über Nacht hatte sich die dünne demokratisch zivilisierte Schicht der Gesellschaft offenbar in nichts aufgelöst.

Als sie das kleine Archiv verließen, war Heinzle wieder einmal hundeelend zumute. Gut, sie waren hier mitten im Paradies noch nicht so weit und Wirtschaftskrisen wie damals hatten sie auch keine, aber was war morgen? In den letzten Monaten hatte sich das gesellschaftliche Klima deutlich verschlechtert. Wie lange konnten sie noch das Paradies bleiben, wohin alle wollten? Weil am liebsten die ganze Welt hier leben würde, mussten Türken rote Kreuze in ihren Schlafzimmern überpinseln, ihre Frauen suchen und in Angst leben. Österreicher verbarrikadierten sich in Pseudobunkern, durften nicht sagen, was sie meinten, und ihre Bücher wurden abgefackelt. Wie lange, fragte sich Heinzle, würde es wohl hier dauern, bis alle die harte Hand wollten? Den starken Führer, den Serkan, sein Dönerverkäufer, und Kleiner, der *B&H*-Chef, sich schon lange für Österreich wünschten?

»Sense, was glaubst du, wie schnell sind wir hirngewaschen genug, um so etwas wieder passieren zu lassen?«

»Komisch, genau dasselbe ist mir gerade auch durch den Kopf gegangen, aber ich bin optimistisch. Wir hatten jetzt drei Generationen Frieden in Mitteleuropa. Wir wissen, was wir haben.«

Hoffentlich, dachte Heinzle, die Romafrau mit dem Rotznasenkind hatte definitiv weniger von allem.

10

Gefährten brauche ich lebendige – nicht tote Gefährten und Leichname, die ich mit mir trage, wohin ich will, sondern lebendige Gefährten brauche ich, die mir folgen dorthin, wo ich will.

Friedrich Nietzsche

Dick, schwarz und zähflüssig bahnte sich die Enttäuschung einen Weg durch Blums Gehirnwindungen und traf auf gekränkte Nervenenden, wo Wutblitze zuckten und seinen Zorn anfeuerten. Blum atmete gegen die Macht seines Temporallappens an, als er den Alarm wieder auf stumm schaltete. Doch was half simples Ruhig-bleiben-Wollen schon gegen uralte archaische Gefühle, gegen ein System, das seit Millionen von Jahren von der Evolution erprobt worden war und sich würdig erwiesen hatte? Seine Amygdala, der Kern seiner Emotionen, ließ sich nicht mit New-Age-Kram besänftigen, ordnete sich nicht unter. In Zeiten der Aufregung übernahm sie rücksichtslos. Sie wollte wütend sein und er musste mitziehen. Genau hier loderte Blums Leidenschaft. Und genau von hier aus züngelte sich die Empörung über die Meuterei durch seinen angespannten Körper, elektrisierte seine Glieder und kreischte in seinem Kopf nur ein einziges Wort: Bestrafung!

Die Türkin war widerspenstiger, als er erwartet hatte. Gerade als Blum alles vorbereitet hatte zum Abholen des neuen Schmetterlings, gerade als er mitten im Wohnzimmer der anbetungswürdigen Leonie gestanden hatte und sie einkassieren wollte, war der Alarm losgegangen. Hatte ihm angezeigt, was sich im Bunker abspielte. Die Türkin hatte es doch tatsächlich gewagt, gegen die eine allerwichtigste Regel unter der Erde zu verstoßen, sie war zu laut gewesen.

Das erforderte Handeln, sofortiges Handeln. Nicht auszudenken, wenn der alte Gunz vom Nachbarschrebergarten gerade heute seine Äpfel erntete, oder sich wieder Jugendliche in seinen Schrebergarten verirrt hatten, oder, oder, oder.

Schnell hatte er die benommene Leonie geknebelt und gefesselt, ihr Smartphone eingesteckt und die Türe mit seinem

Schlüssel abgesperrt. Er kannte ihren Tagesablauf in- und auswendig, heute stand nichts mehr auf dem Programm und die Betäubung würde noch stundenlang anhalten. Einen Freund hatte die karibische Schönheit nicht, die Mutter war diese Woche schon besucht worden, der gestrige Mädels-Abend war kurz ausgefallen. Allen Damen saß der Schreck mit ihrer Freundin Neci noch ordentlich im Nacken und heute Abend standen Badewanne und Netflix auf dem Programm.

Die Weiber waren alle so berechenbar.

Er gab Vollgas, nachdem er eines seiner Tarnautos in der sicheren Garage abgestellt hatte und in sein Cabrio gewechselt war. Langsam! Blum zügelte sich, er musste aufpassen, dass er sich an das Geschwindigkeitslimit hielt, denn heute war er aufgeregter als sonst, heute war er in der äußersten Randzone seiner Selbstbeherrschung unterwegs und so wollte er der Polizei sicher nicht begegnen, falls die Verkehrskontrollen machten.

Ruhig, ruhig. Wer sich beeilt, macht Fehler. Hoffentlich war es nicht ein riesiger Fehler, Leonie in ihrer Wohnung zurückzulassen, aber was hätte er machen sollen? Er hätte sie nicht so schnell in den Bunker bekommen, dort, wo gerade nichts so lief, wie er es gewohnt war. Er wollte Leonie einen standesgemäßen, ruhigen, geordneten Einzug in sein Reich schenken, wenn sie erwachte, und ihr nicht schon am ersten Tag Möglichkeiten offerieren, wie es ganz bestimmt nicht laufen sollte in seinem unterirdischen Reich.

Leonie, ach, Leonie. Blums Mund wurde wässrig und er spürte, wie sich seine Männlichkeit in der knappen Jeans rührte. Leonie war alles, was er sich immer erträumt hatte, so schön unterwürfig, und ihre letzten Blicke, die sie ihm in ihrer Wohnung geschenkt hatte, waren intensiver, als er sich erwartet hätte. Gut, vielleicht noch nicht die Leidenschaft, die Blum gerne an den Weibern hatte, aber zumindest intensiv genug, um seine Fantasie anzuregen.

Ja, genau, denk nicht an die Türkin, Blum, die wird dich gleich kennenlernen, denk an die kleine, zierliche Leonie, die noch nie einen Mann zwischen ihren Schenkeln hatte. Was sie sich wohl gedacht hatte, die Kleine, als er sie vorhin in ihrer Wohnung überrascht hatte? Wie einen Film ließ Blum die prickelnden Augenblicke des Erkennens vor seinem inneren Auge Revue passieren, oh ja, das waren die Augenblicke, für die er lebte, die ihn reizten und verrückt machten wie nichts auf dieser Welt, die ihn wirklich leben ließen. Wie verstörend mussten diese Augenblicke für sie gewesen sein, und sicher hatte sie gewusst, dass ihre Begegnung nicht gut für sie ausgehen konnte. Blum gönnte sich trotz der Anspannung in seinem Körper ein verschmitztes Lächeln, leicht übertrieben, deine Fantasie, von wo sollte denn die Kleine wissen, was ihr blühte vom harmlosen Schlüsseldienst-Mann?

Haha, es war zu gut, um wahr zu sein, so gut.

Doch die wunderbaren Leonie-Augenblicke verflogen so schnell, wie sie gekommen waren, der Alarm schlug an. Wieder musste die Türkin unter der Erde zu laut gewesen sein. Hatte er sie nicht eindringlich genug davor gewarnt und ihr mit dem Tod ihrer kleinen Tochter gedroht? Man müsste doch meinen, dass eine Mutter genug an ihrem Kind hinge, um es nicht zu gefährden.

Kaum dass Blum beim kleinen Schrebergartenhäuschen angekommen war, riss er die Türe auf, versperrte sie trotz der Eile sorgfältig hinter sich und stürmte zu seinem Laptop. Im Schnelldurchlauf spulte er zurück und wieder vor. Zuerst hatte sie minutenlang islamistischen Mist gemurmelt, dann hatte sie ihren kleinen, drahtigen Körper trainiert, ein vollkommen sinnloses Ansinnen, das zu nichts und wieder nichts führen würde, und dann, dann war sie auch noch so dreist, den anderen Falter zur Verweigerung seiner Gebote anzustecken.

Bestrafung!

Dachte sie vielleicht, dass er, der Herr von hier unten, nicht absolut herrschte über alles, was von oben kam?

Bestrafung!

Er hatte alles gesehen mit seinen Infrarotaugen, den Restlichtverstärkern und den Wärmebildkameras. Alles. Und sie, sie sah nichts. Absolut nichts.

Als er jetzt den Tisch auf die Seite schob, den alten Teppich aufrollte und die Dielen des kleinen Schrebergartenhäuschens aus ihrer Verankerung klickte, hatte er sich zumindest etwas mehr in den Griff bekommen. Es war immer so gewesen, wenn er Leistung bringen musste, standen alle seine Blum-Varianten Gewehr bei Fuß. Der Herr Doktor, der Spanner, der Gekränkte, der Wütende und ganz besonders der Ängstliche. Nicht, dass er schizophren gewesen wäre, nein, aber Blum ließ meistens alle Gefühlsregungen zu und jede einzelne war per se ein bewundernswerter Blum, alle bis auf den Ängstlichen. Aber auch den Verzweifelten verstand er. Alle zusammen waren perfekt und ergänzten sich zu einem Meisterwerk.

Ja, musste er sich heftig atmend eingestehen, als er an dem versteckten Ring unter den Wasserrohren zog, er war ein eitler Gockel mit einem ordentlichen Hauch von Allmächtigkeit, und das war befriedigender als alles andere, das Sahnehäubchen des Herrschens. Die kleine Luke schwang zurück und Blum quetschte sich durch die winzige Öffnung ins Dunkle hinab, ins Reich seiner Falter.

Hier unten war es kalt und feucht. Der schwarz gestrichene Beton verschluckte das bisschen Licht, das von oben noch herabschien, Blum schloss die Öffnung zum normalen Leben mit einem kräftigen Ruck und sicherte den Ausgang mit dem digitalen Zahlenschloss. Auch wenn es einer seiner Falter einmal bis hierher schaffen sollte, spätestens hier am Ausgang der Unterwelt war Schluss mit jedem Gedanken an Flucht. Flucht, dass er nicht lachte, vor ihm floh man nicht. Hier blieb man nicht nur kurz, hier unten lebte man, bis man verstanden hatte. Und wenn man nicht verstehen wollte, dann verließ man seinen Keller auf andere Art. Blum setzte sich langsam auf den Boden, dort wo er immer saß, bevor es nach ganz unten ging.

Er musste den Faltern Zeit geben, ihre Ängste zu entwickeln, und die Türkin sollte sich zu Tode fürchten, sie hatte gehört, dass er hier war, jetzt sollte sie warten. Blum selbst wollte ebenso zur Ruhe kommen. Alles war heute schiefgelaufen, jetzt musste er sich noch genauer an seine Routine halten. Blum stellte den Timer an seiner Armbanduhr auf 15 Minuten und lehnte sich mit dem Rücken an den kalten Beton. Wenn Neci noch lange mit dem Feuer spielte, würde sie ihn verlassen müssen, und zwar auf die gleiche Art, wie Irmgard gegangen war. Wobei *gehen* nicht die richtige Formulierung war, Blum gluckste in der Dunkelheit. *Fluchtversuch*, das klang deutlich netter, als es Irmgard widerfahren war, und irgendwie musste er zugeben, dass es vielleicht doch etwas mit Flucht zu tun hatte. *Verflüchtigen* erinnerte zumindest verbal an Flucht, und sich verflüchtigen, das war genau das, was die schöne Irmgard getan hatte, nachdem sie so gar nicht hören und auch nicht fühlen wollte. Drei Tage hatte er sie in den Stehbunker gestellt, eine perfide Erfindung der Nazis, die eigentlich auch die Hartgesottensten weichklopfte. Irmgard nicht. Irmgard hatte geglaubt, auch noch, als ihre Körperflüssigkeiten stinkend durch den Türspalt rannen. Gegen Glauben kam man nur sehr schwer an, erst recht nicht mit Angst. Sie hatte sich blutig geglaubt und gestanden, ganz besonders an den Knien, am Rücken und an den Ellenbogen. Ihre Stirn, mit der sie sich durch stundenlanges Anlehnen Erleichterung für ihren Rücken und ihre Beine erhoffte, war blau geschwollen und aufgeschunden, als er sie am dritten Tag bewusstlos aus ihrem Verlies gezogen hatte. Der 50 x 50 cm große Grundriss hatte sich zu einer Kloake verwandelt. In den Stunden nach dem Stehbunker war sie kaum mehr in der Lage gewesen, ihre Glieder zu bewegen, doch alles, was sich hinter der grotesk angeschwollenen blauen Stirn abspielte, war unerreichbar für ihn geblieben. Sie hatte seine Frage gehört, seine Frage danach, wer ihr Gebieter sei. Gehört hatte sie, aber nicht geantwortet.

Wenn man es genau nahm, und Blum nahm es immer ganz genau, dann hatte sie geantwortet, ganz ohne Worte. Ihre Augen hatten die Antwort gegeben, zu der ihre Zunge nicht mehr fähig war, weil sie am trockenen Gaumen festklebte. Sie hatte ihn angesehen und ihre Augen hatten eine Sprache gesprochen, die Blum nur zu gut kannte, sie hatten hoffnungsvoll gewirkt, ihre Augen. So unbeirrbar und hoffnungsvoll. Leider war es nicht die Hoffnung auf sein Erbarmen. Und dann, dann hatte er vor den Augen des anderen Falters einen Schlussstrich gezogen. Hm, nein, was ein einziger Buchstabe doch ausmachen konnte, es war eher ein Schluss-Stich. Schnell und ohne den Moment wirklich auskosten zu können. Denn auch er musste sich an seinen Bunker-Kodex halten, man durfte hier unten keinen Widerstand dulden, den finalen schon gar nicht. Während die dünne, lange Feile aus dem Werkzeugkoffer ihren Weg zwischen ihre Rippen fand, hatte er ihr in ihre schönen grünen Augen geschaut. Und sie, sie hing schlaff an ihm und hatte nur kurz gezuckt, dieses dreckige Weibsbild, das ein Leben lang auf den Falschen gesetzt hatte, diesen beschissenen Gott irgendwo hoch über ihnen, der ihr nicht geholfen hatte. Den imaginären Heiland auf einer verlogenen blütenweißen Wolke, eingewickelt in blaue und weiße Tunten-Bettlaken und geschmückt mit einem bescheuerten schwulen Heiligenschein. Gott stand im Mittelpunkt von Irmgards Leben, der Gott, dessen Ritualen auch er verfallen war, als Relikt seiner traurigen Kindheit. Doch er glaubte schon lange nicht mehr, Irmgard hingegen war eine wahre Gläubige. Sie hatte ihr ganzes Leben geglaubt und sie glaubte bis zu ihrem allerletzten Atemzug.

Das war ein offener Frevel und undenkbar hier unten in Blums Welt. Hier regierte er absolutistisch und gnadenlos. Wer nicht will, hat schon gehabt. Ganz einfach. Und deswegen, ja, genau deswegen hatte sich die sture Irmgard verflüchtigt. Ihre unreine und unwerte DNA hatte sich aufgelöst in seinem kleinen Krematorium und war genau dorthin geschwebt, wo sie immer schon hinwollte, hinauf, ganz hinauf. Mitten hinein in den blauen Himmel, zwischen die weißen Haufenwölkchen. Jetzt war sie im Paradies mit Haut und Haaren und mit ihren hunderten Knorpeln und Knochen. Wobei das mit den Knochen so eine Sache war. Die waren eher ganz unten als ganz oben.

Wieder kicherte Blum leise vor sich hin. Bevor sie in ihr Paradies geflogen war, musste Irmgard noch durch sein Fegefeuer und das Prunkstück seines Reiches, durch die Mühle. Lästig, unheimlich lästig waren ihm die unverwüstlichen Knochen bis dahin gewesen, aber noch lange nicht so lästig wie Implantate oder der Super-GAU in seiner Entsorgungskette, künstliche Gelenke. Die fromme Irmgard war seine dritte Einäscherung, er hatte alles zum Thema gelesen und ein bisschen herumexperimentiert mit Hunden und Katzen und schließlich mit Frauen, die niemand vermisste. In der lästigen Versuchsphase hatte er die großen Knochen noch von Hand zertrümmern müssen und der grobkörnige Knochen-Split hatte ihm beinahe den Spaß verdorben. Doch dann hatte er die Mühle erstanden. Irgendwo im Darknet hatte er sie gefunden. In Einzelteilen und als Häcksler getarnt war sie für seinen Garten in Bregenz geliefert worden, bevor er sie in Etappen zu ihrem wahren Bestimmungsort transportiert hatte. Und die Tarnung war gar nicht einmal so falsch gewesen, hier unten gab es schließlich auch etwas zu häckseln.

Nach herausfordernden Wochen des Zusammenbaus tat die Mühle dann endlich, für was sie erfunden worden war, Knochen schreddern und mahlen. Mit einem feinen Sieb hatte Blum nach einer Grobsortierung auch die kleinsten Teile ausgesondert und der übrig gebliebene Staub war einfach wunderbar. Er vermischte ihn mit der Pflanzenerde und dem selbst hergestellten Kompost. Irmgard war in seinen Gemüsebeeten und unter der Rosenhecke gelandet. In seinem und in den Gärten der Nachbarn. Nicht nur ganz oben im Himmel, sondern auch ganz unten bei den Würmern hatte er den Rest ihres Körpers wieder in den Kreislauf von Leben und Sterben gemixt. Wohldosiert und in einer perfekten Kombination aus Mineralstoffen, Abfallprodukten und organischem Biodünger. Irmgard sorgte wie die zwei Mädchen des tschechischen Straßenstrichs vor ihr für prächtige Blüten und starke Pflanzen. Wirkungsvoll und so was von nachhaltig. Sein geschlossener Kreislauf klappte perfekt. Und war es nicht bittersüß, dass gerade er die Kriegsmethoden seiner Blutsfeinde hier und jetzt im Kleinen perfektionierte? Sein Blut mochte unrein sein, aber sein Geist war gesund, deutsch und stählern. Hier in einem Land, wo früher schon eingeäschert worden war, hatte er jetzt, viele Jahrzehnte später, die Methode noch einmal verfeinert.

Frei nach Paul Celan schaufelte er ein Grab in den Lüften, aber auch eines, wo man enger lag, tief unten zwischen den Maden, er war eben besser. Er war Herr über Lüfte und Kompost. Hier unten galten seine Regeln und diese galt es zu befolgen.

Er schaute auf den Timer seines Handys, noch 7 Minuten der Ruhe musste er durchhalten, er wollte unten bei seinen Schmetterlingen nicht erscheinen wie ein wildes Häufchen Elend, schwitzend, außer Atem und wütend. Ein Herr musste erhaben sein, er gab den Ton an und er liebte es, wenn er dabei eiskalt schien. Sein Feuer sollte lodern, aber sie sollten davon nichts mitbekommen, man durfte den Weibern keinen kleinen Finger geben, diesen undankbaren, fordernden und jammernden Faltern, die immer nur dasselbe wollten, raus aus seinem Reich. Sie sollten von ihm abhängig sein und nicht umgekehrt.

Der Lichtschein des Handydisplays erleuchtete kurz das vor seinen Blicken hinter den Wasserrohren versteckte kleine Päckchen.

Gott, nein, nicht das auch noch, das würde sich nie ausgehen mit den sieben Minuten Ruhe, nein, jetzt waren es bestimmt nur noch sechs. Er kniff in der Dunkelheit die Augen zu, so fest er konnte, umschlang seine Knie mit den Armen und begann, seine Stirn immer fester auf seine Kniescheiben fallen zu lassen. Nein, heute würde er es nicht aufmachen, heute nicht. Nein.

Doch das vermaledeite Päckchen zog ihn magisch an wie ein Magnet, er konnte den Kopf nicht einmal mehr wegdrehen und obwohl er es nicht sehen konnte, spürte er es. Mit jedem Schlag seines Herzens schien es ihm zuzuflüstern.

Ich bin da, ich werde immer da sein, egal was du mit mir anstellst. Du kannst mich in deine Mühle werfen, mich in deinem Krematorium verbrennen und ich werde trotzdem immer da sein an deiner Seite, bei dir, in dir mit jedem Atemzug.

Blum sprang wütend auf, biss sich in die Zunge, bis sie blutete, um nicht schreien zu müssen, riss das in Nylon verpackte kleine Paket zwischen den Rohren heraus, warf es auf den Boden und trampelte so lange darauf herum, bis er vollkommen außer Atem war.

Heute war kein Nein-Tag, heute schien einfach alles aus dem Ruder zu laufen, nichts lief nach Plan, und wenn Blum eines hasste, dann waren es Abweichungen von seiner Routine. Sein Leben hatte in sicheren Bahnen zu verlaufen, sein Tag war getaktet, Ausnahmen gab es nicht. Es gab sie nicht.

Doch, flüsterte, das zerschlissene Nylon unter seinen Füßen und das Echo dieses einen nie gesagten Wortes fiel über sein letztes Restchen Selbstbeherrschung her wie eine Hyäne. Blum brach weinend zusammen. Mit zitternden Händen nestelte er an der Verpackung herum und brauchte bis zum

Ablaufen des Timers, dann lag der Brief vor ihm auf dem Boden. Das Licht seiner Handytaschenlampe beleuchtete ihn gnadenlos. Dieser beschissene Brief.

Er kannte jedes Wort seines Inhalts auswendig, seine Zeilen verfolgten ihn bis in seine Träume, auch der Meister konnte gegen diese eine Wahrheit wenig ausrichten. Und doch zwang ihn irgendein masochistischer Teil seines Ichs dazu, diese Zeilen zu lesen, immer und immer wieder.

Verächtlich warf er den Briefumschlag mit den goldig geprägten Initialen einer angesehenen New Yorker Rechtsanwaltskanzlei in den Staub seines Bunkers, natürlich waren es Juden. Er faltete das teure blütenweiße Büttenpapier vorsichtig auseinander, setzte sich wieder und legte sich den Brief auf die Knie. Die handgeschriebenen schwarzen Buchstaben tanzten im hellen Lichtkegel wild herum und erst, als er tief ausatmete und seinen Blick fokussierte, waren die Worte bereit, ihn, den Herrn, aufs Neue in den Untermenschendreck zu werfen.

Sohn,

ich möchte mir ein »Lieber« ersparen, ich habe dich nie geliebt.

Wenn du diese Zeilen liest, bin ich nicht mehr. Ich hoffe darauf, dass ich vereint bin mit jenen, die ich über den Tod hinaus liebte. Vielleicht ist mir im Paradies vergönnt, was mir das Leben verwehrte, ein Wiedersehen mit meiner in Auschwitz ermordeten Familie und meinem in Bregenz ermordeten Kind, das dein Bruder war.

Falls ich für mein Verbrechen, deine Mutter geschändet zu haben, in der Hölle darbe, sollst du eines wissen. Es war alle Qualen wert. Es war es wert, sie leiden zu sehen. Sie musste büßen dafür, dass sie meinem Kind keine Mutter war, dafür, dass dein Bruder ermordet wurde. Dafür, dass Marlene ein schönes Leben geführt hat mit dem strammen Leutnant, und dafür, dass die Mörderin wieder glücklich war.

Falls du zweifeln solltest, habe ich dir eine meiner Haarlocken in dieses Schreiben gelegt. Zudem habe ich mir sagen lassen, dass du mir über die Maßen ähnlich siehst.

Ich habe bis zu meinem letzten Atemzug damit gehadert, dass das Schicksal mir den kleinen, in Liebe gezeugten Leon genommen hat und dich, ein Kind des Hasses, leben ließ.

Dein Vater war kein Held der deutschen Wehrmacht, dein Vater war ich.

Simon Tänzer

Tränen der Wut, Enttäuschung und des Hasses liefen Blum über die Wangen, er zitterte am ganzen Körper. Nur mühsam konnte er sich beherrschen, das Schreien unterdrücken, den Brief wieder in das Kuvert stecken und mit dem Nylon umwickeln. Wahrscheinlich hatte es niemand auf der Welt außer ihm geschafft, gleich von zwei Vätern verachtet zu werden. Der falsche, angebetete Vater hatte ihn windelweich geprügelt und in ihm wahrscheinlich genau das gesehen, was Blum in seinem richtigen Vater sah, einen gottelendigen Juden. Und als ob dieses Schicksal nicht schon schwer genug zu ertragen gewesen wäre, hatte der Unwerte, der im Lager hätte verrecken sollen, ihn auch noch aus dem Grab heraus verhöhnt. *Ich habe dich nie geliebt.*

Zwischen Blums zusammengebissenen Zähnen ergoss sich ein Schwall wütender Beschimpfungen und Speicheltropfen auf das Päckchen. Wie konnte es dieses Stück Dreck wagen, ihn so zu demütigen! Ruckartig stand er auf, öffnete seinen Hosenschlitz und urinierte auf den Brief, auf den falschen Vater und auf den richtigen, auf sein vergangenes Leben, auf seine Gene und auf alle, die ihn nicht liebten.

Pass auf, Blum, verlier nicht die Kontrolle, ermahnte er sich selbst, nachdem er fertig war, doch die Wut durchströmte jede Ader seines Körpers. Sie schien sich schneller auszubreiten, als seine Gedanken der Chemie seines Körpers folgen konnten. Der Kopf hinkte dem Herz hinterher, das ihm immer schon den richtigen Weg gewiesen hatte, und zum ersten Mal sah der Bunker sein wahres Ich. Verzweifelt, einsam, verlassen und nur noch auf blutige Rache programmiert.

»Türkin!«, brüllte er nach unten, als er sich der Leiter entlang in die Finsternis hangelte. Seine Spucke benetzte die einzelnen Sprossen und er schwitzte so stark, dass er Mühe hatte, sich mit seinen feuchten, heißen Händen festzuhalten.

»Tüüüürkin!«, brüllte er so laut, dass ihm der Hals wehtat, was ihn nur noch wütender machte. Nicht er hatte hier zu leiden. Die kleine Hure war es, die gleich leiden musste. Noch einmal würde er es nicht dulden, dass ihm in seinem Zufluchtsort irgendjemand widersprach, das hier war sein Reich. Seines! Hier hatte man zu lieben, um zu leben.

11

»Also, Richard, ich weiß nicht, wie es dir geht, aber ich habe einen Bärenhunger und so wie du ausschaust, könntest du auch einen Bissen vertragen.«

»Weiß nicht, Sense, mir schlagen die ganzen Geschichten auf den Magen und ich bin nicht so optimistisch wie du.«

»Was meinst du?«

»Ja, schau dir doch an, wie es bei uns zugeht mit den Rechten und den Linken, den verrückten Antifa-Typen, die einem ins Auto kicken, und den Radikalen, allen voran dem Kleiner. Wer weiß, was da noch alles auf uns zukommt.«

»Das sind die Extremen und dazwischen gibt es Millionen von normalen Leuten wie mich und dich. Du hast eindeutig Unterzucker, wir gehen uns jetzt im Sinne der Völkerverständigung einen saftigen Döner holen.«

»Schön wär's, wenn das so einfach ginge«, meinte Heinzle und schlug den Weg zu Serkans Dönerladen ein.

Als sie im *City Kebab* in der Warteschlange standen und Heinzle Serkan zuwinkte, war es in dem kleinen Lokal plötzlich totenstill geworden. Feindselig wurden Sense und der Kommissar, den man in Bregenz kannte, gemustert, einer der Männer stand von seinem Tisch auf, spuckte vor Heinzle auf den Boden und verließ den kleinen Laden. Die restlichen Gäste wussten nicht so recht, was sie machen sollten, bis Serkan Heinzle einladend zu sich winkte. »Kommissar, welche Ehre, Döner extra scharf mit viel Sauce wie immer?«

»Danke, zweimal bitte, aber ich weiß nicht, ob ich dir damit einen Gefallen tue«, meinte Heinzle, als er an der Theke stand. Er schaute sich um, die Gespräche an den Tischen kamen langsam wieder in Gang.

»Das hier ist mein Laden, hier verkaufe, ich wem ich will, mein Döner. Und du willst, oder?«

»Ja, sicher wollen wir«, meldete sich Sense.

Heinzle stellte Sense vor und Serkan begleitete sie zu einem schon besetzten Tisch und wies Heinzle an, wie er mit den restlichen Gästen umgehen sollte.

»Also, Kommissar, das ist deine Chance, sprich mit ihnen, erzähl was zu Neci, frag sie, was dich interessiert, aber lass Erdoğan aus dem Spiel.« Serkan stellte die Döner und die Bestellungen der beiden Türken, die schon saßen, auf den Tisch.

»Ersan und Imre, meine Freunde, das sind Kommissar Heinzle und seine Kollege Senoner aus Wien. Ihr könnt sie jetzt alles fragen, was euch so am Herzen liegt, und euch auch ein bisschen beschweren. *Afieyet olsun* für die Türken, Mahlzeit für den Rest.«

Die zwei Männer starrten Heinzle und Sense an und schienen alles andere als begeistert zu sein. Wie immer war es Sense, der die Stimmung etwas auflockerte.

»Ehrlich, ich weiß nicht, wie man so viele gefüllte Weinblätter essen kann, ich liebe sie, aber ich bekomme immer Blähungen davon.«

Heinzle verschluckte sich fast an seinem ersten Bissen und einer der Türken konnte sich ein Grinsen nicht verkneifen.

»Alter, deine Witze sind scheiße.«

»Sagen meine Ex-Freundinnen auch.«

»Seid ihr die Polizisten, die Neci suchen?«

»Ganz genau, Senoner und Heinzle, angenehm.«

»Angenehm?«, fragte einer der beiden Türken und Serkan half nach, als er die Getränke auf den Tisch stellte. »Das bedeutet so viel wie *memnun oldum*.«

»Ihr seid also nicht ganz zufrieden mit unserer Arbeit«, versuchte Heinzle, das Gespräch in Gang zu bringen.

»Arbeitet ihr überhaupt?«

»Wenn wir nicht gerade in einer Dönerbude sind, schon.«

»Warum geht ihr nicht Schnitzel essen?«, meinte der Zweite der beiden ein bisschen weniger freundlich.

»Weil Türken Fast Food besser können«, übernahm Sense wieder das Gespräch.

Sie saßen eine ganze Stunde in der Dönerbude und schlussendlich hatten sich immer mehr der Gäste zu ihnen gesetzt und erzählten Geschichten aus ihrem Alltag. Heinzle war hin- und hergerissen. Er hörte viel von Ressentiments, die den Türken in allen Bereichen ihres Lebens zusetzten, auf der anderen Seite ärgerte es ihn, dass fast keiner von ihnen wirklich gutes Deutsch sprach, obwohl sie alle schon Jahre hier lebten. Zeugte das etwa von der Akzeptanz einer Gesellschaft? Und wo waren ihre Frauen? Mussten die brav daheimbleiben? Heinzle hätte sich auch ein bisschen mehr Entgegenkommen und Freundlichkeit erwartet, er war Staatsdiener und schließlich war es Österreich, das ihnen Jobs gab, eine Kranken- und Sozialversicherung und Pensionen.

»Ein bisschen dankbar könntet ihr Österreich aber schon sein«, meinte Heinzle.

»Dankbar?«, maulte Imre. »Warum sollen wir euch dankbar sein? Ihr habt unsere Eltern geholt, wir sind hier geboren, wir arbeiten hier, wir zahlen unsere Steuern. Wir sind auch Österreicher.«

»Mir kommt es aber so vor, als ob ihr Türken bleiben wollt.«

»Wir geben und wir nehmen, genau so macht ihr es auch, und trotzdem könnt ihr uns nicht leiden, deswegen lieben wir die Heimat der Eltern, weil ihr uns nicht wollt«, meinte Serkan.

»Ihr kapselt euch aber auch ab, schau dir deinen Laden an, Serkan, hier sitzen nur Türken.«

Serkan lachte bitter. »Und du, Kommissar, mein Laden ist für alle offen.«

»Das habe ich vorher gesehen, wo ist denn das spuckende Lama?«

»Wolkans Frau sucht seit drei Jahren einen Job. Sie ist *hemşire*, wie sagst du, Krankenschwester, und sie muss am Band arbeiten und Strümpfe verpacken, obwohl man Krankenschwestern sucht.«

»Ich frag dich nur eine Sache, trägt sie ein Kopftuch?«

»Ja, Mann, und ihr hasst sie wegen eine Tuch.«

»Wer redet denn hier von hassen, Serkan, aber viele nervt es einfach, dass ihr euch nicht anpassen könnt. Wir hatten immer schon Einwanderer, aber mit den Muslimen scheint es nicht zu klappen.«

»Ja, genau, Kommissar, und wie war das mit den Juden?«

»Wieso fragst du mich das?«, meinte Heinzle ungehalten. »Ich frage dich auch nicht nach den Armeniern«, konterte er den Schlag unter die Gürtellinie.

Serkan schüttelte traurig den Kopf. »Kommissar, hast du nicht Angst vor dem Hakenkreuz über Necis Bett?«

»Doch«, gab Heinzle kleinlaut zu, »deswegen stehe ich hier bei dir in deinem Laden und lasse mir vor die Füße spucken, Serkan. Ich will helfen, verstehst du? Und ich will jetzt von euch wissen, wem ihr so etwas zutraut. Rückt raus mit Namen und Fakten und nicht mit irgendwelchen Grundsatzdebatten.«

Die Liste, die Heinzle und Sense an diesem Nachmittag erhielten, während sie von Serkan noch zu Pistazien-Kadayif eingeladen wurden, war länger und anders, als sie gedacht hätten. Viele der Namen standen wahrscheinlich aus verletzter Eitelkeit auf der Liste und nicht, weil man ihnen eine Entführung von Frauen zugetraut hätte. Allen voran der Bürgermeister, der Obmann des Vorklöstner Fußballklubs, ein Apotheker, zwei Lehrer, drei Ärzte, der Landeshauptmann, der Präsident der *Hells Angels* und so weiter und so fort.

»Serkan, bitte, das kann doch nicht euer Ernst sein, oder? Ihr habt mir ja nicht einmal den Chef der Rechten, den Kleiner, genannt.«

»Was, der? Der kleine Nazi aus der Siedlung?« Alle am Tisch außer Sense und Heinzle mussten lachen.

»Hab ich was verpasst?«, fragte Heinzle ärgerlich.

»Vergiss den Typen, Kommissar, der macht Pipi in die Hose, wenn er bei mein Laden vorbeikommt. Er mag keine Türken, aber das, was wir kochen. Er bezahlt immer den kleinen Anton, der mir hilft Tische putzen, der bringt ihm dann einen Spezial-Döner.«

Wieder lachten alle außer den beiden Ermittlern. »Will ich wissen, was der Spezial-Döner ist, Serkan?«, fragte Heinzle zögernd.

»Lieber nicht, Kommissar.« Serkans Laune hatte sich wieder deutlich verbessert. »Du kriegst immer normalen Spezial-Döner und das kleine Hitler-Bebe hat Neci ganz bestimmt nicht entführt.«

Mit dieser Meinung waren sie jetzt schon zu dritt.

Zurück in der LPD faltete Heinzle die zerknüllte Liste noch einmal auseinander und schrieb einen der Namen nachdenklich auf seine To-do-Liste der Personen, mit denen sie sich noch unterhalten mussten.

»Ist jemand in die engere Auswahl gekommen, Richard, der Landeshauptmann vielleicht?«, alberte Sense herum.

»Nein, aber mir ist es vorher auch nicht sofort aufgefallen, einen der Ärzte kennen wir.«

»Mohi?«

»Sehr lustig, Sense. Nein, den Allgemeinmediziner, du wirst es nicht glauben, der Enkel vom Lang, dem Nazi-Bürgermeister, Dr. Blum.«

»Was ist mit Pius?« Georg war gerade zur Tür hereingekommen und schaute irritiert auf den Zettel, den Heinzle an ihre Pinnwand geheftet hatte.

»Was soll das denn? Wieso steht Pius auf dem Zettel?«

»Auf dem Zettel stehen noch ein paar andere, das hat gar nichts zu bedeuten, Chef.«

»Lass das *Chef* weg, ich will jetzt auf der Stelle wissen, warum ihr mit Pius reden wollt. Er ist ein Golffreund von mir und ein wirklich netter Mensch, er ist im Lions Club, im Pfarrgemeinderat, hat eine Initiative für jugendliche Schulabbrecher gegründet und ist ein guter Kerl, ein guter! Ich kenne ihn schon seit dem Kindergarten, Heinzle.«

»Ich kenne ihn auch, Clara war seine Patientin vor dem Krebs, ich bin mit ihm in die Volksschule gegangen. Ich will doch nur reden mit ihm.«

»Sei still, davon will ich nichts hören, ihr glaubt doch nicht wirklich, dass er mit der Sache etwas zu tun hat?«

»Beruhige dich doch, das sind nur die Leute, mit denen wir uns noch gern unterhalten würden.«

»Ja, das habe ich mittlerweile auch verstanden, die Frage bleibt aber: Wieso?«

Jetzt mischte sich Sense in das Gespräch ein. »Wir überprüfen einfach alles, was wir zu den Rechten finden können, und Blum taucht da eben bei einer Geschichte auf.«

»Sag mal, spinnt ihr jetzt total? Nur weil sein Großvater ein Nazi war, ist er es doch noch lange nicht, da könntet ihr euch gleich mit halb Bregenz unterhalten.«

Sense erzählte Georg die Geschichte Ettenbergers und dass sie diese im Archiv bestätigt bekommen hatten, dass das aber nur eine kleine Randepisode zur Ermittlung sei. »Und ich wünsche mir als Berater bitte einen anderen Ton in der Zusammenarbeit. Schließlich passt Blum auch noch zufällig genau in das von mir erstellte Profil des Täters.«

Heinzle musterte Sense neugierig.

»Glaub mir, wenn Blum unser Mann *wäre*«, das letzte Wort sprach Sense übertrieben deutlich und gedehnt aus, »würden wir das alle höchstwahrscheinlich nicht einmal mitbekommen.«

»Das darf doch alles nicht wahr sein! Da entführt ein vollkommen verrückter Irrer ein paar Frauen und ihr kommt mir mit uralten Kamellen daher, die niemand mehr interessieren und überhaupt keine Relevanz mehr haben zu diesem Fall. Kontrolliert die Neonazis und nicht angesehene Bürger unserer Stadt!«

»So kann man das nicht sagen, Georg, wir brauchen Hintergrundinfos und da bei den Kameras noch nicht wirklich etwas herausgekommen ist und wir keinen DNA-Treffer haben, müssen wir überall dort nachbohren, wo wir können.« Heinzle räusperte sich. »Und die Türken verdächtigen ihn auch.«

»Kommt die Liste von den Türken?«

»Ja.«

»Zeig sie mir.« Georg überflog die Namen, zerknüllte die Liste und konnte seinen Zorn kaum verbergen. »Meine Herren, ihr begebt euch jetzt auf der Stelle zu den Freundinnen von Neci und ich will endlich wissen, wo sich dieser Kleiner herumtreibt.«

»Chef, der war es nicht.«

»Sagt wer?«

»Wir sind einer Meinung, er war es nicht.«

»Basiert das irgendwie auf Fakten oder hat ein Irrer aus der Anstalt euch die Geschichte nicht bestätigt?« Georg verschwand aus dem Büro und schlug die Tür hinter sich zu.

Heinzle war gekränkt, er war schließlich auch in der Anstalt gewesen, und seit wann traute Georg Heinzles Bauchgefühl nicht mehr? Er hatte doch noch gar nichts vermutet, er wollte ein ganz normales Gespräch mit Dr. Blum führen.

»Oha, der war ja drauf.« Sense verdrückte gerade die letzten Reste der Nachspeise, die ihnen Serkan mitgegeben hatte.

»Ja, sehr ungewohnt, normalerweise bringt ihn nichts so schnell aus der Ruhe.«

Cilli schlich sich herein, sie musste die Aufregung in Heinzles Büro mitbekommen haben. »Ich kann ihn schon verstehen, er hat massiven Druck vom Innenministerium wegen Ihnen. Die wollen Ergebnisse und er hat sich für Sie eingesetzt, hat gesagt, Sie wären sein bester Mann und in Kombination mit Dr. Senoner unverzichtbar.«

Heinzle ließ sich auf seinen Stuhl fallen, an seinem Schreibtisch in seinem Büro. Wieder fragte er sich, wie lange das wohl noch so sein würde. Minutenlang starrte er auf die Pinnwand, stand auf und seufzte, als er den dicken Marker in die Hand nahm und unentschlossen Blums Namen anstarrte. Nein, er konnte sich nicht dazu überwinden, den Arzt von der Liste zu streichen. Warum auch, wenn sie Zeit hatten, unterhielten sie sich mit allen auf der Liste. Gut, ein Treffen mit dem Landeshauptmann war weniger wahrscheinlich und um ein Treffen mit dem *Hells-Angels*-Boss riss er sich auch nicht gerade, aber es wurde mit allen geredet. Basta. Genauso wie er mit den restlichen Sicherheitsbeamten, mit den Söhnen Bulluts und mit den Freundinnen Necis noch einmal sprechen wollte. Er machte einen dicken, fetten Kringel um den Namen unter Blum. Man musste Georg ja nicht unnötig reizen und Eile war nicht geboten.

Heinzle kannte den Namen sehr gut. Leonie Peltier, Volksschullehrerin und Kandidatin der Grünen Liste der Stadt und eine wirklich sympathische junge Frau. Sie war im selben Fitnessstudio wie Suri und befreundet mit Neci. Heinzle hatte sich mit Christinas ehemaliger Lehrerin gleich nach Necis Verschwinden schon einmal unterhalten. Sie hatte ihm nichts Auffälliges berichten können. Neci sei gewesen wie immer, habe keinerlei Andeutungen gemacht, dass sie irgendwo hinwolle, und sie würde nie glauben, dass Neci die kleine Elif allein daheim gelassen hätte. Wie alle ihre Freundinnen war Leonie gleich nach ihrem Verschwinden der Überzeugung, dass Neci etwas passiert sein musste. An Suri hatte sich Leonie nur noch vage erinnern können, man habe sich ab und zu im Studio gesehen, aber nie wirklich länger miteinander geredet.

Mühsam stieg Heinzle in Senses Ferrari, keine Ahnung, wie sein Freund das immer so fließend schaffte, bei ihm hätte man ein Werbevideo für ein Arthritis-Mittel drehen können. Dieser Karren war neu, aber noch um einiges unbequemer als sein alter 912er.

»Richard, wie schaut denn die Peltier aus?«

»Warum fragst du das? Sie ist mit Abstand die attraktivste Frau, die ich je gesehen habe. Sportlich, schlank, exotisch.«

»Oh là là, warum exotisch? Und wie ist sie zu ihrem französischen Namen gekommen?«

»Ihr Großvater war Franzose mit karibischer Abstammung.«

»Hm«, meinte Sense nachdenklich, »dann könnte sie eigentlich auch schon auf dem Radar unseres Entführers aufgetaucht sein.«

»Bitte, ich habe erst vor ein paar Tagen mit ihr geredet, da war sie noch quietschfidel und so gut drauf wie immer. Der wird sich doch jetzt nicht gerade eine Freundin von Neci aussuchen?«

»Je nachdem, wie sicher er sich fühlt, wie groß sein Verlangen und der Druck nach mehr ist. Bei den meisten Tätern steigert sich das nämlich kontinuierlich.«

»Aber so schnell?«

»Aus seiner Sicht sind das Monate, wenn nicht sogar Jahre. Vielleicht hat er das schon sein ganzes Leben lang geplant und jetzt ist er erst so richtig auf den Geschmack gekommen, wo es doch so gut geklappt hat. Zwischen dem Verschwinden von Suri und Neci liegt eine deutlich kürzere Zeitspanne als zwischen dem von Irmgard und Suri.«

»Bitte, das mag ich mir gar nicht vorstellen.«

»Kennst du Leonie?«

»Ja, sie war in der Grundschule Christinas Klavierlehrerin.«

»Sonst irgendwie auffällig?«

»Lass mich überlegen, man kennt sie eigentlich am ehesten von ihrer politischen Arbeit. Sie ist schon seit Jahren Parteimitglied bei den Grünen, ist im Stadtrat von Bregenz und hat auch schon ihre Fühler Richtung Landtag ausgestreckt. Ich glaube, sie wäre echt eine tolle Politikerin.«

Sense schaltete die Musik ein und während er vor sich hin grübelte, tippte Heinzle umständlich eine Nachricht an Christina.

»Alles gut, Nini?«

»Klar, und selbst?«

Die Antwort war etwas schwieriger, er durchsuchte die Liste mit den Emojis und versendete eines, das lachte, die Zunge rausstreckte und die Augen verdrehte. Passend für seine momentane Situation und etwas geschönt. Man erzählte seiner Tochter nicht, wenn es einem schlecht ging und man bei dem wichtigsten Fall seines Lebens kein bisschen vorankam. Christina schickte ein rotes Herzchen und er schickte ein gelbes, er wurde immer besser. Erika hatte wieder ein Herzchen geschickt, das er ignorierte.

Kurze Zeit später standen sie vor der Jugendstilvilla, die zum Mehrfamilienhaus umgebaut worden war. Leonie wohnte im zweiten Stock, öffnete aber auch nach dreimaligem Klingeln nicht. Heinzle wollte schon wieder gehen, als hinter ihnen eine andere Hausbewohnerin auftauchte und ihnen die Tür aufschloss. »Zu wem wollen Sie?«

»Zu Frau Peltier.«

»Da geht es heute ja zu wie im Taubenschlag bei der Madame, sie hatte schon Männerbesuch.«

»Na, dann stören wir wahrscheinlich«, meinte Sense augenzwinkernd, »deswegen macht sie die Tür nicht auf, wir kommen einfach morgen wieder.«

»Nein, das war kein Verehrer, der war von einem Schlüsseldienst und er ist auch schon wieder weg, das war irgendwann am Nachmittag.«

»Vom Schlüsseldienst?«, fragte Heinzle, sah beunruhigt zu Sense und zeigte der Frau seine Polizeimarke.

»Oh Gott, Polizei? Ist etwas passiert mit Leonie?«

»Nein, wir würden nur gerne mit ihr sprechen.«

»Das würde ich auch gerne.«

»Wieso?«

»Leonie hatte gestern schon Probleme mit ihrer Türe, ihr Schlüssel hat auf einmal nicht mehr ordentlich gepasst. Dann hat sie sich meinen Ersatzschlüssel ausgeborgt, sie hat auch einen von meiner Wohnung. Mein Schlüssel hat aber auch nicht wirklich gut funktioniert, er ist besser reingegangen, aber raus aus dem Schloss war ein Theater. Und jetzt hat sie ihn noch, ich brauche ihn aber, weil an dem Bund auch mein Kellerschlüssel hängt.«

»Und Leonie hat sich nicht mehr gemeldet?«

»Nein, sie geht auch nicht ans Telefon, obwohl ich ganz genau weiß, dass sie daheim ist, ich hab ihr Handy läuten gehört.«

»Und der Typ vom Schlüsseldienst?«, hakte Sense nach.

»Der ist etwa vor zwei Stunden an mir vorbeigerannt und hat mir keine Antwort gegeben, als ich ihn gefragt habe, was mit meinem Schlüssel sei. Der hatte es eilig.«

»Und Leonie war nicht dabei?«

»Nein, ganz bestimmt nicht.«

»Wie hat er ausgesehen?«

»Sehr groß war er, einen Overall hat er getragen und einen Vollbart hatte er.«

Bei Heinzle schellten sämtliche Alarmglocken, er schaute zu Sense, der das Phantombild aus dem Hosensack seiner Jeans gezogen hatte und es der Nachbarin zeigte.

»Aber, aber, das ist doch der … der …«, stammelte sie.

»Schauen Sie genau hin, könnte es dieser Mann gewesen sein?«, fragte Heinzle genervt.

»Um Gottes willen, ist das nicht die … die Bestie vom Bodensee?«

»Bitte, bleiben Sie ruhig und schauen Sie sich die Zeichnung noch einmal ganz genau an.«

Die Frau hörte nicht mehr auf zu nicken und schluckte heftig. »Ja, ja, genau so hat er ausgesehen, das war er!«, schrie sie jetzt vollkommen hysterisch. Heinzle musste sie an ihrer Jacke halten, damit sie ihm nicht davonlief. Sense war schon ins Treppenhaus gestürmt und Heinzle wies die verstörte Nachbarin an, genau dort an Ort und Stelle stehen zu bleiben und sich nicht vom Fleck zu rühren. Mit zitternden Fingern tippte er Georgs Nummer, gab die Adresse Leonie Peltiers durch und rief lauter als beabsichtigt ins Telefon, dass sie sofort Verstärkung bräuchten. Er erklärte Georg knapp ihre Situation und hastete ins Treppenhaus. Als er im zweiten Stock angekommen war, stand Sense schon mit ausgestreckter Hand und Pistole im Anschlag vor der Tür.

»Langsam, Sense, was hast du vor?«

»Ich schieß jetzt das Türschloss auf, sie meldet sich nicht und er hat sie auch nicht mitgenommen, also ist sie in der

Wohnung, aber kann nicht antworten, es muss einen Grund dafür geben.«

»Und was ist, wenn der Typ wieder zurückgekommen ist?«

»Das sehen wird dann.« Sense legte an und zielte.

Heinzles Trommelfelle schienen beinahe zu platzen, als Sense drei schnelle Schüsse hintereinander auf das Schloss abgab. Während er noch mit seinen klingenden Ohren beschäftigt war, trat Sense mit voller Wucht gegen die Türe. Erst als Heinzle mithalf, splitterte das Holz nach dem dritten Versuch und die beiden standen im Flur. Durch ein geöffnetes Fenster zur Straße hörten sie die Nachbarin um Hilfe schreien. Sie begannen, die Wohnung zu durchsuchen. Jetzt hatte auch Heinzle seine Waffe aus dem Holster gezogen, gerade heute Morgen hatte er beschlossen, dass er aufrüsten musste, er wollte sich schließlich nicht noch einmal vor Sense blamieren. Zitternd hielt er die Glock in der Rechten und stieß mit der linken Hand die Türen zu WC und Badezimmer auf. Auf der anderen Seite tat Sense das Gleiche mit der Küche und dem Schlafzimmer. Nichts, es war absolut still in der Wohnung, bis sie zur Wohnzimmertüre kamen, hinter der sie ein leises Stöhnen hörten. Heinzle signalisierte Sense, dass er die rechte Seite übernahm, Sense tippte die Tür an und nahm die linke Seite ins Visier. Doch sofort war klar, dass nur Leonie im Raum war. Wimmernd und wie ein Päckchen verschnürt lag sie gefesselt und geknebelt am Boden. Sense entfernte den Knebel aus Leonies Mund und redete beruhigend auf die junge Frau ein, die keuchend atmete, sich sonst aber kaum rührte und offenbar auch nicht sprechen konnte.

»Wir brauchen dringend einen Arzt«, wies Sense Heinzle an und versuchte vorsichtig, die Kabelbinder zu lösen, mit denen Leonie die Arme auf den Rücken gebunden worden waren. »Ganz ruhig, Frau Peltier, wir sind von der Polizei, zeigen Sie mir, dass Sie mich verstehen, bitte. Wenn Sie nicht sprechen können, vielleicht geht ein Nicken?«

Es ging nicht, aber ein langsames Öffnen und Schließen der Augen. Die junge Frau schien sie aber nicht wirklich wahrzunehmen und driftete immer wieder in einen apathischen Zustand. Heinzle öffnete schnell alle Fenster, da er beinahe selbst Beklemmungszustände davon bekam, wie quälend Leonie einatmete, immer schneller, immer ruckartiger. Sense hatte sie von den Fesseln befreit und sie in eine stabile Seitenlage bugsiert, ihren Kopf nach hinten gebeugt und sich vergewissert, dass ihre Zunge nicht ihre Atmung blockierte. Doch Leonie schien sich nicht zu beruhigen. Heinzle wurde so speiübel, dass er sich vor lauter Hilflosigkeit beinahe auf den Teppich übergeben hätte.

»Jetzt nicht«, war alles, was Sense zu ihm sagte, »komm her, dich kennt sie, versuch es du einmal. Erzähl ihr irgendetwas, mit dem sie etwas anfangen kann, ein Erlebnis, beschreib einen Ort, den sie kennt, oder eine Person.«

Heinzle kniete sich am ganzen Körper zitternd zu der jungen Frau auf den Boden, legte ihr seine Hand sanft auf die Stirn, beugte sich zu ihrem Kopf hinunter und sprach bewusst ganz langsam und leise. »Leonie, schau mich an, wir kennen uns, ich bin der Vater von Christina Heinzle, du warst in der Volksschule ihre Klavierlehrerin, schau mich an, Leonie!« Heinzle streichelte der jungen Frau behutsam über die Stirn. »Wie habt ihr eigentlich im Schulgemeinschaftsausschuss abgestimmt, dürfen die Kinder jetzt wirklich ein Handy mit in die Schule nehmen?« Heinzle schaute verunsichert zu Sense, der jetzt telefonierte und ihm gestikulierte, genau so weiterzumachen.

»Ich fände es ja keine gute Idee, zu was brauchen denn bitte die Kleinen schon ein Smartphone, die sollen rechnen, schreiben und lesen lernen in der Schule.«

Leonies Stirn fühlte sich eiskalt an und doch rann der Schweiß ihr in Bächen an den krausen Haaren entlang. Heinzle wischte sich seine Hand an der Hose ab und trocknete ihre Stirn mit seinem Taschentuch.

»Leonie, habt ihr immer noch die schrullige Handarbeitslehrerin, wie hieß sie noch schnell, Frau Kohler?« Was, Herrgott noch einmal, verzapfte er da eigentlich für einen Blödsinn? Er tätschelte mechanisch Leonies Stirn und schaute Hilfe suchend zu Sense, der offenbar mit dem Notarzt telefonierte. Leonies Atmung wurde flacher und Heinzle wollte sich schon etwas entspannen, war da nicht ein Funken Erkennen gewesen und hörte sich ihre Atmung jetzt nicht viel weniger hektisch an? Ja, genau, das klang doch schon ganz passabel, und dann, dann atmete Leonie gar nicht mehr.

12

Neci fuhr zusammen, als sie ihn wieder schreien hörte. Die ganze Zeit hatte sie sich schon gefragt, was der Wahnsinnige eigentlich da oben machte. Sie saß im Dunkeln neben der Türe und hatte den Wasserkübel so fest umklammert, dass ihr jetzt nach so langer Zeit die Finger beinahe taub geworden waren. Irgendwo weiter vorne und auch irgendwie weiter oben musste er sein, minutenlang hatte sie ihn schimpfen und fluchen gehört, die Wut in seiner Stimme gefühlt, aber die Worte nicht alle verstanden.

Warum musste er gerade heute alles anders machen, wo sie sich so einen perfekten Plan ausgedacht hatte? Sie wollte sich hinter der Tür verstecken und wenn er sie fand, wollte sie bereit sein. Der Kübel sollte ihn treffen, irgendwo im Gesicht, dort, wo es am meisten wehtat und wahrscheinlich am effektivsten war. Ein Treffer musste reichen, zu mehr würde sie ganz bestimmt nicht kommen, deswegen musste dieser eine Treffer sitzen und ihn zumindest so beschäftigen, dass sie vielleicht aus diesem Raum kam, dann würde sie weitersehen. Minutenlang war sie die Bewegung in Gedanken durchgegangen, denn ohne den richtigen Schwung beim Ausholen hatte sie gegen den Hünen ziemlich sicher keine Chance. Chancen ... Die Chancenauswertung konnte ihr gestohlen bleiben, sie hatte das ganze Leben noch nie wirklich eine Chance gehabt, das Leben war hart, sie war härter, und wie hart, das würde der Irre gleich zu spüren bekommen.

Er klang wütend, so wütend, und das war sehr gut. Wenn man wütend ist, hatte Onur ihr immer gesagt, dann verschwendest du Energie und du kannst deine Treffer nicht dort platzieren, wo sie hingehören, weil du keine Zeit hast, deinen Gegner einzuschätzen und seine Deckung zu kontrol lieren. Du schaust nur auf dich und nicht auf dein Gegenüber. Wut hilft dir nicht weiter.

Diese Weisheit hatte Neci bei ihrem Kickboxtraining bei Onur fast ein halbes Jahr lang sehr schmerzhaft einsehen müssen. Wieder und immer wieder hatte er sie aus der Deckung gelockt und mit Worten so provoziert, dass sie nur noch blind auf ihn eingedroschen hatte und jedes Mal auf dem Boden landete. Heute nicht. Heute würde der Keller-Typ auf dem Boden landen. So was von fix.

Jetzt musste er die Leiter heruntergestiegen sein, sie hörte die einzelnen Tritte von Sprosse zu Sprosse und wie er mit einem Sprung auf dem Boden landete. Sie hatte sich vorgenommen, nicht wieder ihre Angst die Kontrolle übernehmen zu lassen, und doch war die Furcht sofort wieder da, als er auf dem Weg zu ihrer Türe war. Er schaltete draußen im Gang das Licht ein, gleißend hell nach so langer Dunkelheit bahnte es sich durch die Ritzen der groben hölzernen Türe seinen Weg in ihre Kammer. Das Licht, das sie den ganzen Tag so herbeigesehnt hatte, brannte ihr in den Augen und kurze Zeit hatte Neci Orientierungsschwierigkeiten, bis sich die Pritsche, die kahlen Wände und der Lehmboden wieder aus dem Grau schälten und sie endlich mit dem Blinzeln aufhören konnte. Leise stand sie auf, stellte sich breitbeinig und mit leicht gebeugten Knien in Position, den Kübel in der nach hinten gestreckten Rechten und zum Schwingen bereit. Vergiss die Angst, Neci, Angst haben kannst du, wenn das alles nicht klappt.

Wieder brüllte er. Dieses Mal direkt vor ihrer Türe und er war offenbar so wütend, dass er es nicht einmal schaffte, das Vorhängeschloss im ersten Anlauf aufzubekommen. »Türkin!«, brüllte er wieder und stocherte mit dem Schlüssel in dem Schloss herum, dann sprang es auf.

Çok iyi, sehr gut. Neci atmete aus, die Tür schwang auf, er trat aus dem Schatten, schaute ins leere Zimmer und drehte sich suchend in ihre Richtung, während sie mit ihrer ganzen Kraft von unten ausholte und den schweren Kübel, so schnell sie konnte, nach oben schwang. Doch der Hurensohn war schnell, wahnsinnig schnell, er hob reflexartig den Arm, um sich zu schützen. Der alte Kübel schrammte an seinem Handgelenk vorbei und erwischte ihn mit einem dumpfen Aufprall gerade noch seitlich am Kinn. Nicht so fest, wie es sich Neci erhofft hatte, doch genügend hart, um ihn ins Wanken zu bringen.

Neci trat dem Benommenen, so fest sie konnte, in den Schritt und seitlich gegen die Niere. Ja, Mann, das musste wehtun. Der Irre ging stöhnend in die Knie, war aber immer noch nicht außer Gefecht. Krass, er konnte eindeutig mehr einstecken als Onur. Neci angelte sich den Kübel und schlug ihm mit voller Wucht auf den Hinterkopf, jetzt sackte er stöhnend nach vorne zusammen. Sie schob den schweren Körper zur Seite, damit sie die Tür öffnen konnte, und stieg über den am Boden Liegenden. Ein Fehler, er begann nach ihr zu greifen und versuchte sie festzuhalten. Panisch trat Neci ihm mit dem Fuß gegen das Kinn, sprang über ihn und drückte die Tür hinter sich zu, die zu klemmen schien.

Aman Allahım, warum konnte sie die Türe nicht ganz schließen? Sie schaute nach unten und sah seine zwischen Tür und Rahmen feststeckende Hand. Sie versuchte, mit dem Fuß die Hand nach innen zu schieben, und klemmte ihm dabei seine Finger ein. Vor Schmerz jaulte er auf, Neci drückte, so fest sie konnte, gegen die Türe und trat mit ihrem Fuß immer wieder auf die Finger, bis sie blutig waren. Wieder brüllte er vor Schmerz und versuchte, die Finger nach innen zu ziehen. Neci lockerte den Druck kurz und er zog stöhnend seine Hand zurück, während sie sich fieberhaft nach dem Vorhängeschloss umsah. Da war es, unmittelbar vor ihr auf dem Boden. Neci hörte, wie ihr Entführer sich mühsam aufrappelte, sie wusste, was er tun wollte, mit Anlauf gegen die Tür rennen, so hätte sie es gemacht.

Blitzschnell ließ sie sich fallen, hob das Schloss auf, führte es durch die beiden Riegel und lehnte sich wieder gegen die Türe. Bevor sie es schaffte, das Schloss einrasten zu lassen, war er wuchtig gegen die Türe gesprungen. Sie ging nicht auf, der Riegel hielt, aber die Türe gab etwas nach und Neci wurde auf den Boden geschleudert. Sie war so hart an der Schulter getroffen worden, dass sie Sterne sah, blitzschnell stand sie wieder, war bei der Türe und drückte das Schloss zu, bevor er sich zum zweiten Mal gegen die Türe werfen konnte.

Triumphierend heulte Neci auf und führte einen Freudentanz vor dem Kellerraum auf. »Jaaaa, du Irrer, verrecke in deinem Bunker!«, schrie sie außer Atem. Der Kellertyp drehte vollkommen durch, er warf die Pritsche und die Kübel gegen die Türe, dass Staub und Dreck durch die Ritzen rieselten. Von außen schaute das Ganze viel weniger stabil aus, als es Neci von innen vorgekommen war, und sofort wich das Hochgefühl wieder der Panik.

Sie hörte Suri hinter der nächsten Türe des Verlieses schluchzen, doch Neci wollte raus aus diesem Keller. Sie wollte nur eines, und zwar nach oben. Wer hier unten im Keller blieb, war ihr in diesem Moment vollkommen egal. Sie musste auf der Stelle weg, sie konnte dem Mädchen besser helfen, wenn sie draußen war. Das Adrenalin durchströmte ihren Körper, sie war nicht fähig, einen klaren Gedanken zu fassen, und sah nur noch lauter Türen in dem grellen Licht. Sie rüttelte an jeder, wo war nur die Leiter, sie hatte es doch genau gehört, er musste eine Leiter aus Metall nach unten gestiegen sein. Die letzte Tür ließ sich endlich öffnen, ein enger Schacht führte über eine schmale Leiter nach oben.

Ja, genau, so schaut es aus, machte Neci sich selbst Mut, sie würde hier rauskommen, sie würden es schaffen. Ja, verdammt.

Hastig zog sie sich eine Sprosse nach der andern nach oben, schlug sich ein Knie an, rutschte aus und fiel zurück auf den Boden. Sofort rappelte sie sich wieder auf und versuchte es ein zweites Mal, allerdings langsamer und so ruhig sie konnte. Am Ende der Leiter war sie in einem weiteren engen Gang angekommen, der scharf nach rechts abbog und stockdunkel war. Sie strich mit den Händen hastig die Wände links und rechts ab, irgendwo musste doch hier ein Lichtschalter sein, der Typ konnte doch nicht im Dunkeln heruntergekommen sein. Unten ließ er sich wieder und immer wieder gegen die Türe fallen oder benutzte er mittlerweile die Pritsche als Rammbock? Es hörte sich anders an.

Neci, hör nicht auf ihn, du musst raus hier, solange du noch kannst. Sie fand den Lichtschalter nicht, stampfte wütend auf den Boden und beschloss, ohne Licht weiterzugehen. Was sollte sie auch anderes machen, sie musste weg hier, die Türe würde nicht mehr ewig halten. Was vor ihr lag, konnte nie so schrecklich sein wie das, was hinter ihr lag, und was sie von unten hörte, klang alles andere als beruhigend. Der Verrückte gab nicht auf und brüllte bei jedem neuen Versuch wie ein verletztes Tier, wenn Schloss und Riegel hielten. Dazwischen peitschte er sich selber mit anschwellendem Knurren und Schreien an, es klang furchterregend und Neci fing an, mit sich selbst zu reden, damit sie nicht mehr nur sein Gebrüll hören konnte.

Okay, Neci, richtige Sorgen musst du dir erst machen, wenn die Türe nachgegeben hat, jetzt musst du dich konzentrieren. Wieder schwoll von unten das wütende Geschrei an und am liebsten hätte sie sich die Ohren zugehalten, aber sie brauchte ihre Hände, um sich weiter vorzutasten, ein Schritt nach dem anderen, Stehenbleiben war schlecht, ganz schlecht. Sie musste weitergehen, nicht aufgeben, nicht nachlassen. Sie war jetzt schon viel weiter gekommen, als sie sich da unten erträumt hätte, und sicher viel weiter, als er es sich je vorgestellt hatte.

Stehenbleiben heißt einkassiert werden, sich bewegen heißt eine Chance haben, weiterkommen und vielleicht sogar raus.

Vergiss es, was soll's fluchte Neci, ich muss hier weg und dort vorne muss irgendwo der Ausgang sein. Zuerst zögerlich, dann immer selbstbewusster ging sie vorwärts und mit jedem Schritt von ihm und seinem Gebrüll weg wurde sie sicherer und zuversichtlicher. Sie machte jetzt größere und hastigere Schritte und plötzlich hörte der Gang nach nur wenigen Metern einfach auf. Da war nur noch grob behauener Fels vor ihr. Wieder schnürten Panik und Verzweiflung ihr die Kehle zu.

Nein, Neci, jetzt denk nach, das konnte keine Sackgasse sein, das war ganz bestimmt der Weg nach oben, sie hatte ihn immer von irgendwo oben gehört, hier war sie richtig. Ganz sicher, Neci, einen anderen Weg hatte es nicht gegeben, sonst hättest du ihn unten im Gang gefunden. Such die Öffnung!

Nachdem sie links nur Rohre und Leitungen und rechts eine kleine Leiter fand, schloss sie kurz die Augen und dankte Allah. Ja! Die schmale Leiter führte nach oben, mehr musste sie nicht wissen, um das Gebrüll von unten wieder etwas besser auszuhalten.

Aber da waren keine Öffnungen und auch kein Durchlass an der Seite der Leiter. Klar, weil die Luke natürlich oben ist, du Dummkopf, man braucht eine Leiter, um hochzukommen. Sie stand auf die erste Sprosse und fing an, in großen Wischbewegungen über die niedrige Decke zu streichen. Der Typ musste hier Mühe gehabt haben, überhaupt gerade stehen zu können, so niedrig war der Fels über ihr, dachte Neci, gerade als ihre rechte Hand über glattes Metall glitt. Ja!

Die Luke über ihr war klein, wieder wunderte sich Neci, wie er da durchgepasst hatte, und konnte sich überhaupt nicht mehr daran erinnern, diesen Weg auch einmal gegangen zu sein. Er musste sie hier herunterbugsiert haben, als sie betäubt war, und sanft war das ganz sicher nicht abgelaufen, er hatte sie wahrscheinlich einfach nach unten fallen lassen.

Egal, wenn sie einmal da oben war, dann konnte sie raus aus dem Horrorhaus und vielleicht gleich hinein in den Wald, den sie gesehen hatte, als er sie aus dem Kofferraum gezerrt hatte. Hoffentlich war es oben dunkel, dann könnte sie sich draußen besser verstecken und für ihn wäre es dann viel schwerer, sie zu finden, als bei Tageslicht. Die aufkeimende Hoffnung machte Neci ruhiger, sie atmete tief durch und endlich hatte sie das Gefühl, genügend Luft in ihre Lungen zu bekommen. Genauso, wie sie es hier hereingeschafft hatte, würde sie auch wieder rauskommen. Ja, Mann.

Sie tastete nach einer Schnalle, einem Griff oder einem Verschluss, mit dem man die Luke hätte öffnen können, und fand ein Tastenfeld.

Allah, nein. Das war also der Grund für die seltsame Tonfolge, die sie immer ganz leise gehört hatte, bevor sie ihn an der Leiter gehört hatte. Und genauso schnell, wie sie gekommen war, verflüchtigte sich die zaghafte Hoffnung, hier jemals wieder rauszukommen. Neci begann zu zittern und die Kälte, die ihr hier unten schon die ganze Zeit zugesetzt hatte, kroch ihr mit der grausamen Gewissheit unter die Haut, hier unten zu verrecken und Elif nie mehr wiederzusehen.

Der Irre hatte die Luke mit einem digitalen Schloss gesichert und sie kannte den Code nicht. So einfach war das.

Nein, nein, nein. Neci schluchzte verzweifelt und begann, wie wild auf dem Tastenfeld herumzudrücken. Sie hatte die Tonfolge noch genau im Ohr, aber konnte den richtigen Anfangston nicht finden. Dann hörte sie etwas, das ihr das Blut in den Adern gefrieren ließ, das Splittern von Holz. Die Angst lähmte ihre Finger und wie in Trance hörte sie, wie er unter ihr triumphierend aufheulte, genau so, wie sie es vor ein paar Minuten getan hatte. Dann öffnete er eine weitere Tür und suchte offenbar nach etwas. Es klang so, als ob er schwere Gegenstände hin und her rücken würde.

Neci, hör nicht auf ihn, du hast nicht mehr viel Zeit. Sie redete jetzt laut auf sich selbst ein, du schaffst das, Mädchen, langsam, konzentrier dich auf die Tasten und such den Anfangston. Wieder begann sie, die Tasten zu drücken, als das spärliche Licht aus dem Schacht, das weiter hinten noch den

Boden des engen Ganges beleuchtete, plötzlich weniger wurde. Nein, nein, nein. Hilfe, er war bei der Leiter angekommen. Nein.

Neci fröstelte, sie konnte nur noch in Zeitlupe auf die Tasten drücken und ihre Zähne schlugen klappernd aufeinander. Sie schaffte es kaum mehr, sich auf das Hören der Töne zu konzentrieren, und doch war er plötzlich da, der erste richtige Ton, und nicht nur das, verheißungsvoll leuchtete die Taste grün. Inschallah, so viel Glück konnte sie doch nicht haben. Der zweite Ton musste etwas höher sein, also drückte sie hastig eine Taste weiter links neben der grün leuchtenden. Mist, das hörte sich nicht richtig an, und das, was sie sah, passte zum falschen Ton, die beiden Tasten waren zuerst rot und dann wieder dunkel geworden. Im Schacht hatte der Verrückte keine Eile, ganz langsam stieg er Sprosse um Sprosse nach oben und trällerte irgendein Lied vor sich hin.

Neci, hör nicht auf ihn. Sie fing wieder mit der ersten Taste an, die sie gleich fand, weil sie den Zeigefinger ihrer linken Hand dort gelassen hatte. Ja, genau, grün, sehr gut, die zweite musste noch weiter links sein. Das Tastenfeld hörte weiter links auf. Okay, dann gehen wir eine Reihe höher, wies Neci sich selbst flüsternd an. Ja, verdammt, das konnte doch alles nicht wahr sein, jetzt leuchteten zwei der Tasten grün. Sie ließ ihren linken kleinen Finger auf der ersten und den Daumen auf der zweiten Taste und suchte mit der rechten Hand den nächsten Ton, der tiefer war, also weiter unten sein musste. Schnell drückte sie auf eine der Tasten in der Reihe darunter. Rot, rot, rot.

»Neci«, rief der Verrückte jetzt beinahe zärtlich aus dem Schacht. »Sevgilim, mein Schatz, ich bin gleich bei dir.« Er schlug mit irgendetwas Hartem auf die Sprossen der Leiter, sie hörte ein knisterndes Geräusch, das von einem bläulich flackernden Licht begleitet wurde.

Allah, Neci wusste sofort, was er da unten gesucht und gefunden hatte. Er hatte einen Elektroschocker dabei und er genoss ihre Angst und wollte jede Sekunde davon auskosten, er wusste ja, dass sie hier nicht rauskam. Er sang irgendein Lied von einem Deutschtürken, das sie kannte, machte übertriebene Kussgeräusche und klopfte mit dem Schocker im Takt auf die Leiter. Am liebsten hätte sich Neci in der Dunkelheit des Ganges ganz hinten an die Wand gedrückt, aber was sollte das bringen? Von dort konnte sie nicht mehr weg und war ihm ausgeliefert wie ein Lamm kurz vor dem Schächten.

Nein, Neci, nein, du findest die Kombination, du hast schon zwei, also denk nach. Wieder hörte sie den Refrain des Liedes, das sie an den letzten Urlaub in Antalya erinnerte. Gut so, wenn der Idiot so gerne sang, dann konnte er wenigstens nicht hören, dass Neci schon am Ausgang war. Solange er noch im Schacht war und seine perverse Lichtshow abzog, hatte sie eine Chance. Neci summte leise immer wieder die richtige Kombination der Töne, doch auch die drei nächsten Versuche endeten in tiefem Rot. Neci weinte jetzt hemmungslos, bitte, ihr fehlten nur noch zwei Zahlen und wenn sie die dritte fand, dann konnte die vierte nicht mehr weit sein. Sie hatte sich nur etwas tiefer angehört und war mit Sicherheit rechts neben Nummer drei. Neci hämmerte auf der Suche nach dem dritten Ton auf das Tastenfeld ein, und dann endlich dreimal die gleiche Farbe. Grün. Grün. Grün. Allah, *teşekkür ederim*, danke, danke.

Als sie schnell einen Finger auf der dritten grünen Taste positionierte, hörte sie den Verrückten, wie er sich mühsam aus dem Schacht zwängte. Er stöhnte, als er sich die letzte Sprosse hochzog und der Kopf aus dem Loch im Boden ragte. Neci wollte nicht hinsehen, sie fühlte, dass das ihre allerletzte Chance sein würde. In den Augenwinkeln sah sie den Schocker wieder blau aufleuchten, als sie die vierte Taste fand und die Tonfolge zur Bestätigung wiederholt wurde. Dann ging alles blitzschnell, sie stemmte sich nach oben, der Deckel glitt zur Seite und als sie sich schon fast mit dem ganzen Körper durch die Öffnung gezogen hatte, war der Verrückte unter ihr. Schreiend und knurrend wie ein wilder Hund griff er nach ihrem Fuß. Neci lag mit dem Oberkörper schon außerhalb und verpasste ihm mit ihrem freien Fuß ein paar Tritte auf die geschwollene, blutende Hand, bis er endlich losließ. Neci schob sich ganz durch die Öffnung, zog ihre Beine blitzschnell nach und entkam dem Elektroschocker nur um Zentimeter. Keuchend rollte sie sich von der Öffnung weg, drehte sich auf dem Bauch liegend aber sofort wieder in Richtung der Luke, die sie unbedingt schließen musste. Sie hob den Deckel an, als seine Hand mit dem Elektroschocker nach oben schoss und sie wieder nur knapp verfehlte. Allah! Neci duckte sich wieder flach auf den Boden, obwohl sie nichts lieber getan hätte, als davonzulaufen. Aber was hatte es für einen Sinn, jetzt aufzustehen und wegzurennen? Das hier war sein Terrain, er kannte sich hier aus, sie hatte in dem Zimmer nicht einmal eine Türe gesehen und es war zu dunkel hier drinnen, um sich richtig orientieren zu können. Von draußen fiel schwaches Licht durch die geschlossenen Vorhänge der kleinen Fenster, es musste Abend sein.

Nein, sie unterdrückte ihren Fluchtinstinkt und blieb, wo sie war. Wenn sie es in den Wald schaffen wollte, dann durfte sie ihn nicht durch dieses Loch nach oben kommen lassen. Genau hier war sie in der besseren Situation als der Irre, sie sah ihn und er sah sie nicht, das musste sie irgendwie ausnützen. Hilflos sah sie sich in dem düsteren Zimmer nach einer Waffe um, doch das Einzige, was sie in ihrer Nähe ausmachen konnte, war ein Schreibtisch, auf dem mehrere Bildschirme standen, einen Sessel konnte sie nirgends sehen. Langsam schob sie sich am Boden entlang robbend hinter die Luke und versuchte, sie aus der Deckung heraus anzuheben, aber wieder schoss der Viehtreiber in ihre Richtung. Er hatte vorausgesehen, was sie vorhatte, und stocherte mit dem langen Scheißding rechts beim Deckel herum. Neci war vor lauter Schreck aufgesprungen und hüpfte jetzt über den Stock, wie sie es als Kind beim Gummihüpfen gemacht hatte. Als er den Schocker wieder zurückzog, stemmte sich Neci mit ihrem Fuß gegen die Luke, die nur langsam nachgab, so als ob etwas sie blockieren würde. Vorsichtig versuchte sie, rechts am Deckel vorbeizuschauen, und gab ganz kurz ihre Deckung auf, was er sofort ausnützte und den Schocker in ihre Richtung fahren ließ.

Was sollte sie nur machen? Sie konnte ihm nicht ewig ausweichen und irgendwann würde er sich aus dem Loch herauswagen, hier gab es keine Kübel wie unten und bis sie beim Schreibtisch war, war er sicher heraus aus dem Schacht. Vielleicht hätte sie noch eine Chance gehabt, wenn er den Schocker nicht gehabt hätte, sie war trainiert und kannte ein paar gute Tricks. Aber so? Wenn sie im Dunkeln nach der Tür suchte, dann hätte sie wahrscheinlich überhaupt keine Chance mehr. Sie schaute sich noch einmal in dem kleinen Raum um, links von ihr stand ein Schreibtisch, rechts eine Art Sofa und vor ihr konnte sie zwei Fenster ausmachen. Dazwischen war es schwärzer als im restlichen Zimmer.

Der Verrückte hinter der Luke atmete schwer, dann fing er wieder an zu knurren und stöhnen. Hilfe, nein. Er wappnete sich zum Angriff, wie er es unten hinter der Tür gemacht hatte.

Panisch schaute sie sich noch einmal um in dem kleinen Zimmer. Links Tisch, rechts Sofa, vorne Mitte schwarz. Sie sprang auf, rannte auf die Schwärze zu, tastete panisch nach einem Schloss oder einer Klinke, fand sie, drückte sie nach unten und nichts tat sich. Sie zog und rüttelte an der Tür, griff unter die Klinke, um zu kontrollieren, ob ein Schlüssel steckte. Wieder Fehlanzeige. Dann hörte sie, wie er aus dem Loch kroch und wieder brüllte. Sie drehte sich um, drückte sich an die geschlossene Tür hinter sich und überlegte fieberhaft, welche Optionen ihr noch blieben.

Keine.

Er kam auf sie zugerannt, den Schocker weit vor sich und auf ihr Gesicht zielend. Wenigstens das wollte sie verhindern, blitzschnell ließ sie sich fallen, rollte sich nach links weg, doch ihr Fuß, mit dem sie ihn am Knie erwischen wollte, fuhr ins Leere. Nicht so sein Elektroschocker. Er traf sie am Schenkel und Neci blieb die Luft weg, als sich ihr ganzer Körper verkrampfte, sie biss sich in die Backe und röchelte hilflos. Endlos schien ihr die Zeit, mindestens drei, vier Sekunden lang hielt er den Schocker an ihr Bein. Als er losließ, war der Schmerz augenblicklich weg, ihre verkrampften Muskeln wollten ihr aber nicht mehr gehorchen. Jetzt strich er mit dem Schocker ihr Bein entlang nach oben unter ihr Shirt und aktivierte ihn unterhalb ihres Bauchnabels, wo der Schmerz auf der nackten Haut um einiges schlimmer war. Neci krümmte sich zusammen, konnte keinen klaren Gedanken mehr fassen, auch nicht, als er fertig war. Er drehte sie auf den Bauch, schnappte sich ihre Hände und band sie mit einem Kabelbinder nach hinten so fest zusammen, dass Neci spürte, wie ihr das harte Plastik in die Haut schnitt. Dasselbe machte er mit ihren Beinen, dann zog er sie zum Loch. Er brüllte triumphierend und lachte laut, während sie schluchzte. Necis Kinn holperte über die groben Bodendielen, das Shirt rutschte ihr nach oben, als er sie am Gürtel weiter zum Schacht zog und sie mit ihren Füßen schon über dem Loch hing. Dann beugte er sich zu ihr hinunter, legte sich ihr gegenüber auf den Boden, starrte sie mit hasserfüllten Augen an. Dann schob er ihren Oberkörper ganz langsam in das Loch. Neci konnte sich nicht festhalten und ihre gefesselten Beine fanden keinen Halt an einer der Sprossen. Sie heulte und schrie verzweifelt um Hilfe. So sinnlos, dachte Neci beim Luftholen und doch wollte sie nicht sein wie die beschissenen Lämmer. Sie schrie, so laut sie konnte, und versuchte, sich wie ein Wurm zu winden, um es seinen starken Händen möglichst schwer zu machen, sie richtig fassen zu können. Doch die beiden Stromschläge hatten ihrem Körper die Kraft geraubt, sie konnte sich nicht mehr wehren. Er schob sie vollkommen ruhig und unbeeindruckt immer weiter in den Schacht.

Das Monster grinste sie spöttisch an, spitzte seine Lippen und schickte ihr laut schnalzende Luftküsse, bevor er ihr einen letzten Schubs Richtung Loch gab. Ihr Gewicht zog sie nach unten, Necis Kinn schlug auf die erste Sprosse auf und sie verlor das Bewusstsein.

13

Die Fantasie der Angst ist jener böse äffische Kobold, der dem Menschen gerade dann noch auf den Rücken springt, wenn er schon am schwersten zu tragen hat.

Friedrich Nietzsche

Blum hatte die kleine Türkin auf die Pritsche des leeren Zimmers geworfen. Ihren ursprünglichen Raum konnte er nicht mehr verwenden und daran war niemand anderer Schuld als er selbst, er hatte die Einrichtung verwüstet und die Türe durchgetreten, jetzt musste er sich dringend um bessere Türen kümmern. Gott sei Dank war sie nicht darauf gekommen, mit der Pritsche nachzuhelfen, wie er es getan hatte.

Langsam zog er ihr die Schuhe und ihre Jeans aus. Als er ihr das T-Shirt über den Kopf ziehen wollte, blieb er am Ohrring hängen und er zerrte so lange daran, bis Blut über das Ohrläppchen quoll. Geschieht dir recht, du beschissene Meuterin.

Sonst ging er immer sorgsam mit seinen Schmetterlingen um, aber die hier, die verdiente es nicht, gut von ihm behandelt zu werden. Wenn sie wach war, würde er ihr eine Spezialbehandlung angedeihen lassen. Darauf freute er sich nicht sonderlich, denn ganz egal, was seine Mädchen von ihm dachten, er stand nicht auf Gewalt an sich. Er wollte sie leiden sehen, ja, aber er verabscheute es, wenn er sich dazu seine Hände schmutzig machen musste. Sie sollten seine Macht spüren, ihn fürchten und seine Größe anerkennen, vor allem die Größe eines bestimmten Körperteils. Oh Blum, der war gut, um nicht zu sagen sehr gut.

Die Schläge sollten ihre Angst steigern, nicht mehr und nicht weniger. Quälen und Foltern waren Begleiterscheinungen der Macht, die ihm die Schmetterlinge nicht immer freiwillig zugestanden, deswegen musste er eben ab und zu ein bisschen nachhelfen. Passiv war ihm dabei aber viel lieber als aktiv. Irmgard hatte er tagelang in den Bunker eingesperrt, ohne einen Finger krümmen zu müssen. Bei Suri war der

Aufwand auch minimal, sie bekam einfach kein Wasser und Brot mehr, wenn sie nicht gehorchte, und die beiden Damen aus dem Osten hatte er nur einmal schräg anschauen müssen, damit sie kuschten. Sie hatten die Unterwürfigkeit schon ein ganzes Leben lang gelernt und erkannten das Böse, wenn es vor ihnen stand. Sie hatten den Bunker durch den Kamin verlassen müssen, weil er sich an ihrer Unterwürfigkeit einfach satt geliebt hatte. Zu viel war zu viel, es sollte ja spannend bleiben. Und natürlich hatte er ihre Geschichte jeder neuen Bewohnerin erzählt. Das half beim Eingewöhnen.

Bei der kleinen Türkin war das ganz anders. Sie hatte er, das musste er zugeben, eindeutig unterschätzt. Sie war nicht nur körperlich fit, sondern auch mental, was ihre Beziehung etwas schwieriger gestaltete. Mit ihrer Revolte hatte die Türkin sich und ihm eine Vergeltungsmaßnahme eingebrockt und Blum musste jetzt mitbüßen, ob er wollte oder nicht. Er hatte schließlich einen Ruf zu verteidigen in seinem kleinen unterirdischen Reich. Nun musste er brutaler sein, aber auch das würde er schaffen, denn die Metamorphose in seiner Unterwelt betraf nicht nur seine Schmetterlinge, auch er lernte mit jedem neuen Mädchen dazu, veränderte sich, wurde besser und passte sich an. Sein Zweitleben in diesem Bunker war eine unterirdische Evolution, die ihn besser machte und bei den Mädchen aussortierte, was nicht wertvoll genug war.

Anfangs hatte er noch nicht gewusst, wie das alles ausgehen würde. Fantasien hatte er, ja, aber ausführen war etwas ganz anderes.

Vor einer Ewigkeit, so schien es Blum zumindest, hatte er nicht mehr nur begleiten wollen, sie sollten ihm hierher folgen, sollten sich nur auf ihn konzentrieren, ihm alle Fernglasstunden in Naturalien rückvergüten, ihm die Einsamkeit versüßen, ihm das Gefühl geben, dass er und nur er der wichtigste Mensch in ihrem erbärmlichen Leben war.

Herrlich, Blum strich Neci über die nackten Beine. Auch die heutige Herausforderung hatte er schlussendlich zu seiner Zufriedenheit gemeistert, obwohl es knapp war, das musste er sich eingestehen. Wie hatte die kleine Hure nur die Eingabe des Codes bis nach unten hören können? Mit vielem hatte er gerechnet, aber nicht damit.

Sei nicht so selbstgerecht, Blum, ermahnte er sich, das ganze Theater hat schon damit angefangen, dass du sie ohne viel Mühe aus ihrem Zimmer hast kommen lassen. Ausgetrickst worden bist du wie ein Schuljunge und zum kompletten Vollidioten gemacht worden bist du. Und warum? Weil er sich nicht unter Kontrolle hatte, so einfach war das. Sie war ein kleines, durchtriebenes Miststück, aber Blum war das Herrschen hier unten so zu Kopf gestiegen, dass er sich hatte hinreißen lassen. Dafür gab es nur eine Lösung. Nie mehr durfte er den Brief lesen, bevor er nach unten ging. Nie mehr. Danach, nach seinen Schäferstündchen, konnte er ihn tausendmal lesen, aber davor nie mehr wieder.

Nie. Merk dir das, merk dir das, merk dir das.

Blum schlug sich mehrmals mit der Faust gegen die Stirn. Das alles hätte ganz anders ausgehen können, Idiot. Er hätte es wissen müssen. Ordentliche heimische Frauen waren anders, aber diese billigen Nutten aus aller Herren Länder hatten es wirklich drauf im Verschlagen-Sein. Allen voran die Muslime, denen schon Mohammed gesagt hatte, dass man Ungläubige anlügen durfte, wann und wie oft man wollte. Schamlos sündenfrei sozusagen.

Für Neci würde das ganz bestimmt nicht sündenfrei ausgehen, er würde ihr seine Gesetze einimpfen und er würde dabei bestimmt mehr Spaß haben als sie.

Ruhig, Blum, ruhig. Warum sich jetzt unnötig aufregen, was zählte, war das Ergebnis, und das Ergebnis lag willenlos vor ihm, bereit für viele weitere gemeinsame Tage. Er war so stolz auf sich, so was von stolz, und endlich nach so vielen kümmerlichen Jahren liebte er sein Leben genau so, wie es war. Er fuhr Neci unter den BH und schob ihn nach oben, sie war so perfekt. Ja, genau, perfekt, und deswegen liegst du auch hier, du mieses Stück Dreck. Er zwickte ihr in die Brustwarze, keine Reaktion. Außen hui und innen pfui, sehr pfui sogar, das wusste er, weil er Bulluts Kamera im Schlafzimmer angezapft hatte. Die Kleine stand auf pfui.

Blum fing an zu lachen, laut und aus vollem Halse. Er hätte sie hier und jetzt nehmen können, es stand ihm zu, gelangweilt knetete er ihren Busen. Aber das war nicht das, was ihn reizte. Es hatte ihn schon beim letzten Mal genervt, dass er nur ihre leere Hülle besitzen konnte. Zugegeben, es war eine schöne Hülle, aber schreiend, weinend und bettelnd gefielen sie ihm einfach besser. Sie sollten seine Lust auf Dreck mit Demut belohnen. Sie sollten büßen dafür, dass er sie haben wollte, sie sollten büßen dafür, dass sie unerlaubt schön waren, dass ihr Äußeres über ihre Minderwertigkeit hinwegtäuschte. Blum wollte sie lehren, was es hieß, kein Recht auf irgendetwas zu haben. Büßen mussten sie. Büßen. Auch für ihn.

Blum legte sich zu Neci auf die Pritsche, umfasste sie von hinten überall dort, wo sie es sicher weniger gern hatte, und ließ seine Gedanken und Hände weiterschweifen.

Es war wie in der Kirche, sie litten für seine Sünden, für seine Abartigkeit, dafür, dass ihn zwei Väter hassten, und vor allem dafür, dass er, Blum, ein Mischblut war. Im Blum-Universum waren sie die kleinen, heißen Jesus-Ladies, die ihn empfingen, um ihn zu erlösen. Das Erlösen konnte halt manchmal etwas länger dauern, nicht so eine hastige Golgatha-Geschichte und an einem Freitag erledigt, so billig kam man hier unten in seinem Bunker nicht davon.

Er zögerte ihr Leiden hinaus. Im Bunker und auf den Pritschen. Am besten gefiel ihm bei seinen Spielchen das Würgen, sie sollten jedes Mal vor Freude jauchzen, wenn sie wieder Luft bekamen, und nicht nur reglos herumliegen, sondern schätzen, dass sie noch am Leben waren, weil er sie ließ.

Wie das Luft-Abschnüren war auch das Leben hier unten eine schmale Wanderung am Grat. Nicht zu brutal durfte er sein, damit die Mädchen noch Hoffnung hatten, das Flehen möglichst lang ging und er ihre Hoffnungen über Wochen und Monate immer wieder enttäuschen konnte und fordern, was sie ihm nicht geben wollten. Keine von ihnen hatte bisher verstanden, warum sie hier unten war. Es ging nicht um sie und er wollte sie nicht haben, weil sie schöner waren als andere. Sie waren auch hier unten noch so eingebildet, dass sie meinten, sie könnten seine Lust und sein Begehren steuern und sie seien der Grund für irgendetwas, das er empfand. Nein. Genau wie das wertlose Weib hier vor ihm waren sie nur Objekte seiner Begierde. Sie wurden nur benutzt, sie waren nichts wert, wenn er sie nicht mehr liebte und zum Tode verurteilte, wenn er von den fluguntüchtigen Schmetterlingen genug hatte.

Wozu es führte, wenn man eine prüde, ausgetrocknete und gottesfürchtige Wüste war, hatte Irmgard spüren müssen.

So würde es ihm ganz bestimmt nicht noch einmal gehen, er musste dafür sorgen, dass hier unten seine Lust und ihre Hoffnung sich schön lange die Balance hielten. Dann war es perfekt, sein Reich. Das Leben in diesem perfekten Reich war einzigartiger als das aller anderen armen, nichts ahnenden Würmer, obwohl der Weg, der ihn bis in den Bunker geführt hatte, lang und steinig gewesen war. Deswegen genoss er es jetzt noch viel mehr und intensiver.

Wie unschuldig und nichts ahnend war er doch davor gewesen, ohne Plan, was ihm das Leben noch so alles schenken würde. Er zog ein bisschen an Necis langen schwarzen Haaren, die ihr in Locken über den Rücken fielen, teilte ihre Mähne und küsste sie auf den Hals. Mhm, sie hatte die Zitronen-Seife aus Marseille verwendet, die Blum ihr neben den Kübel gelegt hatte. Er drehte Necis Körper zu sich, legte ihre Arme und Beine auf seinen Körper, drapierte ihre Hände um seinen Hals, so als ob sie ihn zum Abschied liebevoll streicheln würde. Aufmerksam betrachtete er im Halbdunkel ihr Gesicht und fühlte sich plötzlich unangenehm berührt vom bewusstlosen Starren ihrer Augen. Noch kein einziges Mal hatte er sich durchringen können, die Augäpfel der Mädchen abzulecken, obwohl er sich redlich bemüht hatte. Im Tagebuch seiner Mutter, das er wochenlang gesucht hatte nach ihrem Tod, hatte er eine verstörende Zeichnung gefunden. Das Gesicht seiner Mutter und darüber ein Mann, der sich weit zu ihrem Kopf hinunterbeugte. Die Perspektive stimmte nicht, aber auch so hatte Blum erkennen können, was er tat.

Und so was tat er nicht, sicher nicht, er war kein vollkommen Perverser.

Neci stöhnte leise, als Blum ihr grob die Lider schloss. Ob er auch so gestarrt hatte die ganzen letzten Jahre mit seinem Fernglas? Blum stand auf und atmete tief durch. Nein, so willenlos war er nie gewesen und nach dem Brief schon gar nicht, damals hatte er plötzlich ganz genau gewusst, was zu tun war. Damals mutierte das Starren in ein Mittel zum Zweck. Er hatte das willenlose Glotzen mit geiferndem Mund in unterirdischen Aktionismus verwandelt. Rückblickend glorifizierte er den Tag, an dem aus Dr. Blum, dem abartigen Stalker, ein noch abartigerer Entführer und Mörder mit einer beinahe heiligen Botschaft geworden war. An jenem Tag wusste er auf einmal, was er mit dem alten Bunker unter seinem Schrebergartenhäuschen anfangen würde.

Davor war alles so kindisch gewesen. Er hatte sich ein bisschen vergnügt mit ihnen, sie vom Wegrand gepflückt, die dummen Weiber. Sie waren stets freiwillig gekommen. Aber sie waren auch wieder gegangen. Lebend. Sie hatten nichts davon geahnt, dass er sie seit Wochen ausspioniert hatte, sie beobachtet hatte, alles von ihnen wusste und dass sie seinem Charme nicht etwa zufällig erlegen waren, sondern dass er sehr strukturiert alles bis ins kleinste Detail geplant hatte. Nichts hatte er dem Zufall überlassen, gar nichts, er konnte ihren Alltag penibel genau rekapitulieren und auch voraussagen. Er kannte sie in- und auswendig. Sie waren in seinem Bett gelandet, weil er es so wollte, und es gab nichts, was er davor nicht schon von ihnen gesehen hatte.

Im Großen und Ganzen hätte man sein Leben damals neben und im Bett noch als relativ normal bezeichnen können. Relativ. Schon damals fielen psychologisch gesehen aber vor allem ihre Höhepunkte unter besonders. Ein persönliches

Highlight seiner damaligen unschuldigen Zeit war Susanne. Der etwas dünnen, aber wohlproportionierten Krankenschwester hatte er als Geschenk zu ihrem Höhepunkt zugeflüstert, sie solle sich doch nicht immer nach dem Essen den Finger in den Hals stecken, sondern das Leben genießen. Neci würde er bei ihrem ersten Schäferstündchen fragen, warum sie nächtelang mit dem Küchenmesser in der Hand neben ihrem schlafenden Schlägergatten gesessen war und nie den Mut hatte, es ihm ins Herz zu stoßen.

Genau das waren seine Momente. Neci würde sich ertappt fühlen, ganz genau wie die Krankenschwester, die erschrocken wie viele vor und nach ihr in ihrer geschmeidigen Bewegung erstarrte und ihn brüsk von sich wegstoßen wollte. Den Mann, der nicht nur in ihren Körper, sondern auch in ihre Psyche eingedrungen war und ihr im Augenblick der größten Verletzlichkeit einen Spiegel vorhielt. Blum war unerbittlich in diesen letzten Sekunden und das Schönste daran war, dass sie sich auch selbst betrogen hatten. Egal wie erschrocken sie waren, ihr Körper folgte in diesen unvergesslichen Momenten seinem, sie konnten im Rausch ihrer Begierde nichts, aber schon gar nichts dagegen tun, ganz egal, was ihr Kopf wollte, ihr Körper wollte ihn noch.

Von diesen süßen Sekunden hatte Blum dann tagelang geträumt, es waren diese wenigen Augenblicke der Erkenntnis und des Ausgeliefert-Seins der Weiber unter ihm, die ihn mehr befriedigten, als es alles andere je hätte tun können.

Sie waren alle so hilflos, naiv und wunderbar um den Finger zu wickeln. Davor und danach. Vor allem danach, wenn er jedes Mal beteuert hatte, dass er das doch nicht so gemeint habe, dass sie ihm dieses Geheimnis wahrscheinlich irgendwann in den Tagen zuvor erzählt haben mussten und dass es ihm unendlich leidtun würde, dass er ihre kurze Gegenwehr am Ende ihres Liebesspieles als Lust missinterpretiert hatte. Immer waren sie heulend und schluchzend gegangen mit einem undefinierbaren Gefühl im Bauch, ein wenig missbraucht worden zu sein, aber eben nicht genug, um etwas gegen ihn zu unternehmen. Natürlich waren sie vor allem über sich selbst entsetzt, denn ihre verräterischen Körper hatten mitgespielt bei seinem Spiel, sie konnten nicht mehr zurück von dem Berg, auf den er sie getrieben hatte. Auch sie trugen Schuld an allem und was sollten sie schon machen? 99,9 Prozent des gemeinsamen Abends waren ja auch für sie äußerst vergnüglich gewesen, sie waren so stolz darauf, einen der begehrtesten und heißesten Junggesellen von Bregenz in ihr Bett gelockt zu haben, und wie sollte man schon mit dem letzten einen, sehr verstörenden Zehntelprozent umgehen? Wie konnte man das ungute Gefühl rechtfertigen? Hatten sie sich getäuscht, etwas falsch verstanden? Womöglich versehentlich ihre kleinen Geheimnisse ausgeplaudert? Er war doch so ein Charmeur, ein Gentleman alter Schule gewesen, ein von vielen geschätzter Arzt und stadtbekannter karitativer Wohltäter? Natürlich konnten sie niemandem erzählen, was ihnen passiert war, ohne preiszugeben, was sie Jahre erfolgreich unter ihrem Alltagsmäntelchen versteckt hatten. Ihn zu beschuldigen, ging nicht, ohne eigenes Fehlverhalten zuzugeben, ganz egal ob sie kotzten, den Nachbar heimlich beglückten oder soffen. Sie waren ihm ausgeliefert. Es war ganz genau wie im Internat, nur dass seine Befriedigung deutlich tiefer gegangen war.

Blum hatte viele von ihnen nach der einzigen gemeinsamen Nacht auf der Straße, bei Events, im Theater oder bei Konzerten wieder getroffen, hatte sich bewusst freundlich erkundigt, wie es ihnen denn gehe und dass er sich so gerne wieder mit ihnen treffen würde und dass er den gemeinsamen Abend nicht mehr vergessen könne. Doch keine der Damen hatte ihn danach noch einmal angerufen, das ungute Gefühl war zu groß, aber nie groß genug, um schlecht über ihn zu reden. Sie waren alle mit ihm mitgegangen, waren alle scharf auf den sexy Herrn Doktor gewesen, wollten ihn unbedingt haben, ohne zu wissen, dass er sie schon lange zuvor besessen hatte.

Bis zu einem Tag im September des letzten Jahres war alles so kindlich naiv gewesen, obwohl Blum sich rückblickend eingestehen musste, dass er schon damals gerne mehr gehabt hätte, dass er gerne weitergegangen wäre und dass er die anschließende Maskerade hasste wie die Pest. Aber er hatte eingesehen, dass er keiner Frau sein wahres Gesicht zeigen konnte und dass er in diesem beschissenen Kaff vorsichtig sein musste. Bis zu dem Tag, an dem der vermaledeite Brief aus den USA in sein Leben eingeschlagen hatte wie eine Napalmbombe und alles in Brand steckte, an das er zuvor geglaubt hatte, war Blums Leben noch in halbwegs normalen Bahnen gelaufen.

Das konnte doch alles nicht wahr sein, Blum richtete sich ruckartig auf, gerade hatte er sich doch so richtig schön in Stimmung gedacht und dann funkte ihm schon wieder dieser Brief dazwischen. Ein weiteres Mal hatte es die in Folie verpackte Katharsis in seine Gedanken geschafft. Blum kletterte wütend über Neci, seine Lust war verflogen. Nur mühsam konnte er, während er sich seine Haare nach hinten strich und sein Hemd zurechtzupfte, die Verbitterung hinunterschlucken.

Ruhig. Ruhig, Blum, wir machen nicht zweimal am Tag den gleichen Fehler. So dumm konnte man nicht sein. Denk an das Gute, an das, was dieser Brief aus dir gemacht hat. Daran, dass aus dem simplen, kurzen Aufflackern glückseliger Momente ein dauerhaftes Besitzen geworden war. Ja, genau, seien wir uns mal ehrlich, wer besitzt nicht lieber sein persönliches Glück die ganze Zeit, als es dem Schicksal nur für wenige traurige Sekunden immer wieder abtrotzen zu müssen? Hm?

Von diesem Tag an war das Beuteschema, dem seine Opfer entsprechen mussten, plötzlich klarer gewesen, als es das bloße Begehren je sein konnte. Nach diesem Brief hatte es Blum nicht mehr auf lächerliche kleine Geheimnisse, sondern auf etwas viel Schwerwiegenderes abgesehen.

Seine Schmetterlinge sollten mit einer Erbsünde das Licht dieser grausamen Welt erblickt haben und mit ihrem Sündenfall sollten sie sein größtes, nicht totzuschweigendes Vergehen sühnen. Die Sklavinnen mussten nicht nur schwach sein, sondern auch das falsche Blut haben. Sein Blut. Oder ein ähnlich minderwertiges. Dass er genauso schlecht wie sie war, diese simple Tatsache, die ihn mehr schmerzte als alles andere in seinem Leben bisher, wollte Blum erbarmungslos aus seinem Bewusstsein tilgen. Er musste dieses Blut beseitigen, sich reinwaschen vom unwerten Leben, sich erlösen von seinen Genen und allem Stinkenden, abgrundtief Ekligen, das ihn biologisch ausmachte.

Nach seiner ersten Reinigung ging es ihm für viele Wochen besser. Er konnte sich wieder im Spiegel betrachten, seinen perfekten Körper gutheißen, seine gestählten Muskeln bewundern, er sah sein wahres Ich ohne den einen entscheidenden Makel, den es galt loszuwerden, auszumerzen, auszurotten. Die Welt gehörte den Starken, den Reinen. Er war stark, er war ein Blum und er wurde reiner, indem sie es nicht mehr waren. Sein Weg führte nicht nach Golgatha, er ließ sich nicht im Felsengrab verscharren, er landete nicht im Gas. Sie waren es, die an seiner statt verrecken mussten, er saß am Hebel und das, nur das, konnte ihn, den Untröstlichen, besänftigen. Es machte ihn zu einem der Reinen. Zu einem angesehenen Bürger dieser feinen Gesellschaft, der rechtschaffenen Menschen dieses mickrigen Nests, das sich am Rande der Welt Landeshauptstadt nannte und in seiner falschen Prüderie zu ersticken drohte.

Jetzt war die Stimmung gänzlich dahin in Blums Reich, er kletterte über die leblose Neci, ohrfeigte sie mehrmals, doch sie schien sich bei ihrem Absturz durch den Schacht den Kopf fester angeschlagen zu haben, als er angenommen hatte. Gut so, Schlampe, schlaf weiter, in den nächsten Tagen wirst du nicht viel Schlaf bekommen.

Blum drückte die Tür auf, schloss sie hinter sich, hieb beim Vorbeigehen heftig auf Suris Türe, um sie zu erschrecken, hörte ihr panisches Gewimmer und kletterte grinsend die Leiter hoch. Am Schloss änderte er den Code, stellte die Audioeinstellungen auf lautlos, ließ die Luke einschnappen und wusch sich am Waschbecken das Gesicht und die blutigen Finger. Die Türkin hatte ihn ordentlich erwischt. Er säuberte die Wunde am Hinterkopf, die nicht so groß war, dass man sie nähen musste, und wickelte ein Tape straff um seine blauen Finger. Er konnte sie abbiegen, also war nichts gebrochen, aber vor allem der Mittelfinger war stark geprellt und es wunderte Blum, wieso er das bisher nicht wirklich gespürt hatte. Er angelte sich sein Hemd vom Haken und fuhr zusammen, als er im Augenwinkel etwas wahrnahm.

Die Bildschirme hatten sich aktiviert, was hieß, dass in Leonies Wohnung einer der Bewegungsmelder angesprungen war. Was war da los? Es waren doch erst etwa zweieinhalb Stunden vergangen, Leonie konnte sich auf keinen Fall rühren. Fassungslos starrte Blum auf den mittleren Schirm, der ihm die Kamera bei der Eingangstüre zeigte. Holz splitterte in den Flur und kurz darauf standen der Kommissar und der Profiler mit gezogenen Waffen in Leonies Gang.

Blum taumelte zurück, ihm blieb die Luft weg, er hätte gerne geschrien, um sich den Druck von der Brust zu nehmen, aber seine Stimme versagte. Das Einzige, was er denken konnte, war, dass er geliefert und sein unterirdisches Dolce Vita vorbei war. Leonie würde in zwei bis drei Stunden aufwachen und dann, dann würde sie reden.

Die beiden arbeiteten sich langsam in Richtung Wohnzimmer vor, wie sie es auf der Polizeischule gelernt hatten. Fuck. Das hätte er Heinzle, diesem Lahmarsch, nie zugetraut. Er kannte ihn schon seit der Volksschule und hatte sofort alle beruflichen Informationen zu ihm eingeholt, als er wusste, dass er auf seinen Fall angesetzt worden war. Außerdem war er der Arzt seiner Frau gewesen. Ansonsten kannte man sich halt, wie man das in einer kleinen Stadt eben tat. Vom anderen hatte er auch schon gehört, gesehen hatte er ihn zum ersten Mal auf der Pressekonferenz. Er hatte gleich von Anfang an ein ungutes Gefühl bei dem linksversifften John-Lennon-Verschnitt, der nicht einmal ein richtiger Österreicher war, und offensichtlich hatte sein Bauch sehr recht gehabt.

Nein, jetzt waren sie im Wohnzimmer. Nein. Nein. Nein.

Seine Gedanken ruckelten schwerfällig dahin, während er den beiden Eindringlingen zuschaute, wie sie sich über Leonie bückten, über die Frau, die noch bis vor wenigen Sekunden sein Schmetterling war und bald in sein Reich gekommen wäre. Wäre.

Nach weiteren Sekunden, die Blum vorkamen wie Ewigkeiten, hatte er sich zumindest so weit gefangen, dass er die ersten Maßnahmen seines Notfallplanes einleiten konnte. Hastig trennte er die Verbindungen zu Leonies Flur, Bad, Küche und WC, das Wohnzimmer musste noch warten, schließlich musste er wissen, ob und wann Leonie in der Lage war, seine Identität preiszugeben. Doch was er sah, beruhigte ihn etwas, Leonie machte das, was er für ihre nächsten Stunden vorgesehen hatte, nichts. Das hieß für ihn, dass er noch ein paar Stunden hatte, bis er sich für hoffentlich nicht immer in den Bunker zurückziehen musste. Immer. Was für ein beschissenes Wort.

Er hatte gewusst, dass dieser Fall jederzeit eintreten konnte, denn niemand und auch nicht der beste Stratege konnte jedes kleine Detail mit einplanen und irgendwann würde es auch ihn treffen, das hatte er gewusst. Aber jetzt schon? Er war so etwas von nicht bereit für das Leben ganz unten.

Im Wohnzimmer Leonies telefonierte der Profiler jetzt, während der Volltrottel von Kommissar sich neben Leonie gekniet hatte und auf sie einredete. Ganz schlau, du Idiot, sie kann dich ganz bestimmt hören.

Blum holte die Liste aus der Schreibtischschublade, auf der er penibel notiert hatte, wie die nächsten Minuten und Stunden abzulaufen hatten. Nicht, dass er sie gebraucht hätte, er wusste, was zu tun war, aber er musste zugeben, dass ihm die Knie etwas schlotterten. Kein Wunder, er verabschiedete sich gerade von seinem Leben, und wie lange er unten ausharren konnte, würde sich zeigen. *Immer* war ein dehnbarer Begriff.

Was er dann auf dem Wohnzimmer-Bildschirm sah, konnte er kaum fassen. Konnte man so viel Glück haben? Leonie würde ihn nicht so schnell verraten, sie lag immer noch auf dem Boden und über ihr die zwei Idioten, die damit beschäftigt waren, sie zu reanimieren.

Er sprang auf und schrie vor Freude, das gab ihm die entscheidende Zeit mehr. Offenbar hatte die kleine Karibikbraut seinen Cocktail nicht so gut vertragen oder er hatte etwas überdosiert. Schon als er ihr die Injektion verabreicht hatte, waren ihm Zweifel gekommen, sie hatte so viel zierlicher und zerbrechlicher gewirkt in der Realität als durch seine Kameras. Oh Gott, wie unsäglich froh war er jetzt in diesem Moment, dass er ihr die ganze Dosis verabreicht hatte.

Gut so, Blum, gut so.

Vielleicht geht noch einmal alles gut aus, vielleicht kratzt sie ab, die Kleine, und vielleicht konnte er dann doch dort weiterleben, wo auch alle anderen lebten. Vielleicht, ja vielleicht. Aber auf vielleicht ist eben kein Verlass, er hatte keine Zeit, er musste jede Minute nutzen und jetzt langsam einmal in die Gänge kommen.

Er trennte auch die Verbindung zu der Kamera im Wohnzimmer, wendete sich ab von den Bildschirmen und seinem letzten Mädchen, das nie den Weg in sein Reich finden würde. Sein Reich würde nie kommen und tausendjährig war es schon gar nicht.

Eigentlich hätte er panisch sein müssen, als er das kleine Häuschen verließ, wahrscheinlich war das sein letzter Landgang in die große, weite Welt, bevor er abtauchte wie seine Mädchen und die Luken dichtmachte, doch das Gegenteil war der Fall. Er war schon sehr lange nicht mehr so ruhig gewesen wie jetzt, als der Bunker auch für ihn Realität wurde.

Er fuhr das Cabrio rückwärts aus der schmalen Einfahrt, vor ihm lag die wunderbare hüglige Landschaft und weiter unten der in der beginnenden Abenddämmerung glitzernde See. Ja, du Memme, schau dir das nur lange an, du wirst den See wahrscheinlich nie mehr wiedersehen und schuld da-ran war wieder eine der kleinen Huren. Was für ein beschissener Zufall war es bitte, dass der Kommissar genau in dem Augenblick in sein Leben trampeln musste, als er die kleine, verschnürte und gut verpackte Leonie schon abreisefertig gelagert hatte? Gut, es hätte auch noch schlimmer kommen können. Was, wenn Neci im Bunker nicht rebelliert hätte und er noch in der Wohnung gewesen wäre? Also, was regst du dich auf, Blum, das wird schon. Es wird anders, aber es wird.

Er wischte sich die Schweißtropfen von der Stirn, die Baseballkappe mit den falschen Haaren und die Brille mit dem Fensterglas hatten ihn immer schon genervt, wie die ganze Identität des Lehrers, in die er in der Schrebergartensiedlung schlüpfte. Aber jetzt, wo er die Maskerade zum letzten Mal veranstalten musste, war sie ihm so lästig wie nie zu vor. Heiß und eng klebte der falsche brünette Stufenschnitt an seinen roten Ohren und das lächerliche Bayern-Käppi saß wie der Deckel eines Druckluftkochtopfes auf seinem gemarterten Hirn. Gott sei Dank war er heute nicht wie sonst mit dem Lieferwagen gekommen, der Fahrtwind tat ihm gut, nur schade, dass er sich auch um sein Cabrio kümmern musste, der Notfallplan gab genaue Verhaltensregeln vor. Warum nur hatte alles so schnell gehen müssen mit seinem endlich ertragbaren Leben? Konnte er nicht ein einziges Mal Glück haben? Vielleicht hätte er nicht so gierig sein sollen und sich ausgerechnet eine Freundin von der Türkin aussuchen sollen, aber was machte man schon gegen seine Triebe, gegen Gefühle und die Schönheit der verdorbenen Schmetterlinge? Sie war einfach die Schönste und die Schönsten gehörten ihm.

Jetzt musste er langsam und bedacht vorgehen, seinen Plan Buchstabe für Buchstabe genau einhalten, damit er wenigstens unbehelligt unter die Erde verschwinden konnte, bis sich die Situation beruhigt hatte.

Wenigstens war er vorbereitet, zumindest das konnte er sich nicht vorwerfen.

Lange hatte er sich den Notfallplan zurechtgelegt, hatte Lebensmittel, Kleidung und Medikamente in den alten Bunker geschafft, Wasserversorgung, Frischluftzufuhr sowie Energieversorgung auf den neuesten Stand gebracht, getestet und immer wieder auf Funktionsfähigkeit kontrolliert. Er hatte den Nachbarn eine schöne Fährte gelegt, die astrein nach Kanada führen würde, hatte eine Gartenfirma organisiert, die den Schrebergarten für den Langzeiturlauber betreute, inklusive der Wasserleitungen ins Glashaus, von denen eine natürlich nach unten führte. Die Solarpaneele lieferten ein bisschen Strom, der Rest kam von oben, er durfte es nur nicht übertreiben, sonst fiel die Stromrechnung für einen Schrebergarten womöglich jemandem auf. Die Fäkalien wurden in den Schacht entsorgt, der zu einem unterirdischen Fluss führte, dort endete auch ein kleiner Schacht ganz vorne bei der Leiter, wenn beide Luken offen waren, genossen seine Damen zugige Frischluft. Sein Bunker war ein Paradebeispiel für einen geheimen Rückzugsort, hier könnte er es monatelang aushalten.

In Bregenz angekommen, fuhr er zuerst in seine Praxis, er hatte die Sicherungskopie mit seinen Favoritinnen auf einem USB in seinem Schreibtisch versteckt. Im Lift kontrollierte er im Spiegel den Sitz seines Sakkos, zog sich die Krawatte zurecht und fuhr sich noch einmal durch die Haare. Er schaute wirklich gut aus, der Herr Doktor. Er durfte sich keine Blöße geben, gerade jetzt war er auf sein Scheinleben als ganz normaler Stadtarzt angewiesen, und zwar so lange, bis die Luke seines Bunkers sich hinter ihm schloss. So lange musste alles wie am Schnürchen funktionieren.

Als er die Tür zu seiner Praxis öffnete, setzte er sein gewinnendstes Lächeln auf. Seine hübsche Assistentin strahlte zurück, er kannte sie schon seit Jahren und sie war eine der wenigen Frauen in seinem Leben gewesen, auf die er sich immer hatte verlassen können. Etwas zu prüde und zu verheiratet, aber sonst genau die Richtige für den normalen Dr. Blum.

»Guten Abend, Herr Doktor, schon so früh heute?«

»Ja, unglücklicherweise muss ich die Sprechstunde heute absagen, ich habe noch einen ungeplanten Hausbesuch. Die haben mich gerade angerufen, dass sie mich dringend brauchen. Ich muss nur noch schnell meine Brille holen.«

»Okay«, meinte seine Sprechstundenhilfe, für die solche notfallmäßigen Änderungen der Privatordination nichts Außergewöhnliches waren. Sie wollte sich schon zum Wartezimmer umdrehen, als Blum nachhakte.

»Wie viele Patienten haben wir denn?«

»Nur zwei und eine junge Dame, die sich eigentlich nur ein Rezept für die Pille verschreiben lassen wollte. Ich hab aber gesagt, dass das nicht so einfach geht ohne Untersuchung beim Gynäkologen und dass wir eigentlich nicht die richtige Ordination für so etwas sind, obwohl ihre Mutter schon Patientin von Ihnen war.«

»War?«

»Ja, es ist die Tochter von Clara Heinzle, Sie wissen schon, die mit dem Brustkrebs, die letzten November gestorben ist.«

Blum versuchte, sich seine Überraschung nicht anmerken zu lassen und so unauffällig wie möglich zu antworten. »Okay, für Untersuchungen hab ich jetzt keine Zeit mehr, schicken Sie bitte die beiden Patientinnen nach Hause, mit dem Mädchen rede ich noch schnell.« Blum spielte den gestressten Arzt, der einem jungen Mädchen helfen wollte, perfekt. »Geben Sie mir noch zwei Minuten, Ursula, dann schicken Sie mir das Mädchen in Raum eins, okay?«

»Gerne, brauchen Sie mich noch, Herr Doktor?«

»Nein, danke, Ursula, bis morgen.« Blum lächelte seine Assistentin an, setzte sich an seinen Schreibtisch, angelte den USB-Stick aus der Schublade, lehnte sich in seinem Sessel zurück und schloss die Augen, um zur Ruhe zu kommen. Das Schicksal, das er vor einer halben Stunde noch so verflucht hatte, war ihm also doch besser gesonnen, als er dachte. Das konnte doch alles nicht wahr sein, was war das für ein Tag? Von allen Mädchen dieser Stadt hätte er am wenigsten mit der Tochter vom Bullen gerechnet. Wie es aussah, würden die nächsten Wochen im Bunker vielleicht unterhaltsamer, als er es sich ausgemalt hatte.

Sonnenklar erschienen ihm seine nächsten Schritte, dass Heinzles Tochter hier auftauchte in seiner Praxis, konnte einfach kein stinknormaler Zufall sein, das war eher eine Fügung, und diese würde das Leben von beiden verändern. Nein, was fantasierte er nur für einen Blödsinn, es würde das Leben von drei Menschen nachhaltig verändern, das des Kommissars wahrscheinlich am meisten.

Wie sie wohl aussehen würde, sein Racheengel? Ob sie nach ihrer zierlichen Mutter kam oder nach dem Vater, der Blum fast um einen Kopf überragte und deutlich schwerer war als er? Ganz egal, das hier war anders, da ging es nicht um Schönheit und genetisches Material, hierbei ging es um simple und einfache Genugtuung und Wiedergutmachung. Heinzle musste, jetzt da Blum die einzigartige Chance geboten wurde, mit seinem Kind dafür zahlen, dass er es gewagt hatte, sein Universum zu zerstören. Und wenn sie noch so hässlich war, sie würde ihn nach unten begleiten. Basta.

Blum überlegte gerade fieberhaft, wie er es anstellen konnte, sie in sein Auto zu bringen, als das Frischfleisch klopfte. Er wusste nicht wirklich, was er sich vorgestellt hatte, auf jeden Fall kein so perfektes Wesen, wie es die kleine Heinzle war. Groß und schlank mit hüftlangen blonden Locken und einer herrlichen Art, ihren Körper zu bewegen, nicht so linkisch wie andere pubertierende Mädchen, die nicht wirklich wussten, was sie mit sich und ihren Körpern anfangen sollten. Sie wusste, was sie wollte. Bis auf den glitzernden Lipgloss war sie vollkommen ungeschminkt, Make-up wäre auch vollkommen überflüssig gewesen bei dem Mädchen mit den schönsten blauen Augen, die Blum je gesehen hatte. Vor ihm hatte eine Herrin Platz genommen und keine Sklavin. Das machte seinen Plan nicht unbedingt leichter und zum ersten Mal in den letzten Jahrzehnten fühlte sich Blum wieder ein bisschen wie der kleine Junge im Internat, der Schwierigkeiten mit den Mädchen hatte.

Wow, ein Gefühl, das du schon lange nicht mehr hattest, dachte Blum, während er dem Mädchen zulächelte.

»Hallo, Christina, was kann ich denn für Sie tun, meine Liebe.«

»Sie können ruhig Du zu mir sagen, Herr Doktor.« Christina lächelte verschmitzt, was sie noch viel attraktiver machte.

»Gut.« Blum lächelte ebenso.

Christinas Blicke schweiften unangenehm berührt zu den zahlreichen Bildern und Dankeskarten, die seine Assistentin aufgehängt hatte.

Ha, dachte Blum, du bist also doch nicht so selbstsicher, wie du dich gibst, vielleicht doch ein bisschen Sklavin.

»Du bist also hier, damit nicht so schnell ein kleiner Heinzle bei mir an der Wand hängt«, meinte Blum und lächelte sie aufmunternd an. Er wusste, wie schwer sich die Mädchen mit Gesprächen dieser Art taten, und Christina war nicht die Erste, die lieber zu ihm kam, als gleich zum Frauenarzt zu gehen.

»Ja, genau.« Christina rutschte auf ihrem Stuhl hin und her, fing sich aber gleich wieder und schaute ihm direkt in die Augen. »Ich bin erst 17, ich habe ja noch mein ganzes Leben vor mir.«

»Sehr vernünftig, warum gehst du denn nicht zu einem Gynäkologen?«

»Ja, wenn das so einfach wäre, die kennen alle meinen Vater sehr gut und ich will nicht, dass ich darüber mit meinem Vater sprechen muss, verstehen Sie mich?«

»Klar verstehe ich das, wobei ich deinen Vater ja auch ein bisschen kenne, und irgendwann musst du sowieso zu einem von ihnen.«

»Herr Doktor …« Oh Gott, sie war wirklich süß, die kleine Jungfrau, Blum musste seine Krawatte lockern. »Können Sie nicht eine kleine Ausnahme machen für mich, Sie kennen mich doch.«

»Ich mach dir einen Vorschlag, Christina.« Blum kritzelte auf seinen Rezeptblock, erhob sich und nahm Handy und USB-Stick vom Schreibtisch. »Ich gebe dir jetzt ein Rezept und Ursula soll dir nächste Woche einen Termin bei Frau Doktor Spiegel machen, damit du dort nicht anrufen musst, okay?«

Christina schmachtete ihn auf kindliche und auch ein bisschen weniger kindliche Art an und Blum musste sich konzentrieren, um auch weiterhin den fürsorglichen Arzt zu geben.

»Okay, vielen Dank. Wissen Sie, ich will wirklich nicht mit meinem Papa darüber reden, das wäre eigentlich so ein Mama-Tochter-Ding.« Jetzt stand auch Christina auf und Blum begleitete sie zur Türe.

»Ich kann dich gut verstehen. Wie macht ihr euch denn so allein, ihr zwei? Wie geht es deinem Vater? Wusstest du, dass wir in die gleiche Volksschule gegangen sind?«

»Wirklich?«

»Klar, dein Vater hatte immer Ärger mit der Direktorin wegen seiner langen Haare.«

»Was? Cool, davon hat er mir natürlich kein Wort erzählt.« Christina lachte. »Es geht so, wir werden immer besser als Team.«

Blum öffnete ihr die Tür und die Worte des Mädchens trafen ihn dort, wo er von sich selbst dachte, dass er alles abgetötet hätte in den letzten Jahrzehnten. Er musste sich nicht einmal anstrengen, sie mitfühlend anzulächeln.

Blum, was ist mit dir los? Mitleid? Echt jetzt? Nicht wirklich, oder?

»Christina, wie bist du hier? Willst du mitfahren? Ich muss zufällig bei der Frau Meusburger eine Visite machen, sie wohnt nur zwei Häuser weiter, quasi bei euch ums Eck.«

Als sie zu ihm ins Cabrio stieg, rutschte ihr Kleid nach oben und er konnte einen kurzen Blick auf ihren rosa Slip erhaschen. Oh ja, der Tag entwickelte sich.

14

Von all den Augenblicken dieses schrecklichen Tages war der Moment, als Heinzle Leonies Hand loslassen musste, der schlimmste. Wie selbstverständlich war er in den Rettungswagen gestiegen, hatte die ganze Fahrt versucht, gegen die lauten Geräusche im Krankenwagen und die Sirene anzureden, und obwohl er gewusst hatte, dass sie ihn wahrscheinlich nicht hören konnte, hatte er das Gefühl, es ihr schuldig zu sein. Es würde alles gut werden, versprach er ihr und auch sich, es musste einfach. Er fühlte sich für sie verantwortlich und bildete sich ein, dass alles noch viel schlimmer werden würde, wenn er jetzt ihre Hand losließ. Der diensthabende Arzt der Notaufnahme hatte allerdings wenig Verständnis für seine Wünsche, er musste seinen Job machen, weil Heinzle seinen nicht gemacht hatte, und dann ließ er los.

Seit einer Stunde saßen sie nun schon im Wartezimmer und sein Optimismus schwand. Wenn er gewusst hätte, wie man ohne schlechtes Gewissen betet, dann hätte er jetzt ein Stoßgebet zum Himmel geschickt. Er, der Atheist, hätte um das Leben von Leonie gebettelt. Aber Heinzle konnte sich nicht durchringen, schon bei Clara hatte es null und gar nichts gebracht, sich vor diesem Gott lächerlich zu machen. Aber genauso wenig würde es etwas bringen, stundenlang im Wartezimmer zu sitzen, er musste irgendetwas tun, sonst würde er hier noch verrückt werden und in einem ganz anderen Wartezimmer landen und nur noch in den Park dürfen, wo gänzlich Verrückte ihn für ihren Sohn hielten. Nein, dorthin wollte er ganz bestimmt nicht mehr. Mach deinen Job und hör auf zu jammern, Heinzle.

Er telefonierte mit Wagner, der mit der Spusi Leonies Wohnung auf den Kopf gestellt hatte, doch konkrete Ergebnisse hatten sie noch keine und sie würden heute auch noch keine Details rausrücken. Wagner erzählte ihm von den Kameras, aber weder ein Kreuz noch ein Winkel hatte sich in der Wohnung gefunden, irgendetwas musste den Entführer also aufgescheucht haben. Er war von seinem Muster abgewichen und gestört worden.

Sense drückte ihm einen lauwarmen Kaffee aus dem Automaten in die Hand, das Gebräu schmeckte grauenhaft, aber er brauchte dringend Ablenkung.

»Wir haben wieder sechs Kameras, aber alle offline und ohne Speicher, und gemalt hat er auch nicht«, meinte Heinzle zu Sense, der ihn fragend anschaute, nachdem er aufgelegt hatte.

»Das heißt«, Sense stand auf und fing wieder an, hin und her zu laufen, »dass nicht wir ihn gestört haben. Wenn er keine Zeit gehabt hatte, sein Kreuz zu malen und den Winkel zu deponieren, dann muss etwas Gröberes passiert sein.«

»Das habe ich mir auch schon gedacht, und zwar etwas, das seine Aufmerksamkeit länger in Anspruch genommen hat, als er gedacht hätte.«

»Ein Wahnsinn, wie selbstverständlich er Leonie einfach gefesselt und betäubt in ihrer Wohnung gelassen hat, er wusste offenbar genau, dass sie heute nichts mehr geplant hatte.«

»Vor allem wusste er, dass von uns keine Gefahr für ihn ausging«, blaffte Georg dazwischen. Er bedachte sie seit einer halben Stunde mit bösen Blicken, die sagten, dass er recht gehabt hatte und dass sie viel früher bei Leonie hätten sein können. Georg hatte die Zeit im Wartezimmer genutzt. Seine Telefonate mit dem Landeshauptmann, den Wienern und dem Beamten für Öffentlichkeitsarbeit waren kurz und knackig. Letzterem hatte er versprochen, mit den Journalisten zu reden, sobald er mehr wisse. In allen Telefonaten hatte er ihre hervorragende Arbeit gelobt, die ein weiteres Entführungsopfer verhindert hatte, aber die Blicke, die er ihnen zuwarf, während er redete, sagten etwas anderes.

Das Schlimmste daran war, dass es stimmte. Wenn sie früher bei Leonie gewesen wären, hätten sie ihn vielleicht gehabt. Sie wussten es alle.

»Schau mich bitte nicht so finster an«, meinte Heinzle, »ja, wir hätten früher machen sollen, was du wolltest.«

»Und was nützt uns deine Einsicht jetzt? Du riskierst die jahrelange Arbeit einer ganzen Abteilung und alles nur, weil ihr unbedingt über Freunde von mir diskutieren musstet.«

»Georg …«

»Hör auf mit deinem bescheuerten *Georg*, ich weiß, wie ich heiße, und ich habe meinen Kopf für dich hingehalten. Uns kann nur eine einzige Tatsache retten. Wenn Leonie überlebt, dann sind wir als Ermittlungsteam noch einmal mit einem blauen Auge davongekommen. Wenn nicht, dann war es das mit unseren Karrieren, Richard. Die von Wien sitzen mir sowieso schon im Genick.«

»Sie schafft es sicher.«

»Aha, und woher willst du das wissen? Sagt dir das wieder dein Bauch oder deine Intuition, die uns überhaupt erst hierhergebracht hat? Genauso sicher, wie du Blum nicht von der Liste streichen wolltest?«

»So, das reicht mir jetzt.« Sense hörte auf, hin und her zu gehen. »Ich hab dir schon einmal gesagt, dass Blum in unser Profil passt, warum vertraust du uns eigentlich nicht?

Richard war bei Leonie und allen Freundinnen von Neci, hör auf, unsere Arbeit schlechtzumachen. Wir wären auch ohne dich noch einmal zu Leonie gegangen.«

»Ja klar, und wann? Dann, wenn sie nicht mehr in ihrer Wohnung gelegen wäre?«

Georg ging zum Fenster und zeigte nach unten, wo sich auf dem Vorplatz des Krankenhauses dutzende Menschen eingefunden hatten. Zu dem Journalisten-Tross, der zuvor die LPD belagert hatte, waren viele Menschen gestoßen, die Blumen abgelegt hatten und Schilder hochhielten. »Wer schützt uns vor der Bestie vom Bodensee?«, war da zu lesen oder: »Wir brauchen eine Bürgerwehr!«

»Schaut mal da runter, ihr zwei«, er tippte ans Fenster, »die zerreißen uns in der Luft, ohne mit der Wimper zu zucken, wenn die herausbekommen, dass wir zwar noch etwas hätten tun können, aber mit irgendwelchen Schauermärchen aus der Irrenanstalt beschäftigt waren.«

»Die machen uns sowieso fertig und immerhin haben wir es geschafft, dass er Leonie noch nicht geholt hat!«, meinte Heinzle schärfer, als er es beabsichtigt hatte.

Bevor sein Chef antworten konnte, öffnete sich die Tür zu der Notaufnahme und der behandelnde Arzt trat zu ihnen.

»Also, wie es ausschaut, haben wir sie stabilisiert, sie kann selbstständig atmen, ihr Kreislauf ist so weit stabil, wir hatten aber einige Mühe damit. Keine Ahnung, was man ihr verabreicht hat, irgendein synthetisches Zeug, das wir noch nicht kennen, aber wenn wir das vollständige Labor haben, wissen wir mehr.«

»Wann können wir mit ihr reden?«, fragte Georg den Arzt.

»Das würde ich auch gerne wissen, wir verlegen sie sicherheitshalber auf die Intensivstation und müssen abwarten. Ich kann Ihnen zum jetzigen Zeitpunkt keine genaueren Angaben machen, das wäre unseriös.«

»Aber sie wird überleben«, mischte Heinzle sich ein.

»Derzeit ist sie stabil, das ist alles, was ich sagen kann.«

»Und wenn Sie raten müssten?«

»Sie ist jung, also gehen wir jetzt einmal vom Besten aus, aber ich lasse mich nur sehr ungern auf solche Spekulationen ein.«

»Das klingt schon einmal besser, als wir es erwartet haben. Danke, Herr Doktor.«

Georg drehte sich um und ging grußlos an seinen Kollegen vorbei, er musste die Menschen vor dem Spital beruhigen.

»Wann können wir mit ihr reden?«, hakte Heinzle nach.

»Jetzt lassen Sie uns doch erst einmal abwarten, wie sich die Lage entwickelt.«

»Wir können nicht warten, Sie verstehen das nicht, wir haben sie gerade noch davor gerettet, von dem Irren entführt zu werden, und wir vermuten, dass vielleicht noch andere seiner Opfer leben könnten. Wir müssen mit ihr reden, davon hängen Leben ab.«

»Das verstehe ich sogar sehr gut, ich habe selbst eine Frau und zwei Töchter, glauben Sie mir, ich würde Ihnen wirklich gerne helfen, wenn ich könnte.«

»Wenn sich irgendetwas an Leonies Situation ändert, rufen Sie mich sofort an?« Heinzle drückte dem Arzt seine Visitenkarte in die Hand.

Eigentlich wollten sie mit dem Lift in die Tiefgarage, doch eine Journalistin vom heimischen Onlineportal hatte offenbar nur auf diese Situation gewartet, schnell schloss Sense die Lifttüren wieder. Sie fuhren hoch und versuchten es im Parterre, wo sie weiter vorne Georg umringt von dutzenden Journalisten ausmachen konnten. Auch das war eine Sackgasse. Ein Pfleger, der zu ihnen in den Lift stieg, zeigte ihnen schließlich einen Mitarbeiter-Ausgang auf der Rückseite des Spitals und Heinzle kam sich vor wie ein Dieb, als sie zu Fuß einen möglichst großen Bogen um das Krankenhaus machten. Sie ließen Heinzles Wagen in der Tiefgarage und gingen in Richtung LPD, fünfzehn Minuten Gehen würde ihnen beiden guttun. An einem anderen Tag, in einem anderen Sommer hätten die beiden genießen können, was sich ihnen für eine Aussicht bot, als sie an der Gallus-Kirche vorbei Richtung Kirchstraße gingen. Die Sonne schickte ihre letzten Strahlen glühend orange auf den glitzernden See, wo viele Bootsbesitzer noch den Abend genossen. In der mittelalterlichen Gasse Richtung Stadtzentrum radelte eine Schulkollegin Christinas vorbei und winkte ihm, im Gasthaus Hirschen deckten sie auf dem kleinen Balkon zur Straße für den Abend auf und der Apotheker, der heute langen Dienst hatte, schloss sein Geschäft gerade. Die durch die Jahrhunderte blank polierten Pflastersteine reflektierten die Abendsonne, der Seebrünzler, eine kleine Brunnenfigur, erledigte wie immer sein Geschäft und Heinzle seufzte wehmütig. Das war seine Stadt, so und nicht anders sollte sie sein, eine kleine, beschauliche Idylle.

Dass irgendetwas ganz und gar nicht stimmte mit der Idylle, bemerkten die beiden erst, als sie in den schmalen Weg hinter der Polizeidirektion einbogen. Plötzlich heulten mehrere Sirenen von Dienstfahrzeugen und Menschen kamen ihnen in Panik entgegengerannt, keiner blieb stehen oder antwortete ihnen auf ihre Fragen, was denn los sei. Viele von ihnen kannte Heinzle, es waren Kollegen aus der LPD. Von weiter vorne hörten sie aufgeregte Schreie und einen Tumult. Heinzle dachte zuerst an eine Demonstration, wie sie vor ein paar Tagen schon stattgefunden hatte, doch wieso sollten die Menschen davonrennen? Sense stellte sich einem jungen Mann in den Weg, der wild um sich schlug und sich schnell wieder losriss. »Bombe, Bombe!«, schrie er beim Weiterrennen. »Haut ab!« Heinzle kannte ihn und er war sich sicher, dass er bei der Sitte arbeitete, er war Polizist.

Obwohl Heinzle nichts lieber getan hätte als abhauen, sagte ihm sein Pflichtgefühl etwas anderes, er musste ins Büro und nachsehen, was da los war. Dort waren seine Kollegen, die für ihn den Kopf hingehalten hatten, dort verließ Cilli wahrscheinlich gerade sein Büro. Sie mussten helfen, falls wirklich etwas passiert war. Sense ging es offenbar gleich, gemeinsam kämpften sie sich gegen den Strom der Flüchtenden durch die kleine Gasse. Am Hintereingang stand ein Beamter, der die Fliehenden durchwinkte. Heinzle und Sense wollten an ihm vorbei, doch auch das Zeigen ihres Ausweises nutzte nichts.

»Heinzle, ich kenn dich, du musst mir den Ausweis nicht zeigen, aber auch wenn du der Papst persönlich wärst, würde ich dich nicht reinlassen.«

»Was ist denn passiert, Herrgott noch einmal?«

»Wir haben eine Bombenwarnung und evakuieren.«

Auch beim Seiteneingang hatten sie kein Glück, Heinzle und Sense blieb nichts anderes übrig, als sich weiter in Richtung Haupteingang vorzuarbeiten. Als sie endlich vor der LPD standen, war die Lage auf dem Vorplatz beängstigend.

Mehrere Kollegen von der Streife hatten ihre Dienstfahrzeuge im Halbkreis etwa zwanzig Meter vor dem Eingang positioniert und sich mit gezückten Waffen dahinter verschanzt. Die Straße und der Gehweg waren großräumig abgesperrt und hinter den Absperrungen beim Bahnhof standen lauter Neugierige. Heinzle zeigte seinen Ausweis und wurde von einem jungen Streifenpolizisten, der sichtlich im Schockzustand war, hinter einen der Wagen begleitet. Georg brüllte etwas in sein Handy, doch die Sirenen von überall herkommender Verstärkung waren so laut, dass Heinzle kein Wort verstand. Sein Chef deutete ihnen, sofort in Deckung zu gehen, und wies einen der Beamten an, die Martinshörner ausschalten zu lassen. Jetzt verstand er, was Georg sagte, er forderte offenbar gerade ein Bombenentschärfungsteam an, und irgendwo hinter den Autos schrie ein Mann um Hilfe. Die Stimme des Mannes klang verzweifelt, brüchig und nach Todesangst und sofort hatte Heinzle das Gefühl, diese Stimme zu kennen. Georg beendete das Telefonat und drückte sich mit dem Rücken am Kleinbus entlang zu Heinzle und Sense.

»Was ist los?«, fragte Heinzle.

»Euer Kleiner sitzt vor dem Eingang mit einem Bombengürtel und einem Auslöser in der Hand.«

»Wer, der Rechtsradikale?«

»Ja, er schaut schlimm aus, irgendjemand hat ihn übel zugerichtet.«

»Was, was, langsam bitte, ich verstehe das nicht.«

»Ich verstehe es auch nicht, ich bin gerade erst vom Spital gekommen. Er hat irgendein Tuch um die Stirn gebunden mit arabischen Schriftzeichen darauf und steckt in einer Jacke voller Sprengstoff.«

»Was? Will er uns in die Luft jagen?«

»Nein, sicher nicht, er sitzt zwar dort, aber nicht freiwillig.«

»Wie bitte?«

»Schau einfach selbst.« Georg drückte ihm einen Feldstecher in die Hand.

Heinzles Hand zitterte, als er das Fernglas übernahm, vorsichtig beugte er sich auf Kniehöhe eines Beamten um die Kühlerhaube des Busses. Er brauchte den Feldstecher nicht, um die Situation sofort zu erfassen. Kleiner war in einem erbärmlichen Zustand und er trug eine dicke kakifarbene Weste, aus der oberhalb zu seinem Hals hin lauter Drähte ragten. Mit dem seltsamen weißen Band um die Stirn schaute er aus wie ein Karatekämpfer.

»Hilfe, bitte, ich brauche Hilfe, ich kann den Knopf nicht mehr lange halten!«, schrie Kleiner, als er bemerkt hatte, dass jemand aus der Deckung heraus nach ihm sah.

Heinzle brach der kalte Schweiß aus, als er das Fernglas anlegte. Zuerst hatte er Schwierigkeiten, ein scharfes Bild zu bekommen, doch dann sah er Kleiner genauer, als ihm lieb war. Sein Gesicht war blutverschmiert, seine Augen grotesk angeschwollen, sein linker Fuß stand in einem unnatürlichen Winkel vom Bein ab und er zitterte am ganzen Körper. Mit der linken Hand hatte man ihn mit Handschellen an den Handlauf der Eingangstüre gekettet, seine rechte Hand lag in seinem Schoß und seine Finger waren verkrampft um ein kleines schwarzes Kästchen geschlossen. Kleiners Daumen drückte so fest auf den Auslöser, dass sich die Knochen weiß und hart unter der Haut abzeichneten.

»Kleiner, hier spricht Kommissar Heinzle«, rief er einer Eingebung folgend, »was ist passiert?«

»Hilfe!«, schrie der Angesprochene mit sich überschlagender Stimme. »Oh Gott, bitte helfen Sie mir, ich kann den Knopf nicht mehr lange drücken, die Ziegenficker haben mir eine Bombe umgeschnallt. Hilfe!«

»Beruhigen Sie sich, Kleiner, wir helfen Ihnen sofort, das Bombenkommando muss in wenigen Minuten da sein.«

»Minuten? Minuten halte ich nicht mehr durch!« Kleiners Kopf sank auf seine Brust, er hustete und alle gingen erschrocken noch tiefer in Deckung. Hinter Heinzle quietschten Reifen, die Cobra musste da sein. Georg telefonierte mit den Beamten an der Sicherheitsschleuse und aktivierte den Lautsprecher an seinem Handy, damit sie alle hören konnten, was sich vor wenigen Minuten ereignet hatte.

»Das war wie im Krieg«, stammelte ein junger Beamter, »die haben herumgeschossen und ihn an die Türe gekettet.«

»Sie haben geschossen?«, fragte Georg nach.

»Ja, und wir waren alle so schockiert, dass wir viel zu spät reagiert haben, um die Täter verfolgen zu können, und dann, als wir den Bombengürtel gesehen haben, haben wir die Nerven verloren.«

»Was heißt das?«

»Ja, dass wir uns verbarrikadiert haben, beide Türen zu und weg vom Eingangsbereich. Was hätten wir den anderes machen sollen? Wir hatten keine Schutzwesten an und kennen uns nicht aus mit solchen Sprengsätzen.«

Gerade als Georg das Gespräch beendete, drängten sich von hinten schwer Bewaffnete der Spezialeinheit zu ihnen in den Schutz der Autos.

»Wer ist hier zuständig?«, blaffte einer der Männer.

Während Georg ihm antwortete und nach dem Bombenentschärfungsteam fragte, hörte niemand außer Sense und Heinzle auf Kleiner, der immer jämmerlicher klang und offenbar keine Kraft mehr hatte, zu schreien. »Bitte, bitte, bitte! Hilfe«, krächzte er und machte den Eindruck, als ob er jeden Moment das Bewusstsein verlieren könnte.

Die letzten Sätze, die Heinzle noch bewusst wahrgenommen hatte, kamen von Sense, der Georg anschrie, sie sollten sich beeilen und dass sie keine Minuten mehr hätten. Heinzle war langsam aufgestanden und neben den Bus getreten. Der Beamte neben ihm starrte ihn entgeistert an, als Heinzle in Richtung der LPD ging. Einer der Spezialeinsatzkräfte wollte ihn am Arm packen und zurück in die Deckung ziehen, doch Heinzle war schon zu weit. Er ging mit jedem Schritt schneller in Richtung der Bombe.

Zuerst konnte er selbst nicht glauben, was er tat, aber irgendeiner musste etwas unternehmen, bevor Kleiner den Knopf losließ. Heinzle wollte nicht sterben, er dachte an Christina, an Clara und dann dachte er gar nicht mehr. Er rannte zu Kleiner, kniete sich vor ihn nieder, schaute ihm tief in die Augen und dann auf den Auslöser. Ganz langsam umschloss er Kleiners Hand und positionierte seinen Daumen neben dem Finger Kleiners. Sie sprachen nicht miteinander, aber Kleiner war sofort klar, was der Kommissar vorhatte, er wollte ihn ablösen und statt ihm auf den Auslöser drücken. Er weinte hemmungslos, während sie sich noch sekundenlang bewegungslos gegenübersaßen. Heinzle roch Kleiners Schweiß, sah seine Tränen und spürte sein Zittern. Dann atmete der Kommissar tief durch, schaute Kleiner in die Augen und fing an, rückwärts zu zählen. Drei. Kleiner versteifte sich und fing an zu wimmern. Zwei. Kleiner machte sich in die Hose und Heinzle spürte, wie der Urin auch von seiner Hose aufgesogen wurde. Eins. Vielleicht zählte er jetzt zum letzten Mal in seinem Leben. Entschlossen drückte Heinzle Kleiners Daumen weg, hielt den Knopf und hätte ihn vor lauter Schreck beinahe wieder losgelassen, als Kleiner anfing zu schreien wie am Spieß.

»Hör auf, dich zu bewegen, Fascho«, fauchte Sense, der plötzlich neben den beiden aufgetaucht war, »sonst gehen wir doch noch drauf wegen dir.«

Kleiners Schreie gingen in ein leises Stöhnen über und Heinzle nahm langsam die Umgebung rund um ihn herum wieder war. Kleiners Daumen, der zu fest auf seinen drückte, der Chef der Cobra der brüllte, Georg, der rief, ob es ihnen gut ging, und Sense, der ruhig auf Kleiner und seinen Freund einredete.

»Richard.«

Was hatte er gesagt? Heinzle drehte ihm den Kopf zu.

»Richard.«

Redete er mit ihm?

»Richard.«

»Was, verdammt?«

»Entspann dich.« Sense lächelte ihm aufmunternd zu. »Schau, Kleiner hat seinen Daumen jetzt weggezogen, drück nicht so fest auf den Knopf, du musst dir deine Kraft gut einteilen, es ist nicht notwendig, dass du so fest presst. Okay?«

Mechanisch befolgte Heinzle alle Anweisungen Senses, der ihm den Schweiß von der Stirn tupfte, ihm den Hemdkragen geöffnet hatte und den beiden mit dem zusammengefalteten Phantombild der Bestie Luft zufächelte. Konnte es noch surrealer werden?

Sense rief Georg zu, dass sie alles unter Kontrolle hätten und dass Richard jetzt am Drücker sei. Machte sein Freund ernsthaft auch noch in dieser Situation Scherze? »Halt die Klappe, Sense.«

»Und schon sind die Beißerchen nicht mehr so fest aufeinandergepresst und die gute Luft findet wieder ihren Weg nach unten. Fühlt sich doch gleich viel besser an, oder?«

Heinzle schloss kurz die Augen, oh Gott, wie froh war er, dass er hier nicht allein bei Kleiner sitzen musste. Sense kontrollierte den Puls Kleiners an dessen Hals und lächelte Heinzle wieder an. »Keine Angst, Richard, er hat noch nicht das Zeitliche gesegnet, aber sich ein bisschen in eine kruppstahlharte Ohnmacht verabschiedet.«

»Das würde ich auch am liebsten, ich hätte nie gedacht, dass es so anstrengend sein kann, einen kleinen Knopf zu drücken.«

»Jammere nicht so herum, sonst verrate ich deine Weicheikondition bei meinem nächsten Training an die heiße Jessica oder an Schwester Erika.«

Die nächsten elf Minuten, bis es die Bombenräumer von der Kaserne am See zu ihnen geschafft hatten, waren die längsten Minuten in Heinzles Leben. Seine Knie schmerzten so schlimm, dass er sogar zeitweise den Krampf im Daumen ignorieren konnte. Sense hatte sich hinter Heinzle gestellt, damit er sich wenigstens mit seinem Rücken anlehnen konnte, und er redete wie ein Buch. Heinzle hörte seine Worte, verstand aber nicht alles, was er sagte. Er konzentrierte sich auf den Zünder und konnte seinen Blick nicht mehr abwenden von seiner Hand, die auf der von Kleiner lag und zu zittern begonnen hatte, sosehr er auch mit Senses Hilfe alle Krämpfe wegzuatmen versuchte. Wieder hatte er alles um sich herum ausgeblendet und hörte nur noch sein Blut in den Ohren rauschen, sah Schweißtropfen von seiner Nasenspitze auf seine Jeans tropfen und roch Kleiners Urin. Irgendwie musste er sein Gewicht ein bisschen verlagern, zumindest ein bisschen, er streckte seinen Rücken.

»Ganz schlechte Idee, lass das, Richard«, hörte er Sense hinter sich.

»Meine Knie bringen mich um.«

»Nicht nur dich, Dickerchen, wenn du hier so herumzappelst, dann lässt du womöglich los und bringst uns alle um.«

»Danke für dein Verständnis.«

»Bitte, für was sind Freunde denn da?«

Dann hörte Heinzle hinter sich seltsam schlurfende Geräusche.

»Sense?«

»Das ist sind die Typen vom Sprengstoffkommando, du hast es gleich geschafft, reg dich nicht auf und mach einfach das, was du bisher so gut gemacht hast.«

»Genau«, meinte der eine von den beiden Soldaten, die sich jetzt schwerfällig neben Heinzle hingekniet hatten. Seine Stimme schaffte es kaum durch den breiten Vollvisierhelm. Sense erklärte, was sich bisher ereignet hatte. Heinzle nahm aus dem Augenwinkel wahr, dass die beiden aussahen wie Astronauten in beigen Riesenanzügen mit hohem Kragen und vorne und hinten noch verstärkten Partien. Es konnte also doch noch surrealer werden.

»Wie geht's dem Daumen, Kommissar?«

»Welcher Daumen?«

»Dachte ich mir«, meinte der Soldat, der sich neben ihm auf den Bauch gelegt hatte und langsam seine Handschuhe auszog, während der andere den Sprengsatz in Kleiners Weste untersuchte.

»Reife Leistung für einen Schreibtischbeamten, Hut ab. Du hast das ganz gut gemacht.«

»Und was soll ich jetzt machen?«

»Jetzt bleibst du zuerst einmal ganz ruhig, nicht erschrecken, einer meiner Leute wird dich jetzt mit einem Schild schützen, so gut es geht. Okay?« Heinzle nickte. »Wir wiederholen jetzt das Spielchen. Du lässt mich ran und du«, der Soldat zeigte auf Sense, »kippst deinen Kollegen zuerst zur Seite und ziehst ihn dann nach hinten weg, wenn ich den Finger drauf habe, aber alles in Zeitlupe und sachte, okay?«

Heinzles Puls raste, doch bevor er Zeit hatte, sich noch mehr aufzuregen, drückte der Beamte seinen Daumen sanft zur Seite und Sense zog Heinzle nach hinten. Nach ein paar Metern lösten zwei Cobra-Beamte seinen Freund ab, griffen ihm links und rechts unter die Achseln und schleiften ihn hinter die Dienstbusse und dann weiter nach hinten zu einem Krankenwagen. Sense lief hinter ihnen her.

Der Sanitäter wollte, dass sich Heinzle auf die Liege legte oder sich zumindest hinsetzte, doch er rappelte sich auf, stakste mit wackeligen Beinen zur Hecke am Straßenrand und übergab sich. Als er sich wieder gefangen hatte, gab ihm der Rettungssanitäter eine Wasserflasche und wollte ihm eine Blutdruckmanschette anlegen. Heinzle schlug ihm das Gerät aus der Hand und fing an zu schimpfen. »Lassen Sie mich in Ruhe, Sie wollen mich doch nur wieder in die Irrenanstalt bringen. Es geht mir ausgezeichnet, es ist mir noch nie besser gegangen. Verschwinden Sie!«

Der junge Sanitäter blickte verwirrt zu Sense. »Alles in Ordnung, junger Mann, das ist seine Art, mit dem Schock umzugehen. Sie brauchen sich nicht weiter um ihn zu kümmern, ich bin Psychologe.«

Als Heinzle sich ein weiteres Mal in das Gebüsch erbrochen hatte, war Georg zu ihnen gekommen und nahm Sense zur Seite. »Das Bombenteam hat den Sprengsatz entschärft, Gott sei Dank ist niemandem etwas passiert.«

»Sehr gut.«

»Richard ist offensichtlich nicht gut beieinander. Du schaffst ihn jetzt auf der Stelle nach Hause, bevor er wieder durchknallt.«

»Wie bitte? Kein Dankeschön, das habt ihr gut gemacht, und keine Blumen?«

»Spinnst du? Ich habe die Schnauze voll von euch beiden unfähigen Trotteln, ihr macht euren Job nicht ordentlich und dann rennt der eine noch schnurstracks zu einer Bombe.«

Beim Gebüsch übergab sich Heinzle noch ein weiteres Mal, konnte aber jedes Wort mitverfolgen, er hatte Sense noch nie so wütend gehört. »Bravo, du erkennst nicht einmal, wenn dir jemand gerade den Arsch gerettet hat.«

»Das war vollkommen unverantwortlich, das kann ich nicht durchgehen lassen und gutheißen schon gar nicht.«

»Hättest du es besser gefunden, wenn wir alle in die Luft geflogen wären?«

»Niemand wäre in die Luft geflogen, Kleiner hätte schon noch durchgehalten.«

»Hätte er, aha. Hast du mitbekommen, dass er das Bewusstsein verloren hat?«

»Er war ohnmächtig?«

»Ja, war er, und wenn du es mir nicht glaubst, dann schau genau hin, du kannst dich selbst davon überzeugen, wie lang er durchgehalten hat.« Zwei Cobra-Männer rannten an ihnen vorbei und legten den immer noch bewusstlosen Kleiner auf die Trage des Rettungsautos.

»Und jetzt?«, meinte Sense. »Bist du immer noch der Meinung, dass er das schon gepackt hätte?«

»Wie hätte ich das denn bitte wissen sollen? Wir haben nichts gesehen, weil du dich davorgestellt hast, und dann haben die vom Sprengstoffteam uns die Sicht genommen.«

»Ich war sehr froh, dass wenigstens die da waren, weil von euch Lahmärschen ja keiner genügend Eier in der Hose hatte, um etwas zu unternehmen, und die vom Spezialkommando noch ein bisschen herumdiskutieren mussten.«

Mittlerweile hatten sich auch die Männer des Entschärfungsteams bei ihnen eingefunden, der Chef der Truppe hatte den Helm ausgezogen und sich bis zur Hüfte aus dem schweren Anzug geschält. Er ging zu Heinzle und klopfte ihm so fest auf den Rücken, dass er sich beinahe noch einmal übergeben hätte. »Na, du Held, musst du nur kotzen? Kannst stolz auf dich sein, die meisten hätten sich wahrscheinlich angeschissen.«

Heinzle schaute unangenehm berührt zu Boden und auf seine nasse Jeans. Der Sanitäter brachte ihm eine dünne Decke und Georg ließ sich doch noch zu einem »Gute Arbeit« herab, bevor er einen der Streifenpolizisten anwies, sie nach Hause zu fahren.

»Wow, Wahnsinn, sind Sie Kommissar Heinzle?«, meinte ihr Chauffeur, als sie einstiegen.

»Wieso?«, fragte Sense.

»Weil wir gerade das Video gesehen haben, wie Sie da einfach so hinmarschiert sind und den Zünder vom Bombengürtel übernommen haben. Gratuliere, solche Typen wie Sie brauchen wir unbedingt! Darf ich nachher noch ein Foto mit Ihnen machen?«

»Wie bitte, von welchem Video redest du?«

»Na, ein Kollege hat vom Fenster aus alles live auf Instagram mitgefilmt, man hört nicht viel, aber sehen tut man alles, krass, Mann, was ihr euch getraut habt, ihr seid Helden.«

Sense übernahm das Handy des jungen Mannes, Heinzle lehnte sich nach hinten und schloss die Augen. Er wollte nach Hause, er wollte raus aus seiner Hose, duschen, sich von Christina umarmen lassen, eine Montecristo rauchen, die Schokolade aus der Küchentischschublade plündern und sich ein großes Gläschen Glenfarclas gönnen. Er war fertig mit diesem Tag, mit den Verrückten, die um sich schossen, und ganz besonders mit dem Entführer. Heinzle spürte, wie Tränen in seinen Hemdkragen rannen, so fühlten sich also Helden.

Heinzles Handy piepste ununterbrochen, er schickte Erika ein Herzchen, scrollte sich kurz durch die restlichen Nachrichten und warf es dann ärgerlich neben sich auf die Rückbank. Sense schaute ihn fragend an.

»Was los, Dicker?«

»Der ganze Mist ist kaum auszuhalten, du kannst dir nicht vorstellen, was die Idioten, die mich gestern noch am liebsten geteert und gefedert hätten, heute schreiben.«

In den nächsten zwanzig Minuten konnte Heinzle nicht glauben, wie schnell man ohne Probleme von der Persona non grata zum Helden und geliebten Kollegen mutieren konnte. Gestern noch war er in der LPD gemieden worden von allen, die nicht wirklich zum inneren Kreis der Bestien-Ermittlung zählten. Auf den Gängen wurde getuschelt über den Kommissar, der Probleme mit seiner Gewaltbereitschaft hatte und in der Anstalt gelandet war. Heinzle hätte nicht sagen können, dass man ihm gegenüber offen feindselig war, nicht einmal unfreundlich, man war eher peinlich berührt, man hatte sich nicht getraut, ihm offen ins Gesicht zu sehen, wenn man sich zufällig über den Weg gelaufen war. Das Sich-Sehen war dabei nicht das Problem, das wusste Heinzle, es waren die Konsequenzen, die ein spontanes Treffen mit sich brachten. Man musste sich unweigerlich grüßen, ein paar Worte wechseln und womöglich Stellung beziehen. Und wer wollte das schon, solange das Damoklesschwert über dem Kommissar schwebte, der bei den Chefs, bei den Medien und sogar bei langjährigen Kollegen in Ungnade gefallen war? Dieses unausgesprochene Ausgeschlossen-Sein hatte sich in den letzten Minuten offenbar geändert hin zu zweifelhaftem Ruhm, der Heinzle mehr als unangenehm war.

»Richard, sei doch nicht so streng mit deinen Fans und genieße es.« Sense boxte Heinzle spielerisch in den Oberarm. »Ich mache das auf jeden Fall, ich habe gerade meinen Instagramaccount gecheckt und ich sage dir, das Durchschnittsalter meiner Follower und das Verhältnis zwischen Damen und Herren hat sich von gestern auf heute drastisch verbessert.« Noch bevor Heinzle zu einer Antwort ansetzen konnte, mischte sich der Streifenpolizist unverblümt in ihr Gespräch ein.

»Ich folge Ihnen jetzt auch, Herr Senoner, und meine beiden Kids auch.« Er grinste in den Rückspiegel und Heinzle schnaubte genervt, er lehnte sich ans Fenster und sah seine Stadt vorbeiziehen, die zwar noch so aussah wie seine Stadt, sich aber ganz und gar anders anfühlte. Heinzle schaffte es, beim Abzweigen einen kurzen Blick auf den Milchpilz zu erhaschen, ein rot-weiß getupftes Relikt aus den Fünfzigerjahren in Form eines riesigen Fliegenpilzes. Er liebte es, in den Sommermonaten hier an der Retro-Milchbar einen Spezial zu verdrücken, eine Käse-Semmel mit Ei. Christina trank immer eine Erdbeermilch dazu, er einen Bananenshake, wenn sie noch mit nassen Haaren das Frühstück nach einer frühen Schwimmrunde im See genossen. Was wohl Christina zu seiner Bombenaktion sagen würde? Heinzle nahm sein Handy wieder, scrollte durch die Nachrichten und verpassten Anrufe, doch seine Tochter hatte sich nicht bei ihm gemeldet. Sehr seltsam, dachte er sich und schickte ihr eines der kleinen Herzchen. Ungeduldig wartete er darauf, dass die beiden grauen Häkchen blau wurden und anzeigten, dass sie seine Nachricht gesehen hatte. Normalerweise dauerte das zu jeder Tages- und Nachtzeit höchstens ein paar Sekunden, doch Christina schien mit irgendetwas anderem so sehr beschäftigt zu sein, dass sie ihm nicht gleich antwortete.

Egal, dachte Heinzle, daran muss ich mich wahrscheinlich gewöhnen, kein normaler Teenager antwortet seinem Vater auf der Stelle und außerdem bin ich sowieso gleich daheim. Vielleicht stand Christina ja unter der Dusche oder mähte den Rasen.

Daheim angekommen ließ sich Heinzle sofort auf seinen Platz an der Fensterbank fallen, rief ein paarmal laut nach oben, während Sense den Kühlschrank plünderte und sich mit einem vollen Tablet zu ihm setzte. Heinzle trank sein Bier fast mit einem Zug leer und belegte sich hastig ein Brötchen. Er war immer schon ein Stressesser gewesen und daran konnten offenbar nicht einmal ein Serientäter und ein ungewollter Bombenleger etwas ändern.

»Christina«, rief er jetzt lauter und mit vollem Mund nach oben, »bist du daheim?«

»Ich schreibe mal schnell«, meinte Sense und Heinzle hörte es irgendwo auf der Küchenablage vibrieren.

»Seltsam, ich habe gedacht, dass Christina zu den Mädchen gehört, die ihr Handy nie aus den Augen lassen.« Sense nahm noch einen Bissen von seinem Brötchen, während Heinzle langsam aufstand.

»Das ist auch so, ich kann mich nicht erinnern, dass ich sie in der letzten Zeit einmal ohne Handy gesehen habe.« Heinzle zuckte mit seinen Schultern. »Ich schau schnell oben bei ihr nach.« Mit jedem Schritt verspürte Heinzle ein immer unangenehmeres Gefühl in der Magengegend. Es war zu still im Haus, kein Lachen, keine Musik, kein Fernseher.

Als er die Tür zu Christinas Zimmer öffnete, fiel sein Blick in dem Moment auf das bunte Dreieck auf Christinas Bett, als Sense von unten seinen Namen brüllte.

»Richard! Richard, komm sofort runter!«

Heinzle nahm die Panik in der Stimme seines Freundes war, als er über einen Turnschuh seiner Tochter stolperte und in Richtung ihres Bettes taumelte. Geschockt starrte er auf das dunkelblaue Dreieck mit kleinen goldenen Sternen, es war eindeutig aus dem gleichen Material wie das Kleid, das Christina heute Morgen beim Frühstück anhatte.

»Richard!«, brüllte Sense wieder von unten, doch Heinzle konnte sich keinen Zentimeter von der Stelle bewegen, sein Gehirn weigerte sich standhaft, die offensichtlichen Fakten zu verarbeiten. Die Bestie musste hier gewesen sein, der Irre hatte ein Dreieck aus ihrem Kleid geschnitten und sie entführt. Was er sonst noch so alles mit ihr gemacht haben könnte, so weit schafften es seine Gedanken nicht. Dann stand Sense plötzlich neben ihm und Heinzle schrie ihn an: »Schau auf das Bett, schau dir das an!« Er zeigte verzweifelt auf das blaue Stückchen Stoff. »Ich muss unter den Bildern nachschauen. Sense, hilf mir, wenn er hier war, hat er irgendwo sein Kreuz hingesudelt!«

»Hör mir zu!«, Sense schüttelte ihn, doch Heinzle riss sich los. Wie ein Magnet schien ihn das große Poster der Golden Gate Bridge über dem Schreibtisch magisch anzuziehen. Er wollte nur noch eines, dieses Bild von der Wand reißen, um ganz sicher sein zu können, dass der Irre hier gewesen war und seine Tochter mitgenommen hatte. Er brauchte diese Bestätigung, um sich bis dahin noch an den klitzekleinen Strohhalm zu klammern, dass es noch eine andere Erklärung für das Dreieck auf dem Bett geben könnte. Vielleicht war Christina ja bei einer Freundin oder sie hatte gebastelt. Er wollte, dass Sense ihn endlich losließ, damit er nachschauen konnte, doch sein Freund packte nur noch fester zu und hörte nicht auf, ihn zu schütteln.

»Richard!«

»Hör auf, ich muss zu dem Poster.«

»Nein, musst du nicht, du musst dir das zuerst anschauen.« Sense drückte ihm das Handy seiner Tochter in die Hand.

»Warum hast du das Handy von Christina?«

»Es lag auf dem Küchentisch und es war nicht gesperrt. Er war hier.«

»Nein, sag das nicht, sag das nicht!« Heinzle fing an zu schluchzen. »Vielleicht habe ich mich getäuscht, vielleicht ist das nur ein ganz normaler Fetzen Stoff.«

»Nein, er war hier und er hat uns eine Nachricht hinterlassen auf Christinas Handy.« Sense hielt ihm das Handy hin und Heinzle starrte verständnislos auf das Display.

Die Notiz sprang sofort ins Auge, der Betreff war in Großbuchstaben verfasst und schnürte Heinzle fast die Luft ab. »FÜR PAPSCHI«, war da zu lesen und der Vermerk »dringend«. Mit zitternden Fingern öffnete Heinzle die Notiz.

Guten Tag, die Herren Kommissare,

danke, dass Sie es mir so einfach gemacht haben, den Verlust der karibischen Perle auszumerzen. Sie beide haben mir nach der herben Enttäuschung mit Ihrer Dummheit einen unverhofften Glücksmoment verschafft. Wir Menschen müssen alle lieben, auch Bestien … Und ich liebe ab heute den Menschen, den Sie offenbar ein bisschen zu wenig geliebt haben, um aufmerksam genug zu sein … Oooooh, nicht traurig sein, ich achte sicher besser auf das Töchterlein. Die Kleine wird eine nicht unbedeutende Prise Normalität in meinen exotischen Harem bringen. Bitte überzeugen Sie sich mittels der letzten Fotos in den Aufnahmen, dass es sich hierbei nicht um einen Scherz, sondern um einen Abschied für immer handelt.

Einen speziellen Gruß an den zweifach verlassenen Hauptkommissar, das Leben kann so hart sein … Sind Sie härter?

Hochachtungsvoll
dBvB

Heinzle schluchzte jetzt hemmungslos, nur mühsam schaffte er es mit seinen zittrigen Händen, die Fotomediathek zu öffnen, und beim Anblick des letzten Fotos meinte Heinzle, sein Herz höre auf zu schlagen. Christinas weit aufgerissene Augen starrten in die Kamera und am Rande des Bildes, dort, wo ihr Hals begann, sah Heinzle eine große Hand in schwarzem Gummihandschuh.

»Da ist noch ein Video, Richard.« Sense nahm ihm das Handy aus der zittrigen Hand und öffnete das kurze Video, das 3,2 Sekunden dauerte und Christina wieder aus der gleichen Perspektive wie beim Foto zeigte. Sie flüsterte ein einziges verzweifeltes Wort, das Heinzle bis zu diesem Augenblick immer geliebt hatte, »Papschi«.

Heinzle hatte sich von Sense in den unteren Stock bringen lassen, sie saßen am Küchentisch und ließen sich von Georg auf den neuesten Stand bringen. Die Grenzen waren gesperrt, eine Alarmfahndung eingeleitet. Mittlerweile war Brunner mit dem gesamten Team bei ihm zu Hause eingetroffen, sogar Cilli war mitgekommen und hatte eine kleine Jause auf den Tisch gestellt. Heinzle war speiübel und noch nie in seinem Leben hatte er sich so ausgelaugt und ausgeliefert gefühlt. Mehrmals hatte er sie aufgefordert, ihn einfach alleine zu lassen, er brauche keine Hilfe von niemandem, doch Sense hatte ihm gut zugeredet und ihm klargemacht, dass sie jetzt alle für ein paar Stunden bei ihm bleiben würden. Kollegen und Freunde würden nicht allein gelassen, hatte er gesagt, und besonders nicht solche, die für andere Menschen ihr Leben riskierten. Heinzle hatte Mühe, klare Gedanken zu fassen, und ließ mehr oder weniger alles über sich ergehen. Das

Schlimmste an der Situation war, dass er bei Bullut und Nakamura gesehen hatte, wie es weitergehen würde. Nur dass es jetzt ihn betraf, hautnah, grausam und unmittelbar. Jetzt war er der Vater, den man beruhigen musste, dem man vorlog, alles unter Kontrolle zu haben, dem man gebetsmühlenartig die Abläufe bis ins letzte Detail schilderte, um ihn bei Laune zu halten und um ihn daran zu hindern, mithelfen zu wollen. Jetzt war er nicht mehr der Kommissar, der ganz andere Sorgen hatte, jetzt war er der Vater mit einer einzigen Sorge. Wo war Nini und was um Gottes willen stellte er jetzt gerade mit ihr an? Hatte sie Schmerzen, schrie sie sich ihren Hals wund? Hatte er sie betäubt? Geschlagen? Vergewaltigt?

Georg klopfte neben ihm auf den Tisch und holte ihn aus seinen Gedanken zurück. »Du weißt, was ich jetzt eigentlich machen müsste.«

»Keine Chance, komm ja nicht auf die Idee, mich ganz vom Fall abzuziehen. Hör auf, ich werde nicht aus dem Team geworfen. Basta. Kannst du dir nur ansatzweise vorstellen, wie es mir geht?«

»Logisch, ich sehe, dass du am Limit bist, und niemand ist dir deswegen böse, es wäre nicht normal, wenn es anders wäre, und deswegen ist es besonders schwierig für mich als dein Vorgesetzter und Freund.«

Sense mischte sich in das Gespräch ein. »Ich verstehe dich, aber dass Richard jetzt nur noch Däumchen drehend daheimsitzt, ist auch unrealistisch, oder?« Sense wandte sich an Heinzle. »Wir brauchen die Kontakte von allen Freundinnen Christinas, wir müssen herausfinden, wer sie zuletzt gesehen hat, was sie heute unternommen hat, wo sie war und was sie noch machen wollte.«

»Ich weiß, dass sie heute ihre Tennisstunde hatte und dass sie sich noch mit Emi treffen wollte, ich bestelle sie gleich her.« Während Heinzle mit dem Mädchen telefonierte, klopfte Brunner ans Küchenfenster und winkte ihnen zu, nach draußen zu kommen. In seiner rechten Hand hielt Brunner den Schuhabstreifer, mit der anderen zeigte er auf dem Boden, wo mit dicker roter Farbe ein Zwinker-Emoji auf den Boden gemalt worden war. Heinzle ließ sich auf die Gartenbank fallen, das kleine rote Gesicht schien ihn höhnisch anzugrinsen und er fing vor lauter Wut und Frust an, mit den Zähnen zu knirschen. Seine Kiefer taten ihm weh, in seinem Kopf wiederholte seine Tochter dieses eine schreckliche Wort in der Dauerschleife und er musste sich zusammenreißen, nicht auf seine Hortensien zu kotzen. Jetzt nur nicht wieder bewusstlos werden, er musste fit sein, wenn er seiner Tochter irgendwie helfen wollte, er musste auf Christinas Freundin warten, dann musste er zu den Nachbarn.

»Was für ein arroganter Arsch, marschiert hier herein, holt sich meine Tochter und hat auch noch die Zeit und den Mut, Botschaften zu schreiben und zu malen.« Kaum hatte Heinzle den Satz fertig, wurde ihm bewusst, dass Bullut vor ein paar Tagen in etwa das Gleiche zu ihm gesagt hatte und sie Neci bis heute noch nicht gefunden hatten.

Bitte, durchzuckte ihn nur ein Gedanke, lass es dieses Mal anders sein. Sie würden sie finden. Sie mussten einfach. Wenn Leonie aufwachen würde, konnte sie ihnen bestimmt weiterhelfen, sie hatte ihn gesehen, sie musste ihn einfach gesehen haben.

»Wir müssen unbedingt bei Leonie nachfragen.« Heinzle packte Georg am Ärmel. »Haben wir irgendwelche Neuigkeiten?«

»Bis jetzt noch nicht, aber was ich sicher weiß, dass für dich hier und jetzt Schluss ist.«

»Wie meinst du das?«

»Genau so, wie ich es gesagt habe. Magst du bitte einmal darüber nachdenken, was heute passiert ist? Nicht nur, dass wir einen irren Serientäter am Hals haben, heute ist auch noch eine Bombe vor der LPD dazugekommen und man hat deine Tochter entführt, hier aus deinem Haus, quasi vor unserer Nase. Reicht dir das noch nicht? Heute bleibst du auf jeden Fall daheim und damit Schluss.«

»Georg, bitte, ich will helfen.«

»Das kannst du, ich verspreche, wir halten dich auf dem Laufenden, rede du mit den Freundinnen von deiner Tochter, das kannst du von daheim aus machen, und morgen sehen wir weiter.«

Heinzle sprang auf und packte seinen Chef, der schon gehen wollte, am Arm. »Das ist also der Dank dafür, dass ich jahrzehntelang für dich gearbeitet habe? Jetzt, wo mich meine Tochter braucht wie noch nie in ihrem ganzen Leben, stellst du mich einfach kalt, Georg!« Heinzle schrie beinahe. »Das kannst du nicht machen!«

»Und wie ich kann, du lässt mich jetzt auf der Stelle los und zeigst mir, dass ich morgen wieder mit dir rechnen kann.« Sense war hinter Heinzle getreten und zwickte ihn unsanft in den Arm, worauf er losließ, seinen Chef aber noch ein paar Sekunden wutentbrannt anstarrte. Und dann war da wieder eine Erinnerung, wie er Bullut gegenübergestanden war, und obwohl er damals Mitleid mit dem Vater gehabt hatte und ihn auch verstehen konnte, war das hier etwas vollkommen anderes. Das hier war kein Fall, das hier kam an nichts heran, was er je empfunden hatte. Clara war gestorben, ja. Aber nicht von heute auf morgen, sie hatte ihn schleichend verlassen, über viele Wochen und Monate war sie einfach jeden Tag ein bisschen weniger da, ein bisschen weniger bei ihm, ein bisschen weniger am Leben. Es war ein dumpfer Schmerz und kein stechender, wie die Furcht, seine Tochter nie mehr zu sehen. Wieder schnürte ihm die Angst um sie beinahe die Luft ab. Hatte er sie auch gefesselt und zum Paket verschnürt wie Leonie, hatte er ihr auch etwas gespritzt, das sie willenlos werden ließ? Er machte jetzt genau das mit, was Bullut, Nakamura und Natter mitmachen mussten, und das Schlimmste daran war, dass er ihnen nicht helfen konnte. Würde er sich selbst helfen können?

»Georg«, rief er seinem gehenden Chef hinterher, »ihr müsst noch einmal mit der Nachbarin von Leonie reden, sie muss ihn doch viel genauer beschreiben können und vor allem sein Auto. Vielleicht hat sie sich ja sogar das Kennzeichen gemerkt und in der Panik nur nicht wiedergeben können.«

»Machen wir, siehst du, so gefällst du mir schon viel besser. Bis morgen. Schlaf dich aus und lass dir etwas geben.«

Ohne noch weiter auf ihn zu achten, lief Heinzle zu der hinteren kleinen Gartentüre. Auch er hatte Nachbarn, die vielleicht etwas gesehen hatten. Er rannte so schnell durch den Garten seiner alten Nachbarin, dass Sense ihm kaum hinterherkam. Wenn jemand etwas mitbekommen hatte, dann war es die pensionierte Lehrerin, die jahrelang jeden Nachbarn in nicht enden wollende Gespräche verwickelte. Ihr war kein Klatsch und Tratsch aus der Nachbarschaft je entgangen, sie lebte quasi in ihrem Garten und genau dort fand sie Heinzle beim Gießen.

»Agnes«, rief er ihr schon von Weitem zu.

Verwundert schaute Frau Bonetti von ihren Kohlrabis hoch und begrüßte ihn.

»Ja hallo, Richard, das ist ja mal eine nette Überraschung. Was ist denn heute los bei dir?«

»Später, Agnes, ich brauche jetzt deine Hilfe. Hast du heute Nachmittag Christina gesehen?«

»Nicht wirklich.«

»Was heißt das?«

»Ich habe mitbekommen, dass sie da war, offenbar mit einem heimlichen Besuch.«

»Mit einem heimlichen Besuch?«

»Ja. Ich habe sie reden gehört, aber der Mann hat immer zu ihr gesagt, sie solle leise sein.«

Heinzles Magen krampfte sich wieder zusammen und er hatte Mühe, weiterzufragen. »Sie sollte leise sein?« Seine Stimme versagte und Sense übernahm das Gespräch für ihn.

»Ja, und haben Sie sich denn überhaupt nicht gewundert, dass Christina mit einem fremden Mann hier war und dass sie auch noch so geheimnisvoll getan haben?«

»Ja, schon, aber ... Wer sind Sie eigentlich? Und ist etwas mit Christina?«

»Sie ist verschwunden und wahrscheinlich hat der geheimnisvolle Besuch etwas damit zu tun.« Auch Sense hatte keine Geduld mehr mit der alten Nachbarin.

»Oh nein, das tut mir wirklich sehr leid«, jammerte sie erschrocken, »ich habe gedacht, dass es irgendetwas mit Richards Geburtstag zu tun haben muss. Wir haben das schon letzte Woche besprochen, dass ich ihr helfe mit der Dekoration des Gartens.« Sie schaute von Sense zu

Heinzle. »Weißt du, sie wollte dich mit einer Party überraschen.«

Heinzle versuchte, den Kloß im Hals runterzuschlucken, er durfte sich jetzt nicht wieder mitreißen lassen von der Angst. Seine alte Nachbarin begann zu weinen und Heinzle wurde ungeduldig. »An was kannst du dich sonst noch erinnern, wie hat er ausgesehen?«

»Das kann ich nicht so genau sagen, ich habe ihn ja gar nicht richtig gesehen. Sie haben laut im Auto diskutiert. Dann ist er ausgestiegen und gleich ins Haus verschwunden und Christina, ja, das war ein bisschen komisch, aber ich habe mir einfach nichts dabei gedacht. Er hat nicht gefährlich geklungen, der Mann, eher nett und beruhigend.«

»Was war mit Christina komisch?«

»Weißt du, ich wäre nie draufgekommen, dass sie sich vor ihm gefürchtet hat, sie muss den Mann wohl gut gekannt haben.«

»Warum?«

»Ja, weil sie eingeschlafen war, als ich ein paar Minuten später dann doch durch die Hecke geschaut habe, sie hat so friedlich ausgeschaut, ich wäre im Leben nicht draufgekommen, dass sie nicht freiwillig bei ihm im Auto gesessen ist. Richard, das musst du mir glauben, wenn ich das gewusst hätte, dann …«

Heinzle fiel ihr barsch ins Wort. »Was war das für ein Auto?«

»Ein dunkelgrünes, sportliches wie deines, nur neu.«

»Ein Porsche?«

»Keine Ahnung, ich kenne mich bei Autos doch überhaupt nicht aus. Ich habe auch nur ganz kurz geschaut.«

»Ja, leider.«

»Aber Richard, von wo hätte ich das denn wissen sollen, wer rechnet denn mit so was?« Wieder begann sie zu schluchzen.

»Das Gejammer nützt uns jetzt auch nichts, hast du das Kennzeichen gesehen?«

»Nein, ich habe doch nur von der Seite auf das Auto geschaut, durch das kleine Loch in der Hecke. Was ist eigentlich los, wo ist Christina? Hat er sie entführt?«

»Was hat der angehabt, wie groß war er?«

»Ich habe nicht so darauf geachtet. Ich glaube, er war ganz normal groß und eine helle Hose hat er getragen, glaube ich, und ein helles Hemd hat er angehabt.«

»Haarfarbe?«

»Seine Haare waren dunkel.«

»Wie alt war er? Herrgott, Agnes, lass dir doch nicht alles aus der Nase ziehen.«

»Sei doch bitte nicht so garstig mit mir, da werde ich nervös und dann kann ich mich nur noch ganz schlecht erinnern, weißt du, das sag ich jeden Tag zu meinem Sohn, sei doch bitte nicht so garstig, und er ist dann auch immer so ungehalten mit mir.« Sie schluchzte leise vor sich hin und erschrak, als ihr Sense die Hand auf die Schulter legte.

»Frau Bonetti, wir sind sehr froh, dass Sie sich überhaupt noch an etwas erinnern können. Sie sind bis jetzt unsere einzige Zeugin und wir wissen auch noch nicht so genau, was mit Christina passiert ist. Tatsache ist, Christina ist mit dem Unbekannten verschwunden, deswegen ist es jetzt ganz wichtig, dass Sie sich erinnern können und darauf konzentrieren, was Sie alles gesehen haben.«

»Also gut«, meinte sie und atmete theatralisch ein. »Wie alt war er denn? Er war kein junger Bursch mehr, er hatte eine tiefe, angenehme Stimme.«

»Und warum ist dir das nicht verdächtig vorgekommen, Christina mit einem älteren Herrn in einem Sportwagen?«

»Das hab ich dir doch schon einmal gesagt«, jammerte sie wieder los und Sense strafte Heinzle mit einem Kopfschütteln in seine Richtung. »Ich hatte das Gefühl, dass er dich kennen muss und Christina sowieso. Er hat irgendetwas zu ihr gesagt, wo ich mir gedacht habe, er kennt dich gut und es ist alles in Ordnung.«

»Herrgott noch mal, was hat er denn gesagt?«

Agnes rieb sich die Stirn und kniff ihre Augen zusammen. »Ich glaube, er hat gesagt, da wird sich dein Papschi aber freuen, oder so. Das hat so nett geklungen und dann ist er ins Haus verschwunden, deswegen habe ich mir noch gedacht, es hat sicher etwas mit deiner Überraschungsparty zu tun. Ja, genau, das hat er gesagt, da wird sich dein Papschi aber freuen.«

Sense zog das zusammengefaltete Phantombild aus der Tasche und zeigte es Agnes. Er musste keine Frage stellen, sofort begann die alte Frau zu wimmern.

»Oh nein, ihr meint, die Bestie vom Bodensee hat sie?«

»Bitte, Agnes …« Heinzle packte die alte Frau am Arm und Sense räusperte sich laut. »Schau dir doch einfach das Bild an und sag uns, ob es dir bekannt vorkommt.«

»Ich kann dir das nicht sagen, ich hab ihn doch nur von hinten und kurz von der Seite gesehen, das ging alles so schnell, ich hab nicht einmal mitbekommen, wann sie wieder weggefahren sind.«

Wütend nahm ihr Heinzle das Phantombild aus der Hand, zerknüllte es und warf es in das Hochbeet, bevor er wieder zurück in seinen Garten lief.

Sense rief ihm etwas hinterher, die Äste der Büsche streiften Heinzles von Tränen nasses Gesicht, seine Haare klebten ihm an der Stirn und die Schweißtropfen brannten ihm in den Augen. In seinem Kopf drehten sich die Gedanken um Christina, die nicht mehr schlief in dem grünen Auto, das langsam aus der Einfahrt rollte. Er sah sie, wie sie verzweifelt schrie und von innen mit ihren Fäusten gegen die Heckscheibe des Wagens hämmerte, und er hörte sie. Sie schrie heiser immer wieder dieses eine fürchterliche Wort, das er so liebte. Mit letzter Kraft schaffte er es zur Hintertüre seines Hauses und kotzte sich vor versammelter Spusi die Verzweiflung aus dem Leib, mitten auf das rote Strichmännchen-Gesicht, das einfach nicht mit dem Grinsen aufhören wollte.

Er war ein Wrack und dieses Wrack ließ sich willenlos in sein Bett legen und ausziehen. Plötzlich war da Schwester Erika gewesen, die sich mit Sense unterhielt und ihm etwas spritzte, das ihn in ein schwarzes Loch ziehen wollte. Trotzdem schrie Christina noch minutenlang nach ihrem Vater, diesem unnützen Waschlappen, der sich hatte suspendieren lassen, der sich sein Allerliebstes hatte nehmen lassen und der jetzt wieder das tat, was er am besten konnte, zusammenklappen.

Schwester Erika streichelte ihm die Hand.

Papschi.

Sie trocknete ihm die schweißnasse Stirn.

Papschi.

Sie hielt ihm den Kübel, als er sich noch einmal übergeben musste.

Papschi.

Sie umarmte ihn, als er trotz der Hitze nicht mehr mit dem Zittern aufhören konnte.

Papschi, bitte hilf mir, Papschi.

15

Warum ist der Mensch im Zustand der Trauer geneigter, sich sinnlichen Vergnügungen blindlings zu überlassen? Ist es das Betäubende in ihnen, was er begehrt? Oder Bedürfnis von Emotion um jeden Preis?

Friedrich Nietzsche

Blum schlug seinen Kopf gegen die Felswand, sein nicht artverwandtes, elendes Blut rann ihm von der Stirn, lief den Nasenrücken entlang und sammelte sich an der Nasenspitze zu kleinen Tropfen. Nach dem letzten Aufschlag hatte sich der Schweiß auf seiner Oberlippe mit den nach Eisen schmeckenden Tropfen vermischt und fand jetzt seinen Weg über sein Kinn in den Kragen seines verschwitzten weißen Arzthemdes. Verlauster Verlierer, wisperte es in seinen Ohren, unwerter Mischling, brüllte es in seinem Herzen. Jetzt sitzt du hier für immer unter der Erde. Dort, wo Schimmel und Pilze sprießen und die Welt verpesten. Dort, wo du hingehörst. Wieder legte er den Kopf in den Nacken, spannte seine Halsmuskulatur an und schlug seinen Kopf gegen den Felsen, wieder und wieder, bis er vor Erschöpfung und Schmerz auf die Knie fiel und seine geschundene Stirn auf den staubigen Boden presste.

Ja, Herr Doktor, das ist nicht gerade gesund, und nein, Herr Doktor, es spielt überhaupt keine Rolle mehr, denn du wirst hier unten verrecken, mit oder ohne entzündeter Wunde. Es ist vollkommen egal, ob die Bakterien eine Freude mit dir haben, denn die Würmer werden noch ein viel größeres Festmahl mit dir feiern. Vielleicht nicht heute, vielleicht nicht morgen, aber ganz bestimmt in den nächsten Tagen.

Selbstmitleid überkam ihn so heftig wie schon lange nicht mehr. Er war ein Stück Dreck und lag im Dreck, wie passend.

Egal. Egal. Egal. Er stellte sich vor, wie der Meister neben ihn in den Dreck spuckte, aber auch das war ihm egal. Schlussendlich hatte auch er, auf den er sich immer hatte verlassen können, ihm nicht geholfen, genauso wenig wie der Vater, der nie seiner gewesen war, genauso wenig wie die

Mutter, die ihn verraten hatte, schon am Tag der ungewollten Zeugung.

Wie von Sinnen fing er an zu brüllen. »Mama! Mamaaaaa!«

Ja, brüll nur, du Stück Dreck, das befreit, nützt dir aber nichts mehr, denn jetzt bist du auf ewig ein Gefangener.

Seine Mutter war schon lange zu Staub zerfallen, nur noch das Notizbuch war ihm von ihr geblieben und jetzt lag es mit ihm hier in der Jauchegrube seines elenden Lebens. Die hauchdünnen alten Seiten zitterten im Sog seiner Schreie und Blum konnte seinen Blick nicht abwenden von dem letzten Rest, der ihm noch geblieben war von der Untreuen. Ihre Schrift war so wunderschön, so schön wie sie selbst mit ihren lockigen, langen Haaren und den großen blauen Augen, die immer traurig wurden, wenn sie ihn angesehen hatte. Nichts anderes als abgöttische Liebe hatte er ihr zu Lebzeiten entgegengebracht, er hatte sie angehimmelt und immer nur eines gewollt, lieben und geliebt werden, bedingungslos. Glücklich und stolz auf ihn hätte sie sein sollen. Und doch hatte er schon damals in ihrer Schwermut seine Schuld erkannt, er hatte diese Schuld gespürt, bevor er die dunkle Ahnung in Worte fassen konnte, bevor er gewusst hatte, wie Traurigkeit und Verzweiflung Menschen verstümmeln können und das Leben emotionale Krüppel ausrangierte auf einem Nebengleis. Er war verantwortlich. Er war schuld.

Sie hatte nie viel gesprochen, was hätte man auch mit ihm sprechen sollen, mit ihm, dem kleinen, dreckigen Bastard? Über die Schlechtigkeit des Lebens philosophieren? Sie verschloss das Unsagbare lieber in ihrer Melancholie, vertraute ihr schweres Los nur dem kleinen Heftchen an, das jetzt im Dreck seine Tränen und sein Blut aufsog und das Leben eines Opfers skizzierte. Sie war das Opfer ihres Vaters gewesen, randvoll mit einem Schicksal, das er nie hatte beeinflussen können, weder heute noch damals.

Damals.

Damals war er nach dem Erhalt des Briefes aus New York auf Suche gegangen, wollte Beweise und eine Begründung dafür, warum seine Mutter nicht mehr lieben konnte, nicht ihn und das Leben schon gar nicht. Zwischen den feinsäuberlich gefalteten Servietten aus beigem Damast hatte er die Wahrheit seiner Mutter gefunden. Im Notizbuch fanden sich Kochrezepte, Strickmuster, Rechnungen und Aufzeichnungen zu seinen Säuglingstagen, Gewicht und Größe waren akribisch notiert. Tag für Tag. Zwischen einem Rezept für Apfelstreusel und Linzer Schnitte war er auf ein paar Zeilen gestoßen, die er mittlerweile auswendig kannte.

Der Kleine isst ordentlich und gedeiht prächtig. Heute hat er zum ersten Mal gelächelt. Es ist sein Lachen. Er kommt nach ihm. Alle in seiner Familie hatten dieses Lächeln. Wie ich ihn vermisse und die Zeit, als das Leben noch schön und unbeschwert war. Wie ich ihn hasse und das Elend, das er über mich gebracht hat.

Es war offensichtlich, dass seine Mutter nicht ihren Mann gemeint hatte, keiner seiner Verwandten war je in Bregenz gewesen und Blum konnte sich nicht erinnern, seinen Vater je lachen oder auch nur schmunzeln gesehen zu haben.

Der Mann auf dem Foto, das Blum zwischen zwei zusammengehefteten Seiten Tage später fand, lachte. Ansteckend, breit und ekelhaft vertraut. Es war sein eigenes Lachen. Dieses beschissen charmante Grinsen, das er aufsetzte, wenn er Weiber für sich gewinnen wollte. Dieses unverschämt offene Lächeln, auf das er sein ganzes Leben lang hatte bauen können, das ihm Wege ebnete, Türen öffnete und auch Herzen und Röcke.

Fassungslos und heulend wie ein weidwundes Tier hatte er auf die Widmung auf der Rückseite gestarrt. *In ewiger Liebe, dein S.*

Akribisch war er dem *S.* auf den Grund gegangen. Hatte im Archiv der Stadt noch zig andere von den dämlichen Grinsebildern gefunden, von seinem Onkel Gabriel und seinem Vergewaltiger-Vater Simon, diesem Hund von einem Mann, der ihm nicht den Gefallen getan hatte, dort zu verrecken, wo seine ganze Brut sich in nichts aufgelöst hatte. Nichts war von der ganzen Tänzer-Sippe geblieben außer ein paar Fotos in einem alten Karton, ein paar verwitterten Grabsteinen, auf die er alle gepisst hatte, und einem Geheimnis, eingeklemmt zwischen zwei vergilbten Kochrezepten. Niemand mehr kochte Haferlaib mit Rüben, keiner notierte mehr Gewicht und Größe von Säuglingen, niemand kannte seine Schlampen-Mutter, den Vater und seine Geschichte. Alle Beteiligten waren in die Luft entsorgt worden, von Würmern gefressen und zu Kompost geworden. Nur noch dieses kleine Büchlein war übrig und das Wissen darüber würde mit ihm sterben, wenn er abtrat, wenn er hier unten starb wie die Mädchen.

Denn irgendwann würden sie hier auftauchen, das wusste er mit Sicherheit, und was er dann tat, lag allein in seiner Hand. Er war dem Schicksal nicht mehr wehrlos ausgeliefert. Noch war es nicht so weit, dass er in die Enge getrieben wie ein Karnickel vor Angst zitterte, noch war er Herr hier unten und konnte seine

Freude haben an allem, was er sich geschaffen hatte. Mühsam rappelte er sich auf, wischte sich das Blut und den Dreck von der schmerzenden Stirn, küsste das kleine Notizbuch, steckte es in die Hosentasche und machte sich auf den Weg Richtung Leiter. Er hatte genügend Zeit, sich frisch für die Mädchen zu machen, es war keine Eile geboten, denn die kleine Heinzle schlummerte sicherlich noch friedlich auf ihrem neuen Bett wie ein kleines, unschuldiges Baby. So wie das Baby in der Wiege, das seine Mutter auf ein kleines Stückchen Papier gezeichnet hatte. Zuerst hatte er sich gefreut, den Zettel an sein Herz gepresst, Tränen vergossen und sich seiner Mutter noch nie so nahe gefühlt. Denn endlich hatte er den Beweis schwarz auf weiß in der Hand, sie musste ihn geliebt haben, das bewiesen die vielen kleinen Herzchen, die sie neben seinen Kopf gemalt hatte. Doch dann begann er zu zweifeln, die Herzchen hätten Sinn ergeben, aber die Kreuze nicht. Sie waren ekelhaft blutrot und unmissverständlich. Blum wusste von einem Augenblick auf den anderen, dass die Zeichnung nicht ihn zeigte, genauso wie er wusste, dass die braune, zarte aufgeklebte Haarsträhne nicht seine war. Später hatte er sie analysieren lassen, der kleine Balg war mit ihm verwandt, musste sein Bruder gewesen sein, jenes Kind, das der Rachsucht seines brutalen Großvaters zum Opfer gefallen war, und jenes Kind, das seine Mutter offenbar mehr liebte, als sie ihn je lieben konnte. Der Balg, der ihr aus dem liebenden Herzen gerissen wurde und für den sie mit ihm, dem in Gewalt gezeugten Bastard, bitter bezahlen musste. Sie wurde von dem Mann vergewaltigt, den sie einst geliebt hatte, dessen Kind sie nicht beschützen konnte, der sie bestraft hatte mit einem weiteren Kind. Er, Blum, war die Strafe dafür, dass seine Mutter einfach weiterleben und alles vergessen wollte.

Auch dieses Erlebnis hatte sie dem kleinen Büchlein anvertraut. Blum hatte das Geheimnis eher erspürt als gesehen. Es fühlte sich anders an beim Umblättern und er musste Wasserdampf bemühen, um die zusammengeklebten Seiten zu lösen. Auf diesen Seiten war die Schrift weniger schön und schwer zu entziffern. Sein Drecksvater hatte sie vom Rad gerissen, betäubt und vergewaltigt, und zwar so, dass sie alles mitbekommen hatte. Vor sich hindämmernd hatte sie sich beschimpfen und beschmutzen lassen müssen, und dass sie diese Schmach nie hatte verwinden können, daran war nur er, Blum, der Bastard, schuld. Seine Entstehung wog schwer und konnte den Verlust des anderen geliebten Kindes nie wettmachen. Wäre diese Welt eine moralische, hätte es ihn nie geben dürfen, wäre sie gerecht, hätte statt ihm der tote Bruder leben müssen. Wäre es eine liebende Welt, hätte sein Vater getrauert um das tote Kind und die verlorene Geliebte, und nie hätte er aus Rache ein weiteres Kind gezeugt. Wie man es auch wendete und drehte, Blum stieg bei keinem Szenario gut aus und das schnitt in seine Seele, es tat weh, so weh.

Es gab nur einen einzigen Ausweg aus der Familien-Misere, die Blum Erleichterung bringen konnte für sein falsches, verderbtes und von vornherein zum Scheitern bestimmtes Dasein. Die Vergangenheit musste gerächt werden und möglichst so, wie es seine Mutter hatte ertragen müssen.

Vor allem die Betäubung war Blum bei all seinen Plänen wichtig, an ihr hatte er monatelang herumgefeilt, geforscht, ausprobiert und schließlich hatte er sie perfektioniert. Der beißende Schmerz am Hals, das Taubheitsgefühl, die Unfähigkeit, sich zu bewegen, die Schmach des Ausgeliefertseins, all das hatte sie dem kleinen Büchlein anvertraut, das jahrzehntelang auf Blums Rache gewartet hatte.

Der Sohn der Gemarterten zahlte hier und jetzt heim und bestrafte auf die exakt gleiche Art und Weise, wie es sein Vater getan hatte. Nicht überhastet in einem Busch am Wegesrand. Perfider, länger, nachhaltiger und prägender. Blum hatte noch nie halbe Sachen gemacht und gemocht. Blut war dicker als Wasser, ja, aber für was sein Herz schlug, bestimmte nur er und nicht ein mieser Vater. Er, der Unreine, hatte ihm die Mutter gegeben und auch genommen. Dafür mussten all die anderen Unreinen büßen. Die Mörder und Vergewaltiger, die nur nahmen und nichts zurückgaben, alle, die unser Sozialsystem nur ausnutzten und keinen unserer Werte je geschätzt hatten außer dem Geld, das wir ihnen klatschend zur Verfügung stellten. Steinzeit bekämpfte man nur mit Steinzeit. Stein um Stein, Leben um Leben.

Natürlich konnte er differenzieren und sah, dass die Mädchen unschuldig waren, doch das waren Kollateralschäden für eine Besserung der Gesellschaft. Auch er war unschuldig und niemanden hatte das je interessiert. Es würden weniger von den Parasiten kommen, von den braunen, den schwarzen und gelben Taugenichtsen, wenn ihre Frauen, Töchter und Schwestern verschwanden und nie mehr auftauchten. Auch wenn sie zu Tausenden über das Mittelmeer und den Balkan hierhergelockt, geschleppt und gebracht wurden, seine wenigen Mädchen würden gleich viel, wenn nicht mehr bedeuten. Die Zahl derer, die nicht hierhergehörten, würde weniger werden, denn nichts war so wirksam wie die Angst. Hoffnung konnte vielleicht Berge versetzen, aber Angst machte lahm, stumm und unfähig, überhaupt erst auf den Weg zu gehen, von wo auch immer.

Das Verschwinden von Neci hatte es in sämtliche Gazetten der Türkei geschafft und somit in jeden anatolischen

Hilfsarbeiter-Haushalt, das war besser als Politik, besser als Kopftuchverbote oder Endlosdiskussionen über Einwanderungszahlen. Er tat etwas, während der Rest nur faselte. Und er hatte gleichzeitig etwas, was sich jeder Mann erträumte, wenn er es zugeben durfte. Er hatte ein paar Ladies, die nur ihm gehörten.

Am Ende des schmalen Ganges angekommen, warf er schnell einen Blick durch die Luke auf die kleine Heinzle, die er sich bis zum Schluss aufsparen würde. Schade, dass es bei der Kleinen schneller gehen musste, als er es für jedes seiner Mädchen geplant und ausgeführt hatte. Aber auch das würde er meistern.

Er begann, sein Lied zu trällern, hinter den Holzverschlägen erwachte die Verzweiflung links und rechts wieder zum Leben, oh, wie er das liebte. Schnell sachte auf die Türen geklopft, ein paar Liebesschwüre geflüstert und jetzt waschen, frisieren und parfümieren. Für Neci hatte er extra den Duft ihres Ehemannes aus dem Nachtkästchen des Herrn Botschafters mitgehen lassen. Darauf stand die kleine Kickboxerin, nichts machte sie so rasend wie ein paar Tropfen aus dem lächerlich opulenten Flakon. *One Million Dollar Baby.* Haha, dass er nicht lachte, die wahren Werte hatten so gar nichts mit Geld zu tun. Für ihn zählte kein Bankkonto, keine Aktien, keine Immobilie und auch nicht sein schickes Cabrio. Nichts war ihm teurer als ein bisschen Zeit hier unten. Aus selten genossener Zweisamkeit würde jetzt, da sich alles geändert hatte, ganz viel Nähe werden. Niemand konnte ihm die letzten Tage in seinem Bunker nehmen. Niemand.

»Sevgilim«, rief er in den dunklen Gang, »mein Schatz, ich komme jetzt zu dir.«

16

Mitten in der Nacht wachte Heinzle aus schwerem, traumlosem Schlaf auf. Die Gewissheit, dass sein Leben in Trümmern lag, hieb ihm nach den ersten schlaftrunkenen Sekunden eine Faust in den Magen. Stöhnend drehte er sich zur Seite und wäre vor Schreck beinahe aus dem Bett gefallen. Er war nicht allein.

Der Mond leuchtete in sein Zimmer und auf Schwester Erika, die angezogen neben ihm lag und dank seiner abrupten Bewegung aus dem Schlaf hochschreckte. Sachte drückte sie seinen Oberkörper wieder zurück auf sein Kissen und ihre Haare fielen Heinzle ins Gesicht. Sie strich ihm sanft über den Kopf, wie man es bei einem kleinen Kind tat, murmelte etwas in beruhigendem Singsang, das Heinzle nicht verstehen konnte. Es interessierte ihn auch nicht, genauso wenig interessierte es ihn, wie sie in sein Bett gekommen war. Ihn interessierte überhaupt nichts mehr und als sie sich von ihm wegdrehte und aus dem Bett steigen wollte, hielt er sie an ihrem Handgelenk zurück. Er wollte nicht allein sein. Er zog sie an seine Seite zurück und Erikas Haare kitzelten ihn, als sie ihn umarmte. Heinzle erinnerte sich dumpf daran, dass sie sich vor Stunden zu ihm ins Bett gelegt hatte, um ihn zu umarmen, und nichts daran fühlte sich falsch an. Sie streichelte seinen Rücken, strich eine seiner Locken hinter sein Ohr und er versuchte, im Mondlicht ihren Gesichtsausdruck zu erhaschen. Sie fuhr ihm mit dem Zeigefinger über Nasenrücken und Stirn und er ließ es bewegungslos geschehen, schloss seine Augen und roch die letzten Spuren eines fruchtigen Parfums an ihrem Hals. Dann vergrub er seinen Kopf in ihren Haaren, legte sein Gesicht ganz nah an ihres, wo er mit seinen Lippen das Blut durch ihre Adern pochen spürte.

Da war er, der Witwer, in den Armen einer anderen, der verzweifelte Vater, dessen Kind verschleppt worden war. Er, der suspendierte Polizist, der bei seiner wichtigsten Ermittlung nicht zu gebrauchen war. Hier mitten in seiner Verzweiflung überließ er sich ganz der fremden Frau in seinem Bett. Sein Körper wollte nicht mehr leiden und denken, Heinzle wollte nur noch spüren, sich vom Schlagen ihres Herzens davontreiben lassen, irgendwohin, wo niemand nach ihm rief. Er küsste sie zuerst ganz vorsichtig und schließlich immer leidenschaftlicher. Nicht auf den Mund, aber ihren Hals entlang und in Richtung ihres Dekolletés.

Er wollte die fast Unbekannte stürmischer und drängender, als er es sich nach dem Tod seiner Frau überhaupt noch hätte vorstellen können. Heinzle war immer ein eher zurückhaltender Liebhaber gewesen, körperliche Liebe hatte nie eine große Rolle in seinem Leben gespielt und Clara hatte das immer gereicht.

Erika, von der er nichts als ihren Vornamen wusste, war offenbar vollkommen anders. Da war kein Alltag zwischen ihren Körpern, keine Vertrautheit und keine Vorlieben, von denen man gewusst hätte, nichts, auf das man Rücksicht nehmen musste. Er wusste nicht, wie sie im Leben zurechtkam, aber sich hingeben, sich fallen lassen, das konnte sie, und sie wollte ihn offenbar genauso wie er sie.

Nach Monaten zum ersten Mal lebte Heinzle wieder und er empfand jeden einzelnen Augenblick mit Erika als befreienden Mix aus Angst, Verzweiflung und Lust. Es war ungewohnt auf eine etwas verstörende Art, das musste sich Heinzle eingestehen, aber es fühlte sich trotz allem richtig an. Sie war da für ihn, sie roch nach Leben, nach Lust, ein bisschen verboten und begehrenswert. Und dann, dann hörte er auf zu denken, er atmete nur noch an ihrem Hals und der Takt ihres Körpers wischte alle Bedenken beiseite. Sie war da, hier und jetzt, und sie wollte, sie küsste und sie streichelte.

Sie liebten sich hastig und fordernd, ohne sich in die Augen zu sehen, ohne dass sich ihre Münder berührten, und ohne ein Morgen. Es war gut so, wie es war, und schrecklich zugleich.

Als Heinzle sich nach ein paar wilden Minuten erschöpft zur Seite drehte, waren seine Gedanken fast augenblicklich wieder bei Christina und ein ungutes Gefühl, etwas komplett Falsches getan zu haben, beschlich ihn. Er hatte seine Frau nie betrogen, hatte nie einen One-Night-Stand gehabt, hatte nie Sex ohne Liebe und jetzt lag er in der schlimmsten Situation seines Lebens neben einer Frau, die er nicht kannte, in dem Bett, in dem er vor nicht allzu langer Zeit noch seine krebskranke Frau getröstet und gepflegt hatte. Er wollte kein hormongetriebener Vollidiot sein, der nach der Entführung seiner Tochter alles bumste, was nicht bei drei auf den Bäumen war. Was war er nur für ein egoistischer Schmalspur-Casanova.

Die Decke hinter ihm raschelte, er schloss seine Augen, gab vor, zu schlafen, und versuchte, möglichst regelmäßig zu atmen. Sie sollte ihm nicht mehr zu nahe kommen, seinem Körper nicht und seinem Herzen schon gar nicht. Sie war nichts anderes als eine Verzweiflungstat gewesen, ein Rettungsring im Sturm. Er war ein Leben lang nicht so gewesen, das hier, das war er nicht.

Als Heinzle später vorsichtig auf den Radiowecker blinzelte, war es 6.45 und er konnte nicht glauben, dass er trotz allem noch einmal eingenickt sein musste. In der Küche unten bediente jemand die Kaffeemaschine und hantierte mit Geschirr. Vorsichtig drehte er sich um und war beruhigt, dass der Platz neben ihm leer war. Gut so, das war Claras Platz und diesen Platz sollte in der nächsten Zeit auch niemand anderes einnehmen. Auch wenn es ihm gutgetan hatte, was in diesem Bett passiert war, und er sich auch erklären konnte, wie es dazu gekommen war, musste es definitiv nicht wiederholt werden. Es war eine kurze, heilsame Episode. Er hatte nach Wochen und Monaten endlich wieder etwas gefühlt, aber jetzt gab es für ihn nur noch eines und das war das Leben seiner Tochter.

Schnell duschte er, zog sich an und ging in die Küche, wo Sense schon am Telefonieren war. Erika musste gegangen sein und Heinzle war sehr froh darüber. Alles, was nicht mit Christina zu tun hatte, störte jetzt nur.

Heinzle notierte auf dem karierten Block mit der Einkaufsliste für die Woche ihre nächsten Schritte. Er war wieder da, das spürte er, und er war der festen Überzeugung, dass auch Christina wieder da sein würde, vielleicht nicht gleich, aber bald. Auf einer anderen Liste, der mit den KZ-Winkeln, gab es nichts Dunkelblaues mit orangen Sternchen. Er wird nichts mit ihr anfangen können, sie wird ihm nichts bringen und der moralische Unterbau seiner Mission bröckelte bei Christina. Die Frage war, ob das gut oder schlecht für sie war.

Sense setzte sich mit einer Tasse Kaffee für sie beide an den Küchentisch und sagte nichts. Auch nicht dazu dass Erika die Nacht in Heinzles Zimmer verbracht hatte. Sein Freund lächelte ihn an. »Alles läuft, ich muss dir nicht erklären, was die Kollegen gerade machen, alle Streifen haben Christinas Bild und alle Infos.«

»Habt ihr die auch an die Schweizer und Deutschen weitergegeben?«

»Natürlich, und auch die Liechtensteiner wissen Bescheid, sogar Frankreich ist mit dabei.«

»Habt ihr schon jemand zu meiner Nachbarin geschickt wegen der Automarke?«

»Der Kollege ist informiert und wahrscheinlich schon auf dem Weg zu ihr.«

»Ist das nicht früher gegangen?«

»Es ist sieben Uhr morgens.«

»Das weiß ich doch, aber für Christina waren das sicher schlimme Stunden, wo auch immer sie jetzt ist.«

Sense musterte Heinzle aufmerksam.

»Herrgott noch mal, hör auf, mich so anzuschauen, Christina hat heute Nacht sicher nicht so gut geschlafen wie wir zwei.«

Sense schaute Heinzle immer noch ruhig ins Gesicht und obwohl er kein Wort sagte, wusste Heinzle ganz genau, was er dachte. Frustriert schlug er mit der Faust auf den Küchentisch, seine Espressotasse kippte um und der Kaffee rann langsam über seine Notizen, es war ihm egal. »Ja, Sense, ich habe auch ein paar Stunden geschlafen, nachdem ihr mich vollgestopft habt mit Beruhigungsmittel und mir sicherheitshalber noch eine Krankenschwester zur Ruhigstellung ins Bett gelegt habt.«

Sense sagte immer noch kein Wort und Heinzle beobachtete, wie seine krakelige Handschrift auf den Notizen vom Kaffee und seinen Tränen aufgelöst wurde, wütend wischte er alles vom Küchentisch und hieb mit seiner Faust so oft auf den Tisch, bis sich seine Hand taub anfühlte.

Sense war immer noch still, entsorgte die Scherben vom Boden und sammelte die Zettel ein, er setzte sich neben seinen Freund. Wortlos ließen sie nebeneinander die Minuten vergehen und Heinzle beruhigte sich langsam, obwohl er am liebsten die ganze Küche kurz und klein geschlagen hätte vor Wut und Verzweiflung. Seine Hände schafften es nicht einmal, seine laufende Nase zu putzen. Warum auch, was hatte es für einen Sinn, wen interessierte es, ob der Rotz ihm über die Lippen lief? Nie und nimmer hätte Heinzle sich auch nach den letzten fürchterlich einsamen Monaten ein solches Ausmaß an Verzweiflung vorstellen können. Immer waren da auch die warmen, liebevollen Erinnerungen an Clara gewesen und seine optimistische, trotz allem lebensfrohe Tochter, die ihn trösteten.

Senses Telefon riss Heinzle aus seinen Gedanken und er spürte sofort die Aufregung seines Kollegen, der positiv überrascht klang und versprach, sofort zu kommen.

»Christina?«

»Nein«, Sense klopfte Heinzle aufmunternd auf die Schulter, »aber Leonie, sie ist gerade wach geworden und ansprechbar.«

Heinzle sprang von seinem Stuhl auf und suchte in seiner Hosentasche nach dem Autoschlüssel.

»Nein, lass stecken, ich fahre und ich nehme dich nur mit, wenn du mir versprichst, dich zurückzuhalten, eigentlich dürftest du ja nicht einmal dabei sein.«

»Ja, versprochen.«

»Richard?«

»Ja, lass uns gehen, wir vergeuden kostbare Zeit, die Nini vielleicht nicht mehr hat.«

Leonies Gesicht hatte kaum etwas von der fröhlichen Vitalität, die Heinzle an ihr kannte. Seitlich zusammengekauert lag sie wie ein Embryo deutlich mitgenommen in ihrem Bett, ihre Stimme klang heiser und rau, als sie ihn leise begrüßte. Der Arzt hatte sie schon vorgewarnt, weswegen es Heinzle leichter fiel, nicht allzu sehr zu erschrecken bei ihrem Anblick.

Der Entführer hatte ihr einen Cocktail aus Beruhigungsmitteln und Muskelrelaxantien gespritzt. Der Mediziner erklärte, wie diese wirken würden, doch Heinzle hatte Mühe, sich auf seine Ausführungen zu konzentrieren. Er sah sich das arme Mädchen in dem Krankenbett ganz genau an und konnte einfach nicht anders, als sich seine Christina vorzustellen. Sie lag genau wie Leonie da, aber in einem dunklen Verlies, hilflos an die Decke starrend und das Bewusstsein verlierend, nachdem ihr der Verrückte seinen Cocktail gespritzt hatte. Seine wunderbare kleine Tochter machte jetzt wahrscheinlich genau das mit, was Leonie ihnen gleich erzählen würde. Heinzle ballte seine Fäuste und dachte an die zynische Verabschiedungsfloskel, mit der die Bestie die Nachricht an ihn und Sense beendet hatte.

Das Leben kann so hart sein ... Sind Sie härter?

War er härter?

Heinzle merkte, wie ihn Sense aufmerksam von der Seite musterte, er beruhigte seinen Kollegen mit einem Daumen nach oben und trat ans Bett von Leonie, die ihn tapfer anlächelte.

»Richard.« Ihre Stimme klang furchtbar.

»Leonie.« Heinzle drückte ihre Hand. »Du kannst dir nicht vorstellen, wie froh wir sind, dass es dir gut geht.«

»Danke«, hauchte Leonie mehr als sie sprach, »danke, dass du mich vor diesem Monster gerettet hast.«

Heinzle tätschelte unbeholfen ihre Hand. »Wir brauchen jetzt deine Hilfe, wir müssen ihn finden. Du musst uns alles ganz genau erzählen.«

Leonie zog ihre Hand unter der seinen weg und die Decke bis unter das Kinn, sie begann zu wimmern. »Nein. Ich kann nicht darüber reden.« Sie musterte Sense argwöhnisch und Heinzle spürte, dass er jetzt das Richtige sagen musste.

»Du musst keine Angst haben, das ist mein Freund und Kollege. Er hat geholfen, ohne ihn säßen wir jetzt nicht hier und könnten miteinander reden.«

Das Danke an Sense dauerte etwas länger, aber Heinzle konnte spüren, dass ein bisschen weniger Anspannung in der Luft lag, und versuchte es noch einmal.

»Könntest du uns bitte erzählen, was passiert ist gestern?«

»Bitte, bitte zwing mich nicht dazu, ich will es vergessen und nicht mehr daran erinnert werden. Ich kann mich wahrscheinlich sowieso nie mehr sicher fühlen in meiner Wohnung.«

»Ich kann dich so gut verstehen, Leonie, ich würde dich auch nicht fragen, wenn wir eine andere Wahl hätten.« Heinzles Stimme war dringlicher geworden, Leonie spürte das und auch Sense, der zu ihnen ans Bett getreten war und unmissverständlich den Kopf in Heinzles Richtung schüttelte. Er wusste, was er damit meinte, er wollte nicht, dass er Leonie von Christina erzählte, aber Heinzle konnte einfach nicht anders. »Wir konnten dich retten, aber jetzt hat er ...«, Heinzle räusperte sich, »jetzt hat er Christina, verstehst du, Leonie, der Irre hat jetzt Christina und ich weiß nicht, wo sie ist.« Heinzle liefen die Tränen über die Wangen.

»Was?« Leonie begann wieder zu wimmern und schloss panisch die Augen.

Der Arzt, der sich bis jetzt zurückgehalten hatte, trat zu ihnen ans Bett. »Meine Herren, ich glaube, das reicht fürs Erste, Frau Peltier sollte sich nicht so aufregen.«

Heinzle wollte protestieren, aber mehrere Monitore begangen zu piepsen. Sense sagte irgendetwas zu ihm und wollte ihn vom Bett wegziehen und beinahe hätte er in dem Durcheinander Leonies Flüstern überhört. »Er war schon die ganze Zeit da.«

»Wie bitte?« Heinzle deutete dem Arzt, dass er den Alarm ausschalten solle. Verärgert beugte sich dieser über Leonie, kontrollierte ihren Puls und wollte ihr in die Augen leuchten, doch Leonie hatte sich wieder beruhigt und jetzt klang ihre Stimme fester und entschlossener, als sie den Arzt beiseiteschob. »Lassen Sie mich, es geht mir gut.«

Sie winkte Richard wieder zu sich und verhaspelte sich fast beim Sprechen, so schnell redete sie. »Der Typ muss schon lange vor mir in meiner Wohnung gewesen sein und auf mich gewartet haben, er …«

»Okay, langsam, Leonie.« Sense zog sein Handy aus der Tasche und startete eine Sprachmemo. »Erzähl uns bitte alles der Reihe nach.«

»Ich bin so um halb vier nach Hause gekommen, es war heiß und stickig in der Wohnung. Ich habe mir ein kaltes Bad einlaufen lassen, wie ich es immer mache.«

»Ist dir nichts Außergewöhnliches aufgefallen? War irgendetwas anders als sonst?«

»Absolut nichts, es war alles wie immer, sonst wäre ich doch nicht die längste Zeit nackig in meiner Wohnung herumgelaufen. Alles war wie immer. Und dann …« Leonie stockte und Heinzle setzte sich zu ihr an den Rand des Bettes.

»Und dann?«

»Dann bin ich ins Bad gegangen, habe mich abgeschminkt, mir die Haare hochgesteckt und mich in die Wanne gelegt. Ich war zu müde zum Lesen und muss für ein paar Augenblicke die Augen geschlossen haben. Dann …« Wieder schluchzte sie und konnte nur mühsam den nächsten Weinkrampf zurückhalten. »Dann habe ich dieses Geräusch gehört.« Sie begann am ganzen Körper zu zittern, ihre Zähne klapperten und sie hatte Mühe mit dem Sprechen, doch Heinzle konnte jetzt nicht aufgeben.

»Was für ein Geräusch?«

»Richard, das war so etwas von unheimlich. Ich habe gleich gewusst, was es war, aber ich konnte es mir einfach nicht erklären.«

»Ich verstehe dich nicht, von was redest du?«, bohrte Heinzle ungeduldig nach und Sense legte ihm beschwichtigend eine Hand auf seine Schulter, die er ärgerlich abschüttelte.

»Ich hab so kleine Glitzerperlen an den Gürtel von meinem Bademantel genäht und wenn ich mich bewege, dann klackern sie leise aneinander. Aber ich lag doch in der Wanne, verstehst du?« Dieses Mal konnte sich Leonie kaum beruhigen, der Arzt wollte sich wieder in das Gespräch einmischen, doch Heinzle ließ ihn nicht zu Wort kommen.

»Was ist dann passiert, Leonie?«

»Ich habe sofort gewusst, dass da jemand bei mir im Badezimmer sein muss. Ich bin fast gestorben vor Angst, es war wie in einem beschissenen Horrorfilm. Ich habe gewusst, dass da irgendjemand hinter mir sein musste und dass ich keine Chance hatte, aber ich hab einfach nichts anderes machen können.«

»Was hast du denn gemacht?«

»Ich wollte zu meinem Handy im Wohnzimmer, ich bin aus der Wanne gesprungen und dann hat eine Hand nach mir gegriffen. Ich bin ausgerutscht und hingefallen. Und als ich nach oben geschaut habe, hab ich ihn gesehen. Da ist ein Mann hinter meiner Badewanne gestanden und hatte meinen Bademantel an, verkehrt rum und über seinen Kopf gezogen.«

»Das verstehe ich nicht ganz«, meinte Heinzle, »wie konntest du ihn denn davor übersehen?«

»Gute Frage«, Leonie lachte hysterisch, »er muss sich hinter meinem hängenden Bademantel versteckt haben und seine Arme hatte er durch die Ärmel des Mantels gestreckt. Er muss da lange gestanden haben, ohne sich zu bewegen, und dann, dann hat er nach mir gegriffen. Verstehst du, der hat da die ganze Zeit gestanden und mich beobachtet.«

»Hast du sein Gesicht gesehen?«

»Ja, aber nur kurz, ich war mit den Händen beschäftigt, die mich packen wollten. Aber bevor er mir die Spritze in den Hals gerammt hat, da ist ihm der Mantel vom Kopf gerutscht, da habe ich ihn dann kurz gesehen und dann war alles verschwommen.«

Heinzle beugte sich aufgeregt zu Leonie. »Beschreibe ihn doch bitte einmal.«

»Ich muss ihn gar nicht lang beschreiben, ich weiß, wer es ist, es war der Mann vom Notdienst, der war schon einmal da, als meine Schlüssel nicht mehr gepasst haben.«

Sense suchte auf seinem Handy nach dem Fahndungsbild der Bestie und zeigte es Leonie, die sofort zu wimmern anfing. »Ja, ja, ja, genau das ist er.« Sie begann zu hyperventilieren und dieses Mal ließ sich der Arzt nicht mehr von ihrem Bett vertreiben. Wieder wurde es laut, als die Monitore im Zimmer Alarm schlugen, ein zweiter Arzt betrat das Zimmer und forderte Heinzle und Sense unwirsch auf, sofort zu gehen. Als die beiden schon fast im Flur waren, hörten sie Leonie rufen. »Richard, seine Augen ... ich habe sie gekannt, die Augen, ich schwöre, ich kenne sie von irgendwoher.«

Heinzle drängte sich vorbei an dem zweiten Arzt, beugte sich über Leonie, die jetzt nur noch flüsterte. »Die Augen, ich kenne diese Augen, aber sie gehören zu jemand anderem, mir fällt aber nicht ein, zu wem. Hilf mir, bitte hilf mir!« Sie beugte sich hoch und klammerte sich an Heinzles Arm. »Hilf mir, ich will diese Augen aus meinem Kopf haben.« Sie begann um sich zu schlagen und laut zu weinen. »Die Augen«, murmelte sie leiser, das Mittel, das ihr verabreicht wurde, begann zu wirken, »du musst Nini finden, solche Augen haben nur Monster.«

Spätestens als die beiden auf dem Weg zu Senses Auto auf den Vorplatz des Krankenhauses kamen, wussten sie, dass sie wieder Tagesthema sein mussten. Es fühlte sich an wie ein Déjà-vu aus einem von Christinas Science-Fiction-Filmen, offenbar waren die beiden dazu verdammt, immer wieder in die gleichen Situationen zu geraten. Die Reporter sämtlicher in- und ausländischer Medien schienen vor dem Krankenhaus auf sie gewartet zu haben. Sie flüchteten zurück in den Eingangsbereich des Spitals, wo ein Mann auf sie zutrat.

»Herr Kommissar, das wundert mich jetzt aber.« Es war der lästige Journalist, der Heinzle bei der Pressekonferenz auseinandergenommen hatte. »Sind Sie noch im Einsatz?«

»Ich rede nicht mit Ihnen«, fauchte Heinzle.

»Dabei gäbe es aber einiges zu besprechen, erklären Sie mir doch einmal, warum Sie hier Verbrechensopfer befragen, wenn Sie doch suspendiert sind.«

»Was ich mache und was nicht, geht Sie nichts an.«

»Oh, so empfindlich? Hatten Sie vielleicht wieder einen kleinen Zusammenbruch wegen der Hitze?«

Heinzle schnaubte ärgerlich und wollte zu einer Antwort ansetzen, doch Sense schob sich zwischen die beiden.

»Herr Starreporter, hätten Sie die Güte, uns in Ruhe zu lassen? Oder sind Sie selbst wegen eines medizinischen Problems hier?«

Der Journalist grinste. »Guter Versuch, Senoner, müssen Sie Ihrem Busenfreund das Händchen halten, weil seine Tochter vermisst wird?«

»Lass meine Tochter aus dem Spiel, du Arschloch«, knurrte Heinzle, der den Reporter über Senses Schultern am Kragen gepackt hatte. Heinzle sah die erschrockenen Menschen im Warteraum genauso wenig wie den Fotografen hinter einer Säule, der mit einem einzigen Foto vom Schläger-Kommissar so viel verdienen würde wie den gesamten letzten Monat.

Heinzle spuckte und schrie vor Wut und wieder gab er ein prächtiges Motiv für die Titelseiten ab. Sense hatte es schließlich geschafft, ihn vom Reporter loszureißen und ihn in den Lift zu schieben. Schon als die beiden im Taxi saßen, war Heinzle nicht nur inoffiziell, sondern auch offiziell suspendiert.

Daheim war er am absoluten Tiefpunkt seiner Karriere und seines Lebens angekommen, hatte sich auf die Fensterbank gelegt, ganz ohne Erika, ohne Mondschein und ohne Betäubungsmittel. Aber mit einer bitteren und simpel brutalen Erkenntnis, die er in den letzten Wochen, Tagen und Stunden nicht zum ersten Mal hatte. Er war am Ende. Er würde niemanden retten, nicht die verschwundenen Mädchen und schon gar nicht seine Tochter.

Auch Emi, die Freundin seiner Tochter, die er beinahe vergessen hätte, erkannte sofort, wie es um ihn bestellt war. Sie lächelte ihn schüchtern und verunsichert an, als er ihr eine Cola einschenkte und sie am Küchentisch Platz nahmen.

»Was ist denn los?«

»Das wollte ich eigentlich dich fragen, wann hast du Nini zum letzten Mal gesehen?«

»Wieso fragst du mich das denn? Das hat mich schon ein Kollege von dir gestern Abend gefragt, hat sie sich immer noch nicht gemeldet?«

»Nein. Du weißt also auch nicht, wo sie ist?«

»Ist sie nicht daheim?«

»Bitte, sonst würde ich dich wohl kaum fragen, wo sie ist.« Heinzle hatte Mühe, sich zu beherrschen, er hatte das Gefühl, noch nie so viele dumme Fragen gehört zu haben wie in den letzten Stunden, und jeder ließ sich alles aus der Nase ziehen, er hatte genug. »Emi, ich weiß nicht, wie ich es dir schonend beibringen soll, Christina ist verschwunden, niemand weiß, wo sie ist, und es wäre sehr hilfreich, wenn du mir sagen würdest, was ihr gestern gemacht habt und wann du sie zum letzten Mal gesehen hast.« Wieder war er nicht gerade nett zu jemandem, der es nicht verdient hatte.

Emi schaute ihn erschrocken an. »Eigentlich nichts, wir waren Tennis spielen bei Mike und dann bin ich nach Hause und Christina auch.«

Heinzle sah, wie Emi seinem Blick auswich, und spürte sofort, dass das nicht die ganze Wahrheit sein konnte. »Raus damit, du verheimlichst mir doch etwas.«

»Nein.«

»Hör mal, das ist kein blödes Teenager-Spielchen, sie wird vermisst, okay? Vielleicht ist sie sogar entführt worden.«

»Krass ...«

»Ja, find ich auch«, meinte Heinzle genervt, »also?«

»Ich hab es ihr auf ihre tote Mama schwören müssen, dass ich dir nichts sage, auch wenn du mich in die Mangel nimmst.«

»Aber dass das jetzt alles andere als eine normale Situation ist, siehst du ein, oder?« Langsam wurde Heinzle wütend.

»Ja, schon.«

»Also?«

»Sie war beim Arzt.«

Heinzle erschrak, sofort sprang sein Kopfkino an, Christina ohne Haare in ihrem Bett, an Infusionen und Schläuchen und abgemagert bis zur Unkenntlichkeit. »Warum war sie beim Arzt, ist sie krank?«

»Nein.«

»Dann versteh ich das nicht.«

»Ja, das hat Christina auch gesagt, dass du das nicht verstehst.«

»Jetzt rück auf der Stelle raus mit der Geschichte, meine Geduld ist langsam am Ende, was hat sie beim Arzt gemacht?«

»Es ist so eine Frauensache.«

Heinzle sah sie verständnislos an.

»Sie wollte sich die Pille verschreiben lassen.«

»Die Antibabypille? Wieso hat sie die denn gebraucht?«

»Ja, wieso wohl, und den Rest erzähl ich dir nicht, das hat sicher nichts damit zu tun, dass sie verschwunden ist. Ich kann das sowieso nicht wirklich glauben, warum sollte sie verschwunden sein?«

Heinzle ging nicht auf ihre Frage ein. »Bei wem war sie? Raus damit, war sie bei Mohi?«

»Bei dem Notarzt?«

»Ja, bei meinem Freund Mohamed Aldabu.«

»Nein, sicher nicht, den kennst du ja gut. Sie war beim Stadtarzt.«

»Bei Dr. Jungblut?«

»Nein, der war im Urlaub, sie musste zu seiner Vertretung.« Wieder schwieg Emi und kaute nervös auf ihren Lippen herum.

»Emi, mir platzt jetzt gleich der Kragen.«

»Bei Dr. Blum.«

Heinzle zuckte zusammen, als er den Namen hörte. »Dr. Blum? Der Dr. Blum vom Pfänderhang?«

»Ja, aber die Praxis hat er in der Bahnhofstraße, ich hab Christina begleitet. Ich hab dann aber gehen müssen, meine Mutter hat genervt wegen meines Nachzapfs, ich hab lernen müssen.«

Nur mühsam bekam Heinzle seine Aufregung in den Griff. »Wieso ist sie denn zu dem gegangen, der ist ja nicht einmal Frauenarzt?«

»Keine Ahnung, du kennst ja alle und sie wollte einfach, dass du es nicht weißt.«

Heinzle hielt es sitzend kaum mehr aus, nervös trommelte er mit den Fingerspitzen einen hektischen Takt auf den Küchentisch. Das konnte kein Zufall sein. Wieder war Blum in seinen Ermittlungen aufgetaucht, der Mann, den sie nicht einmal verdächtigt hatten und den er nach hinten gereiht hatte, weil es sein Chef so wollte. Sie hätten einfach hartnäckiger sein sollen. Solche Zufälle gab es nicht, dass Blum seine entführte Tochter noch kurz vor ihrem Verschwinden gesehen hatte und nichts damit zu tun haben sollte, konnte Heinzle nicht glauben.

»Emi, das ist jetzt ganz wichtig«, Heinzle machte dem Mädchen Angst, das konnte er sehen, »hast du nach dem Termin bei Dr. Blum noch etwas gehört von Christina?«

»Ja, sie hat mir geschrieben, dass der Termin super war, dass er der netteste Doktor überhaupt sei und dass er sie sogar noch nach Hause fahren würde auf dem Weg zur nächsten Patientin.«

Heinzle sprang auf, der Stuhl fiel nach hinten, Emi zuckte zusammen und schrie auf, doch Heinzle kümmerte sich nicht darum. Er schüttelte das Mädchen grob an den Schultern. »Und danach?«

»Nein, danach hat sie sich überhaupt nicht mehr gemeldet. Das ist schon ein bisschen komisch.«

»Himmel Herrgott noch mal«, entfuhr es Heinzle »das gibt es doch nicht! Hast du das meinem Kollegen gestern auch erzählt?«

»Nein«, antwortete Emi kleinlaut, »ich hab doch geschworen, dichtzuhalten.«

Heinzle fing an, in der Tischschublade zu wühlen, durchsuchte die Taschen seiner Hose, schüttelte seinen Sakko, wo war dieses dumme Fahndungsbild?

»Was ist los, Richard? Wo ist Christina?«

»Gleich, Emi, ich muss dir zuerst etwas zeigen.« Er rannte in die Garage und kam völlig außer Atem wieder in der Küche an, in der Hand ein zerknittertes Exemplar des Phantombilds.«

»Schau dir das ganz genau an, hat das irgendeine Ähnlichkeit mit Dr. Blum?«

»Aber das ist doch, das ist doch der Typ, der die Frauen entführt hat?«

Heinzle ersparte sich eine Antwort und tippte ungeduldig auf das Bild.

»Ja, könnte sein, aber Dr. Blum hat keinen Bart.«

»Was du nicht sagst, dann stell dir das Gesicht doch einfach ohne Bart vor.«

»Schwierig, Richard, dann ist das ja ein vollkommen anderes Gesicht.«

Heinzle zog sein Sudoku-Heft aus der Schublade, legte es auf die untere Hälfte des Gesichts und schaute Emi erwartungsvoll an.

»Oh, das ist krass. Die Augen schauen wirklich aus wie die von Dr. Blum.« Heinzle schnaubte wütend und kramte sein Handy aus der Hosentasche.

»Aber heißt das, dass Dr. Blum die Bestie vom Bodensee ist? Und Christina? Du meinst, dass er sie hat?«

»Nicht jetzt«, würgte Heinzle den plötzlichen Redeschwall Emis ab. »Ich muss telefonieren.« Heinzle wählte mit steigendem Frust die Nummern seiner Kollegen, sowohl bei Sense als auch bei Brunner kam er auf die Mobilbox. Dann blieb nur noch Cilli. Seine Assistentin lieferte sofort die Erklärung für die Nichterreichbarkeit seines Teams.

»Die sind alle in einer Konferenz wegen der Bestie und natürlich auch wegen deiner Christina. Das alles tut mir so wahnsinnig leid, was kann ich für dich tun?«

»Ich habe jetzt keine Zeit für dein Mitleid, hol mir auf der Stelle Sense oder Brunner ans Telefon, es ist dringend, verstehst du, dringend!«

»Da nimmt niemand ab, Georg hat gesagt, man soll sie nicht stören.«

»Dann läufst du schnell rüber in den Konferenzraum.«

»Aber ich kann doch da nicht einfach rein …«

»Cilli, bitte hör auf herumzureden. Es ist wirklich wichtig. Wenn du bei Sense bist, sagst du ihm, dass er mich sofort anrufen soll. Und bitte mach es so, dass Georg nichts davon mitbekommt.«

»Warum denn das?«

»Mach es einfach.«

Er legte grußlos auf und schaute zu Christinas Freundin, die mit ihrem Handy beschäftigt war. »Krass, ich hab gerade den Blum gegoogelt und jetzt bin ich mir ziemlich sicher, dass das dein Typ vom Phantombild ist.«

»Zeig her.« Emi reichte ihm das Handy und Heinzle hätte sich ohrfeigen können, dass ihm die Ähnlichkeit nicht schon viel früher aufgefallen war. »Schick mir das Bild, bitte.«

Gerade als Heinzle das Bild öffnen wollte, hatte ihm Sense eine Nachricht geschickt.

Was los Dicker?

Ruf mich an

Kann nicht, Sitzung mit allen …

Ich schick dir ein Bild … und?

Schon wieder Blum?

Schau die Augen an

Ähnlich, aber könnte auch ich sein.

Rate, wer Christina
nach Hause gefahren hat

???

Blum!

Kein Scheiß?

Fahr zu Leonie, check Blums
Auto … grün? Kein Wort zu Georg

Ok. Du?

Erledige was

Bau keinen Mist

Selbst

Heinzle legte sein Handy weg und suchte seinen Autoschlüssel, er wollte zum Haus von Blum fahren. Die Wahrscheinlichkeit war gering, dass er seine Tochter und die Mädchen mitten im High-Society-Viertel von Bregenz im eigenen Keller versteckt hatte, wenn er wirklich die Bestie war. Aber wer konnte schon wissen, wie der Irre wirklich tickte? Eine gute Tarnung wäre es gewesen.

»Emi, vielen Dank für deine Hilfe, ich muss jetzt los.«

»Warte mal, ich hab da eine Idee.«

»Ich hab es eilig, Emi.«

»Ich schreib Christina noch mal.«

»Sehr gescheit, wenn ihr Handy hier liegt.« Heinzle zeigte auf Christinas Telefon, das sich die Spusi schon in der Nacht vorgenommen hatte.

»Ja, und?«, meinte Emi trotzig. »Sie hat ja noch ihr iPad.«

»Welches iPad?«

»Das, das sie von ..., ja halt ihr iPad. Ist auch vollkommen egal, oder? Auf jeden Fall hat sie es in ihrem Rucksack versteckt, hinter dem Schaumgummi, damit du es nicht finden kannst und ihr nicht wieder Moralpredigten wegen der sozialen Medien hältst. Und wenn du es nicht finden kannst, dann findet es vielleicht auch der Bestien-Typ nicht.«

Heinzle ging in der Küche auf und ab, zählte Tupfen auf Geschirrtüchern, suchte nach Kaugummis. »Und antwortet sie?«

»Nein, aber ich kann sehen, dass die Nachrichten zugestellt worden sind.«

»Wir wissen aber nicht, ob sie den Rucksack bei sich hat.«

»Vergiss es, den hat sie immer bei sich, schon allein wegen des iPads.«

Trotzdem rannte Heinzle in den oberen Stock und durchwühlte das Zimmer von Christina auf der Suche nach dem Rucksack. Emi half mit, aber der kleine dunkelbaue Rucksack tauchte nicht auf und war auch nicht im restlichen Haus zu finden. Emi war aus dem Häuschen. »Das ist so was von geil.«

»Was daran ist bitte geil?«

»Na, wenn er nicht hier ist, hat sie ihn mitgenommen und wir können sie orten.«

»Das ist nicht dein Ernst.«

»Klar, ich bin mir ziemlich sicher, dass sie die *Wo-ist*-App installiert hat, weil sie immer panische Angst hatte, das iPad zu verlegen, und dann hättest du es ja vielleicht finden können.«

»Und wie machen wir das?«

Emi zeigte auf Christinas Handy, das auf dem Küchentisch lag, und grinste.

Heinzle schaute Emi über die Schultern, als sie die App öffnete. Eine Satellitenaufnahme erschien auf der oberen

Hälfte des Bildschirms mit einem blinkenden blauen Punkt, der ihre Position anzeigte. Emi scrollte sich durch die Liste unterhalb des Bildes und tippte auf Ninis iPad. Neben dem Gerätenamen drehte sich ein graues Rädchen, das anzeigte, dass die Position des Gerätes ermittelt wurde. Dann verkleinerte sich das Satellitenbild, die Ansicht schwenkte nach rechts und zoomte wieder auf ein Gebiet mit ziemlich viel Grün, nur kleine Wege durchschnitten die Natur und eine Meldung überdeckte die Sicht auf die Landschaft.

»Mist, wir können nicht genau sagen, wo das iPad jetzt ist, vielleicht haben sie dort keinen Empfang.«

»Was heißt das?«

»Wir wissen zwar nicht, wo sie momentan ist, aber wo sie war, als sie zum letzten Mal Empfang hatte.«

»Und das ist wo?« Heinzle sah, wie Emi die Meldung wegwischte und das Bild vergrößerte.

»Wo ist denn das, sagt dir das etwas?«

»Nein.« Auch Heinzle kannte keine der wenigen angezeigten Straßennamen, der Pfänderhang, wo Blum wohnte, war es nicht.

»Das haben wir gleich.« Emi zoomte sich langsam aus der Ansicht heraus und sah triumphierend zu Heinzle. Auf dem Display leuchtete der Bodensee. Christina oder zumindest ihr iPad war irgendwo am deutschen Ufer hinter Lindau mitten in den Weinbergen zum letzten Mal geortet worden. Heinzle konnte es nicht glauben, konnte es wirklich so einfach sein? Das waren die besten Nachrichten nach dem Verschwinden seiner Tochter, zum ersten Mal seit gestern Nachmittag hatte er das Gefühl, wieder freier atmen zu können. Vielleicht konnte er Christina und den anderen doch helfen, vielleicht war die Situation doch nicht so hoffnungslos und vielleicht war es gar nicht so schlecht, jetzt nicht alles sofort seinem Chef melden zu müssen. Womöglich hätte Georg noch Blum angerufen und höflich nachgefragt.

Suspendiert hin oder her, er wollte sich das allein anschauen, dann konnte man immer noch den üblichen Dienstweg nehmen. Heinzle vergrößerte die Anzeige innerhalb des blau schattierten Kreises, der Ninis ungefähre letzte Position anzeigte. Da waren kleine Wäldchen zu sehen, Schrebergarten-Häuschen rechts, Reihen mit Apfelbäumen weiter unten, und links fingen die Weingärten an, die sich die Hügel hochschlängelten.

»Emi, kann ich mich dorthin navigieren lassen?«

»Ja, klar.« Emi drückte auf den Routebutton und Heinzle konnte auf der neuen Ansicht aussuchen, wie er zum Standort des Gerätes kommen wollte. Wieder änderte sich das Display und Siri startete mit den Angaben zur Adresse.

»Ich hätte noch eine letzte Bitte, kannst du mir bitte auf meinem Handy einstellen, dass mein Kollege mich auch orten kann?«

»Sicher, hast du ihn in deinen Kontakten?«

Heinzle gab Emi sein Handy und ließ sich erklären, dass Sense ihn jetzt jederzeit finden konnte, nachdem er ihre Nachricht geöffnet hatte. Er bedankte sich bei der Freundin seiner Tochter, begleitete sie zur Tür, rannte in die Garage und suchte im Handschuhfach nach dem Blaulicht, das er aktivierte und auf der Frontkonsole platzierte. Gott sei Dank waren die Reporter noch nicht so weit gegangen, ihn bis nach Hause zu verfolgen.

Sense schrieb ihm mehrere Nachrichten, aber Heinzle las sie nicht, er wollte nicht aus Unachtsamkeit einen Unfall bauen. Kurz vor dem deutschen Zoll nahm er das Blaulicht wieder aus der Windschutzscheibe und verringerte sein

Tempo, er wusste, wie langwierig es werden würde, wenn er den deutschen Kollegen erklären musste, dass er bei ihnen auf der Suche nach einem Verbrecher war, ohne Georg ging da gar nichts. Zudem war er suspendiert und hätte eigentlich daheim auf dem Sofa Däumchen drehen sollen. Sie hatten die Alarmfahndung erhalten und wenn jetzt ein suspendierter Beamter nachbohrte, der zufällig auch noch den gleichen Namen wie die Gesuchte hatte, konnte das nur eines geben, Ärger. Dass er jetzt nur Vater und nicht Ermittler war, dass er nicht offiziell als Hauptkommissar, sondern nur als Papa unterwegs war, hatte etwas. Die bürokratischen Wege waren eindeutig kürzer und wenn er mehr herausfand und er richtigliegen sollte, dann wusste Sense, wo er war.

Sein Ziel hatte er 21 Minuten später erreicht, als er in einer unscheinbaren Kleingartensiedlung stand, wo ein Hund kläffte und irgendwo ein Bewohner der Siedlung versuchte, seinen Rasenmäher zu starten. Er hatte seinen Porsche am Rand des Weges geparkt, stieg aus und fuhr zusammen, als sein Handy klingelte.

»Mann, warum liest du meine Nachrichten nicht? Und bist du nicht auf der falschen Seite des Sees?«

»Sense, du wirst es nicht glauben, aber ich habe Ninis iPad orten können.«

»Was? Hat sie es bei sich?«

»Schaut so aus, aber ich habe nur einen ungefähren Standort, ich schau mich jetzt ein bisschen um hier.«

»Wir kommen nach, ich hab Georg informieren müssen, weil eines von den auf Blum zugelassenen Autos ein alter Jaguar in Blaugrün ist.«

»Hab ich es doch gewusst, dann ist er es auf jeden Fall! Habt ihr das Bild meiner Nachbarin gezeigt?«

»Ja, und bingo!«

»Und was sagt Leonie zum Foto von Blum?«

»Ich hab dem Kollegen im Krankenhaus gerade das Foto geschickt, und Volltreffer.«

»Sense, beeilt euch, jetzt wäre ich vielleicht doch froh, wenn ich nicht allein nachschauen müsste.« Heinzle fuhr sich nervös durch die Haare. »Was meint Georg dazu, dass er unsere Ermittlungen behindert hat?«

»Dass du ja nichts allein unternehmen und dich zurückhalten sollst. Er hat mir schon die Hölle heißgemacht, dass du überhaupt unterwegs bist und Christina suchst.«

»Weißt du, was mir das ist? Er soll sich seinen Dienstausweis sonst wo hinstecken und uns einfach arbeiten lassen.«

»Ich versteh dich, ich will aber auch, dass du auf uns wartest, du hast keine Ahnung, was der Irre für Überraschungen für dich parat hält.«

»Das ist mir egal, ich muss zu Nini.«

»Rich…«

Heinzle hatte aufgelegt, stellte das Handy auf stumm und steckte es in die Hosentasche. Es gab nichts mehr zu sagen, er wollte nicht länger warten und bis jetzt war sein Chef alles andere als hilfreich gewesen. Warum sollte er auf etwas Rücksicht nehmen, was von Georgs Seite kam? Wütend bog er in den kleinen Weg mit den Gartenhäuschen ein, weit kam er aber nicht. Schon beim ersten Häuschen wurde er von einem älteren, dicken Mann angesprochen, der mit seinem Schubkarren aus der Einfahrt seines Grundstückes kam.

»Sie da, da können Sie aber nicht stehen bleiben, wo wollen sie überhaupt hin? Das hier ist alles Privatgelände.«

»Hallo, Heinzle mein Name, Kripo Bregenz, ich bin auf der Suche nach meiner Tochter.«

»Kripo Bregenz? Was machen Sie denn hier in Deutschland?« Der gebrechliche Mann bückte sich umständlich zu einem Haufen Äste, den er neben seinem Gartentor gestapelt hatte. Heinzle half ihm, die Äste in den Karren zu stapeln.

»Wie gesagt, ich suche eigentlich nur meine Tochter. Sie ist 17 und gestern von daheim verschwunden.«

»Und jetzt suchen Sie sie hier?« Er lachte und rechte die kleinen Äste zusammen. »Wie kommen Sie denn auf die Idee, junge Mädels waren hier schon lange nicht mehr auf Besuch.«

»Ihre Freundin hat mir erzählt, dass meine Tochter vielleicht hier sein könnte. Wie viele Schrebergärten gibt es denn in diesem Gebiet?«

»Nur noch ganz wenige, früher waren wir viele hier, aber die meisten kaufen lieber im Supermarkt ein, anstatt hier zu gärtnern und Gemüse anzubauen. Man fährt jetzt lieber in den Urlaub, als hier seine freien Tage zu verbringen. Ich kann das auch verstehen, man muss halt immer arbeiten im Garten, bis etwas wächst, muss man viele Stunden investieren. Gut, wir Alten haben auch Zeit genug.«

»Sind alle, die hier wohnen, schon pensioniert?« Heinzle wollte etwas Small Talk betreiben, bevor er das Phantombild ins Spiel brachte.

»So gut wie.«

»Kennen Sie einen Dr. Blum?«

»Doktor?« Der Mann lachte wieder. »Wir haben hier keine gschissenen Leut in der Gartensiedlung, bis auf den Lehrer vielleicht, aber der ist ganz in Ordnung.«

»Was haben denn die Bewohner hier für Autos?«

»Sie, das kommt mir jetzt aber schon ein bisschen komisch vor, darf ich Ihnen das alles überhaupt sagen?«

»Was ist denn dabei, wenn wir ein bisschen über Autos plaudern? Ich will nur herausfinden, ob der Typ meine Tochter mit seinem Auto hierhergebracht hat. Das verstehen Sie doch sicher, als Papa macht man sich halt Sorgen. Sie haben doch wahrscheinlich auch Kinder, nicht?«

»Klar. Ich habe zwei Jungs und ein Mädel, die ist auch immer ausgebüxt, da waren die Jungs einfacher zu erziehen.«

»Ja, das kenn ich, meine ist gestern auch ab durch die Mitte mit einem älteren Verehrer, der sie wohl mit seinem Sportflitzer beeindruckt hat. Grün ist der.«

»Grün? Ja schau an, dann sind Sie vielleicht doch noch richtig bei uns.« Der Mann räusperte sich. »Dass unser Lehrer so ein Schwerenöter ist, hätte ich nicht gedacht.«

»Der Lehrer? Was hat er denn für ein Auto?«

»Einen uralten Türkisen, glaube ich, aber ich dachte, dass er nach Kanada zum Angeln ist für ein paar Wochen. Komisch, dass der jetzt doch da ist, der hat sich vorgestern noch von uns allen verabschiedet.«

Heinzle zeigte dem alten Mann das Foto von Blum.

»Nicht zu glauben, der schaut unserem Lehrer wirklich ähnlich, es könnte ein älterer Bruder sein oder sein Vater, seriöser halt, unser Lehrer hat lange, ungepflegte Zotteln und meistens so eine Baseballkappe an.«

»Welches ist denn sein Häuschen?«, versuchte Heinzle möglichst ruhig zu fragen und seine Aufregung zu verstecken.

»Hinten ganz links bei der kleinen Birke, aber wie gesagt, er dürfte eigentlich gar nicht da sein.«

»Ich geh trotzdem einmal nachschauen«, meinte Heinzle und verabschiedete sich. Er beschleunigte sein Tempo, das Herz schlug ihm bis zum Hals und obwohl er wusste, dass es absolut keine gute Idee war, allein zu Blums Versteck zu gehen, hatte er nur einen Gedanken, er musste seine Tochter retten.

Der weiße Kies, der ihn an die Wege auf einem Friedhof erinnerte, knirschte unter seinen Füßen, als er sich in die Einfahrt des Häuschens schlich. Geduckt und möglichst nah an den Büschen entlang ging er rund um das kleine Gebäude, das schon bessere Tage gesehen hatte. Er wollte zuerst Ausschau nach dem Wagen halten, um wirklich sicher zu sein, und außerdem nicht gerade vor dem Haupteingang herumtanzen, wo ihn jeder sehen konnte. Mann, wie er seine Dienstpistole vermisste. Jetzt war sie zwar nicht mehr in seiner Schublade, aber in einer der Schubladen von Georgs Schreibtisch, direkt neben seiner Dienstmarke. Wieder kochte die Wut auf seinen Chef in ihm hoch, dieser bornierte Paragrafenreiter, wenn Georg einsichtiger gewesen wäre, müsste Heinzle hier nicht allein versuchen, seine Tochter zu finden.

Die Büsche kitzelten ihn am Nacken, als er sich möglichst im Schatten an dem kleinen Häuschen vorbei durch den hinteren Teil des Gartens bewegte. Lächerlich, dachte Heinzle, wenn er mich durch die geschlossenen Fensterläden beobachtet, hat er mich schon lange entdeckt. Hinter dem Häuschen fand Heinzle unter einer alten Plane mit militärischem Tarnmuster den grünen Jaguar, er musste sich ein paar Sekunden am Auto festhalten und seinen Kreislauf in den Griff bekommen. Langsam schälten sich die Konturen des kleinen Häuschens wieder aus den verschwommenen Schlieren, die er allzu gut aus den letzten Tagen und Wochen kannte. Heinzle nahm ein paar tiefe Atemzüge und stieß sich vom Auto ab, über das er sich gebückt hatte, und ging festen Schrittes rund um das Haus und auf die Eingangstüre zu. Natürlich war sie abgeschlossen und Heinzle fing an, in den Blumenbeeten nach einem versteckten Schlüssel zu suchen. Erschrocken fuhr er hoch, als der alte Nachbar ihm von der Einfahrt her zurief, dass der Schlüssel im kleinen orangen Töpfchen rechts neben der Tür lag. Bravo, nun wusste auch der letzte Bewohner der Kleingarten-Siedlung, dass Heinzle hier war und ins Häuschen wollte. Ärgerlich und ohne weiter auf den Mann zu achten, nahm er den Schlüssel aus dem Plastik-Säckchen, schloss die Tür auf und blickte unentschlossen in den dunklen Raum vor ihm.

Mist. Genau das hatte er in den letzten Tagen schon einige Male und gut ausgegangen war es kein einziges Mal für ihn. Ein rotes Blinken am Boden zog seine Aufmerksamkeit auf sich, Heinzle drehte sich um und musste beim Balken oberhalb der Türe nicht lange suchen, um eine kleine Überwachungskamera zu finden.

Er hätte sich die ganze Indianernummer sparen können, wenn Blum hier war, wusste er schon längst, dass Heinzle ihm auf der Spur war. Er nahm sein Handy aus der Tasche und tippte eine Nachricht an Sense

Wie lange noch

20 Min mindestens

Er weiß, dass ich hier bin

Ruhig Dicker warte auf mich

Kannst du mich immer noch orten?

Klar und deutlich

Als Heinzle sein Handy wieder in die Hosentasche steckte, wusste er plötzlich, warum Christina nicht mehr geortet werden konnte. Sie war nicht in dem kleinen Häuschen, sie war irgendwo unterhalb, wahrscheinlich im Keller, wie er sich das schon die ganze Zeit vorgestellt hatte. Der feige Hund hatte sich unter die Erde verkrochen, wie es der Entführer der Kampusch mit dem kleinen Mädchen gemacht hatte.

Heinzle trat ins Innere des Häuschens und sah so gut wie nichts. Fliegen surrten aufgeschreckt durch den Raum, die Sonne beleuchtete nur den Eingang und einen kleinen Bereich dahinter, der Rest des Raumes war düster. Der Bluterguss an seinem Auge pulsierte, doch Heinzle ignorierte die Erinnerung an Kleiners Bunkerwohnung, er öffnete die Vorhänge und Fensterläden und erschrak zum zweiten Mal heftig wegen des lästigen Nachbars. Der neugierige Mann stand plötzlich an der Tür, kam jetzt erstaunlich schnell auf ihn zu. Ohne Sonnenhut und ohne Sonnenbrille, seine Hose spannte nicht mehr, der Bauch war verschwunden und in der Hand hielt er einen Spaten, mit dem er ausholte und ihn an der Schläfe traf. Heinzle sank zusammen und war so überrascht, dass er auch beim zweiten Schlag kaum Gegenwehr leisten konnte, die erhobenen Arme wischte der Spaten mühelos beiseite. In Heinzles Kopf überdeckte ein lautes Surren die Fragen, die er sich früher hätte stellen sollen, und aus dem Halbdunkel wurde ein Schwarz.

Später, Heinzle hatte keine Ahnung, wie viel später, blendete ihn helles Licht, als er versuchte, sich zu orientieren. Er wusste, wo er war und wer ihn nach unten gebracht hatte, wo er jetzt auf einem Stuhl saß und auf eine grob behauene Felswand starrte. Seine Hände waren hinter der Lehne gefesselt und seine Füße an die Stuhlbeine gebunden. Vor ihm stand ein Schreibtisch mit einer Lampe, die direkt in sein Gesicht leuchtete, sonst schien es im Raum dunkel zu sein. Er war in einem Klischee von einem SS-Verhörkeller gelandet und er hatte es Blum nicht einmal schwer gemacht. Hinter ihm hörte er mehrere Stimmen durcheinanderreden.

»Jetzt wird es aber langsam eng hier unten.« Das war der Nachbar, alias der Lehrer, alias ein ehemaliger Schulkollege, alias Dr. Blum.

Weiter hinten im Dunkeln, Heinzle konnte seinen schmerzenden Kopf nicht so weit zur Seite bewegen, dass er sehen konnte, woher das »Papschi« genau kam, hörte er seine Tochter und noch eine andere Frau.

»Ist das dein Vater?«

»Ruhe«, brüllte Blum, »sicher, das ist Hauptkommissar Heinzle, der seine Tochter gesucht und die Bestie vom Bodensee gefunden hat. Das dürfte dann wohl ich sein.« Blum lachte glucksend und stand jetzt neben seinem Stuhl. »Ist das nicht eine tragische Komödie, dümmer als die Polizei erlaubt und so was von bescheuert, dass der Herr Kommissar jetzt hier gefesselt seine letzten Stunden verbringen wird, anstatt seine Tochter aus den Fängen des Bösen zu befreien?«

Wieder lachte er und Heinzle weinte vor Wut, während er an seinen Fesseln zerrte und seinen Kopf nach hinten drehen wollte. »Nini, wie geht's dir?«

»Du willst das Fräulein Tochter sehen?« Blum trat ihm so heftig in die Seite, dass Heinzle stöhnend mitsamt dem Stuhl umkippte. Er zog ihn an den Haaren am Boden entlang und dort, wo der Spaten getroffen hatte, löste sich ein Stückchen Kopfhaut. Heinzle konnte nicht anders, als vor Schmerz aufzuheulen. Christina schrie wieder nach ihm und Blum zog ihn in eine sitzende Position. »Mensch, Richard, was ist los mit dir, hast du die letzten Monate nur mit Fressen verbracht?«

»Papschi«, hörte er Christina wieder verzweifelt rufen und sah sie jetzt auch, als er seinen Kopf hob. Sie saß ihm gegenüber und im Halbdunkel, da die kleine Schreibtischlampe es nicht schaffte, den ganzen Raum auszuleuchten. Christina saß da wie ein Häufchen Elend, ebenfalls an einen Stuhl gefesselt, zwischen zwei jungen Frauen. Heinzle wusste sofort, wer sie waren, doch Blum, das selbstgerechte Arschloch, ließ es sich nicht nehmen, die zwei vorzustellen.

»Verzeih mir, aber ich kann mir diesen Spaß einfach nicht nehmen lassen.« Grob tätschelte er Heinzles Backen, wie man es bei einem unfolgsamen Kind tat. »Zur Linken deiner Tochter, Miss Ankara, Necimede Bullut, die unwillige Ehefrau des türkischen Konsuls und von dir schon wochenlang gesucht.« Heinzle sah Neci aus den Augenwinkeln, fixierte aber seine Tochter, die ihn tapfer anzulächeln versuchte. Blum ohrfeigte Heinzle heftig mehrere Male hintereinander, wieder hätte er beinahe das Bewusstsein verloren.

»Haaaallo, Richard«, Blum drehte Heinzles Kopf zu Suri Nakamura, »hier spielt die Musik. Und hier haben wir die kleine, unartige Suri, die offenbar auf Asiaten steht, aber auch gerne deutschen Volksgenossen den Kopf verdreht.«

»Und beim deutschen Volksgenossen sprechen wir natürlich von dir, oder?«

Zack. Wieder traf Blums Hand das Gesicht Heinzles, Blut und Schweißperlen glitzerten im grellen Licht der Schreibtischlampe. Heinzle spuckte auf den Boden. Er war diesem

Irren ausgeliefert, genauso wie die Mädchen, und er wollte wenigstens jetzt das tun, was man als Polizist tat, den Täter beschäftigen, ihn in ein Gespräch verwickeln und ablenken.

»Geht es euch gut?«, fragte Heinzle in Richtung der Mädchen.

»Oh, wie rührend.« Wieder klatschte ein Schlag in Heinzles Gesicht, der Mühe hatte, die Augen offen zu halten.

»Ja, Papschi, es geht uns gut«, rief Christina schnell und Neci schimpfte: »So gut es einem halt gehen kann, wenn die Polizei gleich so viele und dann auch noch die Elite schickt.«

Blum prustete laut vor Lachen. »Hahaha, Türkin, langsam gefällst du mir doch noch.« Blum stand auf, schlug ihr mit dem Handrücken auf den Mund. »Du redest trotzdem nur, wenn es mir passt, und wenn ich dich nicht auffordere, dann bist du still. Ist das klar?«

»Fick dich, bei mir hast du es ja nur hergebracht, wenn ich bewusstlos war. Angst vor einer starken Frau?« Neci rüttelte an ihren Fesseln und grinste Blum an.

»Sei endlich still, du Missgeburt«, brüllte Blum und hatte plötzlich ein Messer in der Hand. Suri begann zu wimmern, Christina schrie auf und Neci wollte schon zu einer Antwort ansetzen, als Heinzle ihr ins Wort fiel.

»Lass ihn, er kann nichts dafür, er hatte nie wirklich eine Freundin, angeblich hält man es bei ihm freiwillig nur ein paar Tage aus.«

Blum drehte sich vor Wut knurrend ruckartig zu Heinzle um, sein Gesicht glich einer Fratze, sein Atem ging stockend und bei jedem Ausatmen verteilte er Spucke und Schweiß. Heinzle rechnete damit, dass er gleich auf ihn losgehen würde und er sein Messer zu spüren bekam, doch Blums Atmung wurde langsamer und leise, seine Gesichtszüge entspannten sich und dieser Irre lächelte ihn plötzlich an. Seine ganze Körperhaltung hatte sich geändert. Er hatte sich wieder unter Kontrolle, zwinkerte ihm zu und ging von Neci zu Suri, der er mit dem Messer über die Wangen strich.

»Wie gefällt dir mein kleiner Harem?« Er schnitt den obersten Knopf des Kleides auf und begrapschte das Mädchen an den Brüsten. »Miss Asien hab ich aus dem See gefischt, sie wollte nicht mehr leben, die Arme, weil sie von einem Reisfresser verschaukelt worden ist, obwohl sie doch mich bekommen hätte.« Suri schrie erschrocken auf, als Blum ihren Kopf an den Haaren nach hinten riss und sie schmatzend küsste. »Ich hab hier alles, was man sich als Mann wünschen kann. Und heute Nacht ...«, er stand auf und ging zum Stuhl von Christina, »da nehme ich mir dein kleines Töchterchen vor.«

Heinzle verkrampfte sich, Mist, das war nicht der Plan gewesen, er wollte den Irren zu sich locken und nicht zu seiner Tochter. »Du hast keine weitere Nacht mehr in deinem abartigen Harem, du kranker Perverser.«

»Oh, und wieder hat der Herr Kommissar so gar keine Ahnung. Ich hoffe, du spielst nicht auf deine kompetenten Kollegen an, die schon seit einer Stunde da oben in meinem kleinen Schrebergarten herumwuseln und nicht wirklich wissen, was sie machen sollen. So viel Inkompetenz auf einem Haufen und allen voran mein Freund Georg.« Blum zwinkerte Heinzle zu. »Wobei ich zugeben muss, deine Kleine hier«, Blum trat hinter Christina und fuhr ihr durch die langen blonden Haare, »die hat mehr Grips in ihrem hübschen Köpfchen als ihr alle zusammen.« Blum schnupperte an Christinas Haaren, beugte sich zu ihrem Gesicht und biss ihr ins Ohrläppchen. Nini schrie und Heinzle brüllte vor Wut, bis ihm die Stimme versagte.

»Du kranker Irrer, sei froh, dass ich gefesselt bin, du kannst es nur mit kleinen, wehrlosen Mädchen aufnehmen, was?«

»Nein, ich schaffe es sogar mit Hauptkommissaren, wenn ich den alten, fetten, gebrechlichen Nachbarn gebe, weil du zu dumm für alles bist, also nicht angeben. Nur weil du es nicht auf die Reihe gebracht hast, auf deine Tochter zu schauen, musst du das nicht mir unterstellen.«

Neci fluchte leise auf Türkisch, Blum war mit zwei großen Schritten bei ihr, stand hinter sie, riss ihren Kopf nach hinten und schnitt ihr mit dem Messer über beide Lippen. Christina wimmerte vor sich hin und Heinzle rief ihr zu, sie solle nur zu ihm und nicht zu Neci schauen.

»Reicht dir das jetzt, du elende Türkin?« Blum hieb ihr von hinten mit dem Griff des Messers gegen den Kopf. Neci stöhnte auf, Blut lief ihr das Kinn hinunter und noch immer stammelte sie irgendetwas Unverständliches vor sich hin.

»Neci, beruhige dich«, rief Heinzle, »deiner kleinen Elif geht es gut, ich hab sie gesehen.«

»Was?« Neci hob den Kopf, blinzelte im Licht der grellen Schreibtischlampe und schaute zu Heinzle.

Wieder schlug Blum auf sie ein. »Was hab ich dir gesagt? Du sollst deine dreckige Türkenfresse halten.«

Heinzle schrie, so laut er konnte, irgendwie musste er den Irren von dem Mädchen weglocken. »Und wenn du sie noch so oft schlägst, der Kleinen geht es gut, sie ist bei ihrem Vater daheim und dort wird Neci auch bald wieder sein, du elender Versager.«

Heinzle hätte erwartet, dass Blum jetzt vollkommen durchdrehte, doch das Gegenteil war der Fall. Langsam, beinahe lässig schlenderte er zu Heinzles Stuhl.

»Aha, ich verstehe, jetzt verhandeln wir ein bisschen und ziehen die Aufmerksamkeit des Täters auf uns. Bravo, Bulle, du scheinst in deinen letzten Stunden doch noch etwas richtig zu machen.«

»Dafür machst du nichts richtig. Dein Plan ist auch nicht aufgegangen, oder? Leonie nicht einkassiert, es geht ihr übrigens ganz gut. Die Polizei ist bei dir in deinem Führerbunker, schaut so aus, als ob du alles im Griff hättest.«

»Wer von uns blutet, weint und sitzt gefesselt auf einem meiner Stühle? Und dass du es überhaupt zu mir geschafft hast, das hast du deiner smarten Tochter zu verdanken und sicher nicht deiner ausgezeichneten Polizeiarbeit.« Blum lachte jetzt beinahe hysterisch. »Die Nummer mit dem iPad, Hut ab, das kann sie nicht von dir geerbt haben.«

»Halt die Klappe, Pius.«

»Oh ... und gleich so mutig.« Blum lachte wieder.

»Lach nur, das wird dir dann schon vergehen, lange kannst du dich nicht in deinem Bunker verkriechen.«

»Hm, das ist relativ. Vielleicht nicht so lange, wie ich ursprünglich gedacht habe, aber doch ziemlich lange. Die haben das Megafon samt ihren miesen Kontaktversuchen eingepackt und jetzt wird es ein paar Tage brauchen, bis sich deine Kollegen zu uns in meinen Keller durchgegraben haben. Von oben kommen sie nicht rein und von der Seite brauchen sie lange, wenn sie keinen meiner Schmetterlinge verletzen wollen. Und bis dahin ...« Blum ging wieder zu den Mädchen, stellte sich neben Christina und griff seiner Tochter in den Ausschnitt. Blums braun gebrannte Hand lag genau dort, wo ein dreieckiges Stückchen Stoff zwischen den Sternchen fehlte, und Heinzle blieb nichts anderes übrig, als wieder sein sinnloses Brüllen anzustimmen.

»Nimm deine dreckigen Hände von meiner Tochter!«

»Sonst was? Willst du mich anspucken, Richard?« Wie zuvor bei Suri schnitt Blum die obersten Knöpfe vom Kleid seiner Tochter auf, er strich mit dem Messer ihren langen Hals entlang, Christina begann am ganzen Körper zu zittern und plötzlich war von oben dumpfer Lärm zu hören. Es klang, als ob Möbel hin und her geschoben würden, und dann so, als ob man mit etwas Schwerem auf Metall schlug. Wie ein lautes, ächzendes, regelmäßiges Klopfen.

Blum ließ von Christina ab. »Schau an, die Polizei unternimmt jetzt doch noch was, tatütata.« Er kicherte vor sich hin, ging zu Suri, machte sie los und fauchte sie an: »Geh rüber in mein Zimmer und schau am Laptop, was sie machen, ich will, dass du mir alles beschreibst.«

Suri stand hölzern auf, sie hatte vom langen Sitzen kein Gefühl mehr in den Beinen, vermied Blickkontakt zu Heinzle oder den anderen Mädchen und wackelte unbeholfen in den dunklen Gang. Heinzle fixierte Christina, die ihn immer noch zitternd tapfer anlächelte und ihm zu verstehen gab, dass es ihr gut ging.

Aus dem Nebenzimmer war Suri zu hören: »Sie sitzen neben der Luke und versuchen, das Schloss aufzubekommen.«

»Da werden sie auch nicht mehr Erfolg haben als vorher, die knacken meinen Code nicht.«

»Jetzt legen sie lauter kleine Päckchen neben das Schloss und ich glaub, sie gehen raus.« Suris leise Stimme war kaum zu hören.

»Was?«, brüllte Blum. »Komm sofort wieder zurück, mach schon. Jetzt sofort!«

Suri musste im Nebenraum über etwas gestolpert sein, man hörte Dinge vom Tisch fallen und das Mädchen vor Schreck aufschreien.

»Was machst du da drüben?«

»Ich bin gefallen, Entschuldigung, ich wollte das nicht, ich räume sofort auf.«

»Lass das Zeug liegen und beweg deinen Arsch hierher.«

Suri erschien verschüchtert wieder in der Türe, hielt möglichst großen Abstand zu Blum und drückte sich an Heinzle vorbei. In ihrer rechten Hand hinter ihrem Rücken sah Blum eine kleine Zange, die sie genau in dem Moment auf Heinzles Knie fallen ließ, als Blum sie an den Haaren packte und sie zu ihrem Stuhl zerrte.

»Nicht so schüchtern, Kleine, komm her zu mir, ihr meint wohl, dass ihr jetzt alle ein bisschen aufmüpfig werden könnt?« Blum bugsierte die zierliche Asiatin unsanft auf ihren Platz. Während er damit beschäftigt war, sie wieder an den Stuhl zu fesseln, ruckelte Heinzle so lange vorsichtig mit seinen Beinen hin und her, bis die kleine Zange zwischen seinen Oberschenkeln verschwand.

Dann ging alles so schnell, dass Heinzle Mühe hatte, alles gleichzeitig zu erfassen. Über ihnen waren mehrere laute Explosionen zu hören. Intensiver als das rhythmische Klopfen vorher und am ganzen Körper spürbar. Staub rieselte von der Decke und das Licht begann zu flackern. Heinzle erschrak genauso heftig wie die Mädchen, die zu schreien anfingen. Er brauchte einige Augenblicke, um zu realisieren, was über ihnen passiert war. Seine Kollegen versuchten offenbar, mit kleinen Sprengsätzen den Eingang zum Bunker freizubekommen. Während Blum fluchend im Nebenraum verschwand, versuchte Heinzle, die Mädchen zu beruhigen.

»Keine Angst, alles wird gut, das sind meine Kollegen, die wissen, was sie tun, wir kom…« Heinzle zuckte zusammen, als über ihnen eine weitere Detonation zu hören war, stärker als die zuvor. Seine Ohren taten weh, er schüttelte seinen Kopf, um das laute Pfeifen loszuwerden. Christina schien ihm irgendetwas zuzurufen, wieder flackerte das Licht und ging schließlich ganz aus. In der Dunkelheit spürte Heinzle kleine Steine und Staub auf sich rieseln und versuchte, seinen Kopf auf die Schultern zu pressen, um Mund und Nase vor dem Staub zu schützen. Doch der Staub brannte so heftig in seinen Lungen, dass es ihm wie eine Ewigkeit vorkam, bis er aufhören konnte zu husten. Das Pfeifen in seinen Ohren ließ langsam nach und Lärm brach über ihn herein. Wieder laute klopfende Geräusche von oberhalb, die Mädchen husteten und würgten wie er und ein schriller Alarm piepste weiter hinten in der Schwärze, wo der Strahl einer Taschenlampe die staubige Dunkelheit durchschnitt und wild hin und her sprang. Heinzle sah die aufgerissenen Augen seiner Tochter, dann Blums Hände, wie sie an den Fesseln am Stuhlbein zerrten, die Felswand hinter den Mädchen, Suri, die plötzlich stand, und Necis Mund, von dem Blut in dicken Schlieren in den Staub auf ihrem T-Shirt tropfte. Die Taschenlampe leuchtete gerade auf eine Reihe von Schuhen, als die Notbeleuchtung ansprang und den Raum in ein dunkles, düsteres Rot tauchte.

»Na, wer sagt's denn, es geht nichts über eine ausgezeichnete Planung.« Blum hatte die Mädchen losgebunden und aufstehen lassen, er löschte das Licht seiner Taschenlampe, warf sie auf den Boden und fuchtelte plötzlich mit einer Pistole herum. »Wir machen das jetzt folgendermaßen, Neci, du bleibst schön bei mir, Suri und Christina ziehen Heinzle mit dem Stuhl. Los jetzt!«

Heinzle versuchte Christina anzusehen, als sie sich mit Suri hinter seinen Stuhl stellte und die Mädchen ihn mit der Lehne nach hinten kippten, um ihn in den Gang zu ziehen. Blum hieb Christina mit dem Griff der Pistole gegen die Schläfe, als sie etwas zu ihm sagen wollte. Panisch zog sie den Kopf ein und vermied Blickkontakt mit ihm. Heinzle überlegte fieberhaft, wie er an die kleine Zange kommen konnte und was er sonst noch für Optionen hatte. Er kam immer wieder zum gleichen Schluss. Er hatte keine Optionen mehr. Während ihn die Mädchen durch den dunklen Gang zogen, zielte Blum abwechselnd auf ihn und Neci, die immer noch heftig blutete. Heinzle schloss für einen kurzen Augenblick die Augen. Als er sie wieder öffnete, fiel sein Blick auf ein kleines, altes Metallschild mit einem Pfeil, der in die Richtung zeigte, in die er gezogen wurde. Unter dem Pfeil war in Frakturschrift ein einziges Wort zu lesen.

Dusche.

Heinzle verstand sofort, der Irre hatte nicht nur ein Konzentrationslager hier unten, er hatte auch seine eigene Gaskammer. Wieder begann er, so kräftig er konnte, an den Fesseln zu zerren und ziehen, und schrie wie wild. Die Mädchen mussten ihn abstellen und Blum lächelte ihn wissend an. »Bravo, bist du also doch nicht so dumm, wie ich gedacht habe.«

»Du vollkommen durchgeknallter Verrückter, nimm mich und mach mit mir, was du willst, aber lass die Mädchen gehen.

Pius, ich flehe dich an.« Christina hatte die Angst in seiner Stimme sofort gespürt, fiel ihm von hinten um den Hals und klammerte sich so fest an ihn, dass Heinzle Mühe hatte, zu atmen.

»Ach, wie rührend, mir kommen gleich die Tränen. Sag mir nur einen einzigen Grund, warum ich mich für dich oder die Mädchen entscheiden sollte, wenn ich beides haben kann.«

»Weil, weil ...«, rang Heinzle um die richtigen Worte und Christina beendete den Satz: »Weil Sie trotz allem noch ein Mensch sind und wissen, dass wir nichts getan haben.«

Blum trat einen Schritt auf Christina zu und fauchte sie an: »Ich bin kein Mensch mehr, das Menschsein hat mir nichts als Leid und Qualen eingebracht. Und unschuldig bin ich selbst einmal gewesen.« Wütend deutete er den Mädchen mit der Pistole, in den Raum links vor ihnen zu gehen. Christina klammerte sich fester an ihren Vater. »Egal, was passiert, Nini, wir gehen nicht in diesen Raum«, flüsterte er.

»Auf geht's, hört auf mit dem Getuschel, ihr könnt drinnen weiterreden.« Blum zog Suri und Neci zu der Türe mit einem Glas-Sichtfenster, öffnete sie und schubste sie hinein. Der Lärm von oben hatte plötzlich aufgehört, die seltsame Stille schien Blum noch nervöser zu machen, er drehte sich um und drückte Heinzle die Pistole an die Stirn und schaute seine Tochter an. »Time to say goodbye, Schätzchen, du willst doch deinen Vater nicht allein lassen, oder, Christina?«

»Papschi?«, wimmerte Christina.

»Nein«, war das Einzige, was Heinzle antworten konnte, während Blum wütend knurrte: »Hör auf zu jammern, Heinzle.« Der Irre nahm die Pistole von seiner Stirn, hielt sie an sein Knie und drückte ohne Vorwarnung ab. Bevor Heinzle etwas spürte, hörte er den Knall immer wieder von den Felswänden abprallen.

Christina hatte kurz losgelassen und klammerte sich jetzt noch fester an ihn und schien auf ihn einzureden. Schmerz brannte sich gleißend einen Weg durch Haut, Muskeln und Knochen. Instinktiv wollte er sich nach vorne beugen, doch die Fesseln hielten ihn an der Lehne und sein ganzer Körper verkrampfte sich. Aus dem stechenden Schmerz wurde ein bohrendes Pochen. Heinzle schwitzte und fror gleichzeitig, biss die Zähne aufeinander und war so damit beschäftigt, nicht ohnmächtig zu werden, dass er nichts mehr hören konnte. Seine Hose sog sich mit Blut voll und Heinzle starrte ungläubig auf den schnell größer werdenden dunklen Fleck. Dann breitete sich ein kaltes Taubheitsgefühl rund um das Loch in seinem Schenkel aus und er verstand wieder, was Blum zu seiner Tochter sagte.

»Wie schaut's jetzt aus? Rein mit dir!« Blum stieß ihr mit der Pistole in die Seite und langsam ließ Christina los.

»Nein, Nini, nein«, stammelte Heinzle und versuchte, zu ihr hochzuschauen.

»Immer noch nicht?« Blum zielte auf sein zweites Bein, Heinzle schloss seine Augen, hörte das verzweifelte Schluchzen Christinas und wie Blum zum zweiten Mal abdrückte.

Er hatte Schwierigkeiten, sich zu orientieren, als er die Augen wieder öffnete. Ihm war schwindelig und die Atemnot war wieder da. Seine Beine fühlten sich kalt und taub an und so, als ob sie nicht zu seinem Körper gehören würden, als er versuchte, sie ein klein wenig zu bewegen. Als er den Kopf hob, hörte er ein stetiges leises Zischen von der Decke und ein regelmäßiges Brummen von irgendwo hinter der Tür des kleinen Raumes. Er wusste augenblicklich, was Blum vorhatte.

Immer noch an seinen Stuhl gefesselt und mit zwei Löchern in den Beinen, saß er in Blums beschissener Gaskammer und würde zusammen mit den Mädchen an einer Kohlenmonoxidvergiftung sterben. Vielleicht würde er auch verbluten, bevor das Dieselaggregat im Nebenraum seinen Job erledigen konnte. Ihm war speiübel und kalt.

Vor ihm auf dem Boden lagen Suri und Neci. Suri bewegte sich nicht, Neci murmelte ständig den Namen ihrer kleinen Tochter und stöhnte. Christina saß mit dem Rücken zu ihm und versuchte schwer atmend, die Fesseln an ihren Füßen zu öffnen. Wie die anderen Mädchen war sie mit den Füßen an ein Rohr an der Wand gefesselt.

»Papschi, es tut mir so leid.«

»Dir muss nichts leidtun.« Heinzle hustete. »Wie lange sind wir schon hier?«

»Höchstens ein bis zwei Minuten, ich bekomm die Kabelbinder nicht weg und ich krieg keine Luft mehr.« Auch Christina hustete jetzt heftig.

»Nini, hat er die Tür abgesperrt?«

»Nein, aber wir kommen ja nicht hinüber.«

Über ihnen war eine weitere starke Detonation zu hören, Neci wimmerte.

»Hör mir zu, Kleines, ich sitze auf einer kleinen Zange.«

»Was?«

»Versuch einfach, möglichst nah zu mir zu kommen, schaffst du das?«

»Warum?«

»Versuch einfach, bis zu meinem Stuhl zu rutschen, ich sitze auf einer Zange, Suri hat sie mit aus dem Nebenzimmer genommen und mir vorher zugesteckt.«

»Oh mein Gott«, flüsterte Christina, »heißt das, dass wir vielleicht doch hier rauskommen?«

»Sicher, Nini, wir schaffen das. Leg dich auf den Rücken und streck dich so weit nach hinten, wie du kannst.« Doch Christina schaffte es nur bis zu seinen Schuhspitzen, aber nicht weiter. Immer wieder hustete sie und richtete sich zwischen den einzelnen Versuchen auf, um besser Luft zu bekommen.

Dann drehte sich Christina abrupt zur Seite, zog an Necis Hand und schüttelte sie kräftig. »Neci, du musst uns helfen, wir brauchen deine Hilfe, bitte reiß dich zusammen. Wir müssen hier raus, sonst sterben wir!«

»Elif«, wimmerte Neci.

»Du willst sie doch sicher wiedersehen.« Christina schüttelte Neci an den Schultern.

»Ja.«

»Dann hilf uns bitte, wir haben eine Zange, um uns loszuschneiden, wir müssen sie uns nur holen.«

Neci setzte sich auf und fixierte Christina plötzlich hellwach. »Von was redest du?«

»Mein Vater hat von Suri eine Zange zugesteckt bekommen, er sitzt drauf, wir müssen ihn zu uns ziehen.«

Neci schaute nach hinten, legte sich auf den Boden und kam noch weniger weit in seine Richtung als Nini. Trotzdem schien sie entschlossen, als sie sich zu Heinzle umdrehte. Nichts mehr war von dem Häufchen Elend übrig, das sie eben noch gewesen war.

»Wir machen das so«, sagte sie, »du, Kommissar, schaukelst nach hinten und dann nach vorne, und wenn du vorkommst, dann packen wir dich.«

»Wie soll das denn funktionieren?«, meinte Christina und hustete heftig. »Er hat es ja nicht einmal geschafft, einen kleinen Ruck zu mir zu machen.«

»Dann muss er sich eben mehr anstrengen.«

»Mit zwei durchschossenen Beinen?«

»Du raffst es nicht, oder? Wenn wir es nicht schaffen, dann kommen wir hier alle nicht raus und werden vergast, genau wie der kranke Irre gesagt hat. Und ich will zu meiner Tochter.« Sie legte sich wieder auf den Rücken streckte sich nach hinten. »Kommissar, ich zähle rückwärts und dann fängst du an, okay?«

Christina legte sich neben Neci auf den Boden und Heinzle konzentrierte sich, so gut er noch konnte. Er zitterte, seine Zähne klapperten aufeinander und ihm war so fürchterlich kalt. Doch mit der wenigen Kraft, die er noch hatte, wollte er genauso wie Neci nur eines. Christina sollte leben, auch wenn er hier unten verreckte. Die Abgase zischten oben, das Dieselaggregat brummte und sein Blut tropfte auf die Lache unter seinem Stuhl. Jetzt oder nie. Er spannte die Muskeln an und lehnte sich, ohne Necis Countdown abzuwarten, mit einem Ruck nach hinten. Nach vorne kam er nicht mehr, weil der Stuhl über die Blutlache rutschte, er rückwärts kippte und auf seine hinter der Lehne gefesselten Arme krachte. Er stöhnte vor Schmerz, zum Schreien reichte seine Kraft nicht mehr aus. Er hatte es nicht geschafft, er hatte auch diese eine Kleinigkeit nicht zustande gebracht. Er war so müde. So müde. Am liebsten hätte er einfach die Augen geschlossen, doch dann spürte er, dass er nach vorne gezogen wurde. Der Stuhl musste beim Fallen dank seines Blutes am Boden etwas verrutscht sein und die beiden Mädchen konnten ihn an den Stuhlbeinen zu sich ziehen.

Christina holte sich die Zange, schnitt sich und Neci los, kroch zu ihm und hievte ihn mühsam hoch, um ihn loszuschneiden. Heinzle konnte nicht aufstehen und hatte Mühe, seinen Oberkörper gerade zu halten. Während ihn Christina stürmisch umarmte, schaute er Neci nach, die zur Tür getaumelt war. Heinzle sah einen Schatten vor dem kleinen Fenster und hörte, wie die Tür von außen verschlossen wurde.

Klack.

Neci rüttelte vor Wut heulend wie ein wildes Tier am Türgriff und Blums grinsendes Gesicht erschien am Fenster. Er schwenkte einen kleinen Schlüssel vor ihren Augen hin und her, öffnete den Mund, streckte die Zunge weit heraus, legte den Schlüssel drauf und schluckte ihn. Er schloss die Augen, bekreuzigte sich wie nach der Kommunion, schickte übertriebene Kusshände mit der einen Hand, während er mit der anderen die Pistole hob, sie in den Mund steckte, Neci zuzwinkerte und abdrückte. Blut und Klumpen spritzten an das Glasfenster. Neci wich zurück, sank in die Knie, legte sich auf den Boden und rollte sich zusammen wie ein Embryo. Immer wieder rief sie verzweifelt nach ihrer Tochter, während Heinzle sich nicht mehr an seiner festhalten konnte. Langsam ließ er los, seine Arme baumelten neben dem Stuhl, die Taubheit in seinen Beinen breitete sich aus, die Atemnot quälte ihn nicht mehr, sein Kopf sank auf Christinas Schultern, seine Augen fielen zu. Das Letzte, was er hörte, war ein »Papschi«. Und dann war da Clara, die ihn streichelte.

EPILOG

Es war ein grauer, verregneter Herbsttag, als sie sich trafen. Kleine Tropfen hingen tapfer am Rand der Regenschirme, die ihnen beinahe die Sicht nahmen auf die Zeremonie. Heute wurde gedacht. Erinnert an alle, die es nicht aus Blums Reich wieder zurück ins Leben geschafft hatten. Der Wind wehte verwelkte Blätter über den weißen Kies, die kleinen Flammen in den roten Plastikgläsern flackerten nach jeder Böe und den Menschen rund um den Stein war die Anspannung anzusehen. Alle hatten sie Angst gehabt vor diesem ersten Mal, vor dem Tag, an dem sie hierher zurückkehren würden. Heute, nach Wochen der nachträglichen Ermittlungen und des Zerpflückens von Blums Leben, wussten sie, dass es einige gab, derer man gedenken musste.

Mila und Alena, Blums erste Opfer, Irmgard und auch Suri, die so gestorben war, wie Blum es für sie alle vorgesehen hatte. Sie war erstickt, tief unter ihnen.

Zentimeter für Zentimeter hatte man den Bunker und das Grundstück durchsucht und gefunden, was nicht gefunden werden wollte. Briefe, Tagebücher, Knochenfragmente, Beichten, Missionen.

Alle hier Versammelten hatten büßen müssen dafür, dass er nie geliebt worden war, und sie alle hatten jemanden verloren, den sie liebten.

Herr Natter, der Witwer, schlug seinen Kragen hoch, reckte trotzig das Kinn, legte ein kleines rotes Herz aus Stoff auf den nassen weißen Marmor und einen Kiesel zum Beschweren obendrauf.

Herr Bullut, der Verlassene, der wieder allein war, kaum dass Neci zurückgefunden hatte aus der Hölle, legte zwei grüne Herzen mit goldenen Stickereien auf den weißen Stein im

Garten der Bestie. Ein großes und ein kleines. Sie waren nicht tot, aber auch nicht mehr Teil seines Lebens. Wo genau sie waren, wusste niemand. Auch was der Botschafter nach dem Sommer gemacht hatte, wusste niemand. Er war abberufen worden von Ankara, weil er angeblich nichts gewusst hatte von den Muslimen, die Bomben vor Landespolizeidirektionen legten, auch wenn es nur Attrappen waren, wie sich später herausgestellt hatte. Der Diplomat hätte nicht kommen müssen und doch war er der Einladung Christinas gefolgt.

Suris weißes Seidenherz flatterte in der steifen Brise, zog kräftig an dem langen Faden, mit dem es am Stein befestigt worden war, und ihr Vater lächelte.

Sense hielt Christinas Hand, als Heinzle sich nicht helfen ließ und mit seinen Herzen zum Stein humpelte. Sie waren blau, rot und weiß wie die Flagge Tschechiens. Lange hatte der Kommissar darüber gegrübelt, warum niemand den Mädchen je nachgefragt hatte. Ungewollt und ungeliebt waren sie gestorben, wie sie gelebt hatten.

»Sbohem«, flüsterte er, »lebt wohl.« Er ließ die Herzen fallen und der Wind trug sie mit sich nach Westen zum grauen See hin.